BECCA FITZPATRICK es autora de la tetralogía Hush, Hush, que incluye *Hush, hush, Crescendo, Silencio* y *Finale*, todos ellos grandes éxitos de venta. Se graduó en la universidad tras cursar estudios de Ciencias de la Salud, tema que pronto abandonó para dar rienda suelta a su afán por escribir historias. Cuando no está escribiendo está corriendo, comprando zapatos o viendo series dramáticas en la televisión. Vive en Colorado con su familia.

www.beccafitzpatrick.com

Título original: *Crescendo*
Traducción: Paula Vicens
1.ª edición: marzo, 2014
6.ª reimpresión: diciembre, 2015

© Becca Fitzpatrick, 2010
© Ediciones B, S. A., 2014
   para el sello B de Bolsillo
   Consell de Cent, 425-427 – 08009 Barcelona (España)
   www.edicionesb.com

Printed in Spain
ISBN: 978-84-9872-933-7
Depósito legal: B. 1.860-2014

Impreso por NOVOPRINT
          Energía, 53
          08740 Sant Andreu de la Barca - Barcelona

crescendo

BECCA FITZPATRICK

Para Jenn Martin y Rebecca Sutton, por vuestros superpoderes de amistad.

Gracias también a T. J. Fritsche, quien me sugirió el nombre de Ecanus.

PRÓLOGO

COLDWATER, MAINE
CATORCE MESES ANTES

Las ramas del espino arañaban el cristal de la ventana delante de la cual Harrison Grey estaba sentado. Dobló la esquina de la página, incapaz por más tiempo de leer con aquel jaleo. Un vendaval de primavera había azotado la granja toda la noche, ululando, silbando y haciendo que los postigos golpearan repetidamente los listones de la fachada: ¡Pam! ¡Pam! ¡Pam! Según el calendario era marzo, pero Harrison sabía que era una equivocación creer que la primavera estuviera a punto de llegar. Con aquella tormenta no le habría sorprendido encontrarse por la mañana con el campo blanco de escarcha.

Para no oír el penetrante rugido del viento, Harrison pulsó el mando a distancia y puso el aria *Ombra mai fu*, de Bononcini. Luego añadió otro leño al fuego, y se preguntó, no por primera vez, si hubiese comprado la granja de haber sabido cuánto combustible hacía falta para calentar una habitación pequeña, y ya no digamos nueve.

El teléfono sonó con estridencia.

Harrison descolgó antes de que cesara el segundo timbrazo. Esperaba escuchar la voz de la mejor amiga de su hija, que tenía la molesta costumbre de llamar en el último instante, justo la noche antes de que terminara el plazo de entrega de los trabajos de clase.

Oyó una respiración rápida y superficial antes de que una voz ahogara el ruido.

—Tenemos que vernos. ¿Cuánto tardarás en llegar?

La voz que escuchó, un fantasma del pasado, lo dejó helado. Hacía mucho que no la oía, y escucharla de nuevo sólo podía significar una cosa: que algo iba mal, terriblemente mal. Se dio cuenta de que el auricular que sostenía en la mano estaba resbaladizo de sudor y de que él se había puesto rígido.

—Una hora —respondió categórico.

Colgó despacio. Cerró los ojos y, de mala gana, retornó al pasado. Había habido una época, quince años antes, en que el timbre del teléfono lo dejaba petrificado y los segundos resonaban como tambores mientras esperaba oír la voz al otro extremo de la línea. Con el tiempo, a medida que un año tranquilo daba paso a otro, se fue convenciendo de que era un hombre que había dejado atrás los secretos de su pasado, un hombre con una vida normal, con una buena familia. Un hombre sin nada que temer.

En la cocina, de pie junto al fregadero, Harrison se sirvió un vaso de agua y se lo tomó. Fuera era noche cerrada, y desde la ventana su reflejo pálido le devolvió la mirada. Asintió con la cabeza, como para decirse que todo iría bien. Pero sus ojos lo contradecían.

Se aflojó la corbata para aliviar la opresión que sentía y que parecía tensarle la piel. Tomó otro vaso de agua. Le costó tragar; era como si el líquido quisiera salir otra vez de su cuerpo. Dejó el vaso en el fregadero y cogió del mármol de la cocina las llaves del coche, preguntándose si debía cambiar de opinión.

Harrison acercó el coche con cuidado al bordillo y apagó los faros. A oscuras, formando una nube de vapor con el aliento cada vez que exhalaba, recorrió la hilera de casas de ladrillo destartaladas de un sórdido barrio de Portland. Hacía años —quince para ser exactos— que no ponía un pie en aquel vecindario, así que ya no estaba seguro de encontrarse en el lugar correcto, porque no lo recordaba con exactitud. Abrió la guantera y sacó un pedazo de papel amarillento: «1565 calle Monroe.» Estaba a punto de apearse del coche, pero el silencio de la calle le dio mala espina. De debajo del asiento sacó una Smith & Wesson cargada y se la puso en los riñones, bajo la cinturilla del pantalón. No había disparado un arma desde la época de la facultad y siempre que lo había hecho había sido en una galería de tiro. Lo único que tenía claro era que esperaba poder seguir diciendo lo mismo al cabo de una hora.

Sus zapatos resonaban en la acera desierta, pero en lugar de prestar atención al taconeo prefirió concentrarse en las sombras que proyectaba la luna plateada. Arrebujándose en el abrigo, pasó por delante de los estrechos y sucios patios encajados entre las vallas metálicas de casas oscuras e inquietantemente silenciosas. Dos veces le pareció que lo seguían, pero cuando se volvió a mirar no vio a nadie.

Entró en el número 1565 de la calle Monroe y rodeó la casa hacia la parte de atrás. Llamó una vez y vio una sombra que se movía detrás de las cortinas de encaje.

La puerta crujió.

—Soy yo —dijo Harrison sin levantar la voz.

La puerta se abrió lo justo para que pasara.

—¿Te han seguido? —le preguntaron.

—No.

—Ella tiene problemas.

A Harrison el corazón le dio un vuelco.

—¿Qué clase de problemas?

—Cuando cumpla dieciséis él vendrá a buscarla. Tienes que llevártela lejos, a un lugar donde nunca la encuentre.

Harrison sacudió la cabeza.

—No entiendo...

Se interrumpió al ver la mirada amenazadora del otro.

—Cuando hicimos este trato te dije que habría cosas que no entenderías. Los dieciséis años son una edad maldita en mi mundo. Esto es todo cuanto te hace falta saber —zanjó bruscamente su interlocutor.

Los dos hombres se miraron, hasta que al final Harrison asintió con la cabeza sin demasiada convicción.

—Tenéis que ocultar vuestro rastro —le dijo el otro—. Allá donde vayáis, tendréis que volver a empezar de cero. Nadie debe saber que sois de Maine. Nadie. Él nunca dejará de buscarla. ¿Lo entiendes?

—Lo entiendo. —Pero ¿lo haría su mujer? ¿Lo haría Nora?

A Harrison se le estaban acostumbrando los ojos a la oscuridad y notó con incredulidad que el hombre que tenía de pie frente a sí no parecía ni un día más viejo que en la facultad, cuando se habían conocido siendo compañeros de habitación y habían trabado amistad. ¿Sería un efecto óptico debido a la penumbra? Harrison estaba maravillado.

Una cosa había cambiado, se dijo. Su amigo tenía una pequeña cicatriz en la base del cuello. Harrison miró más atentamente la marca y se estremeció. Era una quemadura en relieve, brillante, apenas del tamaño de una moneda de veinticinco centavos. Tenía la forma de un puño cerrado. Para su horror, se dio cuenta de que a su amigo lo habían... marcado... Como a una res.

El otro notó lo que miraba y se puso a la defensiva, con los ojos duros.

—Hay gente que quiere destruirme. Gente que quiere desmoralizarme y deshumanizarme. Con un amigo de confianza he fundado una sociedad. Cada vez hay más miembros iniciados. —Se quedó un momento callado, como si no supiera hasta dónde revelar. Luego concluyó apresuradamente—: Organizamos la sociedad para protegernos, y yo le he jurado lealtad. Si me conoces tan bien como antes, sabes que haré lo que haga falta para proteger mis intereses. —Hizo una pausa y añadió, ausente—: Y mi futuro.

—Te han marcado —le dijo Harrison. Esperaba que su amigo no notara la repulsión que sentía.

El otro se limitó a mirarlo.

Al cabo de un momento, Harrison asintió con la cabeza para indicar que lo comprendía aunque no lo aceptara. Cuanto menos supiera, mejor. Su amigo se lo había dejado claro suficientes veces.

—¿Puedo hacer algo más?

—Sólo mantenla a salvo.

Harrison se ajustó las gafas y dijo torpemente:

—Me parece que te alegrará saber que ha crecido fuerte y sana. Le pusimos Nor...

—No quiero que me recuerden su nombre —lo interrumpió su amigo con acritud—. He hecho cuanto ha estado en mi mano para borrarla de mi mente. No quiero saber nada de ella. Quiero mantener mi mente libre de cualquier rastro suyo, así no tendré nada que darle a ese bastardo. —Le dio la espalda, y Harrison dedujo que la conversación había terminado. Se quedó allí de pie un momento, tentado de formularle un montón de preguntas, aunque sabía que nada bueno obtendría de presionarlo. Reprimió la necesidad que sentía de encontrarle sentido al oscuro mundo que su hija nada había hecho para merecer, y se marchó.

No había recorrido ni media calle cuando el sonido de un disparo rasgó la noche. Instintivamente, Harrison se agachó y miró a su alrededor.

Su amigo. Dispararon otro tiro y, sin pensárselo dos veces, volvió a la casa corriendo a toda velocidad. Dio un empujón a la verja y atajó por un lado. Estaba a punto de doblar la última esquina cuando unas voces lo detuvieron. A pesar del frío, sudaba. El patio trasero estaba oscuro y avanzó centímetro a centímetro pegado a la tapia, poniendo cuidado en evitar las piedras sueltas que pudieran delatarlo, hasta que vio la puerta trasera.

—Es tu última oportunidad —dijo una voz suave y tranquila que Harrison no reconoció.

—Vete al infierno —escupió su amigo.

Un tercer disparo. Su amigo gritó de dolor y el que disparaba vociferó:

—¿Dónde está?

Con el corazón martilleándole en el pecho, Harrison supo que tenía que hacer algo. Cinco segundos más y sería demasiado tarde. Deslizó la mano hacia los riñones y empuñó la pistola. Sosteniéndola con ambas manos para que no se le escapara, atravesó la puerta, y se acercó al pistolero moreno por la espalda. Harrison vio a su amigo que estaba frente al hombre, pero cuando los ojos de ambos se encontraron la expresión de su amigo fue de alarma.

—¡Vete!

Harrison oyó la orden tan fuerte como una campanada, y en el momento creyó haber oído un grito. Pero como el pistolero no se dio la vuelta sorprendido, se dio cuenta desconcertado de que la voz de su amigo sólo había resonado en su cabeza.

«No», pensó Harrison como respuesta, negando en silencio; su lealtad era más fuerte que aquello que era incapaz de comprender. Con aquel hombre había pasado los mejores cuatro años de su vida. Él le había presentado a su mujer. No iba a dejarlo allí, a merced de un asesino.

Harrison apretó el gatillo. Oyó el disparo ensordecedor y esperó que el pistolero se desplomara. Disparó de nuevo. Y una vez más.

El joven moreno se volvió despacio. Por primera vez en su vida, Harrison estaba verdaderamente asustado. Sintió miedo del muchacho que tenía de pie ante sí, pistola en mano. Un miedo de muerte. Temía lo que iba a sucederle a su familia.

Notó cómo lo atravesaban los disparos. Un fuego abrasador pareció destrozarlo en mil pedazos. Cayó de rodillas. El borroso rostro de su mujer y luego el de su hija pasaron ante sus ojos. Abrió la boca para pronunciar sus nombres e intentó encontrar el modo de decirles lo mucho que las quería antes de que fuera demasiado tarde.

El joven lo había agarrado y lo arrastraba por el camino de la parte trasera de la casa. Harrison notó que lo abandonaba la conciencia mientras intentaba sin éxito incorporarse. No podía fallarle a su hija. No habría nadie más para protegerla. El asesino moreno la encontraría y, si su amigo estaba en lo cierto, la mataría.

—¿Quién eres? —le preguntó Harrison. Las palabras le quemaban en el pecho. Se agarró a la esperanza de estar a tiempo todavía. A lo mejor podría avisar a Nora desde el otro mundo... Un mundo que caía sobre él como un millar de plumas teñidas de negro.

El joven miró brevemente a Harrison antes de que una leve sonrisa le cruzara el rostro duro como el hielo.

—Te equivocas. Definitivamente, es demasiado tarde.

Harrison miró un momento hacia arriba, asombrado de que su asesino le hubiera adivinado el pensamiento. No pudo evitar preguntarse cuántas veces se habría visto aquel muchacho en la misma situación y habría adivinado los últimos pensamientos de un moribundo. Seguramente muchas.

Como si quisiera demostrar la práctica que tenía, el muchacho le apuntó con la pistola sin dudarlo un instante y Harrison se encontró mirando el cañón del arma. El fogonazo fue lo último que vio.

CAPÍTULO

1

DELPHIC BEACH, MAINE
EN LA ACTUALIDAD

Patch estaba de pie a mi espalda, con las manos apoyadas en mis caderas y el cuerpo relajado. Medía casi un metro noventa y era delgado, de complexión tan atlética que ni siquiera los tejanos y la camiseta, demasiado anchos, lograban disimularlo. Tenía el pelo y los ojos más negros que el azabache y una sonrisa sensual que no auguraba otra cosa que problemas, pero yo me había convencido de que no todos los líos eran para mal.

Los fuegos artificiales iluminaban el cielo nocturno, derramando un torrente de colores sobre el Atlántico. La multitud gritaba y jaleaba. Estábamos a finales de junio y Maine se preparaba para el verano celebrando el comienzo de dos meses de sol, arena y turistas con los bolsillos llenos. Yo daba la bienvenida a dos meses de sol, arena y un montón de tiempo que iba a pasar con Patch. Me había apuntado a un curso de química de la escuela de verano, pero tenía intención de monopolizar a Patch todo el tiempo restante.

Los bomberos lanzaban los fuegos artificiales desde un muelle situado apenas a doscientos metros de la playa donde nos encontrábamos. La arena vibraba bajo mis pies con cada estallido. Las olas rompían en la playa, al pie de la colina, y una música de carnaval sonaba a todo volumen. El aire estaba saturado de aromas. Olía a algodón de azúcar, palomitas y carne chisporroteante. El estómago me recordó que no había comido nada desde el almuerzo.

—Voy por una hamburguesa con queso —le dije a Patch—. ¿Tú quieres algo?

—Nada que esté en el menú.

Sonreí.

—¿Por qué flirteas conmigo, Patch?

Me besó la coronilla.

—Todavía no he empezado —dijo—. Voy yo por tu hamburguesa con queso. Disfruta del final de los fuegos artificiales.

Lo agarré por una presilla del cinturón.

—Gracias, pero voy yo a buscarla. No quiero sentirme culpable.

Enarcó las cejas.

—¿Cuándo fue la última vez que la chica del puesto de hamburguesas te dejó pagar? —le pregunté.

—Hace bastante.

—No te ha dejado pagar nunca. Quédate aquí. Si te ve me pasaré toda la noche con mala conciencia.

Patch abrió la cartera y sacó un billete de veinte.

—Déjale una buena propina.

Esta vez fui yo la que enarcó las cejas.

—¿Intentas hacer penitencia por todas las veces que te has llevado la comida gratis?

—La última vez que pagué, me persiguió y me metió el dinero en el bolsillo. Intento evitar que me meta mano de nuevo.

Sonaba a trola pero, conociendo a Patch, seguramente era cierto.

Busqué el final de la larga cola que rodeaba el puesto de hamburguesas y lo encontré cerca de la entrada del tiovivo. Era tan larga que me pareció que tendría que esperar un cuarto de hora. Un solo puesto de hamburguesas en toda la playa era muy poco americano.

Al cabo de unos minutos de paciente espera, estaba echando un vistazo alrededor tal vez por décima vez, aburrida, cuando vi a Marcie Millar a dos puestos de distancia, detrás de mí. Marcie y yo habíamos ido juntas al colegio desde el parvulario y, en los once años transcurridos desde entonces, la había conocido más de lo que estaba dispuesta a recordar. Por su culpa, todo el instituto había visto mi ropa interior varias veces. En primer ciclo de secundaria, la broma preferida de Marcie era robarme el sujetador de la taquilla del gimnasio y colgarlo en el tablón de anuncios que había fuera del despacho del director, aunque de vez en cuando tenía la inspiración de usarlo como centro de mesa en la cafetería, con las copas de la talla A llenas de budín de vainilla, coronadas por guindas confitadas. Una horterada. Marcie llevaba las faldas dos tallas demasiado pequeñas y quince centímetros demasiado cortas. Tenía el pelo rojizo y parecía un polo Popsicle:* si se ponía de lado prácticamente desaparecía.

Si hubiese habido un marcador de nuestras respectivas victorias y derrotas, seguro que Marcie hubiera tenido el doble de puntuación que yo.

—¡Eh! —dije, para atraer «sin querer» su atención y sin ver en su expresión la más mínima calidez.

* La marca más conocida de polos de Estados Unidos y Canadá. (*N. de la T.*)

Me devolvió el saludo en un tono apenas cortés.

Ver a Marcie en Delphic Beach esa noche era como jugar a encontrar los siete errores. El padre de Marcie era el dueño del concesionario Toyota de Coldwater, su familia vivía en un barrio exclusivo, en la ladera de la colina, y los Millar estaban orgullosos de ser los únicos habitantes de Coldwater a los que habían admitido en el prestigioso club náutico Harraseeket. En aquel preciso instante los padres de Marcie seguramente estaban en las regatas de Freeport pidiendo salmón.

En contraste, Delphic era una playa de pobres. La idea de un club náutico allí daba risa. El único restaurante era un puesto descolorido de hamburguesas donde sólo podías elegir si querías Ketchup o mostaza y, en los días de suerte, si querías patatas fritas. La diversión consistía en ir a ruidosos salones recreativos y montar en los coches de choque. El aparcamiento era famoso porque de noche vendían allí más drogas que en una farmacia.

No era el ambiente con el que el señor y la señora Millar hubieran querido que se «contaminara» su hija.

—¿No podemos avanzar más despacio todavía, señores? —gritó Marcie a los de la cola—. Estamos muertos de hambre aquí atrás.

—Sólo hay una persona atendiendo —le comenté.

—¿Ah, sí? Pues que contraten más personal. Oferta y demanda.

Dada su tendencia al despilfarro, Marcie era la persona menos indicada para dar discursos sobre economía.

Al cabo de diez minutos pude avanzar y me situé lo suficientemente cerca del puesto de hamburguesas para leer la palabra «Mostaza» garabateada con rotulador negro en la botella amarilla que compartíamos todos los clientes.

Detrás de mí, Marcie hizo la cosa más increíblemente bochornosa que pueda imaginarse.

—Estoy muerta de hambre, con «H» mayúscula —se quejó.

El primero de la cola pagó y se llevó su pedido.

—Una hamburguesa con queso y una Coca-Cola —le dije a la chica que atendía.

Mientras esperaba al lado de la plancha a que me entregaran el pedido, me volví hacia Marcie.

—Así que... ¿con quién has venido? —No tenía un especial interés en saber con quién estaba, sobre todo desde que no compartíamos ningún amigo, pero mi buena educación se impuso. Además, Marcie no me había hecho ninguna trastada desde hacía semanas y llevábamos un cuarto de hora en relativa paz. Tal vez fuese el inicio de una tregua, hora de olvidar el pasado y todo eso.

Bostezó, como si hablar conmigo fuera más aburrido que hacer cola mirando el cogote del de delante.

—No te ofendas, pero no me apetece charlar. Llevo haciendo cola como cinco horas, esperando por culpa de una incompetente que evidentemente es incapaz de cocinar dos hamburguesas a la vez.

La chica del mostrador tenía la cabeza inclinada, concentrada en quitar el papel encerado de las hamburguesas prefabricadas, pero me di cuenta de que la había oído. Seguramente detestaba su trabajo. Era probable que escupiera con disimulo en las hamburguesas cuando se daba la vuelta. No me hubiese sorprendido que al acabar el turno se fuera a su coche y se echara a llorar.

—¿Tiene idea tu padre de que andas por Delphic Beach? —le pregunté a Marcie, entornando apenas los ojos—. Eso podría empañar la reputación de la familia Millar. Sobre todo ahora que tu padre ha sido aceptado en el club náutico Harraseeket.

La expresión de Marcie fue glacial.

—Y a mí me sorprende que tu padre no sepa que estás aquí. ¡Oh, espera! Es verdad. Está muerto —me soltó.

Primero sentí una conmoción. Luego me indignó su crueldad. Se me hizo un nudo en la garganta de la rabia.

—¿Y qué? —alegó, encogiendo un solo hombro—. Está muerto. Eso es un hecho. ¿Quieres que mienta sobre los hechos?

—¿Puede saberse qué te he hecho yo?

—Nacer.

Su completa falta de sensibilidad me dejó anonadada, tanto que ni siquiera pude replicar. Recogí la hamburguesa con queso y la Coca-Cola del mostrador y dejé encima el billete de veinte. Quería correr al encuentro de Patch, pero aquello era entre Marcie y yo. A él le hubiese bastado con verme la cara para intuir que algo iba mal. No quería ponerlo entre las dos. Me quedé un momento a solas para rehacerme; encontré un banco cerca del puesto de hamburguesas y me senté sin perder la compostura, aguantando el tipo porque no quería darle a Marcie el gusto de arruinarme la noche.

Lo único que hubiese podido empeorar aquel momento habría sido saber que ella me miraba, satisfecha de haberme empujado a un pozo negro de autocompasión. Tomé un bocado de hamburguesa, pero tenía mal sabor. No podía pensar en otra cosa que en carne muerta. En terneras muertas. En mi padre muerto.

Eché la hamburguesa a la basura y me puse a caminar tragándome las lágrimas.

Con los brazos cruzados, abrazándome los codos, corrí hacia los baños del aparcamiento, esperando estar detrás de la puerta de un retrete antes de echarme a llorar.

Había cola ante el baño de señoras, pero entré y me puse delante de uno de los espejos mugrientos. Incluso a la luz de la débil bombilla se me notaban los ojos enrojecidos y llorosos. Mojé una toalla de papel y me los humedecí. ¿Qué le pasaba a Marcie? ¿Qué le había hecho yo para que fuese tan cruel conmigo?

Inspiré profundamente unas cuantas veces, enderecé la espalda y levanté un muro imaginario al otro lado del cual dejar a Marcie. ¿Qué me importaba lo que dijera? Ni siquiera me caía bien. Su opinión nada significaba para mí. Era grosera y egocéntrica, y jugaba sucio. No me conocía y, desde luego, no conocía a mi padre. No valía la pena llorar por una sola de las palabras que salían de su boca.

«Pasa de ella», me dije.

Esperé a no tener los ojos tan rojos para salir del baño. Deambulé entre la gente buscando a Patch, y lo encontré en uno de los puestos de lanzamiento de pelotas. Estaba de espaldas a mí. A su lado, Rixon seguramente apostaba a que Patch sería incapaz de derribar un solo bolo. La historia de Rixon, un ángel caído, con Patch era larga, y sus lazos de amistad eran tan fuertes que se consideraban casi hermanos. Patch no dejaba entrar a muchas personas en su vida, y confiaba en muy pocas, pero, si alguien conocía todos sus secretos, ése era Rixon. Hasta hacía dos meses Patch también había sido un ángel caído. Luego me salvó la vida, recuperó las alas y se convirtió en mi ángel custodio. Se suponía que ahora estaba de parte de los buenos, pero yo en el fondo tenía la impresión de que su relación con Rixon y con el mundo de los ángeles caídos significaba mucho para él. Aunque no quisiera admitirlo, me parecía que lamentaba la decisión de los arcángeles de nombrarlo mi custodio. Al fin y al cabo, no era eso lo que él quería.

Él quería convertirse en humano.

El móvil sonó y me sacó de mis cavilaciones. Era el tono de llamada de mi mejor amiga, Vee, pero dejé que saltara el buzón de voz. Con una punzada de remordimiento, caí en la cuenta de que era la segunda llamada suya que no respondía aquel día. Me consolé con la idea de que la vería a primera hora de la mañana; a Patch, en cambio, no lo vería hasta el día siguiente por la noche. Tenía la intención de disfrutar de cada minuto que pasara con él.

Miré cómo lanzaba la pelota a una mesa con seis bolos pulcramente alineados, y el estómago me dio un ligero vuelco cuando la camiseta se le levantó y dejó al descubierto un trocito de espalda. Sabía por experiencia que era todo músculo. Tenía la espalda lisa y perfecta. Las cicatrices de ángel caído habían sido sustituidas por alas: unas alas que ni yo ni ningún humano podíamos ver.

—Apuesto cinco dólares a que no eres capaz de volver a hacerlo —le dije, acercándome por detrás.

Patch se volvió y sonrió.

—No quiero tu dinero, Ángel.

—Eh, chicos, no os paséis, que estamos en horario infantil —comentó Rixon.

—Los tres bolos que quedan —desafié a Patch.

—¿De qué clase de premio estamos hablando? —preguntó.

—Maldita sea —protestó Rixon—. ¿No podéis esperar a estar solos?

Patch me sonrió disimuladamente y luego tomó impulso con la pelota contra el pecho. Adelantó el hombro derecho y mandó la bola volando, tan fuerte como pudo. Los tres bolos que quedaban cayeron de la mesa con estruendo.

—Vaya, te has metido en un lío —me gritó Rixon por encima del barullo que armaban un puñado de espectadores que aplaudían y silbaban la hazaña.

Patch se apoyó en la caseta y arqueó las cejas, mirándome. El gesto significaba: «Págame.»

—Has tenido suerte —le dije.

—Estoy a punto de tenerla.

—Escoge un premio —le ladró el viejo de la caseta a Patch, agachándose a recoger los bolos del suelo.

—El oso morado —dijo Patch, y cogió un espantoso osito violeta. Me lo tendió.

—¿Para mí? —pregunté, con una mano sobre el corazón.

—A ti te gusta lo que nadie quiere. En la tienda siempre te quedas con las latas abolladas. Me he fijado. —Metió un dedo bajo la cinturilla de mis tejanos y me atrajo hacia sí—. Vámonos de aquí.

—¿En qué estás pensando? —le pregunté. Pero fui toda ternura, porque sabía exactamente lo que estaba pensando.

—Vamos a tu casa.

Negué con la cabeza.

—Eso no. Está mi madre. Vamos a la tuya —le propuse.

Llevábamos dos meses saliendo juntos y todavía no sabía dónde vivía... y no porque no hubiera intentado enterarme. Dos semanas de relación me parecían suficientes para que me invitara a su casa, sobre todo porque Patch vivía solo. Dos meses me parecían ya una exageración. Intentaba no impacientarme, pero la curiosidad podía conmigo. No sabía ningún detalle de la vida privada de Patch, como de qué color tenía las paredes, si su abrelatas era eléctrico o manual, cuál era la marca de su gel de ducha o si usaba sábanas de algodón o de seda.

—Déjame adivinar —le dije—. Vives en un edificio secreto enterrado en las entrañas de la ciudad.

—Ángel.

—¿Tienes platos sucios en el fregadero? ¿Ropa sucia por el suelo? Tendremos mucha más intimidad que en casa.

—Es verdad, pero la respuesta sigue siendo no.

—¿Ha estado Rixon en tu casa?

—Rixon tiene que saber ciertas cosas.

—¿Yo no tengo que saberlas?

Torció la boca.

—Se trata de la cara oscura de las cosas.

—Si me las enseñas... ¿tendrás que matarme? —aventuré.

Me abrazó y me besó la frente.

—Caliente, caliente. ¿A qué hora tienes que volver?

—A las diez. La escuela de verano empieza mañana. Era por eso y, además, porque mi madre se dedicaba a controlarnos a Patch y a mí prácticamente a tiempo completo. De haber salido con Vee, seguramente habría podido estar fuera hasta las diez y media. No culpaba a mamá por no confiar en Patch, porque hubo una época en la que yo opinaba lo mismo, pero me habría parecido más que conveniente que de vez en cuando no extremara tanto la vigilancia.

Como esa noche, por ejemplo. Además, no iba a pasar nada. No con mi ángel de la guarda a medio metro.

Patch miró el reloj.

—Tenemos que irnos.

A las diez y cuatro segundos Patch giró en redondo delante de la granja y estacionó junto al buzón. Apagó el motor y las luces del coche. Nos quedamos a solas en el campo, a oscuras. Llevábamos sentados un rato cuando me dijo:

—¿Por qué estás tan callada, Ángel?

Salí inmediatamente de mi ensimismamiento.

—¿Callada? Sólo estaba pensando.

Patch esbozó apenas una sonrisa.

—Mentirosa. ¿Qué te pasa?

—Estás de buen humor —le dije.

Sonrió un poco más.

—De muy buen humor.

—Me he encontrado con Marcie Millar en el puesto de hamburguesas —admití.

Necesitaba desahogarme. Evidentemente, lo sucedido todavía me reconcomía. Por otra parte, si no podía contárselo a Patch, ¿a quién se lo contaría? Hacía dos meses que nuestra relación consistía en un montón de besos espontáneos en el coche, fuera del coche, bajo las gradas y por encima de la mesa de la cocina. También hacíamos muchas manitas, nos acariciábamos el pelo y el brillo de labios se me corría. Pero se había convertido en mucho más que eso. Me sentía unida emocionalmente a Patch. Su amistad significaba más para mí que tener a cien conocidos. Al morir, mi padre me había dejado un vacío interior que amenazaba con devorarme. El vacío seguía allí, pero el dolor ya no era tan profundo. No quería seguir atrapada en un pasado en el que tenía todo lo que quería. Y eso debía agradecérselo a Patch.

—Ha tenido la falta de delicadeza de recordarme que mi padre murió.

—¿Quieres que hable con ella?

—Esa frase parece sacada de *El padrino*.

—¿Cuándo os declarasteis la guerra?

—De eso se trata. Ni siquiera lo sé. Solía ser yo la que se llevaba el último batido de chocolate en la bandeja del almuerzo. Luego, un día, en el instituto, Marcie escribió con aerosol en mi taquilla: «Puta.» Ni siquiera lo hizo a escondidas. Todo el instituto fue testigo.

—¿Así, sin más? ¿Sin ningún motivo?

—Pues sí. Al menos, por ningún motivo que yo sepa.

Me puso un rizo detrás de la oreja.

—¿Quién está ganando la batalla?

—Marcie. Pero no será por mucho tiempo.

Sonrió de oreja a oreja.

—Duro con ella, tigre.

—Y además... ¿puta yo? En secundaria ni siquiera besé a nadie nunca. Marcie tendría que haber pintarrajeado su propia taquilla.

—Empieza a parecerme que tienes un trauma, Ángel. —Me pasó el dedo por debajo del tirante de la camiseta y su tacto fue como una descarga eléctrica—. Apuesto a que puedo sacarte a Marcie de la cabeza.

Había unas cuantas luces encendidas en el piso de arriba de la granja, pero como no vi la cara de mi madre pegada a ninguna ventana supuse que teníamos un poco de tiempo. Me desabroché el cinturón de seguridad y me incliné en la oscuridad, al encuentro de los labios de Patch. Lo besé despacio, saboreando la sal de su piel. Se había afeitado por la mañana, pero la barba incipiente me rascaba la barbilla. Pasó la boca casi rozándome la garganta y noté un leve lametazo que me hizo saltar el corazón.

Me besó el hombro desnudo. Empujó el tirante de la camiseta y me pasó la boca por el brazo. Para entonces yo quería estar lo más cerca posible de él. No quería que se fuera. Lo necesitaba en aquel momento y lo necesitaría al día siguiente y al otro. Lo necesitaba como no había necesitado a nadie jamás.

Pasé por encima del cambio de marchas y me puse a horcajadas sobre sus rodillas. Deslicé las manos por su pecho, lo agarré por la nuca y lo atraje hacia mí. Me abrazó la cintura, sujetándome, y yo me arrimé más a él.

Llevada por el momento, le metí las manos por debajo de la camisa, pensando únicamente en lo mucho que me gustaba notar el calor de su cuerpo en mis palmas. En cuanto rocé con los dedos la zona de la espalda donde antes solían estar las cicatrices de sus alas, una luz distante estalló en el fondo de mi conciencia. Oscuridad absoluta rota por un destello de luz cegadora. Era como mirar un fenómeno cósmico desde millones de kilómetros de distancia. Estaba sintiendo cómo mi mente era absorbida por la de Patch, entre los millares de recuerdos personales en ella almacenados, cuando me cogió la mano y me la bajó, alejándola del punto donde las alas le brotaban de la espalda. En un rápido remolino, todo volvió a la normalidad.

—Buen intento —murmuró, acariciándome con los labios mientras lo decía.

Le mordí el labio inferior.

—Si puedes ver mi pasado simplemente tocándome la espalda, has resistido mucho tiempo la tentación de hacerlo.

—He estado mucho tiempo evitando tocarte sin contar con este premio añadido.

Reí, pero enseguida me puse seria. Ni siquiera esforzándome conseguía recordar cómo era la vida sin Patch. Por la noche, cuando me acostaba, recordaba claramente el timbre grave de su risa, el modo en que sonreía con la comisura derecha un poco levantada, el tacto cálido de sus manos, suaves y deliciosas, tocándome la piel. En cambio, sólo esforzándome mucho conseguía recordar algo de los dieciséis años anteriores. Tal vez porque aquellos recuerdos palidecían en comparación con Patch. O quizá porque no tenía ninguno bueno.

—No me dejes nunca —le dije, tirando de él con un dedo metido bajo el cuello de su camisa.

—Eres mía, Ángel —murmuró, acariciándome la mandíbula con sus palabras mientras yo arqueaba el cuello invitándolo a besarme por todas partes—. Siempre me tendrás.

—Demuéstrame que lo dices en serio —le dije solemne.

Me estudió un momento y luego se llevó las manos a la nuca y se desabrochó la cadena de plata que llevaba desde el día que lo conocí.

No tenía ni idea de dónde procedía aquella cadena ni qué significaba, pero intuí que era importante para él. Era la única joya que llevaba, siempre en contacto con la piel, debajo de la camisa. Nunca lo había visto quitársela.

Me rodeó el cuello y me abrochó la cadena de plata. El metal que se posó sobre mi piel todavía conservaba su calor.

—Me la dieron cuando era arcángel —me dijo—. Para ayudarme a distinguir la verdad de la mentira.

La toqué con delicadeza, consciente de su importancia.

—¿Todavía funciona?

—A mí no me funciona. —Entrelazó sus dedos con los míos y acercó mi mano para besarme los nudillos—. Ahora te toca a ti.

Me quité un pequeño anillo de cobre del dedo medio de la mano izquierda y se lo di. Tenía un corazón grabado a mano en la cara interna.

Patch sostuvo el anillo y lo examinó en silencio.

—Mi padre me lo compró una semana antes de que lo mataran —le dije.

Patch me miró brevemente.

—No puedo aceptarlo.

—Es la cosa más importante para mí. Quiero que lo tengas. —Le cerré la mano sobre el anillo.

—Nora... —Dudó un momento—. No puedo aceptarlo.

—Prométeme que lo conservarás. Prométeme que nadie se interpondrá nunca entre nosotros. —Le sostuve la mirada, sin dejar que él la apartara—. No quiero vivir sin ti. No quiero que esto se acabe.

Patch tenía los ojos negros como la pizarra, más oscuros que un millón de secretos amontonados. Bajó la mirada hacia el anillo que tenía en la mano y le dio vueltas despacio.

—Júrame que nunca dejarás de quererme —dije en un susurro.

Él asintió de un modo apenas perceptible.

Así su cadena y la apreté contra mí, besándolo más apasionadamente, sellando nuestra promesa. Cerré mi mano sobre la suya; el borde afilado del anillo se nos clavaba en las palmas. Nada de lo que hacía me acercaba lo suficiente a él, nunca lo tenía bastante. Dejé que el anillo se me hundiera en la mano hasta que estuve segura de que me había cortado. Un juramento de sangre.

Cuando creí que el pecho se me hundiría por falta de aire, me aparté, dejando sólo la frente apoyada en la suya, con los ojos cerrados y los hombros agitados por la respiración.

—Te quiero —murmuré—. Te quiero más de lo que creía posible.

Esperaba que respondiera, pero en vez de hacerlo me abrazó estrechamente, de un modo casi protector. Volvió la cabeza hacia el bosque del otro lado del camino.

—¿Qué pasa? —le pregunté.

—He oído algo.

—A mí, diciéndote que te quiero —le dije con una sonrisa, perfilándole la boca con el índice.

Esperaba que volviera a sonreír, pero siguió con los ojos clavados en los árboles, cuyas ramas proyectaban sombras cambiantes al moverse con la brisa.

—¿Qué hay ahí fuera? —le pregunté, siguiendo su mirada—. ¿Un coyote?

—Algo no me gusta.

Se me heló la sangre y me bajé de sus rodillas.

—Me estás asustando. ¿Es un oso? —Llevábamos años sin ver un oso, pero la granja estaba muy alejada de la ciudad y sabíamos que los osos deambulaban hambrientos por los alrededores cuando despertaban de la hibernación, buscando comida.

—Enciende las luces y toca el claxon —le dije. Escruté el bosque para captar cualquier movimiento. El corazón se me aceleró un poco al recordar la vez que mis padres y yo habíamos visto por las ventanas de la granja cómo un oso sacudía nuestro coche, olfateando la comida que había dentro.

Detrás de mí se encendieron las luces del porche. No tuve que darme la vuelta para saber que mi madre estaba esperando en la puerta, con el ceño fruncido y dando golpecitos con un pie en el suelo.

—¿Qué es? —le pregunté una vez más a Patch—. Mamá ha salido de casa. ¿Corre peligro?

Puso en marcha el motor del Jeep.

—Entra. Tengo que hacer una cosa.

—¿Que entre? ¿Estás de broma? ¿Qué pasa?

—¡Nora! —me llamó mi madre con enfado bajando los escalones. Se paró a un metro del coche y me indicó que bajara el cristal de la ventanilla.

—¿Patch? —insistí.

—Te llamaré luego.

Mi madre abrió la puerta de un tirón.

—Hola Patch —saludó brevemente.

—Hola Blythe —asintió él, distraído.

Mamá se volvió hacia mí.

—Llegas con cuatro minutos de retraso.

—Ayer llegué con cuatro minutos de adelanto.

—Los minutos ahorrados no se suman a la hora de volver a casa. Entra. Inmediatamente.

No quería irme hasta que Patch me respondiera, pero como no veía alternativa le dije:

—Llámame.

Asintió una sola vez, pero intuí por su mirada que estaba pensando en otra cosa. En cuanto me hube apeado del coche, el Jeep salió disparado de un acelerón.

Fuera a donde fuese Patch, llegaría en un abrir y cerrar de ojos.

—Cuando te digo que llegues a una hora espero que llegues a esa hora —me reconvino mamá.

—Sólo cuatro minutos tarde. —Mi tono sugería que estaba exagerando.

Me lanzó una mirada de completa desaprobación.

—El año pasado asesinaron a tu padre. Hace dos meses tuviste tu propio encontronazo con la muerte. Creo que me he ganado el derecho a sobreprotegerte.

Volvió hacia la casa caminando rígida, los brazos cruzados sobre el pecho.

Vale. Era una hija insensible y desconsiderada. Lo reconozco.

Presté atención a la hilera de árboles del otro lado del camino. Todo tenía el mismo aspecto de siempre. Esperaba que un escalofrío me avisara de que había algo detrás, algo que yo no era capaz de ver. Pero nada. Una brisa cálida de verano rizaba la hierba, en el aire flotaba el chirrido de las cigarras. El bosque estaba tranquilo a la luz plateada de la luna.

Patch no había visto nada en el bosque. Se había marchado porque yo había pronunciado dos palabras muy fuertes y muy estúpidas que se me habían escapado antes de poder refrenarme. ¿En qué estaba pensando? No. ¿En qué pensaba Patch? ¿Se había ido para no tener que responderme? Estaba casi segura de saber la respuesta. Y estaba casi segura de que ésta explicaba por qué me había quedado plantada, mirando la parte trasera de su Jeep.

CAPÍTULO

Llevaba once segundos tumbada boca abajo, con la cabeza debajo de la almohada, intentando no oír el informe sobre el tráfico de Portland que daba Chuck Delaney y que la alarma de mi reloj me hacía llegar fuerte y claro. Intentaba igualmente acallar la parte lógica de mi cerebro, que me gritaba que me vistiera y me advertía de que habría consecuencias si no lo hacía. Pero la parte complaciente de mi cerebro ganó. Volví a sumergirme en mi sueño... o, mejor dicho, en su protagonista. Tenía el pelo negro ondulado y una sonrisa seductora. En aquel momento él estaba sentado en su moto mirando hacia atrás y yo hacia delante. Nuestras rodillas se tocaban. Lo agarré de la camisa y lo atraje para besarlo.

En el sueño, Patch sentía cuando yo lo besaba. No sólo en el plano emocional sino físicamente, realmente. En mi sueño, era más humano que ángel. Los ángeles no notan sensaciones físicas, yo lo sabía, pero en el sueño quería que Patch notara la presión suave y sedosa de nuestros labios en contacto. Quería que sintiera mis dedos en el pelo. Necesitaba que sintiera el emocionante e innegable campo magnético que empujaba cada molécula de su cuerpo hacia el mío.

Exactamente como yo lo hacía.

Patch pasó un dedo por debajo de la cadena de plata y me recorrió un estremecimiento de placer.

—Te quiero —murmuró.

Apoyando las yemas de los dedos en su vientre duro me incliné y lo besé.

«Yo te quiero más», le dije, acariciándole la boca con las palabras. Sólo que las palabras no me salieron. Se me quedaron atascadas en la garganta.

Esperando mi respuesta, Patch dejó de sonreír.

Lo intenté de nuevo: «Te quiero.» Y una vez más las palabras se negaron a salir.

En la cara de Patch se notaba la ansiedad.

—Te quiero, Nora —repitió.

Asentí frenética pero él se dio la vuelta. Se marchó en la moto sin mirar atrás.

«¡Te quiero! ¡Te quiero! ¡Te quiero!», grité a su espalda, pero era como si tuviera la garganta llena de arenas movedizas: cuanto más intentaba articular las palabras, más rápido se hundían.

Patch se había mezclado con la multitud. Se había hecho de noche a nuestro alrededor, de repente, y apenas lograba distinguir su camiseta negra de los cientos de camisas oscuras de la gente. Corrí para alcanzarlo, pero cuando lo agarré del brazo fue otra persona la que se volvió. Una chica. Estaba demasiado oscuro para verle bien los rasgos, pero era hermosa.

—Quiero a Patch —me dijo, sonriendo, con los labios pintados de un rojo espeluznante—. No me da miedo decirlo.

—¡Yo se lo dije! —aduje—. ¡Anoche se lo conté!

La dejé atrás, escrutando la muchedumbre hasta que

capté un atisbo de la gorra azul de Patch. Me abrí paso frenéticamente hacia él y logré agarrarlo de la mano.

Se volvió, pero se había convertido en la misma chica de antes.

—Llegas tarde —me dijo—. Ahora soy yo quien ama a Patch.

«Los dejo con Angie y el pronóstico del tiempo», ladró alegremente Chuck Delaney en mis oídos.

Abrí los ojos de par en par cuando oí la palabra «tiempo». Me quedé tendida un momento, intentando sacudirme la pesadilla y centrarme. Daban el pronóstico del tiempo cuando faltaban veinte minutos para las horas en punto, así que no era posible que estuviera escuchándolo a menos...

¡La escuela de verano! ¡Me había quedado dormida!

Me destapé de una patada y volé al baño. Me enfundé en los mismos tejanos que había tirado al suelo la noche anterior, me pasé una camiseta blanca por la cabeza y encima me puse una chaqueta de punto color lavanda. Marqué corriendo el número de Patch, pero después de tres timbrazos saltó el contestador.

—Llámame —dije, y me quedé medio segundo preguntándome si me estaría evitando a raíz de mi tremenda confesión de la noche anterior. Había decidido fingir que aquello no había sucedido hasta que todo pasara y las cosas volvieran a la normalidad, pero, después del sueño de aquella mañana, empezaba a dudar de que me fuera fácil conseguirlo. A lo mejor Patch se estaba esforzando por olvidarlo. En cualquier caso, no podía hacer demasiado al respecto, de momento.

Me puse una cinta para el pelo en vez de peinarme, agarré al vuelo la mochila del mármol de la cocina y salí pitando.

Me paré en el camino de entrada lo suficiente para soltar un grito de exasperación al rectángulo de cemento donde solía estar mi Fiat Spider de 1979. Mamá había vendido el Spider para pagar una factura de electricidad estratosférica y abarrotar la nevera con suficiente comida para alimentarnos hasta final de mes. Incluso había descartado que nuestra ama de llaves, Dorothea, también conocida como mi madre sustituta, recortara gastos. Maldije las circunstancias, me puse la mochila al hombro y empecé a correr. La mayoría de la gente considera pintoresca la granja de Maine donde vivimos mi madre y yo, pero lo cierto es que no tiene nada de pintoresco correr el kilómetro y medio que nos separa de los vecinos más cercanos. A menos que pintoresco, lamento disentir, sea sinónimo de ruina en la que habría que invertir un montón de dinero en obras, y además helada, porque se cuela el viento por todas partes, en el centro de una inversión atmosférica que se traga toda la niebla desde aquí hasta la costa.

En la esquina de Hawthorne y Beech vi signos de vida: coches en su trayecto matutino diario al trabajo. Levanté el pulgar de una mano y usé la otra para meterme en la boca un chicle sustitutivo de la pasta de dientes, para refrescarme el aliento.

Un Toyota rojo 4-Runner frenó en la cuneta y la ventanilla del acompañante bajó con un zumbido automático. Marcie Millar iba al volante.

—¿Problemas con el coche? —me preguntó.

El problema era no tenerlo. No, eso sí que no estaba dispuesta a reconocerlo ante Marcie.

—¿Te llevo? —insistió, impaciente, al ver que yo no respondía.

No podía creer que de todos los coches que pasaban por aquel tramo de carretera Marcie hubiese sido la única en parar. ¿Quería ir con Marcie? No. ¿Seguía furiosa por lo que me había dicho de mi padre? Sí. ¿Estaba dispuesta a perdonarla? De ninguna manera. Le hubiera hecho un gesto para que siguiera su camino de no ser por una pequeña pega. Corría el rumor de que la única cosa que al señor Loucks le gustaba más que la tabla periódica era entregar a los alumnos que llegaban tarde una papeleta de castigo.

—Gracias —acepté reacia—. Voy al instituto.

—¿La gorda de tu amiga no podía llevarte?

Me quedé petrificada con la mano en la manecilla de la puerta. Vee y yo hacía mucho que habíamos renunciado a hacer comprender a los cortos de mollera que ser «gordo» no era lo mismo que «tener curvas», pero eso no implicaba que toleráramos la ignorancia. Hubiera llamado con mucho gusto a Vee para que me llevara, pero la habían invitado a una reunión para los aspirantes a editores de la revista digital del instituto y ya estaba allí.

—Pensándolo mejor, iré caminando. —Cerré el coche de un portazo.

Ella puso cara de asombro.

—¿Te has ofendido porque la he llamado gorda? Lo está. ¿Qué demonios te pasa? Me parece que censuras todo lo que digo. Primero lo de tu padre, ahora esto. ¿Qué hay de la libertad de expresión?

Por un segundo me dije lo bueno y conveniente que habría sido seguir teniendo el Spider. No sólo no habría estado allí tirada sin vehículo, sino que hubiera podido darme el gusto de atropellar a Marcie. El aparcamiento del instituto es un caos a la salida de clase. A veces hay accidentes.

Ya que no podía golpear a Marcie con el guardabarros, opté por la segunda mejor opción.

—Si mi padre fuera el propietario del concesionario Toyota, me parece que tendría la suficiente conciencia medioambiental para pedirle un coche híbrido.

—Bueno, tu padre no es el propietario del concesionario Toyota.

—Es verdad. Mi padre está muerto.

Encogió un hombro.

—Tú lo has dicho, no yo.

—De ahora en adelante, creo que será mejor que nos mantengamos alejadas la una de la otra.

Se miró las uñas.

—Vale.

—Bien.

—Sólo quería ser amable y mira lo que he sacado a cambio —dijo entre dientes.

—¿Amable? Has llamado gorda a Vee.

—También me he ofrecido a llevarte. —Pisó el acelerador y los neumáticos levantaron el polvo de la carretera, que flotó hacia mí.

No me había levantado aquella mañana con la única intención de odiar a Marcie Millar, pero ya ves.

El instituto de Coldwater, construido a finales del siglo XIX, era una mezcla ecléctica de elementos góticos y victorianos más parecida a una catedral que a un centro de enseñanza. Las ventanas ojivales eran estrechas, con los cristales emplomados. En la piedra, de varios colores, predominaba el gris. Durante el verano, la hiedra trepaba por la fachada y daba al edificio un cierto encanto de Nueva Inglaterra. En invierno, los troncos de la hiedra parecían dedos esqueléticos que estrangularan el edificio.

Iba yo medio andando medio corriendo por el pasillo cuando el móvil sonó en el bolsillo.

—¿Mamá? —respondí sin aminorar el paso—. ¿Puedo llamarte más...?

—No vas a creerte con quién me encontré anoche. Con Lynn Parnell. ¿Te acuerdas de los Parnell? Es la madre de Scott.

Eché un vistazo al reloj del móvil. Había tenido la suerte de que me llevara al instituto una completa desconocida, una mujer que iba a practicar kick boxing en el gimnasio, pero a pesar de todo iba corta de tiempo. Faltaban menos de dos minutos para que sonara el timbre.

—Mamá, está a punto de empezar la clase. ¿Puedo llamarte a la hora del almuerzo?

—Tú y Scott erais tan buenos amigos...

Aquello despertó en mí un ligero recuerdo.

—Cuando teníamos cinco años —le dije—. ¿No se mojaba siempre los pantalones?

—Anoche me tomé unas copas con Lynn. Acaba de divorciarse y se ha venido con Scott a vivir otra vez a Coldwater.

—¡Qué bien! Te llamaré...

—Los he invitado a cenar esta noche.

Cuando pasaba por delante del despacho del director, el minutero del reloj que había encima de la puerta avanzó. Desde donde estaba, la manecilla parecía atrapada entre las 7.59 y las ocho en punto. Le eché una mirada que significaba: «No suenes todavía.»

—Esta noche no me va bien, mamá. Patch y yo...

—No seas ridícula —me cortó mamá—. Scott es uno de tus más antiguos amigos. Lo conoces desde mucho antes que a Patch.

—Scott me obligaba a comer cochinillas —le dije, empezando a recordar.

—¿Y tú no le obligabas nunca a jugar con las Barbies?

—¡Eso es muy distinto!

—Esta noche a las siete en punto —me dijo mamá en un tono que significaba que no había vuelta de hoja.

Entré corriendo en el laboratorio de química cuando faltaban segundos y me senté en un taburete de metal detrás de una mesa de laboratorio de granito negro, en la primera fila. Cabían dos alumnos por mesa, y crucé los dedos para que se me sentara al lado alguien que supiera de ciencias más que yo, lo que, dado lo que yo sabía, no era demasiado difícil. Tendía a ser más romántica que realista y escogía la fe ciega antes que la fría lógica. Por eso estaba yo en mantillas en ciencias. Marcie Millar se paseó por la clase con tacones, tejanos y un top de seda Banana Republic que yo tenía en la lista de lo que quería para la vuelta a clase. El Día del Trabajo,* la camiseta estaría en el mostrador de rebajas y no se saldría de mi presupuesto. Estaba tachando mentalmente la camiseta de mi lista cuando Marcie se sentó en el taburete que había junto al mío.

—¿Qué te ha pasado en el pelo? —me preguntó—. ¿Se te ha acabado la espuma? ¿La paciencia? —Esbozó una sonrisa torcida—. ¿O es que has tenido que correr kilómetros para llegar a tiempo?

—¿Qué hay de eso de mantenernos la una alejada de la otra? —Miré significativamente su taburete y luego el mío, para que entendiera que dos palmos no eran suficiente alejamiento.

—Necesito algo de ti.

Solté aire en silencio para que mi presión sanguínea volviera a la normalidad. Tendría que haberlo supuesto.

—De eso se trata, Marcie —le dije—. Ambas sabe-

* El primer lunes de septiembre. *(N. de la T.)*

mos que esta asignatura va a ser tremendamente difícil. Deja que te haga un favor y te diga que las ciencias son lo que peor se me da. El único motivo por el que asisto a la escuela de verano es porque he oído que la química es más fácil este trimestre. No me quieres de compañera. No vas a sacar un sobresaliente con facilidad.

—¿Te parece que me he sentado a tu lado por el bien de mi expediente? —me dijo, con un movimiento impaciente de muñeca—. Si te necesito es por otra cosa. La semana pasada encontré trabajo.

¿Marcie... un trabajo?

Sonrió y supuse que, por la cara que yo había puesto, sabía lo que pensaba.

—Archivando, en dirección. Uno de los vendedores de mi padre se ha casado con la secretaria. Nunca perjudica tener contactos... aunque tú no sabes nada de eso.

Yo sabía que el padre de Marcie era influyente en Coldwater. De hecho, era un contribuyente tan generoso que tenía voz y voto en todo lo que atañía al instituto, pero aquello era ridículo.

—De vez en cuando un expediente se cae y se abre, y yo me entero de cosas —dijo Marcie.

Sí, claro.

—Por ejemplo, sé que todavía no te has recuperado de la muerte de tu padre. Has estado yendo al psicólogo del centro. De hecho, lo sé todo de todos, menos de Patch. La semana pasada me di cuenta de que su expediente está en blanco. Quiero saber por qué. Quiero saber lo que oculta.

—¿Por qué te molestas?

—Anoche estuvo en el camino de entrada de mi casa, mirando fijamente la ventana de mi habitación.

Parpadeé.

—¿Patch estuvo en el camino de entrada de tu casa?

—A menos que conozcas a otro chico que conduzca un Jeep Commander, vista de negro y esté como un tren.

Fruncí el ceño.

—¿Te dijo algo?

—Me vio mirar por la ventana y se fue. ¿Tengo que plantearme pedir una orden de alejamiento? ¿Suele comportarse así?

La ignoré, demasiado concentrada en desentrañar lo que me había dicho. ¿Patch en casa de Marcie? Tenía que haber ido allí después de dejarme en casa. Después de decirle yo que lo quería y él se largase.

—Da lo mismo —dijo Marcie enderezándose—. Hay otros modos de obtener información, como de la administración, por ejemplo. Supongo que les interesaría un expediente escolar vacío. Yo no diría nada, pero por mi propia seguridad...

A mí no me preocupaba que Marcie acudiera a la administración. Patch sabía cuidarse. Lo que me preocupaba era lo sucedido la noche anterior. Se había marchado de repente, diciendo que necesitaba hacer una cosa, pero me costaba creer que necesitara hacerla en el camino de entrada de la casa de Marcie. Era mucho más fácil aceptar que se había marchado a causa de lo que yo le había dicho.

—O de la policía —añadió Marcie, dándose golpecitos en los labios con el índice—. Un expediente escolar vacío parece una cosa ilegal. ¿Cómo se matriculó Patch? Pareces alterada, Nora. ¿He descubierto algo? —Una sonrisa de placentera sorpresa le iluminó la cara—. Lo he hecho, ¿verdad? Aquí hay gato encerrado.

Le lancé una mirada helada.

—Para ser alguien que ha dejado bien claro que tiene

una vida muy superior a la de cualquier otro alumno de este instituto, tienes la mala costumbre de fisgar todos los detalles de nuestras aburridas y despreciables vidas.

La sonrisa de Marcie se desvaneció.

—No tendría que hacerlo si no os cruzarais en mi camino.

—¿Tu camino? Este instituto no es tuyo.

—No me hables así —dijo Marcie haciendo con la cabeza un involuntario gesto de incredulidad—. De hecho, no me hables en absoluto.

Le enseñé las palmas.

—Encantada.

—Y, ya que estamos, largo.

Miré mi taburete. Seguro que no quería decir que...

—Yo estaba aquí antes. —Me enseñó las palmas de las manos, imitándome—. No es problema mío.

—No voy a moverme.

—No voy a sentarme contigo.

—Me alegro de saberlo.

—Lárgate —me ordenó Marcie.

—No.

Sonó el timbre y, cuando dejó de sonar, tanto Marcie como yo nos dimos cuenta de que la clase se había quedado en silencio. Miramos alrededor de nosotras. El estómago me ardió dolorosamente porque no quedaba ningún otro asiento libre.

El señor Loucks se puso en el pasillo, a mi derecha, sacudiendo una hoja de papel.

—Esto que tengo en la mano es un plano en blanco de los asientos —dijo—. Cada rectángulo es una mesa de la sala. Escribid el nombre en el rectángulo correspondiente y pasadlo. —Me plantó el plano delante—. Espero que os gusten vuestros compañeros —nos comentó—. Vais a pasar ocho semanas con ellos.

A las doce, cuando terminó la clase, fui en coche con Vee a Enzo's, nuestro lugar preferido para tomar café helado o leche caliente, dependiendo de la época del año. Notaba el sol quemándome la cara mientras cruzábamos el aparcamiento. Fue entonces cuando lo vi: un Volkswagen Cabriolet blanco descapotable con un rótulo en la ventanilla; lo vendían por mil dólares.

—Se te cae la baba —me dijo Vee, y me cerró la mandíbula con la punta del dedo.

—No tendrás mil dólares para prestarme, ¿verdad?

—No tengo ni cinco dólares para prestarte. Mi hucha es oficialmente anoréxica.

Miré de soslayo el Cabriolet.

—Necesito dinero. Necesito un trabajo. —Cerré los ojos imaginándome al volante del Cabriolet con la capota bajada y la melena al viento. Con el Cabriolet no tendría que volver a mendigar que me llevaran en coche nunca más. Sería libre para ir adonde quisiera cuando quisiera.

—Sí, pero tener trabajo implica trabajar. Lo que quiero decir es si estás segura de que quieres pasarte todo el verano trabajando por el sueldo mínimo. Podrías... no sé, sudar o algo.

Rebusqué en la mochila un pedazo de papel y apunté el número del cartel. A lo mejor podría conseguir que el propietario me rebajara doscientos dólares. Entretanto, añadí leer los anuncios clasificados de trabajo de media jornada a la lista de lo que tenía que hacer por la tarde. Si tenía trabajo pasaría menos tiempo con Patch, pero también tendría un medio de transporte propio.

Por mucho que quisiera a Patch, él siempre estaba ocupado... haciendo algo. Así que no podía confiar en él cuando se trataba de que me llevaran.

En Enzo's, Vee y yo pedimos café helado, ensalada

con nueces y nos sentamos a la mesa. En las últimas semanas habían reformado a fondo el local para adaptarlo al carácter vertiginoso del siglo XXI y ahora Coldwater contaba con su primer salón de Internet. Teniendo en cuenta que mi ordenador tenía ya seis años, estaba excitada.

—No sé tú, pero yo estoy deseando las vacaciones —dijo Vee, poniéndose las gafas sobre el pelo—. Ocho semanas más de español. Son más días de los que quiero imaginar. Lo que necesitamos es distraernos. Necesitamos algo que nos distraiga del interminable período de educación de calidad que tenemos por delante. Necesitamos ir de compras. Portland, ahí vamos. En Macy's habrá buenas cosas. Necesito zapatos, vestidos y un perfume nuevo.

—Acabas de comprarte ropa nueva. Te costó doscientos dólares. A tu madre le dará un ataque cuando vea el saldo de su MasterCard.

—Sí, pero necesito un novio. Y para tener novio hace falta estar guapa. Y tampoco sobra oler bien.

Pinché un trozo de pera con el tenedor.

—¿Estás pensando en alguien en concreto?

—De hecho, sí.

—Prométeme que no es Scott Parnell.

—¿Scott qué?

Sonreí.

—¿Ves? Ya estoy contenta.

—No conozco a ningún Scott Parnell, pero el chico al que he echado el ojo está como un tren. Más que bueno. Más bueno que Patch. —Calló un momento—. Bueno, a lo mejor no tanto. Nadie está tan bueno. En serio, o vamos a Portland o nos peleamos.

Abrí la boca pero Vee fue más rápida.

—¡Oh! —dijo—. Conozco ese modo de mirarme. Vas a decirme que ya tienes planes.

—Un reencuentro con Scott Parnell. Vivía aquí cuando teníamos cinco años.

Vee puso cara de estar haciendo memoria.

—Se mojaba los pantalones cada dos por tres —le comenté para echarle un cable.

Se le encendió la bombilla.

—¿Scotty *Orinal*?

—Se ha mudado otra vez a Coldwater. Mi madre le ha invitado a cenar esta noche.

—Ya veo por dónde vas —dijo Vee, asintiendo sabiamente—. Es lo que se llama un «encuentro casual»: las vidas de dos personas potencialmente compatibles se cruzan. ¿Recuerdas cuando Desi entró por casualidad en el baño de caballeros y pilló a Ernesto en el urinario?

Me quedé con el tenedor a medio camino de la boca.

—¿Qué?

—En *Corazón*, el culebrón en español. ¿No te acuerdas? Da igual. Tu madre quiere juntaros a ti y a Scotty *Orinal*. Pronto.

—No, no quiere. Sabe que salgo con Patch.

—Que lo sepa no significa que se alegre. Tu madre invertirá un montón de tiempo y de energía convirtiendo la ecuación «Nora y Patch igual a amor» en la ecuación «Nora y Scotty *Orinal* igual a amor». ¿Y qué me dices de esto? A lo mejor Scotty *Orinal* se ha convertido en Scotty *Cañón*. ¿No lo has pensado?

No lo había hecho ni iba a hacerlo. Tenía a Patch, y estaba contentísima de mi elección.

—¿Podemos hablar de algo un poco más urgente? —le pregunté. Me pareció que ya era hora de cambiar de tema antes de que a Vee se le ocurrieran más ideas brillantes—. Por ejemplo, del hecho de que mi nueva compañera de química es Marcie Millar.

—La madre que...

—Por lo visto está archivando en dirección y ha echado un vistazo al expediente de Patch.

—¿Sigue en blanco?

—Eso parece, porque quiere que le cuente todo lo que sé sobre él. —Incluso el motivo por el que estaba la noche anterior en su camino de entrada, mirando fijamente la ventana de su habitación. Una vez había oído el rumor de que Marcie ponía una raqueta de tenis en la ventana cuando estaba dispuesta a pagar por ciertos «servicios», pero no quería ni pensarlo. ¿Acaso no eran los rumores falsos en un noventa por ciento?

Vee se inclinó hacia mí.

—¿Qué sabes?

Nuestra conversación cayó en un incómodo silencio. Yo creía que entre buenas amigas no debía haber secretos. Pero había secretos... y verdades duras. Verdades aterradoras. Verdades inimaginables. Y tener de novio a un ángel caído convertido en ángel custodio encajaba en esas categorías.

—Me estás ocultando algo —dijo Vee.

—No.

—Que sí.

Un silencio opresivo.

—Le dije a Patch que lo quiero.

Vee se tapó la boca, pero no supe si para ahogar un jadeo o una carcajada. Eso me hizo sentir todavía más insegura. ¿Aquello era divertido? ¿Había hecho una cosa todavía más estúpida de lo que creía?

—¿Qué te dijo? —me preguntó Vee.

Me limité a mirarla.

—¿Tan malo fue? —me preguntó.

Me aclaré la garganta.

—Háblame de ese chico que te gusta. Quiero decir... ¿Hace mucho que te gusta o has hablado con él?

Vee recogió el guante.

—¿Si he hablado con él? Nos tomamos juntos unos perritos en Skippy's ayer para comer. Fue una cita a ciegas y salió mejor de lo que esperaba. Mucho mejor. Para tu información, te hubieras enterado de todo esto si me hubieras devuelto las llamadas en lugar de pasarte todo el tiempo morreándote con tu novio.

—Vee, soy tu única amiga, y esto no ha sido cosa mía.

—Ya lo sé. Fue cosa de tu novio.

Me atraganté con una bola de gorgonzola.

—¿Patch te concertó una cita a ciegas?

—Sí. ¿Y? —dijo Vee, un poco a la defensiva.

Sonreí.

—Creía que no confiabas en Patch.

—No confío en él.

—¿Pero?

—Intenté llamarte para estudiar lo de la cita contigo antes, pero, te repito, nunca respondes a mis llamadas.

—Misión cumplida. Me siento la peor amiga del mundo. —Le sonreí con complicidad—. Ahora cuéntamelo todo.

El tono reacio de Vee se esfumó y me sonrió a su vez.

—Se llama Rixon y es irlandés. Su acento irlandés o lo que sea me trae loca. Es de lo más atractivo. Está un poco flacucho, teniendo en cuenta que yo soy de huesos anchos, pero estoy decidida a perder diez kilos este verano, así que en agosto ya me los habré quitado de encima.

—¿Rixon? ¡No me digas! ¡Me encanta Rixon!

Por regla general yo no confiaba en los ángeles caídos, pero Rixon era una excepción. Como sucedía con Patch, los límites de su moral estaban en la zona gris, entre el blanco y el negro. No era perfecto, pero tampoco era malo del todo.

Sonreí y apunté con el tenedor a Vee.

—No puedo creer que salgas con él. Es el mejor amigo de Patch y tú detestas a Patch.

Me puso esos ojitos de gata, con la melena prácticamente erizada.

—Que sean los mejores amigos no significa nada. Mira nosotras. No nos parecemos en nada.

—Es estupendo. Los cuatro por ahí todo el verano.

—Qué va. De eso nada. No voy a ir por ahí con ese novio tuyo chiflado. Me da igual lo que digas, sigo pensando que tuvo algo que ver con la misteriosa muerte de Jules en el gimnasio.

Una nube oscura se cernió sobre la conversación. Sólo había tres personas en el gimnasio la noche en que Jules había muerto, y yo era una de ellas. Nunca le había contado a Vee todo lo sucedido, sólo lo bastante para que dejara de insistir y, por su propia seguridad, tenía intención de que las cosas siguieran igual.

Vee y yo nos pasamos el día yendo en coche, recogiendo solicitudes de trabajo en empresas de comida rápida. Eran ya casi las seis y media cuando volví a casa. Dejé las llaves en el aparador y miré si tenía algún mensaje en el contestador. Había uno de mi madre. Estaba en Michaud's comprando pan de ajo, lasaña y vino, y juraba que llegaría a casa antes que los Parnell.

Borré el mensaje y subí a mi habitación.

Como no me había duchado por la mañana y el pelo se me había encrespado al máximo durante el día, supuse que no me vendría mal cambiarme. Todo lo que recordaba de Scott Parnell era desagradable, pero un invitado es un invitado. Me estaba desabrochando la chaqueta cuando llamaron a la puerta.

Era Patch, con las manos en los bolsillos.

Lo normal hubiera sido que me echara en sus brazos para darle la bienvenida. Ese día me contuve. La noche anterior le había dicho que lo quería y él se había largado directamente a casa de Marcie. Así que estaba de un humor mezcla de orgullo herido, rabia e inseguridad.

Esperaba que mi silencio hermético le mandara el mensaje de que algo andaba mal y que no se arreglaría hasta que me pidiese perdón o me diera una explicación.

—Hola —le dije, fingiendo desenfado—. Olvidaste llamarme anoche. ¿Adónde fuiste?

—Por ahí. ¿No me invitas a entrar?

No lo hice.

—Me alegro de oír que ir a casa de Marcie es ir «por ahí».

Un breve destello de sorpresa en su mirada me confirmó lo que no quería creer: Marcie me había dicho la verdad.

—¿Vas a decirme lo que pasa? —le pregunté con un poco más de hostilidad—. ¿Vas a decirme qué hacías en su casa anoche?

—Pareces celosa, Ángel. —Podría habérmelo dicho tomándome un poco el pelo pero, a diferencia de lo habitual, no estaba siendo nada cariñoso ni burlón.

—A lo mejor no estaría celosa si no me dieras motivos para estarlo —le lancé—. ¿Qué hacías en su casa?

—Me ocupaba de un asunto.

Enarqué las cejas.

—No sabía que tú y Marcie tuvierais algún asunto.

—Lo tenemos. Pero no es más que eso: un asunto.

—¿Te importaría explicármelo con más detalle? —Mis palabras contenían una buena dosis de acusación.

—¿Me estás acusando de algo?

—¿Debería?

Patch era un experto en disimular lo que sentía, pero apretó los labios.

—No.

—Si haber estado anoche en su casa es algo tan inocente, ¿por qué tardas tanto en explicarme qué hacías allí?

—No tardo tanto —me dijo, midiendo las palabras—. No te lo digo porque lo que estaba haciendo en casa de Marcie no tiene nada que ver con nosotros.

¿Cómo podía pensar que no tenía nada que ver con nosotros? Marcie aprovechaba cualquier ocasión para atacarme y denigrarme. Llevaba once años burlándose de mí, difundiendo rumores espantosos sobre mí y humillándome en público. ¿Cómo podía pensar que aquello no era algo personal? ¿Cómo podía creer que yo simplemente lo aceptaría sin preguntarle nada? Y, por encima de todo, ¿acaso no veía que yo estaba aterrada de que Marcie lo usara a él para herirme? Si sospechaba que estaba aunque fuera remotamente interesado en mí, haría todo lo que estuviera en su mano para robármelo. No soportaba la idea de perder a Patch, pero que ella me lo quitara me habría matado.

Abrumada por un repentino pavor le dije:

—No vuelvas hasta que estés dispuesto a contarme lo que estabas haciendo en su casa.

Impaciente, Patch entró y cerró la puerta.

—No he venido aquí a discutir. Quería que supieras que Marcie se ha metido en un lío esta tarde.

¿Otra vez Marcie? ¿Le parecía que todavía no había metido la pata lo suficiente? Intenté mantener la calma hasta haber escuchado lo que tenía que decirme, pero estaba deseando gritarle.

—¿Ah, sí? —le dije fríamente.

—Se ha visto metida en un fuego cruzado cuando un grupo de ángeles caídos intentaban obligar a un Nefilim a jurar lealtad en el baño de caballeros del Salón de Bo. El Nefilim no tenía dieciséis años cumplidos todavía, así que no podían obligarlo, pero lo intentaban para divertirse. Le habían hecho bastantes cortes y roto unas cuantas costillas. Marcie ha entrado. Había bebido demasiado y se ha equivocado de baño. El ángel caído que montaba guardia la ha apuñalado. Está en el hospital, pero le darán el alta pronto. Sólo ha sido una herida superficial.

Se me aceleró el pulso y me di cuenta de que estaba alterada por el hecho de que hubieran apuñalado a Marcie, pero era lo último que quería que Patch supiera. Me crucé de brazos.

—Lo siento, ¿está bien el Nefilim?

Recordaba vagamente que Patch me había explicado cierto tiempo atrás que los ángeles caídos no pueden obligar a los Nefilim a jurar lealtad hasta que éstos cumplen dieciséis años. Tampoco a mí podían sacrificarme para tener ellos un cuerpo humano hasta que no tuviera dieciséis. Los dieciséis eran una edad oscura, mágica y crucial en el mundo de los ángeles y los Nefilim.

Patch me miró con cierto disgusto.

—Puede que Marcie estuviera borracha, pero es muy posible que recuerde lo que vio. Es evidente que sabes que los ángeles caídos y los Nefilim intentan pasar desapercibidos, y que alguien como Marcie, que es una bocazas, constituye una amenaza para su secreto. Lo último que quieren es que divulgue lo que vio. Nuestro mundo funciona muchísimo mejor cuando los humanos ignoran su existencia. Conozco a los ángeles caídos implicados. —Tensó la mandíbula—. Harán lo que sea para cerrarle la boca a Marcie.

Sentí un escalofrío de miedo por Marcie, pero lo ignoré. ¿Desde cuándo se preocupaba Patch por lo que pudiera sucederle a Marcie? ¿Desde cuándo estaba más preocupado por ella que por mí?

—Quisiera lamentarlo —le dije—, pero me parece que tú estás lo bastante preocupado por los dos. —Me incliné hacia el pomo de la puerta y la sostuve abierta.

—Vete a ver cómo está Marcie, comprueba si su herida superficial se está curando debidamente.

Patch me apartó la mano del pomo y cerró con el pie.

—Están sucediendo cosas más importantes que tú, yo y Marcie. —Dudó, como si tuviera algo más que decir, pero en el último momento mantuvo la boca cerrada.

—¿Tú, yo y Marcie? ¿Desde cuándo has empezado a meternos a los tres en la misma frase? ¿Desde cuándo significa algo para ti? —le espeté.

Se puso una mano en la nuca. Era evidente que sabía que tenía que escoger las palabras con mucho cuidado antes de responderme.

—¡Dime lo que piensas! —le grité—. ¡Suéltalo ya! Si ya es bastante malo no tener ni idea de lo que sientes, peor todavía es no saber qué piensas.

Patch miró a su alrededor, como si se preguntara si me estaba refiriendo a otra persona.

—¿Que lo suelte? —me dijo, incrédulo, tal vez incluso enfadado—. ¿Qué te parece que intento hacer? Si te calmaras, podría hablar. Ahora mismo te vas a poner histérica diga lo que diga.

Entorné los párpados.

—Tengo derecho a estar furiosa. No quieres decirme qué hacías anoche en casa de Marcie.

Patch levantó las manos como si dijera: «Ya estamos otra vez.»

—Hace dos meses —empecé, intentando parecer orgullosa para ocultar el temblor de mi voz—, Vee, mi madre, todo el mundo me decía que eras un conquistador. Me decían que yo no era más que otra muesca en tu cinturón, otra estúpida a la que seducirías para darte el gusto. Me decían que en cuanto me enamorara de ti me dejarías. —Inspiré profundamente—. Necesito saber que estaban equivocados.

Aunque no quería hacerlo, recordaba la última noche con perfecta claridad. Me acordaba de la humillante escena con todo detalle. Le había dicho que lo quería y me había dejado plantada.

Había cien maneras diferentes de interpretar su silencio y ninguna era buena.

Patch sacudió la cabeza con incredulidad.

—¿Quieres que te diga que se equivocaban? Porque tengo la sensación de que, diga lo que diga, no me creerás. —Me miró a los ojos.

—¿Estás tan comprometido con esta relación como lo estoy yo? —No podía dejar de preguntárselo. No después de haber visto cómo todo se derrumbaba la noche anterior. De pronto me daba cuenta de que no tenía ni idea de lo que Patch sentía realmente por mí. Había creído que lo significaba todo para él, pero ¿y si sólo veía lo que quería ver? ¿Y si había exagerado tremendamente sus sentimientos? Le sostuve la mirada, porque no quería ponérselo fácil, porque no quería darle una segunda oportunidad para eludir la respuesta. Tenía que saberlo—. ¿Me quieres?

«No puedo responderte a eso», me dijo, hablándole directamente a mi mente. Era un don que poseían todos los ángeles, pero yo no entendía por qué motivo había escogido ese momento para usarlo.

—Ya basta por hoy. Que duermas bien —añadió sin más, camino de la puerta.

—Cuando nos besamos, ¿tú finges?

Se paró en seco y volvió a sacudir la cabeza con incredulidad.

—¿Si finjo?

—Cuando te toco, ¿sientes algo? ¿Hasta qué punto me deseas? ¿Sientes algo parecido a lo que yo siento por ti?

Patch me miraba en silencio.

—Nora...

—Quiero una respuesta directa.

Al cabo de un instante, dijo:

—Emocionalmente, sí.

—Pero no físicamente, ¿verdad? ¿Cómo voy a mantener una relación contigo si no tengo ni idea de lo que significa para ti? ¿Yo experimento cosas completamente distintas a las que tú experimentas? Porque es así como me siento. Y lo detesto —añadí—. No quiero que me beses porque se supone que tienes que hacerlo. No quiero que finjas que significa algo para ti si no es más que un acto mecánico.

—¿Un acto mecánico? ¿Tú te estás escuchando? —Se golpeó la cabeza contra la pared y soltó una carcajada siniestra. Me miró de reojo—. ¿Has terminado de acusarme?

—¿Esto te divierte? —le pregunté, sacudida por una oleada de rabia.

—Todo lo contrario.

Antes de que pudiera añadir nada se volvió hacia la puerta.

—Llámame cuando estés dispuesta a hablar con sensatez.

—¿Y eso qué significa?

—Significa que estás loca. Eres imposible.

—¿Que estoy loca?

Me levantó la barbilla con el índice y me estampó un beso en la boca.

—Y yo debo de estar loco para aguantar esto.

Me zafé y me froté la barbilla con resentimiento.

—¿Renuncias a convertirte en humano por mí y esto es lo que tengo? ¿Un novio que ronda a Marcie y no me dice por qué? ¿Un novio que desaparece al primer indicio de pelea? Pues entérate: ¡eres un idiota!

Su pregunta, fría y cortante, resonó en mi mente: «¿Un idiota? Sólo intento obedecer las reglas. Se supone que no tengo que enamorarme de ti. Los dos sabemos que no se trata de Marcie. Se trata de lo que yo siento por ti. Tengo que contenerme. Estoy cruzando una línea peligrosa. Para empezar, si me enamoro me veré metido en un lío. No puedo estar contigo de la manera que me gustaría.»

—¿Por qué renunciaste a convertirte en humano por mí si sabías que no podrías estar conmigo? —le pregunté, con la voz un poco temblorosa y las palmas de las manos sudorosas—. ¿Cómo esperaste siquiera tener una relación conmigo? ¿Qué sentido tiene lo... —la voz se me quebró y tragué saliva— ... lo nuestro?

¿Que esperaba yo de una relación con Patch? En algún momento tendría que haber pensado hacia dónde se encaminaba nuestra relación y qué pasaría. Por supuesto, lo había hecho. Pero me había asustado tanto lo que se avecinaba que había preferido ignorar lo inevitable. Había pretendido que una relación con Patch podría funcionar porque, en el fondo, el tiempo que pasara con él, por poco que fuera, me parecía mejor que nada.

«Ángel.»

Levanté los ojos cuando Patch me llamó mentalmente.

«Estar cerca de ti a cualquier nivel es mejor que nada. No voy a perderte. —Hizo una pausa y, por primera vez desde que lo conocía, vi un destello de inquietud en su mirada—. Pero ya caí una vez. Si doy a los arcángeles algún motivo para pensar que estoy siquiera remotamente enamorado de ti, me mandarán al infierno. Para siempre.»

Enterarme de aquello me aturdió como un puñetazo en el estómago.

—¿Qué?

«Soy un ángel custodio, o por lo menos eso me consideran. Pero los arcángeles no confían en mí. No tengo privilegios, no tengo intimidad. Dos de ellos me acorralaron anoche para hablar conmigo y me marché con la sensación de que quieren que cometa otro error. Por la razón que sea, han decidido ser más estrictos conmigo. Están buscando cualquier excusa para librarse de mí. Estoy en período de prueba y, si la fastidio, mi historia no tendrá un final feliz.»

Lo miré fijamente, pensando que exageraba, que no era posible que la cosa estuviera tan mal, pero me bastó verle la cara para darme cuenta de que nunca me había hablado más en serio.

—¿Qué va a pasar ahora? —pregunté en voz alta.

En lugar de responderme, Patch suspiró decepcionado. Lo cierto era que aquello acabaría mal. Daba igual lo mucho que diéramos marcha atrás, nos anduviéramos con rodeos o miráramos para otro lado: un día de ésos nuestras vidas quedarían destrozadas. ¿Qué pasaría cuando me graduara y me marchara a la facultad? ¿Qué pasaría cuando encontrara el trabajo de mis sueños en la otra punta del país? ¿Qué pasaría cuando me llegara la hora de casarme o de tener hijos? No le estaba haciendo un favor a nadie enamorándome de Patch cada día más. ¿De verdad quería seguir con él sabiendo que aquello sólo podía terminar mal?

Por un instante, creí haber dado con la respuesta: renunciaría a mis sueños. Tan simple como eso. Cerré los ojos y dejé que mis sueños se alejaran como globos con una cinta larga y delgada. No necesitaba aquellos sueños. Ni siquiera podía estar segura de que fueran a hacerse realidad. Y, aunque se hicieran realidad, no quería pasarme el resto de mi vida sola y torturada por la idea de que todo lo que había hecho no significaba nada si Patch no estaba conmigo.

Y entonces pensé que, aunque fuera terrible, ninguno de los dos debía renunciar a todo. Mi vida continuaría avanzando hacia el futuro y yo no podía detener su curso. Patch seguiría siendo un ángel para siempre; continuaría por la senda que había seguido desde su caída.

—¿No podemos hacer algo? —le pregunté.

—Estoy en ello.

En otras palabras, no había nada que hacer. Estábamos atrapados en lados opuestos: los arcángeles tiraban hacia un lado y dos futuros se dirigían en direcciones completamente diferentes.

—Quiero cortar —le dije en voz baja. Sabía que estaba siendo injusta... que me estaba protegiendo. ¿Qué opción me quedaba? No podía dar a Patch la ocasión de discutir sobre ello. Tenía que hacer lo mejor para ambos. No podía quedarme allí, resistiendo, mientras las cosas verdaderas que tenía iban desapareciendo día a día. No podía demostrar cuánto me preocupaba porque eso sólo haría las cosas más duras al final. Por encima de todo, no quería ser la razón de que Patch perdiera todo aquello por lo que había trabajado. Si los arcángeles buscaban una excusa para deshacerse para siempre de él, entonces yo no hacía más que facilitarles la tarea.

Patch me miró como si no supiera si lo decía en serio.

—¿Eso quieres? ¿Quieres cortar? Tú ya has tenido ocasión de decir lo que piensas, cosa que no me trago, por cierto, pero ahora me toca a mí. ¿Qué se supone? ¿Que tengo que aceptar sin más tu decisión y marcharme?

Me crucé de brazos y me di la vuelta.

—No puedes obligarme a seguir con una relación si no quiero.

—¿Podemos hablar de esto?

—Si quieres hablar, dime qué hacías en casa de Marcie anoche. —Pero Patch estaba en lo cierto. No se trataba de Marcie. Se trataba de que yo me sentía dolida y asustada porque el destino y las circunstancias nos habían apartado a ambos.

Me volví. Patch se pasaba las manos por la cara. Soltó una breve y triste carcajada.

—Si anoche yo hubiese estado en casa de Rixon ahora estarías preguntándote el motivo —le solté.

—No —me respondió, en voz peligrosamente baja—. Yo confío en ti.

Temiendo no ser capaz de mantener mi decisión si no hacía algo inmediatamente, le di un empujón en el pecho que le hizo tambalearse y retroceder un paso.

—Vete —le dije, con la voz ronca por las lágrimas—. Tengo cosas que hacer en la vida. Cosas que no te incumben. Iré a la universidad y tendré trabajo. No voy a echarlo todo por la borda por algo que nunca tendría que haber sucedido.

Patch se estremeció.

—¿Realmente es eso lo que quieres?

—Cuando beso a mi novio, ¡quiero que sienta algo!

En cuanto lo hube dicho lo lamenté. No quería herirlo, sólo quería que aquello se acabara lo más pronto posible, antes de perder los papeles y echarme a llorar.

Pero me había pasado. Vi cómo se ponía rígido. Nos quedamos los dos frente a frente, respirando agitadamente.

Luego él cruzó de un paso la puerta y la cerró con un golpe.

Cuando se hubo cerrado me derrumbé contra ella. Las lágrimas me quemaban, pero no derramé ni una. Estaba demasiado llena de frustración y demasiado furiosa para sentir nada más, pero sospechaba, y por eso tenía un sollozo atrapado en la garganta, que al cabo de cinco minutos, cuando me diese cuenta cabal de las consecuencias de lo que había hecho, se me rompería el corazón.

e dejé caer en una esquina de la cama mirando el vacío. La rabia empezaba a ceder, pero casi hubiese deseado que su ardor no me abandonara nunca. El vacío que dejaba a su paso me dolía más que la rabia que había sentido cuando Patch se marchó. Intenté encontrarle un sentido a lo que acababa de suceder, pero no podía pensar con claridad. Lo que nos habíamos gritado resonaba en mis oídos con un eco atropellado, como si recordara un mal sueño más que una conversación real. ¿En verdad había roto con él? ¿Para siempre? ¿No era cosa del destino o, más concretamente, de las amenazas de los arcángeles? El estómago se me revolvió y sentí náuseas.

Corrí al baño y me incliné sobre la taza. Me zumbaban los oídos y respiraba entrecortadamente. ¿Qué había hecho? Nada definitivo, realmente nada definitivo. Al día siguiente volveríamos a vernos y todo sería como antes. Sólo había sido una pelea, una pelea estúpida. Aquello no era el final. Al día siguiente nos daríamos cuenta de lo mezquinos que habíamos sido y nos pediríamos perdón. Sería agua pasada. Haríamos las paces.

Me puse de pie y abrí el grifo del lavabo. Mojé una toalla y me humedecí la cara. Todavía me sentía como si todo me diera vueltas y cerré los ojos para que cesara el movimiento. «¿Qué hay de los arcángeles?», volví a preguntarme. ¿Cómo Patch y yo íbamos a tener una relación normal si nos vigilaban constantemente? Me estremecí. Era posible que estuvieran vigilándome en aquel preciso momento. Podían estar vigilando a Patch para ver si se extralimitaba, buscando cualquier excusa para mandarlo al infierno y alejarlo de mí... para siempre.

La rabia me invadió de nuevo. ¿Por qué no podían dejarnos en paz? ¿Por qué estaban tan empeñados en destruir a Patch? Él me había dicho que era el primer ángel caído a quien habían devuelto las alas y se había convertido en ángel custodio. ¿Era por eso que los arcángeles estaban enfadados? ¿Les parecía que Patch los había engañado o que los había estafado al hacer borrón y cuenta nueva? ¿Querían meterlo en cintura o, simplemente, no confiaban en él?

Cerré los ojos y noté que una lágrima me bajaba por la nariz. «Quiero retirar todo lo dicho», pensé. Quería llamar a Patch, lo amaba con toda el alma, pero no sabía si lo pondría en peligro. ¿Eran capaces los arcángeles de escuchar las conversaciones telefónicas? ¿Cómo íbamos a tener una conversación sincera los dos si ellos estaban fisgando? Tampoco podía renunciar a mi orgullo tan pronto. ¿No se daba cuenta él de que se equivocaba? La razón por la que de entrada habíamos discutido era porque se había negado a decirme qué hacía en casa de Marcie la noche anterior. Yo no era celosa, pero él sabía cómo me llevaba con Marcie. Sabía que era lo único que yo necesitaba saber.

También había otra cosa que me reconcomía. Patch había dicho que a Marcie la habían atacado en el baño de caballeros del Salón de Bo. ¿Qué hacía Marcie allí? Por lo que yo sabía, nadie del instituto de Coldwater iba al Salón de Bo. De hecho, antes de conocer a Patch nunca había oído hablar de aquel local. ¿Era una coincidencia que al día siguiente de estar Patch observando la ventana de la habitación de Marcie ésta hubiera cruzado las puertas del salón recreativo? Patch había insistido en que no había otra cosa que un asunto entre ellos, pero ¿a qué clase de asunto se refería? Y Marcie era muchas cosas aparte de seductora y persuasiva. No sólo no aceptaba nunca un no por respuesta, sino que no aceptaba ninguna respuesta que no fuese la que ella deseaba escuchar.

¿Y si esta vez quería a... Patch?

Unos golpes sonoros en la puerta de entrada me sacaron de mis cavilaciones. Me acurruqué entre los almohadones de mi cama, cerré los ojos y marqué el número de mi madre.

—Los Parnell están aquí.

—¡Ay, Dios! Estoy en el semáforo de Walnut. No tardo ni dos minutos. Hazlos pasar.

—Casi no me acuerdo de Scott y no me acuerdo en absoluto de su madre. Los dejo pasar pero no voy a darles conversación. Pienso quedarme en mi habitación hasta que llegues. —Aunque intentaba transmitirle con mi tono que algo iba mal, no iba a confiarle lo sucedido a mi madre. No tragaba a Patch, así que no me comprendería. Yo no estaba dispuesta a tolerar su felicidad y su alivio, en aquel momento no.

—Nora...

—Vale... Hablaré con ellos. —Cerré de golpe el teléfono y crucé la habitación.

No me di prisa en abrir la puerta. El chico que esperaba fuera era alto y apuesto, por lo que pude ver, porque llevaba una camiseta ceñida que declaraba sin tapujos: «PLATINUM GYM, PORTLAND.»

Lucía un aro de plata en el lóbulo derecho y unos tejanos Levi's de tiro peligrosamente bajo, un sombrero rosa de estampado hawaiano que parecía recién sacado de los estantes de una tienda de saldos y unas gafas de sol que me recordaron las de Hulk Hogan. A pesar de todo, tenía un cierto encanto masculino.

Levantó las comisuras de la boca en una sonrisa.

—Tú debes de ser Nora.

—Tú debes de ser Scott.

Entró y se quitó las gafas de sol. Echó un vistazo general al recibidor que daba a la cocina y al salón.

—¿Dónde está tu madre?

—Viene hacia aquí para la cena.

—¿Qué tenemos para cenar?

No me gustaba su modo de referirse a un hipotético «nosotros». No había ningún «nosotros». Éramos la familia Grey y la familia Parnell. Dos entidades distintas que iban a compartir mesa para la cena por una noche.

Como no le respondía, siguió hablando.

—Coldwater es un poco pequeño para lo que estoy acostumbrado.

Me crucé de brazos y añadí:

—También hace un poco más de frío que en Portland.

Me dio un repaso de pies a cabeza y luego sonrió apenas.

—Ya me he dado cuenta. —Me esquivó de camino a la cocina y abrió la puerta de la nevera—. ¿No hay cerveza?

—¿Qué? No.

La puerta de entrada seguía abierta y oí voces procedentes de fuera.

Mi madre entró con dos bolsas marrones de papel llenas de provisiones. Una mujer oronda con un peinado espantoso estilo duende y un dedo de maquillaje rosado la seguía.

—Nora, ésta es Lynn Parnell —dijo mi madre—. Lynn, ésta es Nora.

—Madre mía... —comentó la señora Parnell dando una palmada—. Es igualita que tú, ¿verdad, Blythe? ¡Mira qué piernas! Largas como las de una bailarina de las Vegas.

—Sé que no es el momento oportuno, pero me encuentro mal, así que voy a acostarme —intervine yo.

Desafié la mirada furibunda que me lanzó mi madre con mi mirada más torticera.

—Scott ha crecido una barbaridad, ¿verdad, Nora? —me preguntó ella.

—Muy observadora.

Mamá dejó las bolsas en el mármol de la cocina y le dijo a Scott:

—Nora y yo nos hemos puesto nostálgicas esta mañana recordando lo que los dos solíais hacer. Nora me ha contado que tú intentabas que comiera cochinillas.

—Solía freírlas vivas con una lupa —apostillé, antes de que Scott pudiera defenderse—, y no intentaba que me las comiera: se sentaba delante de mí y me apretaba la nariz hasta que me veía forzada a abrir la boca para respirar. Entonces me las metía dentro.

Mamá y la señora Parnell intercambiaron una rápida mirada.

—Scott ha sido siempre muy persuasivo —dijo apresuradamente la señora Parnell—. Puede convencer a la gente para que haga cosas que ni siguiera sueña con hacer. Es muy hábil en eso. Me convenció para que le comprara un Ford Mustang de 1966, en perfecto estado. Por supuesto, lo hizo en un buen momento, cuando yo me sentía culpable por el divorcio. Bien. Como he dicho,

Scott seguramente era el mejor amigo de las cochinillas de toda la manzana.

Todos me miraron esperando una confirmación.

No podía creer que estuviéramos hablando de aquello como si fuera un tema de conversación normal.

—Bueno —soltó Scott, rascándose el pecho. Se le marcó el bíceps, cosa que probablemente sabía perfectamente—. ¿Qué hay para cenar?

—Lasaña, pan de ajo y ensalada con Jell-O* —dijo mamá sonriente—. Nora ha preparado la ensalada.

Aquello era una novedad para mí.

—¿Yo lo he hecho?

—Tú compraste las cajas de Jell-O —me recordó.

—Eso no cuenta.

—Nora preparó la ensalada —le aseguró mamá a Scott—. Me parece que todo está a punto. ¿Comemos?

Una vez sentados, juntamos las manos y mamá bendijo la cena.

—Háblame de los apartamentos del barrio —dijo la señora Parnell, mientras cortaba la lasaña y servía la primera ración en el plato de Scott—. ¿Qué puede costarme uno de dos habitaciones y dos baños?

—Eso depende de lo reformado que esté —le respondió mamá—. Casi todos los de esta zona de la ciudad fueron construidos antes de 1900, y eso se nota. Cuando nos casamos, Harrison y yo estuvimos viendo muchos apartamentos baratos de dos habitaciones, pero siempre tenían alguna pega: agujeros en las paredes, cucarachas o estaban demasiado lejos de un parque. Cuando me quedé embarazada decidimos que nos hacía falta más espacio. Esta casa llevaba dieciocho meses en venta y pudimos hacer un cambio que considerábamos de-

* Una marca de gelatina. (N. de la T.)

masiado bueno para ser cierto. —Miró a su alrededor—. Harrison y yo habíamos planeado una reforma completa, pero... bueno, luego... ya sabes... —Bajó la cabeza.

Scott se aclaró la garganta.

—Siento mucho lo de tu padre, Nora. Todavía recuerdo que mi padre me llamó la noche que sucedió. Yo trabajaba a unas cuantas manzanas, en una tienda de comida rápida. Espero que atrapen a quienes lo mataron.

Intenté darle las gracias, pero las palabras no me salieron. No quería hablar de mi padre. Tenía bastante con lo mal que me sentía por haber cortado con Patch. ¿Dónde estaría? ¿Se habría arrepentido? ¿Comprendería lo mucho que yo quería retirar lo dicho? De repente me pregunté si no me habría puesto a prueba y deseé haber bajado mi teléfono a la mesa. ¿Qué podría decirme, sin embargo? ¿Podían los arcángeles leer sus mensajes? ¿Cuánto eran capaces de ver? ¿Estaban por todas partes? Todo eso me pregunté, y me sentí muy vulnerable.

—Dinos, Nora —dijo la señora Parnell—. ¿Cómo es el instituto de Coldwater? Scott practicaba lucha libre en Portland. Su equipo lleva tres años ganando la competición estatal. ¿Es bueno el equipo de lucha? Estaba segura de que nos habíamos enfrentado a Coldwater, pero luego Scott me ha recordado que Coldwater es de tercera categoría.

Me costaba salir de la neblina mental. ¿Teníamos siquiera un equipo de lucha?

—No entiendo de lucha —dije—, pero el equipo de baloncesto participó en la liga estatal una vez.

La señora Parnell se atragantó con el vino.

—¿Una vez? —Clavó los ojos en mí y luego en mi madre, pidiendo una explicación.

—Hay una foto del equipo frente a dirección —dije—. Por el aspecto de la imagen, es de hace unos dieciséis años.

La señora Parnell puso los ojos en blanco.

—¿De hace dieciséis años? —Se limpió la boca con la servilleta—. ¿Tiene el instituto algún problema con el entrenador o con el coordinador deportivo?

—Da igual —dijo Scott—. He perdido el curso.

La señora Parnell dejó el tenedor de golpe.

—Pero te encanta la lucha.

Scott devoró otro bocado de lasaña y levantó un hombro con indiferencia.

—Y éste es tu último año.

—¿Y qué? —replicó Scott sin dejar de masticar.

La señora Parnell apoyó los codos en la mesa y se inclinó hacia delante.

—Pues que no te sacarás los estudios superiores por mérito propio, señorito. La única esperanza que tienes de seguir estudiando es que te capten en la escuela preparatoria.

—Hay otras cosas que quiero hacer.

—¿Ah, sí? —Su madre enarcó las cejas—. ¿Como lo que hiciste el año pasado? —En cuanto lo hubo dicho vi en sus ojos un ramalazo de miedo.

Scott masticó dos veces y tragó.

—¿Me pasas la ensalada, Blythe?

Mi madre le pasó la ensalada de Jell-O a la señora Parnell, que la dejó delante de Scott con excesivo cuidado.

—¿Qué pasó el año pasado? —preguntó mi madre, llenando el tenso silencio.

La señora Parnell hizo un gesto evasivo con la mano.

—¡Oh, ya sabes cómo son las cosas! Scott se metió en un lío, nada fuera de lo normal. Nada por lo que la madre de cualquier adolescente no haya pasado. —Rio, pero su tono no era alegre.

—Mamá. —Scott lo dijo de un modo que sonaba como una advertencia.

—Ya sabes cómo son los chicos —se atropelló la señora Parnell, gesticulando con el tenedor—. No piensan. Viven el momento. Son temerarios. Alégrate de tener una hija, Blythe. ¡Oh, Dios mío! Con este pan de ajo se me hace la boca agua. ¿Me pasas una rebanada?

—No me quejo —murmuró mi madre, pasándole el pan—. No sabéis lo contentas que estamos de que hayáis vuelto a Coldwater.

La señora Parnell asintió convencida.

—Nosotros estamos muy contentos de haber vuelto, y de una sola pieza.

Dejé de masticar y miré tanto a Scott como a la señora Parnell, intentando discernir qué estaba pasando. Puede que los muchachos sean muchachos, eso lo admito, pero lo que no me tragaba era la insistencia de la señora Parnell en que los problemas de su hijo entraban dentro de la categoría de lo habitual. Además, que Scott estuviera pendiente de cada palabra que ella pronunciaba no contribuía a hacerme cambiar de opinión

Convencida de que no nos contaban todo, me puse una mano en el corazón y dije:

—Scott... ¿No irías por ahí de noche robando señales de tráfico para ponerlas en tu habitación, verdad?

La señora Parnell estalló en una sincera carcajada de alivio. Bingo. Fuera el que fuera el lío en el que se había metido Scott, no era tan inocente como robar señales de tráfico. No tenía quince dólares pero, de haberlos tenido, los hubiera apostado de golpe a que el problema de Scott se salía bastante de lo habitual.

—Bueno —dijo mi madre con una sonrisa forzada—. Estoy segura de que, sea lo que sea, es agua pasada. Coldwater es un lugar estupendo para empezar de nuevo. ¿Ya te has matriculado, Scott? Algunas asignaturas se quedan sin plazas enseguida, sobre todo las de nivel universitario.

—Nivel universitario —repitió Scott con un bufido burlón—. ¿De nivel universitario? No se ofenda pero yo no apunto tan alto. Como ha señalado mi madre tan amablemente —se inclinó hacia un lado y le dio un empujón con el hombro demasiado rudo para ser amistoso—, si curso estudios superiores no será por mérito propio.

Como no quería dar a nadie la ocasión de apartar de la conversación el asunto de los problemas de Scott, dije:

—¡Oh, vamos, Scott! No me dejes con la intriga. ¿Qué hiciste? ¿Tan malo fue? No puede ser tan terrible como para no querer contárselo a tus viejos amigos.

—Nora... —terció mi madre.

—¿Ibas conduciendo borracho? ¿Robaste un coche y te fuiste a dar una vuelta?

Noté el pie de mi madre sobre el mío debajo de la mesa. Me lanzó una mirada penetrante. «¿Qué demonios te pasa?», me estaba diciendo.

Scott arrastró la silla por el suelo para levantarse.

—¿El baño? —le preguntó a mi madre. Tiró del cuello de la camiseta—. Tengo indigestión.

—En el piso de arriba —dijo ella en tono de disculpa. Se disculpaba por mi comportamiento, cuando en realidad había sido ella la que había organizado aquella ridícula cena. A nadie mínimamente perspicaz podía escapársele que no estábamos allí sólo para compartir mesa con unos viejos amigos de la familia. Vee tenía razón: era una cita. Bien, pues que mi madre se enterara: ¿Scott y yo? Imposible.

Cuando Scott se marchó, la señora Parnell sonrió de oreja a oreja, como si borrara los cinco minutos anteriores y empezara de nuevo.

—Dime —preguntó, con demasiada alegría—. ¿Nora tiene novio?

—No —respondí yo, al mismo tiempo que mi madre decía:

—Algo así.

—No lo entiendo —dijo la señora Parnell, mientras masticaba un bocado de lasaña y nos miraba a ambas alternativamente.

—Se llama Patch —dijo mamá.

—Un nombre raro —meditó la señora Parnell.

—Es un apodo —le explicó mamá—. Patch se mete en un montón de peleas. Siempre necesita que le pongan parches.*

De repente lamenté haberle explicado que Patch era un apodo.

La señora Parnell menó la cabeza.

—Me suena a nombre de pandillero. Todos los pandilleros usan un apodo. Slasher, Slayer, Maimer, Mauler, Reaper. Patch.**

Puse los ojos en blanco.

—Patch no pertenece a ninguna banda.

—Eso es lo que tú crees —dijo la señora Parnell—. Los pandilleros son criminales por naturaleza, ¿verdad? Hay cucarachas que sólo salen de noche. —Guardó silencio y me pareció que echaba una rápida ojeada a la silla vacía de Scott—. Los tiempos cambian. Hace un par de semanas que vi un capítulo de *Ley y Orden* sobre una

---

* En inglés *patch* significa «parche». *(N. de la T.)*

** Apuñalador, Asesino, Mutilador, Maltratador, Segador. Parche. *(N. de la T.)*

nueva clase de delincuentes suburbanos adinerados. Se hacían llamar sociedad secreta o hermanos de sangre o alguna insensatez parecida, pero es todo lo mismo. Creía que era la típica basura sensacionalista de Hollywood, pero el padre de Scott dijo que cada vez hay más. Él tiene que saberlo, siendo policía y todo eso.

—¿Su marido es policía? —le pregunté.

—Mi ex marido, el diablo se lleve su alma.

«Ya basta.» La voz de Scott salió del recibidor, que estaba a oscuras, y yo me sobresalté. Me estaba preguntando si había ido al baño o se había quedado escuchando a hurtadillas todo el tiempo fuera del salón, cuando caí en la cuenta de que no le había oído hablar en voz alta. De hecho... Estaba casi segura de que se había comunicado mentalmente... conmigo. No, no conmigo. Con su madre. De algún modo, yo lo había captado.

La señora Parnell mostró las palmas de las manos en un gesto apaciguador.

—Todo lo que he dicho es que el diablo se lleve su alma... Lo mantengo, es exactamente lo que siento.

—Te he dicho que te calles. —La voz de Scott era muy baja, espeluznante.

Mi madre se dio la vuelta y sólo entonces se dio cuenta de que Scott había entrado en la habitación. Parpadeé aturdida, incrédula. No podía haberlo escuchado hablarle mentalmente a su madre. Quiero decir que... Scott era humano, ¿no?

—¿Así le hablas a tu propia madre? —le preguntó la señora Parnell, apuntándolo con un dedo acusador. Pero me pareció que lo hacía más por su propio interés que por poner a Scott en su sitio.

Él miró largamente a su madre, sosteniéndole la mirada, luego se fue hacia la puerta de entrada, salió y la cerró de un tirón.

La señora Parnell se limpió la boca y manchó la servilleta de pintalabios rosa.

—Es lo malo del divorcio —declaró, lanzando un suspiro de preocupación—. Scott nunca suele estar de buen humor. Desde luego, puede ser porque se está volviendo como su padre a medida que crece. Bueno, no es un tema agradable ni apropiado para una cena. ¿Patch pelea, Nora? Apuesto a que Scott puede enseñarle unas cuantas cosas.

—Juega al *pool* —le dije, con voz desganada. Lo único que quería era hablar con Patch. No allí, no en aquel momento. No cuando con sólo oír hablar de su nombre se me había hecho un nudo en la garganta. Deseaba más que nunca haber bajado el móvil. Se me había pasado casi toda la rabia, lo que significaba que Patch seguramente también se habría tranquilizado. ¿Me habría perdonado como para mandarme un mensaje o llamarme? Todo era un lío tremendo, pero tenía que haber una solución. Aquello no era tan malo como parecía. Encontraríamos un modo de salir del embrollo.

La señora Parnell asintió.

—El polo. Un verdadero deporte de Maine.

—El *pool*, de las salas de billar —la corrigió mamá con voz débil.

La señora Parnell ladeó la cabeza, como si no estuviera segura de haber oído bien.

—Nidos de criminalidad —dijo por fin—. En el capítulo de *Ley y Orden* que vi, los jóvenes ricos de clase alta llevaban los salones de billar del barrio como si fueran casinos de Las Vegas. No le quites el ojo de encima a ese Patch tuyo, Nora. A lo mejor hay una faceta suya que desconoces. Una faceta oscura.

—No pertenece a ninguna banda —le insistí, me pareció que por milésima vez, haciendo un esfuerzo para seguir siendo amable.

Pero, en cuanto lo hube dicho, me di cuenta de que no sabía con seguridad si Patch había pertenecido nunca a una banda. ¿Contaba un grupo de ángeles caídos como banda? No sabía demasiado de su pasado antes de conocerlo...

—Ya lo veremos —dijo la señora Parnell, dubitativa—. Ya lo veremos.

Una hora más tarde se había terminado la cena, los platos estaban lavados, la señora Parnell por fin se había marchado al encuentro de Scott y yo me fui a mi habitación. El teléfono móvil estaba en el suelo, boca abajo, y no tenía mensajes ni llamadas perdidas.

Me temblaron los labios y me apreté los ojos con las palmas para que las lágrimas no me empañaran la visión. Para no dar vueltas a las cosas espantosas que le había dicho a Patch, intenté encontrar mentalmente la manera de arreglarlo todo. Los arcángeles no podían prohibirnos que habláramos o que nos viéramos, porque Patch era mi ángel custodio. Tenía que seguir formando parte de mi vida. Seguiríamos haciendo lo mismo de siempre. Al cabo de un par de días, cuando nos hubiéramos quitado de encima nuestra primera verdadera pelea, las cosas volverían a la normalidad. ¿Qué importaba mi futuro? Podría decidirlo más adelante. No tenía por qué tener toda mi vida planeada desde aquel preciso momento.

Sin embargo, había una cosa que no cuadraba. Patch y yo habíamos pasado los dos últimos meses demostrándonos abiertamente el afecto que nos teníamos, sin disimulo alguno. Entonces, ¿por qué se preocupaba precisamente ahora por los arcángeles?

Mi madre asomó la cabeza en mi habitación.

—Voy a coger unas cuantas cosas del baño para mi

viaje de mañana. Volveré pronto. ¿Vas a necesitar algo mientras esté fuera?

Me di cuenta de que ya no contaba con Scott como posible novio. Por lo visto, su incierto pasado había marchitado las prisas por encontrarme pareja.

—Estoy bien, pero gracias de todas formas.

Iba a cerrar la puerta pero se detuvo.

—Tenemos un pequeño problema. Le dejé caer a Lynn que no tienes coche. Se ofreció a que Scott te lleve en el suyo a la escuela de verano. Le dije que no era necesario, pero me parece que creyó que sólo lo rechazaba porque estaba preocupada por lo que habíamos sabido de su hijo. Me dijo que podrías compensarle el tiempo invertido llevándolo de paseo por Coldwater mañana.

—Vee me llevará en coche al instituto.

—Ya se lo dije, pero no acepta un no por respuesta. Será mejor que se lo expliques a Scott directamente. Dale las gracias por el ofrecimiento y dile que ya tienes quien te lleve.

Precisamente lo que no quería. Más relaciones con Scott.

—Me gusta que hayas quedado para ir en coche con Vee —añadió despacio—. Por cierto, si Scott se pasa por aquí mientras yo estoy fuera de la ciudad esta semana, quizá sea mejor que mantengas las distancias.

—¿No te fías de él?

—No lo conocemos demasiado bien —dijo con precaución.

—Pero Scott y yo éramos los mejores amigos, ¿recuerdas?

Me lanzó una mirada significativa.

—Eso fue hace mucho tiempo. Las cosas cambian.

Exactamente lo que yo decía.

—Es sólo que me gustaría conocer un poco más a

Scott antes de que tú pases mucho tiempo con él —prosiguió—. Cuando vuelva, veré qué puedo averiguar.

Bien, aquél era un giro de los acontecimientos inesperado.

—¿Vas a sacar a relucir sus trapos sucios?

—Lynn y yo somos buenas amigas. Ella está sometida a mucho estrés. Es posible que necesite a alguien en quien confiar. —Dio un paso hacia mi tocador, se echó un poco de crema en las palmas y juntó las manos—. Si menciona a Scott, bueno, no voy a negarme a escucharla.

—Si te sirve de algo, me parece que se ha comportado de un modo muy raro en la cena.

—Sus padres acaban de divorciarse —dijo, en el mismo tono neutral y cuidadoso—. Estoy segura que está sumido en una gran confusión. Perder a un padre es duro.

Que me lo dijeran a mí.

—La subasta termina el miércoles por la tarde y estaré en casa para cenar. Vee estará fuera mañana por la noche, ¿verdad?

—Es verdad —dije, recordando que necesitaba hablar de aquello con Vee—. Por cierto, estoy pensando en buscarme un trabajo. —Era mejor decirlo a las claras, especialmente porque esperaba haber encontrado empleo antes de que ella regresara.

Mamá parpadeó.

—¿Cómo se te ha ocurrido eso?

—Necesito un coche.

—Creía que Vee estaba encantada de llevarte.

—Me siento como un parásito. —No podía ir ni siquiera a comprar tampones a la tienda en caso de emergencia sin llamar a Vee. Peor que eso, aquel día había estado a punto de tener que pedir a Marcie Millar que me llevara al instituto. No quería pedirle cosas a mi madre innecesariamente, sobre todo cuando iba tan corta de dinero, pero tampoco quería que se repitiera lo de aquella mañana. Desde que mi madre había vendido el Fiat deseaba tener coche y aquella tarde, al ver el Cabriolet, había decidido hacer algo. Pagarme yo misma el coche parecía un buen arreglo.

—¿No crees que un trabajo interferirá en tus estudios? —me preguntó mamá. Por su tono adiviné que no le entusiasmaba la idea. No es que yo esperara que lo hiciera.

—Sólo tengo una asignatura.

—Sí, pero es química.

—No te ofendas, pero creo que puedo ocuparme de las dos cosas a la vez.

Se sentó en el borde de la cama.

—¿Qué te pasa? Esta noche estás tremendamente irascible.

Tardé un segundo en responder y a punto estuve de contarle la verdad.

—Nada. Estoy bien.

—Pareces agotada.

—Ha sido un día muy largo. Ah... ¿te he contado que Marcie Millar es mi compañera?

Por la cara que puso supe que entendía a la perfección cuánto me dolía. Al fin y al cabo, era mi madre. Durante once años había corrido a casa siempre que Marcie se ensañaba conmigo. Y había sido mi madre quien me había consolado, me había ayudado a rehacerme y me había mandado de vuelta a la escuela más fuerte, más sabia y armada con unos cuantos recursos propios.

—Tendré que soportarla durante ocho semanas.

—Recuérdate a ti misma que, si sobrevives las ocho semanas enteras sin matarla, podremos hablar de comprarte un coche.

—Eres una buena negociadora, mamá.

Me besó la frente.

—Espero un informe completo de los dos primeros días cuando vuelva de viaje. Mientras yo esté fuera, nada de fiestas desenfrenadas.

—No te lo prometo.

Al cabo de cinco minutos mi madre conducía su Taurus por el camino de entrada.

Dejé caer la cortina, me acurruqué en el sofá y miré el teléfono móvil.

No había llamadas entrantes.

Todavía llevaba la cadena de Patch. La apreté más fuerte de lo que quería. Me asaltó la espantosa idea de que tal vez era lo único que me quedaba de él.

CAPÍTULO

El sueño era en tres colores: negro, blanco y gris pálido.

Era una noche fría. Yo estaba de pie, descalza en una carretera; el fango y la lluvia llenaban rápidamente los baches. Aquí y allá se veían rocas y hierbajos esqueléticos. Todo el campo estaba sumido en la oscuridad, menos un trocito donde brillaba una luz: a unos centenares de metros de la carretera había una taberna de piedra y madera. Las velas parpadeaban en las ventanas y yo estaba a punto de acercarme a la taberna para refugiarme en ella cuando oí unos cascabeles distantes.

El sonido se intensificó. Me situé a una distancia prudente del camino. Vi que un carruaje de caballos salía traqueteando de la oscuridad y se detenía en el preciso lugar en el que yo acababa de estar hacía un momento. En cuanto las ruedas dejaron de girar, el cochero se bajó de un salto del carruaje, ensuciándose las botas de barro hasta media caña. Abrió la portezuela y retrocedió.

Salió una silueta oscura. Un hombre. Sobre los hombros llevaba una capa que se le hinchó con el viento, pero la capucha calada le ocultaba el rostro.

—Espera aquí —le ordenó al cochero.

—Mi señor, está lloviendo mucho...

El hombre de la capa hizo un gesto con la cabeza en dirección a la taberna.

—Tengo que ocuparme de un asunto. No tardaré. Ten listos los caballos.

El cochero miró hacia la taberna.

—Pero mi señor... ahí sólo hay ladrones y vagabundos. Y esta noche no presagia nada bueno. Lo siento en los huesos. —Se frotó los brazos enérgicamente, como para espantar el frío—. Mi señor haría mejor en regresar cuanto antes a casa con la señora y los niños.

—No le cuentes nada de esto a mi esposa. —El hombre de la capa cerró y abrió las manos enguantadas sin apartar los ojos de la taberna—. Ya tiene bastantes preocupaciones —murmuró.

Centré mi atención en la taberna y en la siniestra luz de las velas que parpadeaba en las pequeñas ventanas inclinadas. También tenía el tejado torcido ligeramente hacia la derecha, como si para construirlo hubieran utilizado herramientas muy poco precisas. Fuera abundaban los hierbajos y, de vez en cuando, un grito escandaloso o el sonido del cristal al romperse salía de sus paredes.

El cochero se cubrió hasta la nariz con la manga del abrigo.

—Mi propio hijo murió en la epidemia hace menos de dos años. Es terrible por lo que estáis pasando vos y la señora.

En el denso silencio que siguió, los caballos cocearon impacientes, con el pelaje humeante. De las narices les salían pequeñas vaharadas heladas. La imagen era tan real que sentí un repentino terror. Nunca me había parecido tan verídico un sueño.

El hombre de la capa había echado a andar por el

camino de adoquines de la taberna. Las fronteras del sueño se desvanecieron a su espalda y, tras un instante de duda, lo seguí, temiendo desaparecer yo también si no me quedaba cerca de él. Crucé el umbral de la taberna pisándole los talones.

En la pared del fondo, a media altura, había un horno enorme con una chimenea de ladrillo. Varios tazones de madera, cuencos de estaño y utensilios de cocina ocupaban los muros a ambos lados del horno, colgados de largos ganchos. Habían colocado tres barriles en un rincón, delante de los cuales dormía enroscado un perro sarnoso. Todo estaba lleno de bancos derribados y había un caótico montón de platos y vasos sucios esparcidos por un suelo que apenas podía ser considerado como tal. Estaba sucio y cubierto de lo que parecía serrín. En cuanto entré, el barro endurecido de mis tacones se sumó a la capa polvorienta. Lo único que yo deseaba era una ducha caliente, pero entonces el aspecto de los diez parroquianos que ocupaban las mesas de la taberna caló en mi conciencia.

La mayoría de los hombres llevaban el pelo largo hasta los hombros y curiosas barbas puntiagudas, unos pantalones holgados metidos dentro de botas altas y las mangas abullonadas. Usaban sombreros de ala ancha que me recordaron los de los peregrinos.

No cabía duda de que estaba soñando con una época antigua y, puesto que el sueño era tan rico en detalles, debería de tener por lo menos una ligera idea del periodo histórico en el que me encontraba. Pero no habría sabido situarlo. Parecía Inglaterra, pero podría haber sido cualquier lugar entre los siglos XV y XVIII. Había sacado un sobresaliente en historia aquel curso, pero la moda de época no entraba en ningún examen. Nada de lo que tenía ante los ojos entraba en ninguno.

—Busco a un hombre —le dijo el hombre de la capa al tabernero, situado detrás de una mesa que le llegaba a la altura de la cintura y que, supuse, hacía las veces de barra—. Me dijeron que me reuniera aquí con él esta noche, pero por desgracia no sé cómo se llama.

El tabernero, un hombre bajo y completamente calvo aparte de unos cuantos pelos hirsutos en la parte superior de la cabeza, miró a los ojos al de la capa.

—¿Queréis tomar algo? —le preguntó, separando los labios y enseñando los negros tocones irregulares que eran sus dientes.

Me tragué la náusea que me produjo la visión de aquella dentadura y retrocedí.

El de la capa no parecía sentir la misma repulsión que yo. Apenas sacudió la cabeza.

—Necesito encontrar a ese hombre lo antes posible. Me dijeron que podríais ayudarme.

La sonrisa podrida del tabernero se desvaneció.

—Ah, no puedo ayudaros a encontrarlo, milord. Pero confiad en un viejo y tomaos una o dos copas. Algo que os caliente la sangre en una noche tan fría. —Acercó un vaso hacia el hombre.

El de la capa sacudió la cabeza de nuevo bajo la capucha.

—Lo siento, pero tengo mucha prisa. Decidme dónde puedo encontrarlo. —Empujó unas cuantas monedas alabeadas hacia el otro lado de la mesa.

El tabernero se metió las monedas en el bolsillo. Haciendo un movimiento brusco con la cabeza en dirección a la puerta trasera, dijo:

—Está en ese bosque de ahí. Pero, milord... tened cuidado. Algunos dicen que el bosque está embrujado. Hay quien dice que quien entra en ese bosque no regresa jamás.

El de la capa se inclinó sobre la mesa que los separaba y bajó la voz.

—Quiero haceros una pregunta personal. ¿Significa algo para vos el mes de los judíos o el Jeshván?*

—No soy judío —respondió el tabernero tajante, pero algo en su mirada me dijo que no era la primera vez que le preguntaban aquello.

—El hombre al que he venido a ver me pidió que me encontrara aquí con él la primera noche del Jeshván. Dijo que necesitaba que le prestara un servicio de quince días de duración.

El tabernero inclinó la cabeza.

—Quince días es mucho tiempo.

—Demasiado. No hubiese venido, pero tenía miedo de lo que el hombre pudiera hacer si yo no venía. Mencionó a mi familia. Sabía sus nombres. Los sabía. Tengo una hermosa esposa y cuatro hijos. No quiero que les hagan daño.

El tabernero bajó la voz como para compartir una confidencia escandalosa.

—El hombre al que habéis venido a ver es... —Se apartó y miró con desconfianza a su alrededor.

—Es inusualmente poderoso —terminó por él el de la capa—. Conozco su fuerza y es un hombre muy poderoso. He venido a razonar con él. Seguramente no espera que abandone mis deberes y mi familia durante tanto tiempo. Será razonable.

—No sé nada de lo razonable que pueda ser —dijo el tabernero.

—Mi hijo menor se ha contagiado de la epidemia

* El segundo mes del año civil y el octavo del año eclesiástico en el calendario hebreo. Se corresponde con octubre-noviembre de nuestro calendario. *(N. de la T.)*

—explicó el de la capa. La desesperación hizo que le temblara la voz—. Los médicos no creen que viva mucho. Mi familia me necesita. Mi hijo me necesita.

—Tomaos una copa —dijo el tabernero con amabilidad. Le tendió el vaso por segunda vez.

El de la capa se volvió de repente y caminó a grandes zancadas hacia la puerta trasera. Lo seguí.

Fuera, caminé a trompicones por el barro helado, con los pies descalzos, siguiéndolo. Continuaba lloviendo y tenía que andar con cuidado para no resbalar. Me limpié los ojos y vi que la capa del hombre desaparecía entre los árboles, en la linde del bosque.

Tropecé detrás de él y vacilé junto a los árboles. Ahuecando las manos para apartar mi pelo mojado de la cara, escruté la profunda oscuridad que tenía delante.

Hubo un movimiento repentino y, de pronto, el hombre de la capa corrió de vuelta hacia mí. Tropezó y cayó. Las ramas se le engancharon en la capa; como enloquecido, forcejeó para desatársela del cuello. Soltó un alarido de terror. Movía los brazos frenéticamente, y se sacudía y se retorcía de pies a cabeza entre convulsiones.

Me abrí paso hacia él. Las ramas me arañaban los brazos y las piedras me lastimaban los pies desnudos. Me hinqué de rodillas a su lado. Seguía llevando la capucha pero vi que tenía la boca un poco abierta, paralizada en un grito.

—¡Dese la vuelta! —le ordené, tirando de la tela atrapada debajo de él para liberarla.

Pero no me oía. Por primera vez, el sueño tomó un cariz familiar. Como en cualquier pesadilla de las muchas en las que me había visto inmersa, cuanto más forcejeaba, más fuera de mi alcance estaba mi objetivo.

Le agarré por los hombros y lo sacudí.

—¡Dese la vuelta! Puedo sacarlo de aquí, pero necesito que me ayude.

—Soy Barnabas Underwood —me dijo, arrastrando las palabras—. ¿Conoces el camino a la taberna? Buena chica —dijo, palmeando el aire como si palmeara una mejilla imaginaria.

Me puse tensa. No había manera de que pudiera verme. Tenía alucinaciones sobre otra chica. Tenía que ser eso. ¿Cómo iba a verme si no podía oírme?

—Corre hacia allí y dile al tabernero que mande ayuda —prosiguió—. Dile que no es un hombre. Dile que es uno de los ángeles diabólicos, que ha venido a poseer mi cuerpo y deshacerse de mi alma. Dile que haga venir a un cura con agua bendita y rosas.

Cuando le oí mencionar a los ángeles diabólicos se me erizó el vello de los brazos.

Volvió la cabeza hacia atrás, hacia el bosque, estirando el cuello.

—¡El ángel! —murmuró, atenazado por el pánico—. ¡Viene el ángel!

Retorció la boca como si luchara por controlar su propio cuerpo. Arqueó la espalda violentamente y la capucha se le salió del todo.

Yo todavía tenía agarrada la capa con firmeza, pero noté que las manos se me aflojaban por instinto. Miré fijamente al hombre, mientras un jadeo de sorpresa me atenazaba la garganta. No era Barnabas Underwood.

Era Hank Millar.

El padre de Marcie.

Abrí los ojos, completamente despierta.

Por la ventana de mi habitación entraban los rayos de luz. Una brisa perezosa susurraba el primer aliento de la mañana en mi piel. El corazón me latía dos veces más rápido de lo normal por culpa de la pesadilla, pero inspiré profundamente y me dije que aquello no había sido real. A decir verdad, ahora que tenía los pies firmemente plantados en mi propio mundo, estaba más preocupada por el hecho de haber estado soñando con el padre de Marcie que por todo lo demás. Deseosa de olvidarlo, descarté el sueño.

Saqué el teléfono móvil de debajo de la almohada para ver si tenía mensajes. Patch no había llamado. Abracé la almohada, me acurruqué e intenté ignorar la sensación de vacío interior. ¿Cuántas horas hacía que Patch se había marchado? Doce. ¿Cuántas pasarían hasta que volviera a verlo? No lo sabía. Eso era lo que de verdad me preocupaba. Cuanto más tiempo pasaba, más tenía la sensación de que el muro de hielo entre nosotros se espesaba.

«Debo pasar el día como sea», me dije, tragándome el nudo de la garganta. Nuestro extraño distanciamiento no duraría eternamente. Nada se resolvería si me quedaba todo el día en la cama. Volvería a ver a Patch. Incluso a lo mejor se pasaba después de clase. O eso o podía llamarlo. Continué con aquellas ideas ridículas para evitar pensar en los arcángeles, en el infierno, en lo asustada que estaba de que Patch y yo nos enfrentáramos a un problema que ninguno de los dos era lo bastante fuerte para solucionar.

Me levanté de la cama y encontré un Post-it adherido al espejo del baño.

La buena noticia: he convencido a Lynn de que no mande a Scott esta mañana a recogerte. La mala noticia: Lynn está empeñada en el paseo por la ciudad. En este momento no estoy segura de que no vaya a servir de algo. ¿Te importaría llevártelo por ahí después de clase? Un ratito. Sólo un ratito corto. Te he dejado su número en el mármol de la cocina. Besos y abrazos

Mamá

P.D.: Te llamaré esta noche desde el hotel.

Gemí y apoyé la frente en el mármol. No quería pasar ni diez minutos con Scott, mucho menos un par de horas.

Cuarenta minutos más tarde me había duchado, vestido y me había comido un bol de copos de avena con fresas. Llamaron a la puerta y, cuando abrí, me encontré con la sonrisa de Vee.

—¿Estás lista para otro divertido día de escuela de verano? —me preguntó.

Descolgué la mochila del perchero.

—Con pasarlo basta, ¿vale?

—Uf. ¿Quién se te ha meado en los cereales?

—Scott Parnell. —«Patch.»

—Ya veo que el problema de incontinencia no se ha resuelto todavía.

—Se supone que tengo que pasearlo por la ciudad después de clase.

—Un rato a solas con un chico. ¿Qué tiene eso de odioso?

—Tendrías que haber estado aquí anoche. La cena fue estrambótica. La madre de Scott se puso a hablarnos de sus antiguos problemas, pero Scott la hizo callar. No sólo eso sino que casi parecía que la estuviera amenazando. Luego se fue al baño, pero acabó espiándonos desde el recibidor. —Y luego le habló mentalmente a su madre. Tal vez.

—Me parece que intenta que no se metan en su vida privada. Y me parece que tendremos que hacer algo para que eso cambie.

Iba dos pasos por delante de Vee, a la cabeza, y dejé que me alcanzara. Acababa de tener un ramalazo de inspiración.

—Tengo una idea estupenda —dije, dándome la vuelta—. ¿Por qué no llevas tú de paseo a Scott? En serio, Vee. Te encantará. Tiene esa actitud temeraria de chico malo que pasa de las normas. Incluso me preguntó si teníamos cerveza... Escandaloso, ¿verdad? Me parece que vive muy cerca de tu calle.

—No puedo. He quedado para comer con Rixon.

Sentí una inesperada punzada en el corazón. Patch y yo también teníamos planes para almorzar juntos ese día, pero dudaba de que lo hiciéramos. ¿Qué había hecho? Tendría que haberlo llamado. Tendría que haber encontrado el modo de hablar con él. No iba a dejar que las cosas acabaran de aquel modo. Era absurdo. Pero una vocecita que yo despreciaba me preguntaba por qué no había llamado él primero.

Tenía tanto por lo que disculparse como yo.

—Te pagaré ocho dólares y treinta y dos centavos para que te lleves de paseo a Scott. Es mi última oferta —le dije.

—Es tentadora, pero no. Y además, otra cosa. Seguramente a Patch no le hará demasiada gracia que tú y Scott salgáis juntos por ahí. No me malinterpretes. No podría importarme menos lo que piense Patch y, si quieres volverlo loco, mejor para ti. Sin embargo, creo que te lo he dejado claro.

Estaba bajando la escalera del porche y trastabillé

cuando la oí mencionar a Patch. Pensé en contarle a Vee que lo había dejado, pero no estaba preparada para decirlo en voz alta. Noté en el bolsillo el teléfono móvil, donde tenía guardada una foto de Patch. Una parte de mí quería arrojar el teléfono a los árboles del otro lado del camino. La otra no quería perderlo tan pronto. Además, si se lo contaba a Vee, ella me señalaría inevitablemente que si había roto era libre para quedar con otros, lo cual era una conclusión errónea. Ni yo buscaba a otro ni había ninguno como Patch. Eso esperaba. Sólo había sido una refriega. Nuestra primera verdadera pelea. La separación no sería permanente. Llevados por el momento, los dos habíamos dicho cosas que no pensábamos.

—Yo en tu lugar, me curaría en salud —dijo Vee, taconeando al bajar las escaleras detrás de mí—. Es lo que yo hago siempre que me encuentro en un aprieto. Llama a Scott y dile que tu gato está vomitando tripas de ratón y que tienes que llevarlo al veterinario cuando salgas de clase.

—Estuvo aquí anoche. Sabe que no tengo gato.

—Entonces, a menos que tenga espaguetis por cerebro se dará cuenta de que no estás interesada en él.

Lo pensé. Si me libraba de llevar a Scott de paseo por la ciudad, a lo mejor podría pedirle prestado el coche a Vee y seguirlo. Intentaba razonar en lo posible lo que había oído la noche anterior y no podía ignorar la persistente sospecha de que Scott se había comunicado mentalmente con su madre. Un año antes hubiese descartado la idea por ridícula. Pero ahora las cosas eran distintas. Patch se había comunicado mentalmente conmigo muchas veces. Eso mismo hacía Chauncey (también conocido como Jules), un Nefilim de mi pasado. Puesto que los ángeles caídos no envejecían y yo no había visto a Scott desde que tenía cinco años, ya había descartado que fuera uno. Pero aunque no fuese un ángel caído, bien podía ser un Nefilim.

Sin embargo, si era un Nefilim, ¿qué estaba haciendo en Coldwater? ¿Por qué vivía una vida común de adolescente? ¿Sabía que era un Nefilim? ¿Lo sabía Lynn? ¿Había Scott jurado lealtad a un ángel caído? Si no lo había hecho, ¿tenía yo la responsabilidad de avisarle de lo que le esperaba? Scott me había caído mal de entrada, pero eso no significaba que mereciera renunciar a su cuerpo dos semanas al año.

Por supuesto, a lo mejor no era ni mucho menos un Nefilim. Tal vez me estaba dejando llevar por la falsa suposición de que había captado cómo le hablaba mentalmente a su madre.

Después de química fui hasta mi taquilla y cambié el libro de texto por la mochila y el móvil; después caminé hacia las puertas laterales, desde donde había una buena vista del aparcamiento de los alumnos. Scott estaba sentado en el capó de su Mustang azul plateado. Todavía llevaba el sombrero hawaiano y caí en la cuenta de que, si se lo hubiera quitado, no lo habría reconocido. Ni siquiera sabía de qué color tenía el pelo. Saqué del bolsillo la nota que mi madre me había dejado y marqué su número de teléfono.

—Debes de ser Nora Grey —me respondió—. Espero que no me dejes tirado.

—Malas noticias. Mi gato se ha puesto enfermo. El veterinario me ha dado cita para las doce y media. Tendremos que aplazar el paseo. Lo siento —terminé, esperando no sentirme demasiado culpable. Después de todo, sólo era una mentirijilla. Y estaba completamente convencida de que a Scott no le apetecía dar un paseo por Coldwater. Al menos, eso me decía yo para acallar mi conciencia.

—Bien —dijo Scott, y colgó.

Acababa de cerrar el teléfono cuando Vee se me acercó por detrás.

—Te lo has quitado de encima con facilidad, ésta es mi chica.

—¿Te importa si uso tu Neon esta tarde? —le pregunté, mirando a Scott bajarse del capó del Mustang y hacer una llamada.

—¿Para qué lo quieres?

—Quiero seguir de cerca a Scott.

—¿Para qué? Esta mañana me has dejado bien claro que lo consideras un inútil.

—Hay algo en él que no... cuadra.

—Sí, las gafas de sol a lo Hulk Hogan. Sea como sea, no puedo. He quedado para comer con Rixon.

—Ya, pero Rixon puede llevarte en su coche, así que yo puedo usar el Neon —dije, echando un vistazo por la ventana para confirmar que Scott no se hubiera metido en el Mustang todavía. No quería que se fuera hasta haber convencido a Vee de que me diera las llaves del Neon.

—Claro que puede. Pero entonces pareceré necesitada. Los chicos de hoy en día quieren una mujer fuerte e independiente.

—Si me dejas el Neon le pondré gasolina.

La expresión de Vee se dulcificó un poco.

—¿Llenarás el depósito?

—Llenaré el depósito. O lo llenaré tanto como pueda con ocho dólares y treinta y dos centavos.

Vee se mordió el labio.

—Vale —dijo lentamente—. Pero mejor te hago compañía, para asegurarme de que no te pase nada malo.

—¿Qué hay de Rixon?

—Sólo porque me haya agenciado un novio que está cañón no voy a dejar a mi mejor amiga en la estacada. Además, tengo el pálpito de que vas a necesitar ayuda.

—No va a pasar nada. Lo seguiré sin que se dé cuenta.

Pero apreciaba la oferta.

Los últimos meses me habían cambiado. No era tan ingenua ni tan inconsciente del peligro como antes, y llevar a Vee conmigo me atraía en más de un sentido. Sobre todo en el caso de que Scott fuera un Nefilim. El único Nefilim al que conocía había intentado matarme.

Vee llamó a Rixon para cancelar la cita y esperamos a que Scott se hubiera puesto al volante y salido de su plaza de aparcamiento antes de abandonar el edificio. Dobló a la izquierda a la salida, y Vee y yo corrimos hacia su Dodge Neon morado de 1995.

—Conduce tú —me dijo Vee, alcanzándome las llaves. Unos minutos más tarde avistamos el Mustang y me quedé a tres coches de distancia. Scott tomó la autovía hacia el este por la costa, y yo lo seguí.

Al cabo de media hora, salió al paseo marítimo y se dirigió hacia un aparcamiento situado junto a unas tiendas que daban al mar. Conduje despacio, dándole tiempo para cerrar el coche y ponerse a caminar, y luego estacioné a dos hileras de distancia.

—Por lo visto Scotty *Orinal* se va de compras —dijo Vee—. Hablando de ir de compras, ¿te importa si echo un vistazo mientras tú haces de detective aficionada? Rixon me dijo que le gusta que las chicas usen accesorios, cosas como pañuelos, y no tengo ni uno en el armario.

—Ve por uno.

Me mantuve media manzana por detrás de Scott y lo vi entrar en una tienda de ropa moderna y salir menos de quince minutos después con una bolsa. Se metió en otra tienda y salió al cabo de diez minutos. Nada fuera de lo común y nada que me diera a entender que podía ser un Nefilim. Cuando salía de la tercera tienda, un grupo de chicas en edad de ir a la facultad, que almorzaban al otro lado de la calle, atrajeron la atención de Scott. Estaban sentadas a una mesa con sombrilla, en la terraza del restaurante. Llevaban pantalones vaqueros cortados muy cortos y la parte de arriba del bikini. Scott usó la cámara del móvil para tomar unas cuantas fotos inocentes.

Me volví con una mueca hacia la ventana de la cafetería que tenía frente a mí, y entonces lo vi, sentado en un banco de dentro. Llevaba pantalones caqui, una camisa azul con las puntas del cuello abotonadas y una chaqueta de punto de color crudo. Se había recogido el pelo rubio ondulado en una cola de caballo, ahora más largo. Leía el periódico.

Mi padre.

Dobló el periódico y caminó hacia el fondo de la cafetería.

Me apresuré por la acera hacia la entrada y me metí dentro. Mi padre había desaparecido entre la gente. Corrí hacia el fondo del local, mirando frenética alrededor. Al final del pasillo con enlosado de damero estaban el baño de caballeros, a la izquierda, y el de señoras, a la derecha. No había ninguna otra salida, lo que significaba que mi padre estaba en el baño de caballeros.

—¿Qué haces? —me preguntó Scott por encima del hombro.

Giré en redondo.

—¿Cómo... qué... qué haces tú aquí?

—Acabo de hacerte la misma pregunta. Sé que me habéis seguido. No te hagas la sorprendida. Tengo retrovisor. ¿Me estáis acechando por alguna razón?

Estaba demasiado confusa para preocuparme por lo que decía.

—Entra en el lavabo de caballeros y dime si dentro hay un hombre con camisa azul.

Scott me dio unos golpecitos en la frente con el dedo.

—¿Drogas? ¿Trastorno de conducta? Te comportas como una esquizofrénica.

—Hazlo. Eso es todo.

Scott le dio una patada a la puerta y la abrió por completo. Oí el vaivén de las puertas de los cubículos y, al cabo de un momento, volvió.

—Nada.

—He visto a un hombre con camisa azul caminando hacia aquí. No hay ninguna otra salida. —Me fijé en la puerta del otro lado del pasillo... la única otra puerta. Entré en el lavabo de señoras y miré en todos los cubículos, que fui abriendo uno por uno, con el corazón en la boca. Los tres estaban vacíos.

Me di cuenta de que estaba conteniendo el aliento y solté el aire. Me embargaban distintas emociones, pero el disgusto y el miedo encabezaban la lista. Había creído ver a mi padre vivo. Pero sólo había sido un cruel engaño de mi imaginación. Mi padre estaba muerto. Nunca volvería y tenía que aceptarlo. Caí hacia el suelo con la espalda pegada a la pared y el cuerpo sacudido por los sollozos.

CAPÍTULO

Scott se quedó en la entrada, con los brazos cruzados.

—Así que los lavabos de las chicas son esto. Tengo que reconocer que están muy limpios.

Seguí con la cabeza gacha y me limpié la nariz con el dorso de la mano.

—¿Te parece?

—No me iré hasta que no me hayas dicho por qué me habéis seguido. Sé que soy un chico fascinante, pero esto está empezando a parecerme una obsesión insana.

Me puse de pie y me eché agua en la cara. Evitando el reflejo de Scott en el espejo, tiré de una toalla de papel y me la sequé.

—También vas a decirme a quién buscabas en el baño de caballeros.

—Me ha parecido ver a mi padre —le espeté, haciendo acopio de toda la rabia para ocultar el dolor punzante que me atenazaba—. Ya está. ¿Satisfecho?

Hice una pelota con la toalla y la eché a la basura. Iba hacia la salida cuando Scott cerró la puerta y se apoyó en ella, cortándome el paso.

—Cuando encuentren al tipo que lo hizo y lo encierren de por vida te sentirás mejor.

—Gracias por el peor consejo que me han dado —dije con amargura, pensando que lo que me hubiese hecho sentir mejor habría sido volver a tener a mi padre.

—Créeme. Mi padre es policía. Vive para decir a los familiares que ha encontrado al asesino. Van a encontrar al individuo que destruyó a tu familia y le harán pagar por ello. Una vida a cambio de otra. Entonces tendrás paz. Vámonos de aquí. Me siento como un mirón en el baño de las chicas. —Esperó—. Esto tendría que haberte hecho reír.

—No estoy de humor.

Entrelazó los dedos de ambas manos, se las puso en la cabeza y se encogió de hombros. Parecía incómodo, como si detestara los momentos delicados y no tuviera ni idea de cómo salir de ellos.

—Escucha, esta noche iré a jugar al billar a ese antro de Springvale, ¿te apetece?

—Paso. —No estaba de humor para jugar al billar. Lo único que conseguiría sería llenarme la cabeza de indeseados recuerdos de Patch.

Recordaba la primera noche, cuando fui a buscarlo para terminar un trabajo de biología y me lo encontré jugando al billar en el sótano del Salón de Bo. Recordaba cómo me había enseñado a jugar al billar. Se colocaba detrás de mí, tan cerca que notaba la electricidad. Todavía peor, recordaba el modo que tenía siempre de aparecer cuando lo necesitaba. Ahora lo necesitaba y... ¿dónde estaba? ¿Pensaría en mí?

Me quedé en el porche, rebuscando en el bolso para encontrar las llaves. Los zapatos empapados chirriaban en los tablones y los tejanos húmedos me irritaban la cara interna de los muslos. Después de seguir a Scott, Vee me había arrastrado a muchas tiendas para que le diera mi opinión sobre los pañuelos y, mientras le manifestaba mis preferencias entre uno de seda violeta y otro pintado a mano en colores neutros, se desató una tormenta procedente del mar. En lo que tardamos en correr hacia el aparcamiento y meternos en el Neon, pasamos de estar secas a estar caladas hasta los huesos. Habíamos puesto la calefacción de camino a casa, pero me castañeteaban los dientes, me notaba la ropa helada sobre la piel y todavía estaba conmocionada por el hecho de haber creído ver a mi padre.

Empujé la puerta húmeda con el hombro y luego tanteé la pared hasta dar con el interruptor de la luz. En el baño de arriba me quité la ropa y la puse a secar colgada de la barra de la ducha. Al otro lado de la ventana los relámpagos se ramificaban en el cielo y los truenos retumbaban como si estuvieran aporreando el tejado.

Había estado sola en la granja durante muchas tormentas, pero aún no me había acostumbrado a ellas. La de aquella noche no era una excepción. Se suponía que Vee dormiría conmigo, pero desde que había cancelado la cita estaba decidida a verse con Rixon un rato. Deseé poder viajar hacia atrás en el tiempo y decirle que seguiría a Scott yo sola, para asegurarme de que me hiciera compañía en la granja por la noche.

La luz del baño parpadeó dos veces. Ése fue el único aviso antes de que se apagara, dejándome de pie, a oscuras. La lluvia chocaba contra el cristal de la ventana y caía en regueros. Me quedé donde estaba un momento, esperando por si volvía la electricidad. La lluvia se convirtió en granizo, azotando las ventanas con tanta furia que temí que se rompieran los cristales.

Llamé a Vee.

—Hay un apagón.

—Sí, las farolas acaban de apagarse. Gandulas.

—¿Vuelves para hacerme compañía? ¿Quieres?

—Veamos... no me apetece mucho.

—Prometiste que no dormirías en tu casa.

—También le prometí a Rixon que me reuniría con él en Taco Bell. No voy a dejarlo plantado dos veces en un mismo día. Dame unas horas y luego seré toda tuya. Te llamaré cuando esté a punto de ir. Estaré ahí antes de medianoche, seguro.

Colgué y me estrujé la cabeza intentando recordar dónde había visto por última vez las cerillas. No es que estuviera tan oscuro que necesitara velas, pero me gustaba la idea de iluminar la casa todo lo posible, especialmente porque estaba sola. La luz mantenía los monstruos de mi imaginación a raya.

Había candelabros en la mesa del comedor, me dije, envolviéndome en una toalla y bajando las escaleras hasta la planta baja. Y había velas en los cajones. Pero ¿dónde estaban las cerillas?

Una sombra se movió en el campo, detrás de la casa, y acerqué la cabeza a la ventana de la cocina. La lámina de lluvia cubría los cristales y deformaba el mundo exterior. Me acerqué más para ver mejor. Lo que fuera que hubiera visto se había ido.

«Un coyote —me dije, notando una súbita descarga de adrenalina—. Sólo es un coyote.»

Sonó el teléfono de la cocina y descolgué, en parte porque estaba asustada y en parte porque deseaba oír una voz humana. Rogué para que fuera Vee para decirme que había cambiado de opinión.

—¿Diga?

Esperé.

—¿Hola?

El ruido del teléfono crepitó en mi oído.

—¿Vee? ¿Mamá? —Con el rabillo del ojo vi otra sombra escabulléndose por el campo. Inspiré profundamente para tranquilizarme y me recordé que no era posible que estuviera en verdadero peligro.

Tal vez Patch ya no fuese mi novio, pero seguía siendo mi ángel custodio. Si yo tenía un problema, él aparecería. Pero, aunque pensara eso, me preguntaba si podría contar con él para algo más.

«Debe de odiarme —pensé—. No debe de querer tener nada que ver conmigo. Debe de seguir furioso, por eso no hace ningún esfuerzo para ponerse en contacto conmigo.»

Lo malo de pensar así era que me enfadaba más. Allí estaba yo, preocupada por él, cuando lo más probable era que, dondequiera que estuviera, él no se preocupara por mí. Me había dicho que no iba a acatar sin más mi decisión de que rompiéramos, pero había hecho eso exactamente. Ni mensajes ni llamadas. No había dado un solo paso. Y no por falta de motivo. Podía llamar a mi puerta en aquel mismo instante y decirme qué estaba haciendo en casa de Marcie hacía dos noches. Podía decirme por qué se había marchado después de yo haberle dicho que lo quería.

Sí, estaba enfadada, y por una vez iba a hacer algo al respecto. Colgué el fijo y busqué en la agenda de mi móvil el número de Scott. No tendría en cuenta mi seguridad y aceptaría su oferta. Aunque sabía que era por razones equivocadas, quería salir con Scott. Quería que Patch se fastidiara. Si creía que iba a quedarme sentada en casa llorando por él, estaba muy equivocado. Habíamos roto; podía salir con otros chicos libremente. Y, de paso, comprobaría la capacidad de Patch para mantenerme a salvo. A lo mejor Scott era realmente un Nefilim. A lo mejor incluso era peligroso, precisamente la clase de chico al que no me convenía acercarme. Sonreí con malicia cuando caí en la cuenta de que, Scott o yo hiciéramos lo que hiciéramos, Patch tendría que protegerme.

—¿Ya has salido hacia Springvale? —le pregunté a Scott después de marcar su número.

—¿Ir conmigo no está tan mal, después de todo?

—Si vas a restregármelo no iré.

Le oí sonreír.

—Tranquila, Grey, sólo estaba bromeando.

Le había prometido a mamá que me mantendría alejada de Scott, pero no me importaba. Si Scott se pasaba conmigo, Patch tendría que intervenir.

—Bien —dije—. ¿Vas a venir a recogerme o qué?

—Me pasaré después de las siete.

Springvale es una pequeña ciudad pesquera, y casi toda se arracima en torno a la calle Mayor: Correos, unos cuantos restaurantes que sirven pescado con patatas fritas, tiendas de aparejos y el Salón de billar Z.

El Z era un edificio de un solo piso, con un ventanal que permitía ver el interior de la sala de billar y el bar. La basura y los hierbajos decoraban el exterior. Dos hombres con la cabeza afeitada y barba de chivo que fumaban en la acera, a la puerta del local, tiraron al suelo las colillas y entraron.

Scott estacionó en batería cerca de la entrada.

—Voy a recorrer un par de manzanas para buscar un cajero —dijo, apagando el motor.

Estudié el cartel que había encima del ventanal: SALÓN DE BILLAR Z. Aquel nombre despertó algo en mi memoria.

—¿Por qué me resulta familiar este sitio? —pregunté.

—Hace un par de semanas un tipo se desangró en una de las mesas. Una pelea de bar. Salió en las noticias.

—Ah. Te acompaño —me ofrecí enseguida.

Se apeó y yo lo seguí.

—No —me gritó bajo la lluvia—. Te vas a empapar. Espérame dentro. Sólo tardaré diez minutos.

Sin darme la oportunidad de acompañarlo, encogió los hombros contra la lluvia, hundió las manos en los bolsillos y se marchó corriendo por la acera.

Secándome la cara, me metí debajo del saliente del edificio y repasé mis opciones. Podía entrar sola o esperar fuera a Scott. No llevaba allí ni cinco segundos y ya tenía la piel de gallina. Mientras pasara un poco de gente la desolación no sería completa. Los que se aventuraban a salir llevaban camisa de franela y botas de trabajo. Parecían más corpulentos, más duros, más malos que los hombres que holgazaneaban en la calle Mayor de Coldwater.

Unos cuantos me echaron un vistazo al pasar.

Miré hacia donde Scott se había marchado y lo vi doblar la esquina del edificio y desaparecer por una calle lateral. Lo primero que pensé fue que le costaría encontrar un cajero en la calle cercana al Z. Lo segundo fue que quizá me había mentido. Quizá no se había ido a buscar un cajero. Pero entonces, ¿qué hacía en la calle, bajo la lluvia? Quería seguirlo, pero no sabía cuánto tiempo tardaría en darse cuenta. Lo último que necesitaba era que me pillara espiándolo otra vez. Seguro que eso no promovería la confianza entre ambos.

Pensando que a lo mejor podría ver lo que estaba haciendo si lo observaba por una de las ventanas del Z, tiré de la puerta. Dentro el aire era frío y estaba cargado de humo y de sudor masculino. El techo era bajo y las paredes de cemento. Unos cuantos carteles de coches de los años sesenta y setenta, un calendario deportivo ilustrado y un espejo de propaganda de Budweiser eran la única decoración. No había ventanas en la pared que me separaba de Scott. Recorrí el pasillo central, adentrándome en la sombría sala, mientras aguantaba la respiración e intentaba filtrar mi ingesta de carcinógenos. Cuando llegué al fondo del Z clavé los ojos en la salida que daba a la calle de detrás. No era tan conveniente como una ventana, pero serviría. Si Scott me pillaba mirándolo podría fingir inocencia y asegurarle que había salido a tomar el aire. Después de cerciorarme de que nadie me estaba mirando, abrí la puerta y asomé la cabeza.

Unas manos me agarraron por el cuello de la chaqueta tejana, tiraron de mí y me empujaron contra el muro de ladrillo.

—¿Qué estás haciendo aquí? —me preguntó Patch. La lluvia que caía de la marquesina metálica gorgoteaba detrás de él.

—Jugar al billar —le espeté. Seguía con el corazón helado por la sorpresa. No tocaba el suelo con los pies.

—Jugar al billar —repitió.

—He venido con un amigo. Scott Parnell.

Su expresión se endureció.

—¿Eso es para ti algún problema? —le solté—. Hemos roto, ¿te acuerdas? Puedo salir con otros chicos si me da la gana. —Estaba enfadada... con los arcángeles, con el destino, con las consecuencias. Estaba enfadada por estar allí con Scott, no con Patch. Y estaba furiosa con Patch por no abrazarme y decirme que quería dejar atrás todo lo sucedido entre nosotros durante las últimas veinticuatro horas. Que lo que nos separaba era agua pasada y que de ahora en adelante sólo seríamos él y yo.

Patch bajó la mirada al suelo y se pellizcó el caballete de la nariz. Supe que estaba haciendo acopio de paciencia.

—Scott es un Nefilim. Un pura sangre de primera generación. Exactamente lo mismo que era Chauncey.

Parpadeé. Entonces era cierto.

—Gracias por la información, pero ya lo sospechaba.

Hizo un gesto de disgusto.

—Déjate de bravuconadas. Es un Nefilim.

—No todos los Nefilim son como Chauncey Langeais —insistí con testarudez—. No todos los Nefilim son unos demonios. Si le das a Scott una oportunidad, verás que de hecho es bastante...

—Scott no es un viejo Nefilim —me interrumpió Patch—. Pertenece a una hermandad de sangre Nefilim cuyo poder ha ido en aumento. La sociedad quiere liberar a los suyos del cautiverio de los ángeles caídos durante el Jeshván. Están reclutando miembros a un ritmo frenético para contraatacar a los ángeles caídos, y se está fraguando una guerra territorial entre los dos bandos. Si la sociedad se vuelve lo suficientemente poderosa, los ángeles caídos buscarán en otra parte... y empezarán a servirse de los humanos para que sean sus esclavos.

Me mordí el labio y lo miré, incómoda. Sin querer, recordé el sueño de la noche anterior. El Jeshván. Los Nefilim. Ángeles caídos. No podía escapar de aquello.

—¿Por qué los ángeles caídos no poseen a los humanos? —pregunté—. ¿Por qué escogen a los Nefilim?

—Los humanos no tienen un cuerpo tan resistente como los Nefilim —me respondió Patch—. Estar poseídos dos semanas los mataría.

»Decenas de miles de humanos morirían cada Jeshván. Y es muy duro poseer a un humano —prosiguió—. Los ángeles caídos no pueden obligar a los humanos a jurar fidelidad, tienen que convencerlos de que dejen sus cuerpos. Eso requiere tiempo y capacidad de persuasión. Los cuerpos humanos también se deterioran más rápido. No muchos ángeles caídos quieren arriesgarse a poseer un cuerpo humano cuando cabe la posibilidad de que muera al cabo de una semana.

Me sacudió un escalofrío de aprensión, pero no obstante repliqué:

—Es una historia triste, pero es difícil echarle la culpa a Scott o a cualquier Nefilim por ello. Yo tampoco querría que un ángel caído se hiciera con el control de mi cuerpo dos semanas al año. No parece un problema de los Nefilim. Parece más bien un problema de los ángeles caídos.

A Patch se le tensó un músculo de la mandíbula.

—El Z no es lugar para ti. Vete a casa.

—Acabo de llegar.

—El Salón de Bo es una guardería comparado con este lugar.

—Gracias por el dato, pero no estoy de humor para quedarme toda la noche en casa compadeciéndome de mí misma.

Patch se cruzó de brazos y me estudió.

—¿Te estás poniendo en peligro para recuperarme? —aventuró—. Por si lo has olvidado, no fui yo quien quiso romper.

—No te des tanta importancia. Esto no tiene nada que ver contigo.

Patch buscó las llaves en el bolsillo.

—Te llevo a casa.

Por el modo en que lo dijo supe que yo era una molestia enorme y que, de haber podido, hubiera estado encantado de largarse.

—No quiero que me lleves. No necesito tu ayuda.

Se echó a reír, pero no parecía contento.

—Vas a subir al Jeep aunque tenga que llevarte a rastras, porque no vas a quedarte aquí. Es demasiado peligroso.

—No tienes derecho a darme órdenes.

Se limitó a mirarme.

—Y, ya puestos, no volverás a quedar con Scott.

Noté un arrebato de rabia. ¿Cómo se atrevía a suponer que yo era débil y que necesitaba ayuda? ¿Cómo se atrevía a controlarme diciéndome adónde podía y adónde no podía ir y con quien podía pasar el tiempo? ¿Cómo se atrevía a comportarse como si yo no significara nada para él?

Le lancé una mirada fría, retadora.

—No me hagas más favores. Nunca te los he pedido y no te quiero de ángel custodio, nunca más.

Patch seguía frente a mí, y una gota de lluvia se deslizó por su pelo y aterrizó como hielo en mi clavícula. Noté cómo me recorría la piel y desaparecería bajo del tirante de mi camiseta. Él siguió la gota de lluvia con los ojos y yo empecé a temblar interiormente. Quería decirle que lamentaba todo lo que le había dicho. Quería decirle que me daba igual Marcie y lo que opinaran los arcángeles. Pero la dura y desagradable verdad era que nada de lo que dijera o hiciera iba a recomponer las cosas.

No podía arreglar lo nuestro. No, si quería mantener a Patch a distancia. No, si no quería que lo mandasen al infierno. Cuanto más peleados estuviéramos, más fácil me sería convencerme de que no significaba nada para mí, y que podía seguir adelante sin él.

—Retira lo que has dicho —dijo Patch en voz baja.

No pude mirarlo ni pude retractarme. Levanté la barbilla y clavé los ojos en un borrón de lluvia sobre su hombro. Maldito mi orgullo y maldito el suyo también.

—Retíralo, Nora —insistió Patch con más firmeza.

—No puedo hacer lo correcto contigo en mi vida—le dije, odiándome por permitir que me temblara la barbilla—. Será más fácil para todos si, simplemente... Quiero cortar de raíz. Lo he estado pensando. —No lo había hecho. No había estado pensando en ello en absoluto. No había querido pronunciar aquellas palabras, pero una pequeña parte de mí, horrible y despreciable, quería que Patch sufriera como yo sufría—. Te quiero fuera de mi vida, completamente.

Después de un pesado silencio, Patch se inclinó hacia mi espalda y me metió algo en el bolsillo posterior de los tejanos. No sé si fueron imaginaciones mías, pero me pareció que dejaba allí la mano medio segundo más de lo necesario.

—Efectivo —me explicó—. Vas a necesitarlo.

Me saqué los billetes del bolsillo.

—No quiero tu dinero. —Como no cogió el arrugado puñado de billetes, se lo estampé contra el pecho, con el propósito de rozarlo de pasada, como él había hecho, pero Patch me agarró la mano y la sujetó contra su cuerpo.

—Cógelo. —Por el modo en que lo dijo me di cuenta de que yo no sabía nada. No lo entendía a él ni entendía su mundo. Era una extraña y nunca encajaría en él—. La mitad de los tipos que hay ahí dentro llevan algún arma. Si pasa algo, pon el dinero encima de la mesa y ve hacia la puerta. Nadie te seguirá si tiene a mano un montón de dinero.

Me acordé de Marcie. ¿Estaba sugiriendo que alguien

podía intentar apuñalarme? Estuve a punto de echarme a reír. ¿Creía de veras que así me asustaría? Que lo quisiera o no como ángel custodio era irrelevante. El quid de la cuestión era que, dijera yo lo que dijera e hiciera yo lo que hiciera, su deber seguía siendo protegerme. Tenía que mantenerme a salvo. El hecho de que estuviera allí en aquel momento lo demostraba.

Me soltó la mano y agarró el pomo de la puerta, con los músculos del brazo en tensión. La puerta se cerró a su espalda, temblando sobre sus goznes.

CAPÍTULO

Encontré a Scott apoyado en el taco de billar, junto a una mesa de la parte delantera del local. Estaba estudiando una configuración de bolas cuando me acerqué.

—¿Has encontrado un cajero? —le pregunté, colgando mi chaqueta tejana mojada del respaldo de una silla plegable de metal que había contra la pared.

—Sí, pero no antes de quedar calado hasta los huesos. —Se quitó el sombrero hawaiano y se sacudió el agua para demostrarlo.

A lo mejor había encontrado un cajero, pero sólo después de hacer lo que hubiera estado haciendo en la calle lateral. Por mucho que me habría gustado enterarme, seguramente no me enteraría. Había perdido la ocasión cuando Patch me había empujado fuera para decirme que no pintaba nada en el Z y que me marchara a casa.

Apoyé las manos en el borde de la mesa de billar y me incliné con naturalidad, aparentando estar por completo en mi elemento, aunque la verdad era que tenía el corazón acelerado. No sólo acababa de salir de una discusión con Patch, sino que ninguna de las personas que me rodeaban parecía ni remotamente amable. Además, por mucho que lo intentaba, no podía quitarme de la cabeza que alguien se había desangrado en una de aquellas mesas. ¿En cuál? Me aparté de la mesa y me froté las manos para limpiármelas.

—Estamos a punto de empezar una partida —dijo Scott—. Cincuenta dólares y puedes jugar. Coge un taco.

No estaba de humor para jugar y hubiera preferido mirar, pero me bastó echar un vistazo a la sala para darme cuenta de que Patch estaba sentado en la mesa de póquer del fondo. Aunque no estaba situado directamente de cara a mí, sabía que me observaba. Observaba a todos los del salón. Nunca iba a ninguna parte sin haber hecho antes un cuidadoso y detallado estudio de los alrededores.

Sabiendo eso, compuse la sonrisa más resplandeciente que pude.

—Encantada.

No quería que Patch supiera lo alterada y dolida que estaba. No quería que pensara que yo no estaba pasando un buen rato con Scott.

Pero antes de que me dirigiera hacia el estante de los tacos, un hombre bajo con gafas metálicas y chaleco de punto se acercó a Scott. Todo en él parecía fuera de lugar: iba arreglado, con los pantalones planchados y los mocasines bien cepillados. Le preguntó a Scott en voz casi inaudible:

—¿Cuánto?

—Cincuenta —le respondió Scott con una cierta irritación—. Como siempre.

—La partida es a un mínimo de cien.

—¿Desde cuándo?

—Deja que lo diga de otro modo. Para ti, el mínimo son cien.

Scott enrojeció, cogió la bebida del borde de la mesa y echó un trago. Luego abrió la cartera y embutió un puñado de dinero en el bolsillo delantero de la camisa del hombre.

—Aquí tienes cincuenta. Te pagaré la otra mitad después de jugar. Ahora aparta tu mal aliento de mi cara para que pueda concentrarme.

El bajito se dio golpecitos en el labio inferior con un lápiz.

—Antes tendrás que saldar cuentas con Dew. Se está impacientando. Está siendo generoso contigo y tú no le devuelves el favor.

—Dile que tendré el dinero cuando acabe la noche.

—Ese plazo se agotó hace una semana.

Scott se acercó más, invadiendo el espacio vital del hombre.

—No soy el único aquí que le debe un poco de dinero a Dew.

—Pero eres el único de quien él teme que no pueda devolvérselo. —El bajito se sacó el dinero que Scott le había metido en el bolsillo y lo tiró al suelo—. Como te he dicho, Dew se está impacientando. —Arqueó las cejas de un modo significativo y se marchó.

—¿Cuánto le debes a Dew? —le pregunté a Scott.

Me fulminó con la mirada.

Vale, siguiente pregunta.

—¿Cómo funcionan las apuestas?

Yo le hablaba en voz baja mientras miraba a los otros jugadores repartidos alrededor de las mesas de billar. Dos de cada tres fumaban. Tres de cada tres llevaban tatuajes de cuchillos, pistolas y otras armas en los brazos. Cualquier otra noche hubiese estado asustada, o por lo menos incómoda, pero Patch seguía en el rincón. Mientras siguiera allí, yo estaría segura.

Scott resopló.

—Estos tipos son unos aficionados. Puedo darles una paliza en mi peor día. Mi verdadera competición está allí. —Levantó la mirada hacia un pasillo que salía de la zona principal. Era estrecho y oscuro, y desembocaba en una habitación en la que brillaba un rótulo luminoso naranja. Una cortina de cuentas colgaba de la entrada. Detrás había una mesa de billar de madera tallada.

—¿Ahí es donde se juegan grandes sumas de dinero? —aventuré.

—Ahí puedo ganar en una sola partida lo que sacaría jugando quince aquí fuera.

Con el rabillo del ojo vi que Patch me miraba. Fingiendo no darme cuenta, me metí la mano en el bolsillo trasero y di un paso hacia Scott.

—Necesitas cien en total para la siguiente partida, ¿verdad? Aquí tienes... cincuenta —dije, contando rápidamente los dos billetes de veinte y el de diez que me había dado Patch. No era una gran aficionada al juego, pero quería demostrarle a Patch que en el Z no iban a comerme viva. Podía integrarme... o al menos conseguir que no me echaran. Y, si parecía que flirteaba con Scott, mejor. «Fastídiate», fue el pensamiento que lancé a través de la habitación, aunque sabía que Patch no podía oírme.

Scott me miraba y miraba el dinero que tenía en la mano alternativamente.

—¿Es una broma?

—Si ganas, nos repartimos las ganancias.

Scott miraba el dinero con un ansia que me pilló desprevenida. Necesitaba aquel dinero. No estaba en el Z aquella noche para divertirse. Era un adicto al juego.

Agarró el dinero y fue corriendo hacia el bajito del chaleco de punto, que anotaba furiosa pero meticulosamente con su lápiz las cifras y el saldo de los otros jugadores. Miré un instante a Patch para ver su reacción ante lo que acababa de hacer, pero seguía atento a la partida de póquer y su expresión era indescifrable.

El del chaleco contó el dinero de Scott, poniendo con habilidad todos los billetes con la misma cara hacia arriba. Cuando terminó, le dedicó a Scott una sonrisa ladina. Por lo visto estábamos dentro.

Scott volvió y puso tiza a su taco de billar.

—Ya sabes lo que se dice de la buena suerte. Besa mi taco. —Me lo plantó delante de la cara.

Retrocedí un paso.

—No voy a besar tu taco de billar.

Scott aleteó con los brazos y cloqueó como una gallina, burlándose.

Eché un vistazo al fondo de la sala. Esperaba que Patch no estuviera mirando la humillante escena, y entonces vi a Marcie Millar acercársele tranquilamente por la espalda, inclinarse y abrazarlo por el cuello.

Se me cayó el alma a los pies.

Scott decía algo, dándome golpecitos con el taco en la frente, pero no captaba qué. Luchaba por recobrar el aliento y miraba fijamente un trozo de cemento que tenía delante para aplacar la conmoción y la sensación de haber sido traicionada. ¿Así que a eso se refería cuando había dicho que lo suyo con Marcie era estrictamente un asunto? Porque, desde luego, yo no lo veía así. Y ¿qué estaba haciendo ella ahí, justo después de que la apuñalaran en el Salón de Bo? ¿Se sentía segura porque estaba con Patch? Por un instante me pregunté si Patch no estaría haciendo aquello para darme celos. Pero en tal caso tendría que haber sabido que yo estaría en el Z esa noche.

¿Cómo podía saberlo, a menos que me estuviera espiando-do? ¿Había estado rondándome durante las últimas veinticuatro horas más de lo que yo creía?

Me clavé las uñas en las palmas de las manos para concentrarme en ese dolor y no en la sensación de humillación que crecía en mi interior. Y así me quedé, aturdida y al borde de las lágrimas, antes de que algo atrajera mi atención hacia la puerta que daba al pasillo. Había un tipo con una camiseta roja apoyado en el umbral. En la piel de la base del cuello tenía algo... algo que parecía una deformidad. Antes de que pudiera mirarlo más de cerca, me quedé paralizada por un *déjà vu*. Algo en él me resultaba espantosamente familiar, aunque sabía que no lo había visto nunca. Me entraron unas ganas tremendas de echar a correr, pero al mismo tiempo me abrumaba la necesidad de reconocerlo.

El hombre cogió la bola blanca de la mesa más cercana y la lanzó perezosamente al aire unas cuantas veces.

—Vamos —me dijo Scott, moviendo el taco hacia delante y hacia atrás en mi línea de visión. Los otros tipos que rodeaban la mesa se reían—. Hazlo, Nora —insistió Scott—. Sólo un besito. Para darme suerte.

Me deslizó el taco por debajo del tirante de la camiseta y me lo levantó.

Lo aparté de un manotazo.

—Quita de ahí.

Vi que el tipo de la camiseta roja se movía. Sucedió tan deprisa que tardé dos segundos en darme cuenta de lo que iba a pasar. Echó atrás el brazo y lanzó la bola a través de la habitación. Al cabo de un instante el espejo de la pared más lejana se resquebrajó y cayó al suelo una lluvia de esquirlas de cristal.

Se hizo el silencio en el salón. Sólo se oía el rock sonando por los altavoces.

—Tú —dijo el tipo de la camiseta roja. Apuntaba con un revólver al hombre del chaleco de punto—. Dame el dinero. —Se acercó más, haciendo un movimiento rápido con el revólver—. Deja las manos donde pueda verlas.

A mi lado, Scott empujó para ponerse delante de los demás.

—Ni lo sueñes. Es nuestro dinero —dijo.

Se oyeron unos cuantos gritos en su apoyo.

El de rojo siguió apuntando con el arma al del chaleco, pero miraba de reojo a Scott y sonreía enseñando los dientes.

—Ya no lo es.

—Si coges ese dinero, te mataré. —Había una furia tranquila en la voz de Scott. Sonaba como él quería que sonara. Me quedé helada. Apenas respiraba, aterrorizada por lo que pasaría después, porque no tenía la más mínima duda de que el arma estaba cargada.

La sonrisa del pistolero se ensanchó.

—¿Ah, sí?

—Ninguno de los presentes va a dejar que te largues con nuestro dinero —le aseguró Scott—. Haz un favor y deja el arma.

Otro murmullo de asentimiento recorrió el salón.

A pesar de que la tensión había ido en aumento, el tipo de la camiseta roja se rascó perezosamente el cuello con el cañón del revólver. No parecía preocupado en lo más mínimo.

—No. —Girando el arma para apuntar a Scott, le ordenó—: Súbete a la mesa.

—Piérdete.

—¡Súbete a la mesa!

El de rojo sostenía el revólver con ambas manos, apuntando al pecho de Scott. Muy despacio, éste alzó las manos a la altura de los hombros y retrocedió para subirse a la mesa.

—Quieres que te maten. Te superamos en número: treinta a uno.

El de la camiseta se acercó a Scott en tres zancadas. Se quedó un momento delante de él con el dedo en el gatillo. Gotas de sudor resbalaban por la mejilla de Scott. Yo no podía creer que no le arrancara el arma de un tirón. ¿No sabía que no podía morir? ¿No sabía que era un Nefilim? Patch me había dicho que pertenecía a una hermandad de sangre Nefilim... ¿Cómo podía no saberlo?

—Estás cometiendo un grave error —le dijo Scott, todavía sereno pero con un primer rastro de pánico.

¿Por qué nadie movía un dedo para ayudarle? Como había dicho Scott, estaban en mayoría aplastante. Pero había en él algo despiadado y alarmantemente poderoso. Algo... sobrenatural. Me pregunté si a los demás les daba tanto miedo como a mí.

También me pregunté si el mareo y la familiar sensación de incomodidad que yo sentía significaban que era un ángel caído. O un Nefilim.

De entre todas las caras, de repente me encontré mirando a Marcie a los ojos. Estaba en la otra punta, con algo que sólo podía describirse como un fascinado asombro escrito en la cara. Supe, en aquel preciso momento, que no tenía ni idea de lo que estaba a punto de suceder. No se daba cuenta de que Scott era un Nefilim y que tenía más fuerza en una sola mano que un humano en todo el cuerpo. No había visto a Chauncey, el primer Nefilim que conocí, estrujar mi móvil en la palma de su mano. No estaba presente la noche que me atrapó por los pasillos del instituto. ¿Y el de la camiseta roja? Fuese Nefilim o ángel caído, era igualmente fuerte. Lo que iba a pasar, fuera lo que fuese, no sería una pelea a puñetazos.

Ella podría haber aprendido la lección en el Salón de Bo y haberse quedado en casa.

Y yo también.

El de rojo empujó a Scott con el arma y éste cayó boca arriba sobre la mesa. Sin sorpresa ni temor, Scott buscó a tientas su taco y el otro tipo se lo arrebató y, de inmediato, saltó sobre la mesa y sostuvo el taco apuntando directamente a la cara de Scott. Luego lo descargó a un centímetro de su oreja. El taco cayó con tal fuerza que atravesó la superficie de fieltro y sobresalió un palmo por debajo de la mesa.

Reprimí un grito.

La nuez de Adán de Scott tembló.

—Estás loco, tío —dijo.

De repente un taburete del bar voló por los aires y golpeó al tipo de rojo, quien no perdió el equilibrio pero tuvo que saltar de la mesa para mantenerlo.

—¡Cogedlo! —gritó una voz entre la multitud.

Algo parecido a un grito de guerra se elevó en el aire y más gente agarró los taburetes. Yo me puse a gatas y busqué entre el bosque de piernas la salida más próxima. A cierta distancia había un tipo con un arma en la sobaquera. La desenfundó y, un instante después, se oyó el sonido atronador de los disparos. Pero no se hizo el silencio a continuación, sino que el caos aumentó: insultos, más tiros y puñetazos. Me levanté y corrí encogida hacia la puerta trasera.

Me estaba escabullendo por la salida cuando alguien me agarró por la cinturilla de los tejanos y me puso derecha. Patch.

—Coge el Jeep —me ordenó, poniéndome las llaves de su coche en la mano.

Siguió una breve pausa.

—¿A qué esperas?

Lo miré, pero aparté los ojos, furiosa.

—¡Deja de comportarte como si yo fuera una molestia! ¡Nunca te he pedido ayuda!

—Te he dicho que no te quedaras esta noche. No serías una molestia si me hicieras caso. Éste no es tu mundo... es el mío. Estás tan empeñada en demostrarte que puedes manejar esto, que vas a hacer alguna estupidez y lograrás que te maten.

Aquello me afectó y abrí la boca para decírselo.

—El tipo de la camiseta roja es un Nefilim —dijo Patch, impidiéndome hablar—. La marca que tiene significa que es un miembro de la hermandad de sangre de la que te he hablado antes. Les ha jurado lealtad.

—¿La marca?

—Junto a la clavícula.

¿Aquella deformidad era porque lo habían marcado? Volví los ojos hacia la ventanita de la puerta. Dentro, había cuerpos pululando sobre las mesas de billar, volaban puñetazos a diestro y siniestro. No volví a ver al de rojo, pero comprendí por qué motivo lo había reconocido. Era un Nefilim. Me recordaba a Chauncey de un modo al que Scott ni siquiera se acercaba. Me dije si aquello podía significar que, como Chauncey, era diabólico, y que Scott no lo era.

Hubo un estruendo tan fuerte que creí que se me romperían los tímpanos, y Patch me obligó a echarme al suelo. Volaron fragmentos de cristal alrededor de nosotros. Habían disparado a la ventana de la puerta trasera.

—Vete de aquí —dijo Patch, empujándome hacia la calle.

Me volví.

—¿Adónde vas?

—Marcie sigue dentro. La llevaré a casa en coche.

Se me paralizaron los pulmones; no podía respirar.

—¿Qué pasa conmigo? ¿No eres mi ángel custodio?

Patch entrecerró los ojos y me sostuvo la mirada.

—Ya no, Ángel.

Antes de que pudiera responderle se escurrió por la puerta y desapareció en el tumulto.

Fuera, en la calle, abrí el Jeep, adelanté el asiento y salí de la plaza de aparcamiento. ¿Ya no volvería a ser mi ángel nunca más? ¿Lo decía en serio? ¿Sólo porque yo le había dicho que lo quería así? ¿O lo decía para asustarme? ¿Para que me arrepintiera de haberle dicho que ya no quería que lo fuera? Bueno, si no era mi ángel guardián era porque yo había intentado hacer lo correcto. Intentaba facilitarnos las cosas a los dos. Intentaba mantenerlo a salvo de los arcángeles.

Le había dicho exactamente por qué lo había hecho y él me lo echaba en cara, como si todo aquel lío fuera culpa mía. ¡Como si yo quisiera aquello! Era más por su culpa que por la mía. Tenía ganas de volver corriendo a decirle que no necesitaba ayuda. Yo no era un peón en su gran y perverso mundo. Y no estaba ciega. Veía perfectamente para saber que había algo entre él y Marcie. Ahora estaba completamente segura de que algo había. «Olvídalo.» Estaba mejor sin él. Era un indeseable, un estúpido. Un estúpido en el que no se podía confiar. No lo necesitaba... para nada.

Paré el Jeep frente a la granja. Todavía me temblaban las piernas y un poco la respiración. Era muy consciente de la quietud alrededor de mí. El Jeep siempre había sido un refugio; pero esa noche me parecía extraño y solitario, demasiado grande para una sola persona. Apoyé la cabeza en el volante y me eché a llorar. No pensaba en Patch llevando a Marcie a casa en el coche de ella: sólo dejaba que el aire caliente de la rejilla de ventilación me diera en la piel y respiraba el aroma de Patch.

Me quedé allí sentada, encorvada entre sollozos, hasta que la aguja del indicador de la gasolina bajó a la mitad. Me sequé los ojos y solté un largo y agitado suspiro. Estaba a punto de apagar el motor cuando vi a Patch, de pie, en el porche, apoyado en una de las columnas.

Por un momento pensé que había venido para controlarme y los ojos se me llenaron de lágrimas de alivio. Pero yo conducía su Jeep. Así que más bien estaba allí para llevárselo. Después de cómo me había tratado aquella noche, no creía que pudiera ser por otra razón.

Recorrió el camino de entrada y abrió la puerta del conductor.

—¿Estás bien?

Asentí con frialdad. Hubiese querido decir que sí, pero todavía me faltaba la voz. Tenía frescos en la memoria los ojos helados del Nefilim, y no podía dejar de preguntarme qué habría sucedido después de irme yo del Z. ¿Había salido de allí Scott? ¿Había salido Marcie?

Por supuesto que ella había salido. Patch parecía empeñado en asegurarse de que lo hiciera.

—¿Por qué quería el dinero el Nefilim de la camiseta roja? —le pregunté, pasándome al asiento del acompañante. Todavía chispeaba, y aunque sabía que Patch no sentía la helada humedad de la lluvia, me parecía mal dejarlo de pie a la intemperie.

Después de pensárselo, se puso al volante y nos quedamos juntos en el Jeep. Dos noches antes hubiera sido una situación íntima. Ahora era una situación tensa e incómoda.

—Recaudaba fondos para la hermandad de sangre Nefilim. Me parece que ya tengo una idea más clara de lo que planean. Si necesitan dinero, es sobre todo para material. Para material o para comprar ángeles caídos. Pero cómo, a quién y por qué, no lo sé. —Sacudió la cabeza—. Necesito a alguien dentro. Por primera vez, ser un ángel me sitúa en desventaja. No dejarán que me acerque ni a un kilómetro de su centro de operaciones.

Por una décima de segundo se me pasó por la cabeza que tal vez estuviera pidiéndome ayuda, pero yo apenas era Nefilim. Corría por mis venas una cantidad infinitesimal de sangre Nefilim cuyo rastro se remontaba cuatrocientos años, hasta mi antepasado Chauncey Langeais. A todos los efectos, yo era humana. No iba a infiltrarme más deprisa que Patch.

—Has dicho que Scott y el Nefilim de la camiseta roja forman parte ambos de la hermandad de sangre. Sin embargo, parece que no se conocen. ¿Estás seguro de que Scott está implicado?

—Lo está.

—Entonces, ¿cómo es posible que no se conozcan?

—Mi suposición hasta ahora es que, quienquiera que dirija la sociedad mantiene a sus miembros separados para que no se conozcan. Sin solidaridad, las probabilidades de que lo derroquen son escasas. Más aún, si no saben la fuerza que tienen, los Nefilim no pueden dar esa información al enemigo. Los ángeles caídos no pueden obtener información si los propios miembros de la hermandad no saben nada.

Mientras asimilaba aquello, no estaba segura de qué lado estaba yo. En parte aborrecía la idea de que los ángeles caídos poseyeran los cuerpos de los Nefilim cada Jeshván. Una faceta menos noble de mí estaba agradecida de que su objetivo fueran los Nefilim en vez de los humanos. Que no fuera yo. Que no fuera nadie a quien yo quería.

—¿Y Marcie? —dije, intentando mantener la voz serena.

—Le gusta el póquer —respondió Patch evasivo. Puso la marcha atrás del Jeep—. Tengo que irme. ¿Vas a estar bien esta noche? ¿Tu madre está fuera?

Me volví en el asiento para encararme con él.

—Marcie te estaba abrazando.

—El sentido del espacio personal de Marcie es inexistente.

—Así que... ¿Ahora eres un experto en Marcie?

Se le oscureció la mirada y supe que no tenía que seguir por ahí, pero me daba igual. Así que insistí:

—¿Qué hay entre vosotros dos? Lo que he visto no se parecía a los negocios.

—Estaba en mitad de una partida cuando se me ha acercado por la espalda. No es la primera vez que una chica hace eso y seguramente no será la última.

—Podrías haberla apartado.

—Me ha abrazado un momento y, al siguiente, el Nefilim ha arrojado la bola de billar. No estaba pensando en Marcie. He corrido a inspeccionar los alrededores por si no estaba solo.

—Has vuelto a buscarla.

—No iba a dejarla allí.

Me quedé en el asiento un momento, con un nudo en el estómago tan apretado que me dolía. ¿Qué se suponía que debía pensar? ¿Había regresado a buscar a Marcie por educación, por sentido del deber, o por algo completamente distinto y mucho más preocupante?

—Tuve un sueño acerca del padre de Marcie anoche. —No estaba segura de por qué había dicho aquello. Posiblemente para que Patch supiera que mi dolor era tan intenso que incluso interfería en mis sueños. Había leído en una ocasión que los sueños son una manera de reconciliarse con lo que a uno le sucede en la vida real y, si eso era cierto, mi sueño me estaba diciendo sin ninguna duda que no me había puesto de acuerdo respecto a lo que había entre Patch y Marcie. No si soñaba con ángeles caídos y con el Jeshván. No si soñaba con el padre de Marcie.

—¿Has soñado con el padre de Marcie? —Patch lo dijo con más calma que nunca, pero algo en su modo penetrante de mirarme me llevó a pensar que estaba sorprendido, tal vez incluso desconcertado.

—Me parece que la escena se desarrollaba en Inglaterra, hace mucho tiempo. Al padre de Marcie lo perseguían por un bosque. No pudo escapar porque la capa que llevaba se le enredó en los árboles. Decía que un ángel caído intentaba poseerlo.

Patch consideró aquello un momento. Una vez más, su silencio me indicó que había dicho algo que le interesaba, pero no sabía qué.

Echó un vistazo al reloj.

—¿Me necesitas para ir hasta la casa?

Miré hacia arriba, hacia las ventanas oscuras y vacías de la granja. La combinación de anochecer y llovizna no invitaba a salir. No hubiese sabido decir qué era menos atractivo: si entrar sola en casa o quedarme allí fuera sentada al lado de Patch, asustada de que se marchara... con Marcie Millar.

—Dudo porque no quiero mojarme. Por otra parte, es evidente que tienes que irte a otra parte. —Abrí la puerta y saqué una pierna—. Eso y que nuestra relación se ha terminado. No me debes ningún favor.

Cerró los ojos.

Lo había dicho para hacerle daño, pero yo era la única con un nudo en la garganta. Antes de decir algo que le hiriera más profundamente, me fui corriendo hacia el porche, con las manos sobre la cabeza para protegerme el pelo de la lluvia.

Dentro, me apoyé en la puerta y escuché marcharse a Patch. La vista se me nubló con las lágrimas y cerré los ojos. Deseaba que Patch volviera. Lo quería allí conmigo. Quería que me atrajera hacia él y me besara para quitarme el frío, el sentimiento de vacío que lentamente me helaba desde dentro hacia fuera. Pero el sonido de los neumáticos en el camino húmedo no regresó.

Sin previo aviso, el insistente recuerdo de nuestra última noche juntos, antes de que todo se viniera abajo, me asaltó. Instintivamente lo bloqueé. El problema era que quería recordar. Necesitaba de algún modo tener todavía a Patch cerca. Bajé la guardia. Me permití sentir su boca sobre la mía. Al principio suavemente, luego con más insistencia. Sentí su cuerpo, cálido y sólido, contra el mío. Tenía las manos en mi nuca y me abrochaba su cadena de plata. Me prometía amarme siempre...

Puse el pestillo de seguridad, disolviendo el recuerdo con un *clic*. «¡Que se joda!»

Lo repetí hasta cansarme.

Las luces de la cocina respondieron cuando pulsé el interruptor y sentí alivio al ver que la electricidad había vuelto. El piloto rojo del teléfono parpadeaba, así que activé los mensajes.

—Nora —dijo la voz de mi madre—, aquí en Boston llueve a cántaros y han decidido retrasar el resto de las subastas. Voy hacia casa. Estaré ahí a eso de las once. Si quieres, manda a Vee para su casa. Te quiero. Hasta ahora.

Consulté la hora. Faltaban unos minutos para las diez. Sólo estaría sola una hora más.

CAPÍTULO

la mañana siguiente me arrastré fuera de la cama y, después de un paso rápido por el baño para aplicarme perfilador de ojos y espuma para definir los rizos, fui a la cocina. Allí encontré a mi madre, sentada a la mesa. Tenía una taza entre las manos y el pelo alborotado, como si acabara de levantarse, lo que es una manera delicada de decir que parecía un puercoespín. Me miró por encima de la taza y sonrió.

—Buenos días.

Me senté en la silla de enfrente y llené un bol de copos de trigo. Mi madre había dispuesto fresas y una jarrita de leche que añadí a los cereales. Intentaba comer siempre de manera concienzuda, pero me resultaba mucho más fácil cuando mi madre estaba en casa y se aseguraba de que las comidas consistieran en algo más de lo que podía atrapar al vuelo en diez segundos.

—¿Has dormido bien? —me preguntó.

Asentí con la cabeza porque acababa de meterme en la boca una cucharada llena de cereales.

—Olvidé preguntártelo anoche —dijo mamá—. ¿Al final llevaste a Scott a dar una vuelta por la ciudad?

—Lo cancelé. —Seguramente era mejor dejarlo así. No estaba segura de cómo reaccionaría si se enteraba de que lo había seguido hasta el muelle y que luego había pasado la tarde con él en un antro de Springvale donde se jugaba al billar.

Mamá frunció la nariz.

—¿Eso que huelo es tabaco?

¡Oh, mierda!

—He encendido unas cuantas velas en mi habitación esta mañana —dije, arrepintiéndome de no haber tomado una ducha. Estaba segura de que tenía la ropa, las sábanas y el pelo impregnados del olor del Z.

Frunció el ceño.

—Estoy segura de que huele a humo. —Arrastró hacia atrás la silla y se dispuso a levantarse para ir a investigar.

No valía la pena andarse con rodeos. Me rasqué una ceja, nerviosa.

—Organicé una salida al billar anoche.

—¿Con Patch?

Habíamos establecido no hacía mucho la regla de que, bajo ninguna circunstancia, podía salir con Patch mientras mi madre estuviera fuera.

—Estaba allí, sí.

—¿Y?

—No fui con Patch. Fui con Scott.

Por la cara que puso estuve bastante segura de que eso era peor.

—Pero antes de que te enfades —añadí precipitadamente—, sólo quiero decirte que me moría de curiosidad. No podía ignorar de ninguna manera el hecho de que los Parnell están haciendo todo lo posible para ocultar el pasado de Scott. ¿Por qué cada vez que la señora Parnell abre la boca Scott está encima de ella, vigilándola como un halcón? ¿Qué puede haber hecho que sea tan malo?

Esperaba que mi madre se pusiera de pie de un salto y me soltara que esa tarde al salir de clase volviera directamente a clase sin perder un minuto, que estaba castigada hasta el 4 de Julio, pero en cambio dijo:

—Yo también me he dado cuenta.

—¿Es sólo una impresión mía o ella parece tenerle miedo? —proseguí, aliviada porque se la veía más interesada en hablar de Scott que en mi castigo por haber pasado la tarde en la sala de billar.

—¿Qué clase de madre tiene miedo de su propio hijo? —preguntó mamá alzando la voz.

—Creo que ella conoce su secreto, que sabe lo que hizo. Y creo que él sabe que ella está al corriente.

Tal vez el secreto de Scott fuera simplemente que era un Nefilim, pero yo no lo creía así. A tenor de su reacción de la noche anterior, cuando lo había atacado el Nefilim de la camiseta roja, empezaba a sospechar que no sabía la verdad acerca de quién era y de lo que era capaz. Tal vez se hubiera dado cuenta de su increíble fuerza o de su don para hablarle mentalmente a la gente, pero con seguridad no tenía ninguna explicación para ello. Entonces, si Scott y su madre no intentaban ocultar su herencia Nefilim, ¿qué pretendían ocultar? ¿Qué había hecho que era tan necesario taparlo?

Cuando, media hora más tarde, entré en el laboratorio de química, me encontré a Marcie sentada ya a nuestra mesa, hablando por el móvil, haciendo caso omiso del cartel que ponía: «NADA DE TELÉFONOS MÓVILES, SIN EXCEPCIÓN.» Cuando me vio, me dio la espalda y ahuecó una mano para taparse la boca, evidentemente porque quería intimidad... así como yo quería enterarme. Mientras me instalaba, lo único de la conversación que pillé fue interesante: «Yo también te quiero.»

Guardó el teléfono en el bolsillo delantero de su mochilla y me sonrió.

—Mi novio. No va al instituto.

Inmediatamente dudé de mí. Por un instante me pregunté si Patch no estaría al otro extremo de la línea, pero me había jurado que lo sucedido entre él y Marcie la otra noche no significaba nada. Podía ponerme frenética de celos o podía creerlo. Asentí, comprensiva.

—Debe de ser duro salir con un marginado.

—Ja, ja. Para que lo sepas, voy a mandar un mensaje de texto después de clase a todos los que invito a mi fiesta de verano anual que celebraré el martes por la noche. Tú estás en la lista —me dijo como de pasada—. Perderte mi fiesta es la manera más segura de sabotear tu vida social... aunque no tengas que preocuparte por sabotear algo que no tienes.

—¿Una fiesta anual de verano? Nunca he oído hablar de eso.

Sacó una cajita de maquillaje compacto que le había marcado un círculo desgastado en el bolsillo posterior de los vaqueros, y se empolvó la nariz.

—Eso es porque nunca te había invitado.

Vale, un momento. ¿Estaba Marcie invitándome? Aunque mi coeficiente intelectual fuera el doble que el suyo, tenía que haberse dado cuenta de la frialdad que había entre nosotras. De eso y de que no compartíamos ningún amigo. Ni ningún interés, ya puestos.

—¡Oh, Marcie! Eres muy amable invitándome. Es algo inesperado, pero, aun así, un detalle. Te aseguro que intentaré ir. —Pero no con demasiado ahínco.

Marcie se inclinó hacia mí.

—Te vi anoche.

El corazón se me aceleró un poco, pero logré no levantar la voz. Incluso respondí con una evasiva:

—Sí, yo también te vi.

—¡Estaba lleno de locos...! —Dejó la frase a medias, como si quisiera que yo la concluyera en su lugar.

—Supongo.

—¿Lo supones? ¿Viste el taco de billar? Nunca había visto a nadie hacer algo así. Atravesó la mesa. ¿De qué están hechos esos tacos, de granito?

—Yo estaba detrás de la multitud. No vi demasiado. Lo siento.

No intentaba escatimarle la ayuda a propósito; simplemente, aquélla era una conversación que no me gustaba. ¿Por eso me invitaba a su fiesta, para infundir confianza y amistad en nuestra relación y que le contara lo que sabía de la noche anterior?

—¿No viste nada? —repitió Marcie, con una arruga de desconfianza en la frente.

—No. ¿Has estudiado para el examen de hoy? Me sé de memoria casi toda la tabla periódica, pero la última fila se me resiste.

—¿Te había llevado Patch alguna vez a jugar al billar ahí? ¿Habías visto nunca algo parecido?

La ignoré y abrí el libro.

—He oído que Patch y tú habéis roto —me dijo entonces, enfocando el asunto de otro modo.

Tomé aliento, pero un poco demasiado tarde, porque me había ruborizado.

—¿Por qué lo habéis dejado? —me preguntó Marcie.

—No es asunto tuyo.

Marcie me miró con el ceño fruncido.

—¿Sabes qué? Si no quieres hablar ya puedes olvidarte de ir a mi fiesta.

—De todas formas no pensaba ir.

Puso los ojos en blanco.

—¿Te pones como una loca porque anoche estuve con Patch en el Z? Porque él no significa nada para mí. Sólo nos divertíamos. No es nada serio.

—Sí, desde luego, eso parecía —dije, con cierto retintín.

—No tengas celos, Nora. Patch y yo sólo somos buenos amigos, muy buenos amigos. Pero si te interesa, mi madre conoce a un buen terapeuta de parejas. Si necesitas referencias, házmelo saber. Pero, ahora que lo pienso, es bastante caro. Quiero decir... Sé que tu madre tiene ese trabajo tan estupendo...

—Una pregunta, Marcie. —En mi voz había una fría advertencia pero las manos me temblaban sobre las rodillas—. ¿Cómo estarías si te despertaras mañana y te enteraras de que tu padre ha sido asesinado? ¿Crees que con un trabajo de media jornada en JC Penney tu madre pagaría las facturas? La próxima vez que saques la situación de mi familia a relucir, antes ponte en mi lugar por un instante. Por un breve, breve instante.

Me sostuvo la mirada un buen rato, pero con una cara tan inexpresiva que dudé de que hubiese logrado siquiera hacerla parpadear. Marcie sólo podía sentir empatía por sí misma.

Después de clase encontré a Vee en el aparcamiento, espatarrada sobre el capó del Neon con las mangas arremangadas, tomando el sol.

—Tenemos que hablar —dijo mientras yo me acercaba. Se incorporó para sentarse y se bajó las gafas lo suficiente para mirarme a los ojos—. Tú y Patch estuvisteis en Springvale, ¿no es cierto?

Me aupé para sentarme a su lado en el capó.

—¿Quién te lo ha dicho?

—Rixon. Que conste que me ha dolido. Soy tu mejor amiga y no tendría que enterarme de estas cosas por el amigo de un amigo. O por el amigo de un amigo de un ex novio —añadió, después de pensárselo. Me puso una mano en el hombro y me dio un apretón.

—¿Cómo lo llevas?

No demasiado bien. Pero era una de esas cosas que intentaba desterrar de mi corazón, y no podría desterrarla si hablaba de ella. Me recosté contra el parabrisas y saqué el cuaderno para protegerme del sol.

—¿Sabes lo peor de todo?

—Que yo tenía razón desde el principio y ahora tendrás que soportar oírme decir: «Te lo dije.»

—¡Qué gracia!

—No es ningún secreto que Patch es sinónimo de problemas. Es el típico chico malo que necesita que lo salven, pero la cuestión es que la mayoría de los chicos malos no quieren que los salven. Les gusta ser malos. Les gusta el poder que obtienen infligiendo temor y pánico en los corazones de todas las madres.

—Qué... perspicaz.

—Lo soy siempre, guapa. Y lo que es más...

—Vee.

Agitó los brazos.

—Escúchame. He dejado lo mejor para el final. Me parece que va siendo hora de que te replantees tus elecciones en lo que atañe a los chicos. Lo que necesitamos es encontrarte un agradable boy scout que te haga apreciar el hecho de tener a un buen hombre en tu vida. Ahí tienes a Rixon, por ejemplo.

La miré con cara de pensar que en realidad estaba bromeando.

—Esa mirada me ofende —dijo Vee—. Resulta que Rixon es un tipo realmente decente.

Nos miramos de hito en hito.

—Vale, a lo mejor un boy scout sea pasarse un poco —concedió Vee—. Pero la cuestión es que te puede venir bien un buen chico, uno que no vista únicamente de negro. En cualquier caso, ¿a qué se debe eso? ¿Patch se cree que es un comando?

—Vi a Marcie con Patch anoche —dije con un suspiro.

Ya estaba. Se lo había dicho.

Vee parpadeó varias veces, asimilando lo oído.

—¿Qué? —me preguntó, con la boca abierta.

Asentí con un gesto.

—Los vi. Ella lo abrazaba. Estaban juntos en el billar de Springvale.

—¿Los seguiste?

Quería contárselo, creedme, pero me desinflé.

—Scott me invitó a jugar al billar. Salí con él y los encontramos allí.

Quería decirle a Vee todo lo sucedido hasta el momento, pero como me ocurría con Marcie, había ciertas cosas que no podía explicarle. ¿Cómo iba a contarle lo del Nefilim de la camiseta roja, o que había atravesado la mesa de billar con el taco?

Vee tenía cara de estar esperando una respuesta.

—Bien, como te estaba diciendo, ahora que has visto la luz no hay vuelta de hoja. A lo mejor Rixon tiene un amigo. Uno que no sea Patch, quiero decir... —farfulló torpemente.

—No necesito ningún novio. Me hace falta un trabajo.

Vee hizo una mueca.

—Otra vez con lo del trabajo. Simplemente, no le veo la gracia.

—Necesito un coche y, para conseguirlo, me hace falta dinero y, por tanto, trabajo.

Tenía una larga lista de razones para comprar el Volkswagen Cabriolet. Era un coche pequeño y, por consiguiente, fácil de aparcar, y no consumía mucho, lo que era una ventaja, sabiendo que no iba a tener demasiado dinero para gasolina después de gastarme unos mil dólares en comprarlo. Era absurdo sentir atracción por algo inanimado y de carácter práctico como un coche, pero empezaba a considerarlo una metáfora de mi cambio vital. Libertad para ir adonde quisiera y cuando quisiera. Libertad para empezar de nuevo. Para librarme de Patch y de todos los recuerdos que habíamos compartido y a los que no sabía todavía cómo dar portazo.

—Mi madre es amiga de uno de los encargados de noche de Enzo's y están buscando chicas para la barra —me sugirió Vee.

—No tengo ni idea de cómo atender una barra.

Vee se encogió de hombros.

—Preparas café. Lo sirves. Se lo llevas a los clientes impacientes. ¿Tan difícil es?

Cuarenta y cinco minutos más tarde, Vee y yo estábamos en la costa, caminando por el paseo, postergando el hacer los deberes para mirar escaparates. Aunque ninguna de las dos tenía trabajo ni dinero, practicábamos nuestras habilidades como compradoras. Cuando llegamos al final del paseo nos fijamos en una pastelería. Casi podía oír cómo se le hacía la boca agua a mi amiga mientras acercaba la cara al cristal y miraba las rosquillas.

—Me parece que hace una hora entera que no he comido —comentó—. Rosquillas glaseadas, voy a darme un gusto. —Ya había avanzado cuatro pasos hacia la puerta.

—¿No intentabas adelgazar para ponerte el bañador?

—Sabes cómo chafarle a una la fiesta. De todos modos, ¿qué daño puede hacerme una rosquilla de nada?

Nunca había visto a Vee comerse sólo una rosquilla, pero no dije ni pío.

Pedimos media docena de rosquillas glaseadas, y acabábamos de sentarnos en una mesa, cerca de la ventana, cuando vimos a Scott fuera. Sonreía, con la frente apoyada en el cristal. Me sonreía a mí. Sobresaltada, di un respingo. Me hizo señas con un dedo para que me acercara.

—Vuelvo enseguida —le dije a Vee.

—¿Ése no es Scotty *Cañón*? —me preguntó, siguiendo mi mirada.

—Deja de llamarlo así. ¿Qué ha sido de Scotty *Orinal*?

—Ha crecido. ¿Para qué quiere hablar contigo? —Una sombra de lucidez le cruzó el rostro—. ¡Oh, no! No puedes ir con él por despecho. No es trigo limpio... tú misma lo dijiste. Te encontraremos un boy scout, ¿ya lo has olvidado?

Me puse el bolso al hombro.

—No hago esto por despecho.

En respuesta a la mirada que me lanzó, le espeté:

—¿Esperas que me quede aquí sentada y lo ignore?

Me hizo un gesto de rendición con las manos.

—Al menos date prisa o tus rosquillas pasarán a formar parte de la lista de especies en peligro de extinción.

Una vez fuera doblé la esquina y desanduve el camino hacia donde había visto a Scott por última vez. Estaba repantigado en un banco de la acera, con los pulgares en los bolsillos.

—¿Sobreviviste anoche? —me preguntó.

—Sigo aquí, ¿no es así?

Sonrió.

—¿No estás acostumbrada a tanta emoción?

No le recordé que era él quien había estado tendido en la mesa de billar con un taco clavado a un centímetro de la oreja.

—Perdona por dejarte colgada —me dijo—. Por lo visto encontraste quien te llevara a casa.

—No te preocupes por eso —le contesté con testarudez, sin molestarme en ocultar mi irritación—. He aprendido la lección: no volveré a salir contigo.

—Te compensaré. ¿Tienes tiempo para tomar algo? —Señaló con el pulgar un restaurante turístico del final del paseo, el Alfeo's. Había comido allí tres años antes, con mi padre, y recordaba que el menú era caro. Lo único que valía menos de cinco dólares era el agua. Con suerte una Coca-Cola. Teniendo en cuenta los precios exorbitantes y la compañía, puesto que al fin y al cabo lo último que recordaba de Scott era que había intentado levantarme la camiseta con el taco de billar, lo que yo quería era ir a terminarme mis rosquillas.

—No puedo. He venido con Vee —le dije—. ¿Qué pasó en el Z anoche, cuando me fui?

—Recuperé el dinero. —Algo en el modo en que lo dijo me indicaba que no había sido tan sencillo.

—Nuestro dinero —lo corregí.

—Tengo tu parte en casa —dijo vagamente—. Te lo devolveré esta noche.

Sí, claro. Tenía la impresión de que ya se había gastado todo ese dinero. E incluso más.

—¿Y el de la camiseta roja?

—Se marchó.

—Era muy fuerte... ¿No te lo pareció? Tenía algo... diferente.

Lo estaba poniendo a prueba, intentaba deducir lo que sabía, pero respondió con un comentario distraído.

—Sí, supongo. Así que mi madre no para de pincharme para que salga y haga amigos. No te ofendas, Grey, pero tú no eres uno de ellos. Más tarde o más temprano tendré que ir por cuenta propia. Oh, no llores. Recuerda simplemente todos los momentos felices que hemos compartido y seguro que eso te consolará.

—¿Me has hecho salir para terminar con nuestra amistad? ¿Cómo puedo tener tanta suerte?

Scott se rio.

—Creo que empezaré con tu novio. ¿Cómo se llama? Empiezo a pensar que es tu amigo imaginario. Quiero decir que... nunca os he visto a los dos juntos.

—Hemos roto.

Algo parecido a una sonrisa torcida le reptó por la cara.

—Sí, eso he oído. Pero quería ver si tú lo admitías.

—¿Has oído cosas sobre mí y sobre Patch?

—Una monada llamada Marcie me lo ha contado. Me encontré con ella en la gasolinera, se acercó a mí y se presentó. Por cierto, me dijo que eres una fracasada.

—¿Marcie te habló de mí y de Patch? —Un escalofrío me recorrió la columna vertebral.

—¿Quieres un consejo? ¿Un verdadero consejo de un tío? Olvídate de Patch. Encuentra a algún chico como tú. Para estudiar, jugar al ajedrez, recoger y clasificar bichos muertos... y plantéate seriamente teñirte el pelo.

—¿Perdona?

Scott tosió en un puño, pero no se me escapó que lo hacía para disimular una sonrisa.

—Honestamente, las pelirrojas sois un coñazo.

Entorné los párpados.

—Yo no soy pelirroja.

Rio sin disimulo.

—Podría ser peor. Podrías tener el pelo naranja. Ser una bruja malvada con el pelo naranja.

—¿Eres tan gilipollas con todo el mundo? Será por eso que no tienes amigos.

—Soy un poco rudo, eso es todo.

Me puse las gafas sobre la cabeza y lo miré directamente a los ojos.

—Para que lo sepas, no juego al ajedrez ni colecciono insectos.

—Pero estudias. Sé que lo haces. Conozco a las que son como tú. Tu sello distintivo es una personalidad anal-retentiva. Eres un caso clásico de TOC.*

Me quedé con la boca abierta.

—Vale, puede que estudie un poco. Pero no soy aburrida... no una aburrida de ésas. —Al menos, esperaba no serlo—. Evidentemente, no me conoces en absoluto.

—Bieeeen.

—Estupendo —dije a la defensiva—. Dime una cosa que te interese a ti y que te parezca que yo nunca haría. Deja de reírte. Lo digo en serio. Dime una sola cosa.

Scott se rascó una oreja.

—¿Has asistido alguna vez a un pique entre grupos musicales? Música sin ensayar a todo volumen; multitudes vociferantes y revoltosas; sexo escandaloso en los baños a mogollón. Diez veces más adrenalina que en el Z.

---

* Término freudiano para definir a una persona particularmente metódica y perfeccionista. El trastorno obsesivo compulsivo (TOC) consiste en un síndrome psiquiátrico caracterizado por obsesiones (ideas, pensamientos, imágenes o impulsos recurrentes) y compulsiones (conductas repetitivas que se llevan a cabo de forma estereotipada).

—No... —dije un poco indecisa.

—Te recogeré el sábado por la noche. Te traeré un carné de identidad falso. —Levantó las cejas y me regaló una sonrisa egoísta y burlona.

—De acuerdo —le dije, intentando poner cara de aburrimiento. Técnicamente, me estaría contradiciendo si salía otra vez con Scott, pero no iba a quedarme allí y dejar que me llamara aburrida. Y desde luego no iba a dejar que me llamara pelirroja—. ¿Qué tengo que ponerme?

—No más de lo legalmente aceptable.

Estuve a punto de atragantarme.

—No sabía que fueras de un grupo —dije cuando recuperé el aliento.

—Tocaba el bajo en Portland, en un grupo llamado Geezer. Espero entrar en alguna banda de aquí. El plan es reconocer el terreno el sábado por la noche.

—Parece divertido —mentí—. Cuenta conmigo.

—Siempre podría echarme atrás. Con una nota bastaría. En aquel momento lo único que me preocupaba era que Scott no pudiera decirme a la cara que era una anal-retentiva.

Nos separamos y encontré a Vee esperándome, sentada a nuestra mesa, a medio comerse mi rosquilla.

—No digas que no te lo he advertido —me dijo, viéndome mirar la rosquilla—. ¿Qué quería Scotty?

—Me ha invitado a una batalla de bandas musicales.

—Ah.

—Por última vez, no voy con él por despecho.

—Lo que tú digas.

—¿Nora Grey?

Vee y yo levantamos la cabeza para mirar a una de las empleadas de la pastelería, que estaba de pie junto a nuestra mesa. Su uniforme de trabajo consistía en un polo lavanda y una placa de identificación a juego que ponía: «Madeline.»

—Perdona, ¿eres Nora Grey? —me preguntó otra vez.

—Sí —le respondí, intentando adivinar cómo sabía mi nombre.

Sostenía un sobre de papel manila contra el pecho y me lo tendió.

—Esto es para ti.

—¿Qué es? —le pregunté, cogiendo el sobre.

Se encogió de hombros.

—Un chico acaba de entrar y me ha pedido que te lo diera.

—¿Qué chico? —preguntó Vee, estirando el cuello para mirar alrededor.

—Ya se ha ido. Ha dicho que era importante que Nora recibiera el sobre. He pensado que a lo mejor era tu novio. Una vez un chico vino aquí con unas flores y nos pidió que se las entregáramos a su novia. Ella estaba en la mesa del rincón. —La señaló y sonrió—. Todavía me acuerdo.

Pasé el dedo por debajo de la pestaña y miré dentro del sobre. Contenía una hoja de papel y un gran anillo. Nada más.

Miré a Madeline, que tenía un rastro de harina en el pecho.

—¿Estás segura de que esto es para mí?

—El chico te ha señalado y ha dicho: «Dale esto a Nora Grey.» Eres Nora Grey, ¿no?

Fui a sacar lo que había en el sobre, pero Vee me sujetó la mano.

—No te ofendas —le dijo a Madeline—, pero nos gustaría tener un poco de intimidad.

—¿De quién crees que es? —le pregunté cuando Madeline estuvo fuera del alcance de nuestra conversación.

—No lo sé, pero se me ha puesto la carne de gallina cuando te lo ha dado.

Cuando Vee dijo aquello, yo también noté unos dedos fríos recorriéndome la columna.

—¿Crees que ha sido Scott?

—No lo sé. ¿Qué hay en el sobre? —Se movió en la silla para echar un vistazo más de cerca.

Saqué el anillo y lo estudiamos en silencio. A simple vista noté que me quedaba grande. Era un anillo de hombre, sin duda alguna. Era de hierro y, allí donde suele haber una piedra engastada, la pieza tenía la forma de una mano en relieve: una mano apretada en un puño amenazador. Estaba chamuscado y parecía haber estado en el fuego en algún momento.

—Pero ¿qué...? —empezó a decir Vee. Se calló cuando saqué el papel.

Era una nota garabateada en negro:

«EL ANILLO PERTENECE A LA MANO NEGRA. ÉL MATÓ A TU PADRE.»

Vee saltó antes que yo de la silla.

La pillé en la puerta de la pastelería y salimos las dos precipitadamente a la luz cegadora. Entornando los párpados, miramos hacia ambos lados del paseo marítimo. Saltamos a la arena e hicimos lo mismo. Había gente por toda la playa, pero no vi ninguna cara familiar.

Tenía el corazón desbocado y le pregunté a Vee:

—¿Crees que es una broma?

—No me ha hecho gracia.

—¿Habrá sido Scott?

—Puede que sí. Al fin y al cabo, acaba de estar aquí.

—¿Marcie, tal vez? —Marcie era la única persona que se me ocurría lo suficientemente desconsiderada para hacer algo así.

Vee me atravesó con la mirada.

—¿Para burlarse de ti? Es posible.

¿Tan cruel era Marcie? ¿Se habría tomado la molestia? Aquello iba mucho más allá de un comentario hiriente de pasada. La nota, el anillo... incluso el modo de entregármelo. Aquello requería planificación.

Marcie parecía el tipo de persona que se aburre de hacer planes a los cinco minutos de haber empezado.

—Tenemos que ir hasta el fondo del asunto —dijo Vee, caminando de regreso hacia la puerta de la pastelería. Después de entrar, se dirigió a Madeline—: Tenemos que hablar. ¿Qué aspecto tenía el chico? ¿Era bajo o alto? ¿Con el pelo castaño, rubio?

—Llevaba gorra y gafas de sol —respondió Madeline, lanzando miradas furtivas a las otras empleadas de la pastelería, que empezaban a prestar atención a lo que decía—. ¿Por qué? ¿Qué había en el sobre?

—Tendrás que hacerlo mejor —le dijo Vee—. ¿Qué llevaba exactamente? ¿Había un logo de algún equipo en su gorra? ¿Tenía barba?

—No me acuerdo —tartamudeó la chica—. Una gorra negra... o a lo mejor marrón. Me parece que llevaba tejanos.

—¿Te parece?

—Vamos —dije, agarrando del brazo a Vee—. No se acuerda. —Miré a Madeline—. Gracias por tu ayuda.

—¿Su ayuda? —saltó Vee—. No nos ha sido de ayuda. ¡No puede aceptar sobres de chicos desconocidos y no recordar su aspecto!

—Ha pensado que era mi novio —le dije.

Madeline asintió vigorosamente.

—Eso es. ¡Lo siento muchísimo! ¡Pensaba que era un regalo! ¿Había algo desagradable en el sobre? ¿Queréis que llame a la policía?

—Queremos que recuerdes qué pinta tenía ese psicópata —le espetó Vee.

—¡Llevaba tejanos negros! —exclamó de repente Madeline—. Recuerdo que llevaba tejanos negros. Bueno, estoy casi segura.

—¿Casi segura? —repitió Vee.

Tiré de ella para sacarla fuera y la arrastré por el paseo marítimo. Cuando pudo serenarse, me dijo:

—Chica, siento mucho todo esto. Tendría que haber mirado dentro del sobre antes que tú. La gente es estúpida. Y quien te ha dado ese sobre es la persona más estúpida de todas. Si pudiera le lanzaría con gusto una estrella ninja.

Sabía que intentaba quitarle hierro al asunto, pero yo estaba en otra cosa. Ya no pensaba en la muerte de mi padre. Estábamos en un estrecho pasadizo entre tiendas y tiré de ella para sacarla del paseo y que nos metiéramos entre los edificios.

—Escucha, tengo que decirte algo. Creo que ayer vi a mi padre. Aquí, en el muelle.

Vee me miró fijamente, pero no dijo nada.

—Era él, Vee. Era él.

—Tía... —empezó a decir con escepticismo.

—Me parece que sigue vivo.

Habíamos celebrado el funeral de mi padre con el féretro cerrado. A lo mejor había habido un error, un malentendido, y no era mi padre quien había muerto esa noche. Tal vez sufría amnesia y por eso no había vuelto a casa. Quizás alguna otra cosa se lo impedía. O alguien...

—No sé cómo decirte esto —dijo Vee, mirando hacia arriba, hacia abajo y a cualquier sitio menos a mí—. Pero él no ha regresado.

—¿Cómo explicas entonces lo que vi? —le dije a la defensiva, dolida porque ella precisamente no me creyera. Los ojos se me llenaron de lágrimas y me las sequé con rapidez.

—Sería otra persona. Otro hombre que se parecía a tu padre.

—Tú no estabas. ¡Yo lo vi! —No pretendía ser brusca, pero no iba a resignarme. No después de haber pasado por todo aquello. Hacía dos meses que me había dejado caer de una viga del gimnasio del instituto. Sabía que yo había muerto. No podía negar lo que recordaba de aquella noche. Y sin embargo...

Sin embargo, seguía viva.

Cabía la posibilidad de que mi padre también siguiera vivo. El día anterior lo había visto. Seguro que sí. A lo mejor intentaba ponerse en contacto conmigo, enviarme un mensaje. Quería que supiera que vivía. No quería que renunciara a él.

Vee sacudió la cabeza.

—No hagas eso.

—No renunciaré a él. No hasta que sepa la verdad. Debo enterarme de lo que sucedió esa noche.

—No, no debes hacerlo —se mantuvo firme Vee—. Deja que el fantasma de tu padre descanse. Desenterrarlo no va a cambiar el pasado... te hará revivirlo.

¿Dejar que el fantasma de mi padre descansara? ¿Y yo qué? ¿Cómo iba yo a descansar hasta saber la verdad? Vee no lo entendía. A ella no le habían arrebatado a su padre de una forma inexplicable y violenta. Su familia no estaba hecha polvo. A ella seguía sin faltarle nada.

Lo único que me quedaba a mí era la esperanza.

Me pasé todo el sábado por la tarde en Enzo's con la tabla periódica de los elementos, completamente concentrada en los deberes, intentando ahuyentar cualquier pensamiento referido a mi padre o al sobre que había recibido con la nota que me decía que la Mano Negra era el responsable de su muerte. Tenía que ser una broma. El sobre, el anillo, la nota... todo aquello era una broma cruel de alguien. Tal vez de Scott, o de Marcie. Pero, para ser honesta, no creía que fuera cosa de ninguno de los dos. Scott me había parecido sincero cuando nos había dado el pésame a mi madre y a mí. Y la crueldad de Marcie era inmadura y espontánea.

Cuando estuve sentada al ordenador, hice una búsqueda por Internet de la Mano Negra. Quería demostrarme a mí misma que lo que ponía la nota no tenía validez. Seguramente alguien había encontrado el anillo en una tienda de segunda mano, se había inventado el ingenioso nombre de Mano Negra, me había seguido por el paseo marítimo y le había pedido a Madeline que me entregara en mano el sobre. Ahora que lo pensaba, ni siquiera importaba que Madeline no recordara el aspecto del tipo, porque lo más seguro era que no fuera el responsable de la broma. Esa persona sin duda había parado a un chico al azar en el paseo y le había pagado unos dólares para que hiciera la entrega. Eso hubiera hecho yo, de haber sido una persona retorcida y enferma que disfrutaba haciendo daño a los demás.

Una página de links con la Mano Negra se abrió en la pantalla. El primero era de una sociedad secreta que por lo visto había asesinado al archiduque Francisco Fernando de Austria en 1914 y catapultado al mundo hacia la Primera Guerra Mundial. El siguiente enlace era de un grupo de rock. También se llamaba la Mano Negra un grupo de vampiros de un juego de rol. Por último, a principios del siglo XX, una banda de italianos apodada la Mano Negra se hizo con Nueva York. Ningún vínculo mencionaba a Maine. Ninguna imagen era de un anillo de hierro con un puño en relieve.

«¿Lo ves? —me dije—. Ha sido una broma.»

Dándome cuenta de que me había apartado del verdadero objetivo en el que se suponía que tenía que estar trabajando, volví a mirar los deberes esparcidos frente a mí. Tenía que dominar las fórmulas químicas y calcular la masa atómica. Mi primera sesión de laboratorio se acercaba y, con Marcie de compañera, me preparaba para lo peor invirtiendo horas fuera del instituto para poder cargar con su peso muerto. Marqué unos cuantos números en la calculadora y luego pasé la respuesta a la página del cuaderno, repitiéndola mentalmente para mantener a raya las ideas sobre la Mano Negra.

A las cinco llamé a mi madre, que estaba en Nueva Hampshire.

—Una comprobación —le dije—. ¿Cómo te va el trabajo?

—Es lo mismo de siempre. ¿Y tú qué?

—Estoy en Enzo's intentando estudiar, pero el zumo de mango me distrae.

—Me estás dando hambre.

—¿La suficiente para que vuelvas a casa?

Se le escapó uno de esos suspiros que significaban que aquello no estaba en su mano.

—Ojalá pudiera. Prepararemos zumo de fruta y gofres para desayunar el sábado.

A las seis me llamó Vee. Quería que quedara con ella para hacer *spinning* en el gimnasio. A las siete y media me sacó de la granja. Acababa de darme una ducha y estaba delante de la nevera, a la caza de lo que había quedado del salteado que mi madre había guardado antes de marcharse, cuando llamaron con estruendo a la puerta de la calle.

Eché un vistazo por la mirilla. Fuera, Scott Parnell me hizo el signo de la paz.

—¡La batalla de bandas! —dije en voz alta, dándome una palmada en la frente. Me había olvidado por completo de cancelar la cita. Me miré los pantalones del pijama y solté un gemido.

Después de intentar sin éxito ahuecarme el pelo húmedo, descorrí el cerrojo y abrí la puerta.

Scott echó un vistazo a mi pijama.

—Lo habías olvidado.

—¿Estás de broma? Lo he estado esperando todo el día. Sólo voy con un poco de retraso. —Hice un gesto por encima del hombro, señalando hacia la escalera—. Voy a vestirme. ¿Por qué no... recalientas el salteado? Está en un *tupperware* azul, en la nevera.

Subí los escalones de dos en dos, cerré la puerta de mi habitación y llamé a Vee.

—Necesito que vengas enseguida —le dije—. Voy a una batalla de grupos musicales con Scott.

—¿Me estás llamando para darme celos?

Acerqué la oreja a la puerta. Parecía que Scott estaba abriendo y cerrando armarios en la cocina. Por lo que sabía de él, buscaba medicamentos o cerveza. Se llevaría una decepción, a menos que tuviera vanas esperanzas de colocarse con mis pastillas de hierro.

—No intento ponerte celosa. No quiero ir sola.

—Pues dile que no puedes ir.

—La cuestión es... que quiero ir. —No tenía ni idea de dónde procedía aquel deseo. Todo lo que sabía era que no quería pasar la noche sola. Me había tragado un día haciendo deberes, seguido de una sesión de *spinning*, y lo último que quería era quedarme en casa y repasar mi lista de tareas para el fin de semana. Me había portado bien todo el día. Toda la vida me había portado bien. Me merecía con creces divertirme un poco. Una cita con Scott no era lo mejor del mundo pero tampoco era lo peor—. ¿Vienes o no?

—Tengo que admitir que suena mucho mejor que conjugar verbos españoles en mi habitación toda la noche. Llamaré a Rixon, a ver si él también quiere ir.

Colgué e hice un inventario rápido del contenido de mi armario. Me decidí por una camisa de seda de color claro, una minifalda, medias espesas y manoletillas. Esparcí perfume y pasé por la nube para que me quedara un ligero aroma a pomelo. En el fondo me preguntaba por qué me molestaba en arreglarme para Scott. No llegaría a nada en la vida, no teníamos nada en común, y en nuestras breves conversaciones solíamos insultarnos. No sólo eso, sino que Patch me había dicho que me mantuviera alejada de él. Y eso era lo que me había afectado. Había posibilidades de que me viera arrastrada hacia Scott por alguna razón psicológica hondamente arraigada, relacionada con el desafío y la venganza. Y todo ello señalaba a Patch.

A mi entender podía hacer dos cosas: quedarme sentada en casa y permitir que Patch gobernara mi vida o dejar de ser una buena chica que se porta bien porque es domingo y tiene que ir a clase al día siguiente y divertirme un poco. Y aunque no estaba dispuesta a admitirlo, esperaba que Patch se enterara de que había ido a la batalla de bandas con Scott. Esperaba que se volviera loco al imaginarme con otro chico.

Una vez decidida, me sequé el pelo lo suficiente para que los rizos me quedaran definidos y corrí hacia la cocina.

—Ya estoy lista —le dije a Scott.

Me dio el segundo repaso de la noche, pero esta vez yo tenía mucha más confianza en mí misma.

—Estás estupenda, Grey —me dijo.

—Lo mismo te digo. —Sonreí amistosa, pero estaba nerviosa, lo que era estúpido porque se trataba de Scott. Éramos amigos. Ni siquiera amigos, no pasábamos de conocidos.

—El precio de la entrada es de diez dólares.

Me quedé parada un momento.

—Ah. Vale. Ya sé. Podemos parar en un cajero por el camino. —Tenía cincuenta dólares del dinero que me habían dado por mi cumpleaños en la cuenta. Los guardaba para el Cabriolet, pero si sacaba diez no iba a pasar nada. De todos modos, al ritmo que ahorraba no podría comprarme el coche hasta que cumpliera los veinticinco.

Scott puso un permiso de conducir de Maine en el mármol de la cocina, con mi foto del anuario.

—¿Lista, Marlene?

«¿Marlene?»

—No bromeaba cuando te dije lo del carné de identidad falso. No querrás echarte atrás, ¿verdad? —Sonrió como si supiera exactamente cuánto me había subido la presión sanguínea ante la idea de usar un carné falso, y hubiera apostado todo lo que tenía a que no tardaría ni cinco segundos en rajarme. Cuatro, tres, dos...

Tomé el carné del mármol.

—Estoy lista.

Scott condujo el Mustang por el centro de Coldwater hasta la otra punta de la ciudad, por unas cuantas calles secundarias serpenteantes y cruzando las vías del tren. Se detuvo delante de un almacén de ladrillo de cuatro pisos con la fachada invadida de maleza. Había mucha gente haciendo cola fuera. Por lo que pude ver, habían cegado las ventanas desde el interior con papel negro, pero por las rendijas de la cinta adhesiva entreví una luz estroboscópica. Un letrero azul de neón coronaba la puerta: «La Bolsa del Diablo.»

Había estado en aquella zona de la ciudad una vez, cuando estaba en cuarto y mis padres nos habían llevado a Vee y a mí a una casa encantada que habían montado por Halloween. Nunca había estado en La Bolsa del Diablo, pero estaba segura con sólo ver aquel sitio de que mi madre habría querido que me largara. Me acordé de la descripción del local que me había hecho Scott. Música sin ensayar a todo volumen. Multitudes vociferantes y revoltosas. Sexo escandaloso en los baños a mogollón.

«Dios mío.»

—Te dejo aquí —dijo Scott, frenando—. Voy a buscar un sitio bueno. Cerca del escenario, en el centro.

Salí del coche y me puse en la cola. Para ser honesta, nunca había estado en una discoteca en la que hiciera falta pagar para entrar. Nunca había estado en una discoteca, punto. Mi vida nocturna se limitaba a ver películas y tomar un helado en Baskin-Robbins con Vee.

En mi móvil sonó el tono de Vee.

—Oigo música, pero todo lo que veo son las vías del tren y unos cuantos furgones de mercancías abandonados.

—Estás a unas cuantas manzanas. ¿Vienes en el Neon o a pie?

—En el Neon.

—Voy a buscarte.

Dejé la cola, que crecía a ojos vistas. Al final de la manzana doblé la esquina, yendo hacia las vías que Scott había cruzado con el Mustang para llegar. La acera estaba agrietada por años de abandono, y las farolas eran pocas y muy distantes entre sí, de manera que tuve que ir mirando por dónde pisaba para no torcerme un pie y caerme. Los almacenes, a oscuras, con las ventanas como cuencas vacías, daban paso a edificios de ladrillo abandonados y llenos de pintadas. Cien años antes, probablemente aquello había sido el centro de Coldwater. Ya no lo era. La luna bañaba con su leve luz fantasmagórica el cementerio de edificios.

Me abracé y caminé más rápido. A dos manzanas, se materializó una silueta salida de la brumosa oscuridad.

—¿Vee? —llamé.

La silueta continuaba acercándoseme, con la cabeza gacha y las manos en los bolsillos. No se trataba de Vee sino de un hombre alto y flaco, de hombros anchos y andares vagamente familiares. No me hacía demasiada gracia pasar sola junto a un hombre por aquel tramo de acera, así que metí la mano en el bolsillo para coger el teléfono. Estaba a punto de llamar a Vee para saber exactamente dónde se encontraba cuando el hombre pasó bajo el haz de luz de una farola. Llevaba la cazadora de piel de mi padre.

Me paré de golpe.

Sin prestarme la más mínima atención, subió unos escalones a la derecha y desapareció en una de las casas abandonadas.

Se me erizó el vello de la nuca.

—¿Papá?

Corrí instintivamente. Crucé la calle sin fijarme en el tráfico, porque sabía que no pasaban coches. Cuando llegué a la casa donde estaba segura que había entrado, intenté abrir las puertas dobles. Estaban cerradas. Sacudí el picaporte y las puertas vibraron pero no cedieron. Me acerqué a una de las ventanas que flanqueaban la entrada para escudriñar. Las luces estaban apagadas, pero distinguí los bultos de los muebles cubiertos por sábanas blancas. El corazón se me salía del pecho. ¿Estaba vivo mi padre? Todo aquel tiempo... ¿había estado viviendo en aquel lugar?

—¡Papá! —llamé a través del cristal—. ¡Soy yo, Nora!

En lo alto de las escaleras, dentro del edificio, sus zapatos desaparecieron en el pasillo.

—¡Papá! —grité, golpeando el cristal—. ¡Estoy aquí fuera!

Me aparté y levanté la cabeza para ver las ventanas del segundo piso, por si veía su sombra pasar.

«La puerta trasera.»

En cuanto se me ocurrió, bajé corriendo los escalones y me metí por el estrecho callejón que había entre los edificios. Claro. La puerta trasera. Si no estaba cerrada, podría entrar para reunirme con mi padre...

Se me heló la nuca. El frío me recorrió la columna y me paralizó momentáneamente. Me quedé al final del callejón, con los ojos fijos en el patio trasero. Los arbustos se mecían dóciles con la brisa. La puerta abierta chirriaba sobre sus goznes. Retrocedí muy despacio. No por el silencio. No porque creyera que no estaba sola. Había tenido aquella sensación antes, y siempre me había indicado peligro.

«Nora, no estamos solos. Aquí hay alguien más. ¡Vete!»

—¿Papá? —murmuré.

«Ve a buscar a Vee. ¡Tenéis que marcharos! Ya te encontraré. ¡Date prisa!»

No me importaba lo que dijera... no iba a marcharme. No hasta que supiera lo que pasaba. No hasta que lo viera. ¿Cómo esperaba que me fuera? Él estaba allí. Una oleada de alivio y de excitación me invadió, eclipsando el temor que sentía.

—¿Papá? ¿Dónde estás?

Nada.

—¿Papá? —lo llamé de nuevo—. No me he ido.

Esta vez obtuve una respuesta.

«La puerta trasera está abierta.»

Me toqué la cabeza, sintiendo el eco de sus palabras en ella. Esta vez había algo distinto en su voz, pero no lo bastante evidente para determinar qué. ¿Era un poco más fría, tal vez? ¿Más acerada?

—¿Papá? —murmuré apenas.

«Estoy aquí dentro.»

Esta vez su voz era más fuerte, un sonido real, no sólo la oía mentalmente. Me volví hacia la casa, segura de que me había hablado por la ventana. Salí del camino y apoyé la palma en el cristal. Quería con toda el alma que fuera él. Pero, al mismo tiempo, la carne de gallina me advertía de que aquello podía ser un truco. Una trampa.

—¿Papá? —Me falló la voz—. Estoy asustada.

Al otro lado del cristal una mano se apoyó en la mía, con los cinco dedos alineados con los míos. Vi la alianza de oro de mi padre en el anular de la mano izquierda. La sangre se me agolpaba en las orejas y sentí vértigo. Era él. Tenía a mi padre a milímetros de distancia... vivo.

«Entra, no te haré daño. Vamos, Nora.»

El ansia de sus palabras me asustó. Arañé la ventana, intentando encontrar el pestillo, desesperada por abrazarlo e impedir que se marchara de nuevo. Tenía las mejillas bañadas en lágrimas. Pensé en correr hacia la puerta trasera, pero no podía apartarme de él ni un segundo. No podía volver a perderlo.

Golpeé la ventana con la mano, más fuerte esta vez.

—¡Estoy justo aquí, papá!

El cristal se heló cuando lo toqué. Delgados regueros de hielo se ramificaron por él con un chisporroteo quebradizo. Me aparté debido al frío repentino que me subió por el brazo, pero mi piel estaba pegada al cristal. Helada. Gritando, con la ayuda de la otra mano intenté liberarme. La mano de mi padre atravesó el cristal y se cerró sobre la mía, sujetándome e impidiéndome correr. Tiró de mí con fuerza. La ropa se me enganchó en los ladrillos y mi brazo atravesó la ventana. Vi reflejada mi cara de terror, con la boca abierta en un grito de espanto. Lo único que pensaba era que ése no podía ser mi padre.

—¡Socorro! —grité—. ¡Vee! ¿Me oyes? ¡Socorro!

Balanceé el cuerpo de lado a lado para liberarme con mi propio peso. Un dolor penetrante me recorría el antebrazo que él mantenía agarrado y se me pasó por la cabeza la imagen de un cuchillo, con tanta intensidad que creí que la cabeza se me había partido en dos. El fuego me lamió el antebrazo... me estaba cortando.

—¡Para! —chillé—. ¡Me haces daño!

Noté cómo su presencia me invadía la mente y su pensamiento eclipsaba el mío. Había sangre por todas partes. Negra y resbaladiza... y mía. La bilis me subió por la garganta.

—¡Patch! —grité con terror y absoluta desesperación.

La mano que me sujetaba se disolvió y caí de espaldas al suelo. Instintivamente me apreté el brazo herido contra la camisa para detener la hemorragia, pero, para mi asombro, no había sangre. No había ningún corte.

Boqueando, miré hacia la ventana. Estaba intacta y reflejaba el árbol que yo tenía detrás y que se cimbreaba con la brisa nocturna. Me puse de pie y corrí hacia la acera.

Corrí hacia La Bolsa del Diablo, volviéndome de vez en cuando a mirar por encima del hombro. Esperaba ver a mi padre, o a su fantasma, saliendo de una de las casas con un cuchillo, pero la acera estaba desierta.

Fui a cruzar la calle y vi a Vee un segundo antes de chocar con ella.

—Aquí estás —dijo, tendiendo la mano para sostenerme mientras yo ahogaba un grito—. Nos hemos perdido. He ido hasta La Bolsa del Diablo y he vuelto para encontrarte. ¿Te encuentras bien? Pareces a punto de vomitar.

No quería quedarme en la esquina. A tenor de lo que acababa de pasarme en aquel edificio, no podía evitar recordar la ocasión en que había atropellado a Chauncey con el Neon. Al cabo de un momento el coche había vuelto a estar normal, sin rastro de haber tenido un accidente. Pero esta vez era algo personal. Esta vez se trataba de mi padre. Los ojos me ardían y me temblaba la mandíbula cuando dije:

—Me... me parece que he vuelto a ver a mi padre.

Vee me abrazó.

—Cariño.

—Lo sé. No era real. No era real —repetí, tratando de convencerme. Parpadeé varias veces, porque las lágrimas me nublaban la vista. Me había parecido muy real. Tan tremendamente real...

—¿Quieres hablar de eso?

¿Qué iba a contarle? Me habían cazado. Alguien había estado jugando con mi mente. Jugando conmigo. ¿Un ángel caído? ¿Un Nefilim? ¿El fantasma de mi padre? ¿O era mi mente la que me traicionaba? No era la primera vez que creía ver a mi padre. Había supuesto que intentaba comunicarse conmigo, pero quizá no era más que un mecanismo de defensa. A lo mejor mi mente me hacía ver cosas que yo me negaba a aceptar que había perdido para siempre. Estaban llenando el vacío porque eso era más fácil que dejarlas marchar.

Fuera lo que fuese lo que me había pasado, no era real. Aquél no era mi padre. Él nunca me hubiera hecho daño. Él me quería.

—Volvamos a La Bolsa del Diablo —dije, respirando hondo. Quería alejarme del edificio lo antes posible. Volví a repetirme que quien fuera que había visto allí no era mi padre.

El eco de los platillos, el retumbar de la batería y el

chillido de las guitarras que se preparaban para el espectáculo fueron en aumento, y mientras mi pánico decrecía, noté que el corazón también se me calmaba. Había algo tranquilizador en la idea de perderme entre los centenares de cuerpos apretujados en el almacén. A pesar de lo sucedido no quería irme a casa, no quería quedarme sola. Quería meterme en el centro de la multitud. Aquello estaba abarrotado.

Vee me agarró del codo y me obligó a detenerme.

—¿Ésa es quien creo que es?

A media manzana, Marcie Millar estaba subiendo a un coche. Iba embutida en un pedacito de tela negra lo bastante corto para que se le vieran la parte superior de las medias de encaje y las ligas. Unas botas negras altas hasta la rodilla y un sombrero de fieltro negro completaban su atuendo. Pero no fue su pinta lo que me llamó la atención. Fue el coche. Un reluciente Jeep Commander negro. El motor tosió y el Jeep dobló la esquina y se perdió de vista.

aya panorama! —susurró Vee—. ¿Yo acabo de ver eso? ¿Acabo de ver a Marcie subirse al Jeep de Patch?

Abrí la boca para decir algo, pero me sentía como si me hubieran arañado la garganta.

—¿Sólo he sido yo —preguntó—, o tú también has podido verle el tanga rojo por debajo del vestido?

—Eso no era un vestido —contesté, apoyándome en el edificio para no caerme.

—Intentaba ser optimista, pero tienes razón. No era un vestido. Era un top estirado por encima de su cadera huesuda. Lo único que impide que se le suba hasta la cintura es la gravedad.

—Creo que voy a vomitar —dije. La sensación de la garganta se me había contagiado al estómago.

Vee me agarró por los hombros y me obligó a sentarme en la acera.

—Respira profundamente.

—Sale con Marcie. —Era demasiado terrible para ser cierto.

—Marcie se abre de piernas —dijo Vee—. Ésa es la única razón. Es una cerda. Una rata.

—Él me dijo que no había nada entre ellos.

—Patch puede ser muchas cosas, pero honesto no es.

Miré hacia donde el Jeep había desaparecido. Sentí una inexplicable necesidad de seguirlos y hacer algo que más tarde lamentaría... como estrangular a Marcie con su estúpido tanga rojo.

—No es culpa tuya —dijo Vee—. Él es el imbécil que se aprovecha de ti.

—Quiero irme a casa —dije, con voz ronca.

Justo en aquel momento un coche patrulla paró cerca de la entrada de la discoteca. Un policía alto y flaco con pantalones negros y camisa de vestir se apeó. La calle estaba bastante oscura pero lo reconocí de inmediato. Era el inspector Basso. Otra vez estaba en su jurisdicción y no tenía deseo alguno de que se repitiera la escena. Sobre todo porque tenía la seguridad de no formar parte de su lista de personas favoritas.

El inspector Basso se acercó a la cabeza de la fila, le enseñó la placa al gorila y entró sin detenerse.

—¡Caray! —exclamó Vee—. ¿Ése es policía?

—Sí, pero es demasiado viejo, así que ni lo pienses. Quiero irme a casa. ¿Dónde has dejado el coche?

—No parece tener más de treinta. ¿Desde cuando uno de treinta es demasiado viejo?

—Se llama Basso y es inspector. Me interrogó después del incidente con Jules en el instituto. —Me gustaba llamarlo incidente en lugar de lo que había sido en realidad: un intento de asesinato.

—Basso. Me gusta. Corto y sexy, como mi nombre. ¿Te cacheó?

La miré de reojo, pero seguía con los ojos fijos en la puerta por donde el policía había entrado.

—No. Me interrogó.

—No me importaría que me esposara. Pero no se lo digas a Rixon.

—Vamos. Si la policía está aquí es que algo malo va a suceder.

—Me apellido Mala —dijo y, cogiéndome del brazo, me arrastró hacia la entrada del almacén.

—Vee...

—Puede que haya doscientas personas dentro. Está oscuro. No te distinguirá entre la multitud, eso si es que se acuerda siquiera de ti. Seguramente no te recuerda. Además, no va a arrestarte... no estás haciendo nada ilegal. Bueno, aparte de llevar un carné de identidad falso, pero eso lo hace todo el mundo. Y, si realmente quisiera hacer una redada, hubiese traído refuerzos. Un solo policía no va a tomar declaración a este gentío.

—¿Cómo sabes que llevo un carné falso?

Me miró como diciendo: «No soy tan ingenua como parece.»

—¿Estás aquí, no? ¿Cómo piensas entrar?

—Como tú... ¿Tienes un carné falso? No puedo creerlo. ¿Desde cuándo?

Vee parpadeó.

—Rixon no sólo es bueno besando. Vamos, entremos. Si eres tan buena amiga mía, no se te habrá pasado siquiera por la cabeza pedirme que me escape de casa y viole los términos de mi castigo para nada. Sobre todo porque ya he llamado a Rixon y viene para acá.

Gemí. Pero la culpa no era de Vee. Era a mí a quien le había parecido buena idea ir allí aquella noche.

—Cinco minutos, no más.

La cola avanzaba con rapidez y se perdía en el edificio. En contra de mi sentido común, pagué la entrada y seguí a Vee por el oscuro, abarrotado y ruidoso almacén.

En cierto modo, me sentía extrañamente bien rodeada de oscuridad y ruido; la música estaba demasiado alta para pensar, por lo que, aunque hubiese querido, no habría podido concentrarme en Patch y en lo que estuviera haciendo con Marcie en aquel preciso momento.

Había una barra al fondo, pintada de negro, con taburetes de metal y luces que pendían del techo. Vee y yo nos sentamos en los dos últimos taburetes libres.

—¿Vuestro carné de identidad? —nos dijo el chico de la barra.

Vee negó con la cabeza.

—Sólo quiero una Coca-Cola light, por favor.

—Yo, un refresco de cereza —dije.

Vee me sujetó por las costillas y se inclinó a un lado.

—¿Has visto? Quería ver nuestros carnés. ¿No es increíble? Apuesto a que quería saber cómo nos llamamos y es demasiado tímido para preguntarlo.

El barman llenó dos vasos y los empujó sobre la barra. Se pararon justo delante de nosotras.

—Qué truco más chulo —le gritó Vee por encima de la música.

Él le hizo un gesto obsceno y pasó a atender al siguiente cliente.

—De todos modos era demasiado bajo para mí —dijo ella.

—¿Has visto a Scott? —le pregunté, incorporándome en el taburete para ver por encima de las cabezas. Él ya había tenido tiempo de sobra para aparcar, pero no lo veía. A lo mejor no había querido dejar el coche en una plaza con parquímetro y había conducido hasta más lejos para encontrar un sitio libre. Daba igual. A menos que hubiese aparcado a dos kilómetros, lo que era bastante improbable, ya tendría que haber llegado.

—Oh, oh. Adivina quién acaba de entrar. —Vee miraba fijamente por encima de mi hombro y su expresión se ensombreció hasta fruncir el ceño—. Marcie Millar, nada más y nada menos.

—¡Creía que se había marchado! —Un ramalazo de rabia me sacudió—. ¿Patch va con ella?

—No.

Cuadré los hombros y me erguí todavía más en el asiento.

—Estoy tranquila. Puedo manejar esto. Lo más probable es que no nos vea. Aunque lo haga, no se acercará a hablar con nosotras. —Y aunque no lo creyera en absoluto, añadí—: Seguramente hay una explicación retorcida para que se haya subido a su Jeep.

—¿También hay una explicación retorcida para que lleve esa gorra?

Me apoyé en la barra con las manos y giré en redondo. Marcie se abría paso entre la multitud con aplomo. Su cola de caballo bermeja salía por la abertura trasera de la gorra de Patch. Si aquello no era una prueba de que estaban juntos, ¿qué era entonces?

—Voy a matarla —le dije a Vee y me volví otra vez hacia la barra cogiendo mi refresco de cereza, con las mejillas encendidas.

—Claro que sí. Y ahora tienes ocasión de hacerlo. Viene hacia aquí.

Al cabo de un instante Marcie le pidió el taburete al chico que estaba a mi lado y se encaramó en él. Se quitó la gorra de Patch y sacudió el pelo. Luego se acercó la gorra a la cara e inhaló profundamente.

—¿No huele de un modo asombroso?

—Eh, Nora —dijo Vee—. ¿Patch no tuvo piojos la semana pasada?

—¿A qué huele? —preguntó Marcie—. ¿A hierba recién cortada? ¿A una especia exótica? ¿Tal vez a... menta?

Dejé el vaso en la barra con demasiado ímpetu y se derramó un poco de refresco.

—¡Qué ecológico por tu parte reciclar la basura de Nora! —le dijo Vee a Marcie.

—La basura que está buena es mejor que la basura gorda —dijo Marcie.

—¡Gorda tu madre! —Vee cogió mi vaso y le echó el refresco a la cara a Marcie. Pero alguien chocó con ella por detrás y, en lugar de seguir una trayectoria recta, el líquido se esparció y nos mojó a las tres.

—¡Ten cuidado! —dijo Marcie, saltando de su taburete con tanta prisa que lo derribó. Se sacudió el refresco del regazo— ¡Este vestido es un Bebe! ¿Sabes lo que cuesta? Doscientos dólares.

—Ya no vale tanto —dijo Vee—. Y no sé de qué te quejas. Apuesto a que lo robaste.

—¿Ah, sí? ¿Qué quieres decir?

—Que pillas todo lo que ves. Y yo considero que tienes mal gusto. No hay nada de peor gusto que robar en las tiendas.

—Tu papada es de peor gusto.

Los ojos de Vee eran dos rendijas.

—Estás muerta. ¿Me has oído? Muerta.

Marcie se volvió hacia mí.

—Por cierto, Nora, supongo que te gustará saberlo. Patch me dijo que rompió contigo porque no eres lo bastante puta.

Vee le dio en la cabeza a Marcie con el bolso.

—¿A qué viene esto? —chilló Marcie, agachándose.

Vee le golpeó la oreja. Marcie retrocedió, pasmada, achicando los ojos.

—Maldita... —empezó a decir.

—¡Basta! —grité, interponiéndome entre las dos con los brazos en alto. Habíamos llamado la atención de la gente, que se estaba congregando alrededor, interesada por la riña que se avecinaba. Me daba igual lo que le pasara a Marcie, pero Vee era harina de otro costal. Cabía la posibilidad, si se metía en una pelea, de que el inspector Basso se la llevara a comisaría. Y eso, sumado a haber salido a escondidas de casa... No me parecía que una detención fuera a gustarles a sus padres.

—Vámonos de aquí. Vee, ve por el Neon. Nos encontraremos fuera.

—Me ha llamado gorda. Merece morir. Tú misma lo has dicho. —Respiraba con dificultad.

—¿Cómo vas a matarme? —le preguntó Marcie con desprecio—. ¿Sentándote encima de mí?

Entonces se desató un infierno. Vee agarró su Coca-Cola de la barra y levantó el brazo para lanzarla. Marcie se dio la vuelta para correr pero, con la precipitación, tropezó con el taburete que había derribado y se cayó. Yo me giré hacia Vee con la esperanza de aplacar cualquier acto violento y alguien me dio una patada en la corva. Me caí, y lo siguiente que vi fue a Marcie a horcajadas sobre mí.

—Esto por robarme a Tod Bérot en quinto —me dijo, dándome un puñetazo en el ojo.

Grité y me protegí el ojo.

—¿Tod Bérot? —exclamé—. ¿De qué demonios hablas? ¡Eso fue en quinto!

—¡Y esto por colgar esa foto mía con un grano enorme en la barbilla en la portada de la revista digital del instituto el año pasado!

—¡No fui yo!

Bueno, a lo mejor había tenido algo que ver en la selección de las imágenes, pero sólo porque era la única que se ocupaba de eso. ¿Y Marcie iba a colgarme el mochuelo? ¿No era demasiado tiempo un año para seguir guardándome rencor?

—¡Y esto por tu...!

—¡Estás loca! —Esta vez paré el golpe y me las apañé para agarrar por la pata el taburete más cercano y darle la vuelta para protegerme de ella.

Marcie apartó el taburete de un golpe. Antes de que lograra ponerme de pie, le quitó la bebida a uno y me la echó encima.

—¡Ojo por ojo! —rugió—. Tú me humillaste, yo te humillo a ti.

Me limpié la Coca de los ojos. El ojo derecho me latía de dolor allí donde Marcie me había dado el puñetazo. Noté cómo el cardenal se extendía bajo mi piel, tatuándome de azul y violeta. Del pelo me goteaba refresco, mi mejor camisa estaba rota y me sentía desmoralizada, maltratada... y rechazada. Patch prefería a Marcie Millar. Y Marcie acababa de dejármelo claro.

Mis sentimientos no eran excusa para lo que hice a continuación, pero sin duda lo provocaron. No tenía la menor idea de cómo dar un puñetazo, pero cerré los puños y le di a Marcie en la mandíbula. Se quedó un instante pasmada. Se escabulló alejándose de mí, sosteniéndose la mandíbula con ambas manos y los ojos muy abiertos. Animada por mi pequeña victoria, me abalancé hacia ella, pero no lo logré porque alguien me sujetó por los sobacos y me lo impidió.

—Sal de aquí ahora mismo —me dijo Patch al oído y me arrastró hacia la puerta.

—¡Voy a matarla! —dije, luchando por librarme.

Una creciente multitud nos rodeaba, coreando:

—¡Pelea! ¡Pelea! ¡Pelea!

Patch apartó a la gente de su camino y me sacó a

rastras. Detrás de él, Marcie se levantó y me enseñó el dedo, con una sonrisa de suficiencia y las cejas arqueadas. El mensaje estaba claro: ¡Chúpate ésa!

Patch me llevó con Vee, luego regresó y agarró del brazo a Marcie. Antes de que pudiera ver adónde la llevaba, Vee me empujó hacia la salida más cercana. Salimos a la calle.

—Por divertido que sea verte dar una tunda a Marcie, me parece que no vale la pena pasar la noche en comisaría —me dijo Vee.

—¡La odio! —Yo seguía histérica.

—El inspector Basso se estaba abriendo paso entre la gente cuando Patch te ha separado de ella. Me ha parecido que era el momento de intervenir.

—¿Dónde ha llevado a Marcie? He visto que Patch la cogía del brazo.

—¿Qué más da? Por suerte los dos se han quedado en medio del lío.

Nuestros zapatos resonaban en la grava mientras corríamos por la calle hacia donde había aparcado Vee. Pasaron las luces rojas y azules de un coche patrulla y las dos nos apretamos contra el muro del almacén.

—Bueno, ha sido emocionante —dijo Vee en cuanto nos hubimos subido al Neon.

—¡Oh, sí, claro! —le respondí entre dientes.

Vee me lamió el brazo.

—Sabes bien. Me das sed, con ese olor a refresco de cereza.

—¡Todo ha sido culpa tuya! —le dije—. ¡Has sido tú la que le ha echado encima mi bebida a Marcie! De no ser por ti, no me hubiese metido en una pelea.

—¿Una pelea? Estabas tirada en el suelo recibiendo. Tendrías que haberle pedido a Patch que te enseñara unos cuantos golpes antes de romper con él.

Mi móvil sonaba y lo saqué del bolso.

—¿Qué? —pregunté bruscamente.

Cuando nadie respondió me di cuenta de que estaba tan nerviosa que había confundido el tono de los mensajes de texto con una llamada.

Tenía un mensaje nuevo de un número desconocido: «Quédate en casa esta noche.»

—Da miedo —dijo Vee, inclinándose hacia mí para leerlo—. ¿A quién le has dado tu número?

—Seguramente es una equivocación. Será para otra persona. —Por supuesto estaba pensando en el edificio abandonado, en mi padre y en la visión que había tenido de él cortándome el brazo.

Metí el móvil en el bolso y me cubrí la cara con las manos. El ojo me latía. Estaba asustada, sola, confusa y a punto de echarme a gritar.

—A lo mejor es de Patch —dijo Vee.

—Su número nunca me había aparecido como desconocido hasta ahora. Será una broma. —Si al menos hubiera podido creerlo...—. ¿Nos vamos? Necesito un Tylenol.

—Me parece que tendríamos que llamar al inspector Basso. A la policía le encantan estas estupideces para asustar de los acosadores.

—Quieres que lo llame únicamente para flirtear con él.

Vee puso el coche en marcha.

—Sólo intentaba ayudar.

—Podrías haber ayudado hace diez minutos, en vez de echarle encima mi bebida a Marcie.

—Al menos he tenido las agallas de hacerlo.

Me giré en el asiento y la miré fijamente.

—¿Me estás acusando de no defenderme de Marcie?

—Te ha robado el novio, ¿verdad? Vale que es una m..., pero si me hubiera robado el novio lo pagaría.

Le señalé la carretera con un dedo.

—¡Conduce!

—¿Sabes qué? Pues que necesitas otro novio. Te hace falta un buen chico anticuado para serenarte.

¿Por qué creía todo el mundo que necesitaba otro novio? No necesitaba novio. Había tenido suficiente para el resto de mi vida. Para lo único que servía un novio era para romperte el corazón.

CAPÍTULO

Una hora después, me había arreglado y comido un tentempié tardío de tostadas untadas con crema de queso, había ordenado la cocina y visto un poco de televisión. Había conseguido arrinconar en mi mente el mensaje advirtiéndome de que me quedara en casa. Resultaba más fácil descartarlo como una broma o una equivocación cuando estaba a salvo en el coche con Vee, pero ahora que estaba allí sola, no me sentía ni mucho menos segura. Pensé en poner un poco de música de Chopin para romper el silencio, pero no quería perder capacidad auditiva. Lo último que me hacía falta era que alguien se me acercara sigilosamente por la espalda...

«¡Ya basta! —me dije—. Nadie va a acercarse sigilosamente a ti.»

Al cabo de un rato, cuando ya no daban nada bueno en la tele, subí a mi habitación. Mi dormitorio estaba, se mirara como se mirara, limpio. Pero ordené la ropa del armario por colores, en un intento por mantenerme ocupada y no dormirme. Nada me hubiera hecho más vulnerable que quedarme roque, así que, cuanto más tarde me durmiera, mejor. Quité el polvo del escritorio y ordené alfabéticamente mis libros. Me convencí de que no iba a sucederme nada. Lo más probable era que me despertara a la mañana siguiente y me diera cuenta de lo paranoica que había estado.

Pero, erre que erre, a lo mejor el mensaje era de alguien que quería rebanarme el cuello mientras dormía. En una noche tan fantasmagórica como aquélla, nada parecía demasiado inverosímil.

Me desperté en la oscuridad pasado un rato. Las cortinas del fondo de la habitación se hinchaban cuando el ventilador giraba hacia ellas. Hacía demasiado calor y la camiseta y el pantaloncito se me pegaban a la piel, pero yo estaba demasiado enfrascada en visiones catastróficas para pensar siquiera en abrir la ventana. Miré hacia un lado y vi la hora. Eran casi las tres.

La parte derecha de la cara me latía de dolor y tenía el ojo hinchado. Fui encendiendo todas las luces de la casa y bajé descalza para sacar del congelador una bolsa de hielo y coger otra de plástico con autocierre. Me eché un vistazo en el espejo del baño y gemí. Un tremendo cardenal morado y rojo me cubría desde la ceja hasta el pómulo.

—¿Cómo has permitido que te pasara esto? —le pregunté a mi reflejo—. ¿Cómo has permitido que Marcie te pegara?

Saqué las dos últimas cápsulas de Tylenol del frasco del armarito, me las tragué y me acurruqué en la cama. El hielo me picaba en la piel, alrededor del ojo, y me causaba escalofríos. Mientras esperaba a que el Tylenol me hiciera efecto, luchaba con la imagen mental de Marcie subiéndose al Jeep de Patch. La escena se desarrollaba, retrocedía y avanzaba de nuevo. Yo daba vueltas en la cama e incluso me tapé la cabeza con la almohada para ahuyentar la imagen, pero allí seguía, fuera de mi alcance, burlándose de mí.

Sería una hora más tarde cuando mi cerebro se cansó de pensar en todas las maneras ingeniosas de matar a Marcie y a Patch, y volví a dormirme.

Me despertó el ruido de una cerradura al abrirse.

Abrí los ojos, pero lo veía todo confuso, de un blanco y negro poco definido, como cuando me había soñado en la Inglaterra de hacía siglos. Intenté parpadear para recuperar mi visión normal, pero mi mundo siguió siendo del color del humo y el hielo.

En la planta baja, la puerta principal se abrió con un chirrido.

No esperaba a mi madre hasta el sábado por la mañana, lo que significaba que era otra persona la que había entrado, algún desconocido.

Eché un vistazo a la habitación buscando algo que pudiera usar como arma. Había unos cuantos portarretratos pequeños en la mesilla de noche, junto a una lámpara barata.

Se oyeron unos pasos suaves en el suelo de madera del recibidor.

Unos segundos después ya se oían en la escalera. El intruso no se detenía a ver si había signos de que alguien lo hubiera oído. Sabía exactamente adónde iba.

Salí de la cama en silencio, recogí del suelo la ropa que me había quitado. La apreté entre las manos y apoyé la espalda en la pared, al lado de la puerta de la habitación, empapada de sudor. Estaba tan quieta que oía mi propia respiración.

Entró por la puerta. Le rodeé el cuello con una media y tiré con todas mis fuerzas. Hubo un breve forcejeo antes de que yo perdiera pie y me encontrara cara a cara con Patch.

Él me miraba a través de las medias que me había quitado.

—¿Me lo explicas?

—¿Qué estás haciendo aquí? —le pregunté, jadeando. Sumé dos y dos—. ¿A qué ha venido el mensaje de texto de antes? Ése en el que me pedías que me quedara aquí esta noche. ¿Desde cuándo tienes un número desconocido?

—He tenido que contratar otra línea. Una más segura.

No quería saberlo. ¿Qué clase de persona necesitaba tanto secretismo? El que daba tanto miedo a Patch ¿podía escuchar sus llamadas? ¿Los arcángeles?

—¿No se te ha ocurrido llamar a la puerta? —le dije. Todavía tenía el pulso desbocado—. Te he tomado por otra persona.

—¿Esperabas a alguien?

—De hecho, sí. —A un psicópata que me mandaba mensajes de texto anónimos diciéndome que me quedara a su alcance.

—Son más de las tres —me dijo Patch—. La persona a la que esperabas no debe de ser muy excitante... porque te has dormido. —Sonrió—. Todavía duermes. —Lo dijo y parecía satisfecho. Tal vez incluso tranquilo, como si por fin hubiera desentrañado algo que le resultaba extraño.

Parpadeé. ¿Todavía dormía? ¿De qué demonios hablaba? Espera. Claro. Aquello explicaba por qué no había colores y todavía veía en blanco y negro. Patch no estaba en mi habitación, estaba en mi sueño. Pero ¿soñaba con él o él sabía que estaba allí? ¿Compartíamos el mismo sueño?

—Para tu información, me he quedado dormida esperando a... Scott.

No tenía ni idea de por qué había dicho aquello, lo dije sin pensar.

—A Scott —repitió.

—No empieces. He visto a Marcie subirse a tu Jeep.

—Necesitaba que la acompañara.

Me puse en jarras.

—¿Qué clase de compañía necesitaba?

—No esa clase de compañía —me respondió con calma.

—¡Oh, claro! ¿De qué color llevaba las bragas? —Era una prueba, y esperaba que fallara.

No me respondió, pero me bastó mirarlo a los ojos para saber que no había fallado.

Agarré una almohada de la cama y se la tiré. Se apartó un paso y la almohada se estrelló contra la pared.

—Me mentiste —le dije—. ¡Me dijiste que no había nada entre tú y Marcie, pero cuando entre dos personas no hay nada, no comparten la ropa, ni van en el coche del otro de noche con un vestido que parece ropa interior! —De repente me di cuenta de lo que llevaba puesto yo, o de lo que no llevaba. Estaba a un paso de Patch y no llevaba encima más que una camiseta minúscula y unos calzones cortos. Bueno, no podía hacer mucho al respecto, ¿verdad?

—¿Compartir la ropa?

—¡Llevaba tu gorra!

—Iba despeinada.

Me quedé con la boca abierta.

—¿Eso te ha dicho? ¿Y tú has picado?

—No es tan mala como la haces parecer.

Él no podía haber dicho aquello.

Me señalé el ojo con un dedo.

—¿No es tan mala? ¿Ves esto? ¡Ella me lo ha hecho! ¿Qué estás haciendo aquí? —volví a preguntarle, hirviendo de rabia a más no poder.

Patch se apoyó en el escritorio y se cruzó de brazos.

—He venido a ver qué estabas haciendo.

—Repito, tengo un ojo morado, gracias por preguntar —le espeté.

—¿Te hace falta hielo?

—¡Me hace falta que salgas de mi sueño! —Agarré otra almohada de la cama y se la arrojé con violencia. Esta vez la atrapó al vuelo.

—La Bolsa del Diablo, un ojo morado. Es lo propio del territorio. —Me devolvió la almohada, como para remachar lo dicho.

—¿Estás defendiendo a Marcie?

Sacudió la cabeza.

—No hace falta. Sabe defenderse sola. En cambio tú...

Señalé la puerta.

—Fuera. —Como no se movió, monté en cólera y lo empujé con la almohada—. ¡He dicho que salgas de mi sueño, mentiroso traidor...!

Me arrancó la almohada de las manos y me empujó hacia atrás, hasta que estuve contra la pared, con sus botas de motorista alineadas con los dedos de mis pies. Yo tomaba aliento para acabar la frase y llamarlo lo peor que se me ocurriera, cuando Patch me agarró por el elástico de las bragas y tiró de mí. Sus ojos eran de un negro líquido, su respiración suave y profunda. Me quedé así, suspendida entre él y la pared. El pulso se me aceleraba a medida que me daba cuenta de la presencia de su cuerpo y del aroma masculino a cuero y menta de su piel. Empecé a notar que mi resistencia cedía.

De repente, sin obedecer a otra cosa que a mi deseo, lo agarré por la camiseta y tiré de él para acercarlo a mí. ¡Qué estupendo era tenerlo tan cerca de nuevo! Lo había echado muchísimo de menos, pero hasta entonces no me había dado cuenta de cuánto.

—No hagas que me arrepienta de esto —le dije, sin aliento.

Me besó y respondí con tanta avidez que creía que los labios me arderían. Le hundí los dedos en el pelo y me pegué a él. Tenía la boca sobre la suya, caótica y salvaje y hambrienta. Todas las emociones confusas y complicadas que había sentido desde que habíamos roto se desvanecieron mientras yo me dejaba arrastrar por la loca y compulsiva necesidad de estar con él.

Tenía las manos debajo de mi camiseta y las deslizaba con habilidad hasta mis riñones para sostenerme contra sí. Estaba atrapada entre su cuerpo y la pared, intentando desabrocharle torpemente los botones de la camisa y rozándole la musculatura del pecho con los nudillos.

Le aparté la camisa de los hombros, cerrando la puerta de mi cerebro que me advertía de que estaba cometiendo un gran error. No quería escucharme porque temía lo que podía haber al otro lado. Sabía que me estaba exponiendo a más dolor, pero no podía resistirme a él. Sólo podía pensar en una cosa. Si Patch estaba realmente en mi sueño, aquella noche sería nuestro secreto. Los arcángeles no podían vernos. Allí, todas sus reglas se esfumaban. Podíamos hacer lo que quisiéramos y nunca se enterarían. Nadie lo haría.

Patch me facilitó la labor sacando los brazos de las mangas y arrojando la camisa a un lado. Le pasé las manos por su musculatura perfectamente esculpida. Sabía que él no sentía físicamente nada de aquello, pero me dije que se estaba dejando llevar por el amor. Por el amor que sentía por mí. Me negué a pensar en su incapacidad para notar mi tacto o en lo mucho o lo poco que aquel encuentro significaba para él. Simplemente, lo deseaba.

Me levantó y le rodeé la cintura con las piernas. Le vi mirar el tocador y luego la cama, y mi corazón se aceleró de deseo. Había dejado de pensar racionalmente. Todo lo que sabía era que haría lo que hiciera falta para continuar adelante con aquello. Todo estaba sucediendo demasiado rápido, pero la loca certeza de lo que íbamos a hacer era como un bálsamo para la fría y destructiva ira que había sentido hervir a fuego lento bajo la superficie durante la última semana.

Eso fue lo último que pensé antes de que las yemas de mis dedos acariciaran su espalda, allí donde le brotaban las alas.

Antes de poder detenerlo me vi arrastrada de golpe hacia su memoria.

El aroma del cuero y el suave contacto resbaladizo en la parte posterior de los muslos me indicaron que estaba en el Jeep de Patch antes incluso de que mis ojos se hubieran acostumbrado del todo a la oscuridad. Me encontraba en el asiento trasero. Patch iba al volante y Marcie estaba a su lado. Llevaba el mismo vestido ceñido y las mismas botas altas con que la había visto apenas tres horas antes.

«Es esta noche, entonces.» La memoria de Patch me había hecho retroceder sólo unas cuantas horas.

—Me ha estropeado el vestido —dijo Marcie, pellizcando el tejido pegado a sus muslos—. Estoy helada. Y apesto a refresco de cereza.

—¿Quieres mi cazadora? —le preguntó Patch sin apartar los ojos de la carretera.

—¿Dónde está?

—En el asiento de atrás.

Marcie se desabrochó el cinturón de seguridad, se apoyó con una rodilla entre su asiento y el de él y cogió la cazadora de cuero de Patch de donde estaba, a mi lado en el asiento. Cuando estuvo otra vez sentada de frente, se sacó el vestido por la cabeza y lo tiró al suelo, a sus pies. Aparte de la ropa interior, iba completamente desnuda.

Ahogué una exclamación.

Se enfundó la cazadora de Patch y se subió la cremallera.

—Gira por la próxima a la izquierda —le indicó.

—Conozco el camino a tu casa —le dijo Patch, llevando el Jeep hacia la derecha.

—No quiero ir a casa. A dos manzanas, gira a la izquierda.

Pero pasadas las dos manzanas, Patch continuó recto.

—Qué aburrido eres —dijo Marcie con un mohín de hastío—. ¿No tienes ni siquiera un poco de curiosidad por saber adónde quería que fuéramos?

—Es tarde.

—¿Me estás rechazando? —le preguntó ella con coquetería.

—Te dejaré en tu casa y luego me iré a la mía.

—¿Por qué no puedo ir contigo?

—A lo mejor algún día —contestó Patch.

«¿De veras?», hubiese querido espetarle a Patch. ¡Aquello era más de lo que me había concedido a mí nunca!

—Eso no es muy concreto que digamos. —Marcie sonrió con suficiencia, plantando los tacones en el salpicadero y enseñando más pierna.

Patch no dijo nada.

—Entonces, mañana por la noche —dijo Marcie. Hizo una pausa y prosiguió con una voz suave como el terciopelo—. Si no tienes que estar en alguna otra parte. Sé que Nora ha roto contigo.

Las manos de Patch se aferraron al volante.

—He oído que ahora sale con Scott Parnell. Ya sabes,

el chico nuevo que ha venido. Es mono, pero ella ha salido perdiendo.

—De verdad, no quiero hablar de Nora.

—Bien, porque yo tampoco. Quiero hablar de nosotros.

—Creía que tenías novio.

—La palabra fundamental es que lo «tenía».

Patch giró a la derecha y enderezó el Jeep por el camino de entrada de la casa de Marcie.

No apagó el motor.

—Buenas noches, Marcie.

Ella se quedó un momento sentada, luego rio.

—¿No vas a acompañarme hasta la puerta?

—Eres una chica fuerte y capaz.

—Si mi padre está mirando no le hará gracia —dijo ella, alargando la mano para enderezarle el cuello de la camisa, y dejándola allí más de lo apropiado.

—No está mirando.

—¿Cómo lo sabes?

—Créeme.

Marcie bajó más la voz, sensual y tersa.

—¿Sabes? Realmente admiro tu fuerza de voluntad. Me dejas con la duda, y me gusta. Pero permite que te deje una cosa muy clara. No busco una relación. No me gustan los líos ni las cosas complicadas. No quiero sentimientos heridos, señales confusas, ni celos... Sólo quiero divertirme. Quiero pasármelo bien. Piénsalo.

Por primera vez, Patch se volvió hacia Marcie.

—Lo tendré en cuenta —le dijo por fin.

Por el perfil de Marcie, vi que sonreía. Se inclinó por encima del cambio de marchas y le dio a Patch un lento y apasionado beso. Él iba a apartarse pero no lo hizo. En cualquier momento pudo haber acabado con aquel beso, pero no lo hizo.

—Mañana por la noche —murmuró Marcie, apartándose por fin—. En tu casa.

—Tu vestido —le dijo él, haciendo un gesto hacia el montón húmedo del suelo.

—Lávalo y devuélvemelo mañana por la noche. —Se apeó del Jeep, corrió hacia la puerta de su casa y entró.

Me quedé con los brazos fláccidos alrededor del cuello de Patch. Me sentí demasiado dolida por lo que había visto para decir ni una sola palabra. Era como si me hubieran echado encima un cubo de agua fría. Tenía los labios hinchados por la rudeza de su beso, el corazón inflamado. Patch estaba en mi sueño. Lo compartíamos. En cierto modo era real. La idea era inquietantemente surrealista, bordeaba lo imposible, pero tenía que ser cierta. Si él no hubiera estado allí, si no se hubiera colado subrepticiamente en mi sueño, yo no habría podido tocar sus cicatrices ni haber sido catapultada hacia sus recuerdos.

Pero lo había sido. El recuerdo era vivo, legítimo y demasiado real.

Patch notó por mi reacción que lo que había visto no era nada bueno. Me sostuvo por los hombros y echó la cabeza hacia atrás para mirar el techo.

—¿Qué has visto? —me preguntó en voz baja.

Los latidos de mi corazón resonaban entre ambos.

—Has besado a Marcie —le dije, y me mordí fuerte el labio para retener las lágrimas.

Se pasó las manos por la cara y luego se pellizcó el caballete de la nariz.

—Dime que es un engaño mental. Dime que es un truco. Dime que tiene algún poder sobre ti, que no tienes más remedio que estar con ella.

—Es complicado.

—No —le dije, sacudiendo con rabia la cabeza—. No me digas que es complicado. Ya no hay nada complicado... no, después de todo lo que hemos pasado.

Me miró brevemente.

—No es amor.

Una especie de vacío se abrió paso en mi interior. Todas las piezas encajaron y de repente lo entendí. Estar con Marcie era un placer fácil. Una forma de autocomplacerse. En realidad, éramos conquistas para él. Era un jugador. Cada chica era un nuevo reto, un ligue a corto plazo para ampliar horizontes. Se regodeaba en el arte de la seducción. Le daba igual el desarrollo de la historia o su final: sólo le importaba el principio. Y, como las otras, yo había cometido el craso error de enamorarme de él. En cuanto se lo había dicho, había salido corriendo. Bien, nunca tendría que preocuparse de que Marcie le confesara su amor. Ella sólo se amaba a sí misma.

—Me pones enferma —le dije acusadora, con la voz temblorosa.

Patch se agachó, con los codos sobre las rodillas y la cara entre las manos.

—No he venido para herirte.

—¿Por qué has venido? ¿Para hacer el payaso a espaldas de los arcángeles? ¿Para herirme más de lo que ya me habías herido? —No esperé una respuesta. Me llevé las manos a la nuca y tiré de la cadena que me había dado hacía unos días. Me la arranqué bruscamente, y hubiese hecho una mueca de no ser porque estaba tan dolida que ya no notaba un poco más de dolor. Podría haberle devuelto la cadena el día que rompimos, pero me di cuenta, un poco demasiado tarde, de que hasta entonces no había perdido la esperanza. Seguía creyendo en nosotros. Me había aferrado a la idea de que aún podía hacer un trato con las estrellas para que me devolvieran a Patch. ¡Qué pérdida de tiempo!

Le arrojé la cadena.

—Quiero que me devuelvas el anillo.

Me miró fijamente un momento, luego se inclinó y recogió la camisa.

—No.

—¿Cómo que no? Quiero recuperarlo.

—Tú me lo diste —dijo, sin alzar la voz pero con rudeza.

—Bueno, pues he cambiado de idea. —Estaba colorada y ardía de rabia. Se quedaba el anillo porque sabía lo mucho que significaba para mí. Se lo quedaba porque, a pesar de haber sido ascendido a ángel custodio, su alma seguía siendo tan negra como el día que lo conocí. Y el error más grande que había cometido era haber sido tan estúpida como para creer otra cosa.

—¡Te lo di cuando era tan estúpida como para creer que te quería! —Le tendí la mano abierta—. Devuélvemelo. Ahora mismo. —No soportaba la idea de que Patch se quedara con el anillo de mi padre. No se lo merecía. No se merecía el único recuerdo tangible que me quedaba del verdadero amor.

Ignorando mis palabras, Patch se marchó.

Abrí los ojos.

Encendí la lamparilla y recuperé la visión a todo color. Me senté. Tenía la piel ardiendo por la descarga de adrenalina. Me toqué el cuello, buscando la cadena de plata de Patch, pero no la llevaba. Pasé la mano por las sábanas revueltas; quizá se me había caído mientras dormía.

Pero la cadena había desaparecido.

El sueño era real.

Patch había encontrado el modo de visitarme en sueños.

CAPÍTULO

11

El lunes después de clase, Vee me dejó en la biblioteca. Paré un momento en la puerta para hacer la llamada diaria de comprobación a mi madre. Como de costumbre, me dijo que el trabajo la traía de cabeza y yo le dije que a mí lo que me traía de cabeza era el instituto.

Entré y tomé el ascensor hasta la sala de informática de la tercera planta, revisé mi correo, fui a Facebook y eché un vistazo al blog de Perez Hilton. Para torturarme, hice otra búsqueda en Google de la Mano Negra. Aparecieron los mismos enlaces. En realidad no esperaba que saliera nada nuevo, ¿o sí? Al final, como ya no me quedaba nada más que hacer para seguir retrasando el momento de estudiar, abrí el libro de química y me resigné a empollar.

Era tarde cuando lo dejé para ir a la máquina de bebidas. Fuera de la biblioteca, por las ventanas que daban al oeste, el sol se hundía en el horizonte y se estaba haciendo rápidamente de noche. En lugar de tomar el ascensor, bajé por las escaleras, porque necesitaba hacer un poco de ejercicio. Había estado mucho rato sentada y tenía las piernas dormidas.

En la entrada metí unos dólares en la máquina y saqué unas galletas saladas y una lata de zumo de arándanos que me llevé al tercer piso. Cuando volví a la sala de informática, Vee estaba sentada a mi mesa, con los tacones amarillo vivo sobre la silla. Su expresión era una mezcla de diversión y enojo. Sostenía en el aire, entre el índice y el pulgar, un sobrecito negro.

—Esto es para ti —me dijo, depositando el sobre en la mesa—. Y esto también. —Sacó una bolsa de papel de la pastelería—. He supuesto que tendrías hambre.

A juzgar por la cara de desdén de Vee, tuve un mal presentimiento sobre la carta, y aproveché para prestar atención al contenido de la bolsa.

—¡Bizcochos!

Vee sonrió.

—La de la pastelería me ha dicho que son orgánicos. No sé cómo se harán los bizcochos orgánicos ni por qué son más caros, pero aquí los tienes.

—Te adoro.

—¿Cuánto más te parece que vas a tardar?

—Como mucho media hora.

Dejó las llaves del Neon junto a mi mochila.

—Rixon y yo vamos a comer algo, así que no tendrás chófer esta noche. He dejado el Neon en el aparcamiento del sótano. En la hilera B. Sólo queda un cuarto de depósito, así que no te pases.

Cogí las llaves, intentando ignorar la desagradable punzada en el corazón que reconocí al instante como de celos. Estaba celosa de la nueva relación de Vee con Rixon. Estaba celosa de que tuviera planes para ir a comer. Celosa de que estuviera más cerca de Patch de lo que yo estaba, porque, aunque Vee no lo hubiera mencionado nunca, estaba segura de que veía a Patch cuando estaba con Rixon. Los tres veían películas juntos por la noche, eso lo sabía. Los tres, en el sofá de Rixon, mientras yo estaba sentada sola en mi casa. Me moría por preguntarle a Vee por Patch, pero lo cierto era que no podía. Había roto con él. Me lo había buscado y ahora tenía que aguantarme. Pero bueno, ¿qué mal podía hacer con una preguntita de nada?

—Oye, Vee.

Mi amiga se volvió en la puerta.

—¿Sí?

Abrí la boca y recuperé el orgullo. Vee era mi mejor amiga, pero una bocazas. Si le preguntaba por Patch, me arriesgaba a que él se enterara. Se daría cuenta de lo que me costaba olvidarlo.

Improvisé una sonrisa.

—Gracias por los bizcochos.

—Por ti lo que sea, guapa.

Cuando se hubo marchado, le quité el envoltorio a un bizcocho y me lo comí, con la única compañía del zumbido de los ordenadores.

Estudié otra media hora y me comí dos bizcochos más antes de echarle por fin un vistazo al sobre negro. Sabía que no podía ignorarlo toda la noche.

Rompí el sello y saqué una tarjeta negra con un corazoncito en relieve en el centro, encima del cual alguien había escrito una palabra: «Perdón.» La tarjeta tenía un perfume agridulce. Me la acerqué a la nariz e inspiré profundamente, intentando descifrar aquel curioso y embriagador aroma. Un olor a fruta quemada y especias se me metió en la garganta. Abrí la tarjeta.

«Anoche fui un imbécil. ¿Me perdonas?»

Instintivamente tiré la carta lejos de mí. Patch. No sabía cómo tomar aquella disculpa, pero no me gustaba la conmoción que me había causado. Sí, se había comportado como un imbécil. ¿Creía que con una tarjeta del súper lo arreglaría? Si así era, subestimaba el daño que me había causado. Había besado a Marcie. ¡La había besado! No sólo eso, sino que había invadido mis sueños. No tenía ni idea de cómo lo había hecho, pero por la mañana, al despertarme, sabía que había estado en ellos. Era más que desconcertante. Si podía invadir la intimidad de mis sueños, ¿qué más podía hacer?

—Faltan diez minutos para cerrar —me susurró un bibliotecario desde la puerta.

Mandé a la impresora mi ensayo de tres párrafos sobre los aminoácidos, luego recogí los libros y los metí en la mochila. Cogí la tarjeta de Patch y, después de dudarlo sólo una vez, la rompí en pedazos y los eché a la papelera. Si quería pedir perdón, que lo hiciera personalmente, no a través de Vee, ni en mis sueños.

A medio pasillo para ir a recoger las páginas de la impresora, tuve que apoyarme en la mesa más cercana para mantener el equilibrio. Notaba la parte derecha del cuerpo más pesada que la izquierda y me tambaleaba. Di otro paso y la pierna derecha se me dobló como si fuera de papel. Me agaché, agarrándome a la mesa con las dos manos, y metí la cabeza entre los codos para que la sangre me llegara al cerebro. Un cálido adormecimiento me recorrió las venas.

Enderecé las piernas y me puse en pie temblorosa, pero las paredes no estaban como siempre. Se habían vuelto anormalmente largas y estrechas, como si las viera a través de un espejo de feria. Parpadeé con fuerza varias veces, intentando enfocar la vista.

Sentía los huesos de hierro, se negaban a moverse, y los párpados se me cerraban contra la dura luz de los fluorescentes. Llevada por el pánico, me esforcé en abrirlos, pero el cuerpo se negó a obedecerme. Noté unos dedos cálidos en mi mente, amenazando con arrastrarme al sueño.

«El perfume —pensé vagamente—. El perfume de la tarjeta de Patch.»

Me había puesto a gatas. Había unos extraños rectángulos por todas partes, dando vueltas alrededor. Puertas. La habitación estaba llena de puertas abiertas. Pero, por rápido que me arrastrara hacia ellas, más rápido se alejaban de mí. Escuché a lo lejos un apagado tictac. Me alejé del sonido, todavía lo suficientemente lúcida para saber que el reloj estaba al fondo de la sala, en la pared opuesta a la puerta.

Al cabo de un momento, me di cuenta de que ya no podía mover los brazos ni las piernas. La sensación de estar arrastrándome no era más que una ilusión. Sentí la áspera moqueta contra la mejilla. Luché una vez más para ponerme en pie, luego cerré los ojos y me quedé a oscuras.

Me desperté en la oscuridad.

La piel me hormigueaba debido al aire frío y escuchaba el zumbido apagado de máquinas alrededor. Tenía las manos por debajo de mí, pero cuando intenté levantarme, puntitos morados y negros danzaron frente a mis ojos. Con la boca espesa como el algodón tragué y me volví de espaldas.

Entonces me acordé de que estaba en la biblioteca. Al menos, estaba casi segura de que seguía allí. No recordaba haberme marchado. Pero ¿qué hacía en el suelo? Intenté acordarme de cómo había ido a parar allí.

La tarjeta de Patch. Había olido un perfume amargo y ácido. Poco después, me había caído al suelo.

¿Estaba drogada?

¿Me había drogado Patch?

Me quedé allí tendida, con el corazón acelerado y

parpadeando tan rápido que los parpadeos se solapaban. Intenté levantarme por segunda vez, pero me sentía como si alguien tuviera una bota de acero plantada en mi pecho. Con otro esfuerzo, me senté. Me agarré al borde de una mesa y me aupé hasta ponerme de pie. La cabeza me daba vueltas, pero pude ver el letrero verde que indicaba la salida, encima de la puerta de la sala de informática. Fui hacia allí tambaleándome.

Giré el pomo. La puerta se abrió un poco, luego se atascó. Iba a tirar más fuerte, cuando algo que había al otro lado de la ventana de la puerta atrajo mi atención. Me estremecí. Era raro. Alguien había atado el extremo de una cuerda al pomo de la puerta, por la parte de fuera, y el otro extremo al de la puerta de la habitación de al lado.

Golpeé el cristal con la mano.

—¡Eh! —grité aturdida—. ¿Me oye alguien?

Intenté otra vez abrir, tirando de la puerta todo lo que pude, que no fue mucho, hasta que me pareció que los músculos se me fundirían como mantequilla si intentaba esforzarme más. La cuerda estaba atada tan tirante entre los dos pomos que sólo podía abrirla unos diez centímetros, no lo suficiente para escurrirme fuera.

—¿Hay alguien? —grité por la rendija—. ¡Estoy atrapada en el tercer piso!

La biblioteca permaneció en silencio.

Ya se me habían acostumbrado los ojos del todo a la oscuridad y vi el reloj de pared. ¿Las once? ¿Había dormido más de dos horas?

Saqué el móvil, pero no había señal. Intenté conectarme a Internet pero, una y otra vez, me salía el aviso de que no había ninguna red disponible.

Mirando frenética alrededor, examiné todos los objetos de la habitación, buscando algo que me permitiera salir. Ordenadores, sillas giratorias, archivadores... no pasé nada por alto. Me arrodillé junto a la rejilla de ventilación y grité:

—¿Me oye alguien? ¡Estoy encerrada en la sala de ordenadores del tercer piso!

Esperé, rezando para oír una respuesta. Mi única esperanza era que hubiera todavía algún bibliotecario, terminando un trabajo de última hora antes de marcharse. Pero faltaba apenas una hora para la medianoche y sabía que no tenía muchas probabilidades.

Fuera, en la sala principal de la biblioteca, unos engranajes se pusieron en movimiento cuando la caja del ascensor del final del pasillo arrancó desde la planta baja. Volví la cabeza hacia el sonido.

Una vez, cuando tenía cuatro o cinco años, mi padre me había llevado al parque para enseñarme a montar en bici sin ruedecitas. A última hora de la tarde, ya era capaz de recorrer de un tirón todo el circuito de trescientos metros sin ayuda. Mi padre me abrazó fuerte y me dijo que era hora de volver a casa y mostrárselo a mamá. Le rogué que me dejara dar dos vueltas más, y quedamos en que podía dar sólo una. A medio camino perdí el equilibrio y me caí. Cuando levantaba la bici vi por allí cerca un perro castaño muy grande. Me miraba fijamente. En aquel momento, mientras nos mirábamos, oí un susurro: «Quédate quieta.» Tomé aire y lo retuve, aunque mis piernas querían correr tan rápido como pudieran hacia la seguridad que representaba mi padre.

El perro levantó las orejas y empezó a acercarse a mí en actitud agresiva. Yo temblaba de miedo pero me mantuve firme. Cuanto más se acercaba el perro, más quería correr yo, pero sabía que en cuanto me moviera el instinto cazador del animal se impondría. A medio camino, el perro perdió el interés en mi cuerpo quieto como una estatua y se marchó hacia otro lado. Le pregunté a mi padre si él había oído la misma voz diciéndome que me quedara quieta, y él me respondió que era la del instinto. Si la escuchaba, nueve de cada diez veces haría lo más conveniente.

En aquel momento el instinto me estaba diciendo que me largara.

Agarré un ordenador de la mesa más cercana y lo estampé contra la ventana. El cristal se rompió y quedó un agujero en el centro. Cogí la perforadora de la mesa de trabajo comunitaria y la usé para eliminar el cristal que quedaba. Luego acerqué una silla, me subí, apoyé el pie en el marco y salté al pasillo.

El ascensor siseaba y vibraba más arriba, pasado el segundo piso.

Corrí por el pasillo como alma que lleva el diablo. Sabía que tenía que llegar a las escaleras contiguas al ascensor antes de que éste subiera más y quien estuviera dentro me viera. Abrí la puerta de las escaleras y perdí unos segundos preciosos para volver a cerrarla sin hacer ruido. Al otro lado, el ascensor se detuvo. La puerta se abrió y alguien salió de él. Usé la barandilla para deslizarme. Apenas tocaba los escalones con los zapatos. Estaba a medio camino del segundo piso cuando la puerta de las escaleras se abrió por encima de mi cabeza.

Me paré a media escalera, porque no quería revelarle mi posición a quien estuviera arriba.

«¿Nora?»

Mi mano resbaló por la barandilla. Era la voz de mi padre.

«¿Nora? ¿Estás ahí?»

Tragué saliva. Quería gritarle. Luego me acordé del edificio abandonado.

«No te escondas. Puedes confiar en mí. Deja que te ayude. Sal para que pueda verte.»

Lo decía en un tono extraño, exigente. En el edificio,

cuando me había hablado por primera vez, la voz de mi padre había sido suave y amable. La misma voz me había dicho que no estábamos solos y que tenía que irme. Cuando había vuelto a hablar, su voz había sido diferente, enérgica y engañosa.

¿Y si mi padre había tratado de ponerse en contacto conmigo? ¿Y si lo había ahuyentado, y la segunda voz, aquella voz extraña, era de alguien que se hacía pasar por él? Me asaltó la idea de que tal vez alguien había fingido ser mi padre para atraerme.

Unos pasos pesados que bajaban las escaleras a la carrera me sacaron de mis cavilaciones. Lo tenía encima. Bajé precipitadamente, sin preocuparme ya de quedarme quieta. «¡Más rápido! ¡Corre más!», me decía.

Pero él me ganaba terreno, casi me alcanzaba. Cuando llegué a la planta baja, atravesé la puerta de las escaleras, el vestíbulo y la entrada. Salí al exterior.

El aire era cálido y no se movía ni una hoja. Cuando bajaba corriendo los escalones de cemento hacia la calle, cambié repentinamente de idea. Me encaramé a la barandilla de la izquierda de la puerta y me dejé caer unos diez pasos más allá, en una pequeña zona de césped. Por encima de mi cabeza, la puerta de la biblioteca se abrió. Me pegué al muro de cemento, pisando desperdicios y enredaderas.

En cuanto escuché el sonido apagado de unos zapatos bajando los escalones, corrí calle abajo. La biblioteca no tenía aparcamiento propio y compartía un garaje subterráneo con el Ayuntamiento. Bajé corriendo la rampa, me colé por debajo de la barrera y recorrí el garaje buscando el Neon. ¿Dónde lo había dejado Vee?

En la fila B...

Corrí por un pasillo y vi el extremo de la parte trasera del Neon que sobresalía de una plaza. Metí la llave en la cerradura, me puse al volante y arranqué el motor.

Subía por la rampa de salida cuando un SUV oscuro dio vuelta a la esquina. El conductor se dirigía directamente hacia mí a toda velocidad.

Metí la segunda y pisé el acelerador, apartándome del SUV segundos antes de que pudiera bloquearme la salida y me atrapara en el garaje.

Estaba demasiado agotada mentalmente para pensar con claridad por dónde iba. Recorrí otras dos calles, me pasé un stop y viré hacia Walnut. El SUV aceleró por Walnut detrás de mí, pisándome los talones. El límite de velocidad dejó de ser de setenta kilómetros por hora y el carril se dividió en dos. Aceleré hasta los ochenta por hora. Iba mirando alternativamente la carretera y por el espejo retrovisor.

Sin poner el intermitente di un volantazo y me metí por una calle lateral. El SUV me imitó. Doblé dos veces más para dar la vuelta a la manzana y regresar a Walnut. Adelanté bruscamente un cupé blanco de dos puertas para dejarlo entre el SUV y mi coche. El semáforo se puso ámbar y aceleré para pasar el cruce cuando se ponía rojo. Con los ojos pegados al retrovisor, vi que el coche blanco se detenía. Detrás de él, el SUV tuvo que dar un frenazo.

Respiré profundamente varias veces. Me notaba el latido del pulso y tenía las manos agarrotadas en el volante. Tomé colina arriba por Walnut, pero en cuanto estuve en la parte de atrás de la colina, crucé el carril opuesto y giré a la izquierda. Pasé dando tumbos las vías del tren, camino del oscuro y deteriorado barrio de casas de ladrillo de una sola planta. Sabía dónde estaba: en Slaughterville. El barrio que se había ganado aquel nombre hacía aproximadamente una década, cuando tres adolescentes mataron a un chico en el patio.*

* *Slaughter*: «carnicería». (*N. de la T.*)

Reduje la velocidad cuando una casa calle abajo llamó mi atención. No tenía luz. Había un garaje independiente, abierto y vacío, al fondo de la propiedad. Entré marcha atrás por el acceso y me metí en él. Después de comprobar tres veces que el seguro de las puertas estuviera puesto, apagué las luces del Neon. Esperé, temiendo que en cualquier momento los faros del SUV iluminaran la calle.

Hurgué en el bolso y saqué el móvil.

—Hola —me respondió Vee.

—¿Quién más ha tocado la tarjeta de Patch? —le pregunté atropelladamente.

—¿Cómo?

—¿Te ha entregado Patch personalmente la tarjeta? ¿Te la ha dado Rixon? ¿Quién más la ha tocado?

—¿Vas a decirme de qué va esto?

—Me parece que me han drogado.

Un silencio.

—¿Crees que había droga en la tarjeta? —me preguntó Vee incrédula.

—El papel estaba perfumado —le expliqué impaciente—. Dime quién te la dio. Dime exactamente de dónde la sacaste.

—Cuando iba hacia la biblioteca a llevarte los bizcochos, Rixon me ha llamado para saber dónde estaba —me explicó despacio—. Nos hemos encontrado en la biblioteca y Patch iba a su lado en el coche. Ha sido Patch quien me ha dado la tarjeta y me ha pedido que te la entregara. He cogido la tarjeta, los bizcochos y las llaves del Neon, y te los he dado. Luego he vuelto a salir en busca de Rixon.

—¿Nadie más ha tocado la tarjeta?

—Nadie más.

—Menos de media hora después de oler la tarjeta me

he desplomado en el suelo de la biblioteca. No me he despertado hasta hace dos horas.

Vee no respondió enseguida; casi podía oírla pensar en todo aquello, intentando entenderlo. Por fin dijo:

—¿Estás segura de que no te has caído de cansancio? Has estado mucho tiempo en la biblioteca. Yo no puedo estudiar tanto rato sin echar una cabezadita.

—Cuando me he despertado —continué—, había alguien en el edificio. Creo que era la misma persona que me ha drogado. Me ha perseguido por la biblioteca. He salido, pero me ha seguido por Walnut.

Otra pausa de desconcierto.

—Por poco que me guste Patch, tengo que decir que no me lo imagino drogándote. Es un chiflado, pero todo tiene un límite.

—Entonces, ¿quién ha sido? —Se me notaba un cierto histerismo.

—No lo sé. ¿Dónde estás?

—En Slaughterville.

—¿Qué? ¡Márchate de ahí antes de que te atraquen! Ven a casa. Quédate aquí esta noche. Pensaremos en esto. Aclararemos lo que ha pasado.

Pero sus palabras eran un vano consuelo. Vee estaba tan desconcertada como yo.

Seguí escondida en el garaje por lo menos veinte minutos más antes de tener el valor suficiente para salir otra vez a la calle. Tenía los nervios destrozados y la cabeza me daba vueltas. Opté por no tomar de nuevo por Walnut, porque pensé que el SUV podía estar yendo arriba y abajo, intentando localizarme. Así que tomé por las calles de atrás y, sin respetar el límite de velocidad, volé hacia la casa de Vee.

No estaba lejos cuando vi unas luces rojas y azules por el retrovisor.

Paré el Neon junto a la acera y apoyé la cabeza en el volante. Sabía que iba a demasiada velocidad y me sentía mal por haberlo hecho. Al cabo de un momento golpearon el cristal de la ventanilla con los nudillos. Pulsé el botón para abrirla.

—Vaya, vaya —dijo el inspector Basso—. ¡Cuánto tiempo sin vernos!

«No podía ser otro —pensé—. Tenía que ser él.»

Me enseñó brevemente la multa.

—El permiso de conducir y los papeles del coche, ya conoces la rutina.

Como sabía que tratándose del inspector Basso no me libraría de la multa, no me molesté en fingir que me sentía culpable.

—No sabía que fuera trabajo de un inspector poner multas por exceso de velocidad.

Esbozó una delgada sonrisa.

—¿Dónde es el incendio?

—¿Puedo coger la multa y marcharme a casa?

—¿Llevas alguna bebida alcohólica en el coche?

—Eche un vistazo —le dije, apartando las manos del volante.

Abrió la puerta por mí.

—Sal.

—¿Por qué?

—Sal. —Señaló la línea discontinua que dividía la carretera—. Camina por la línea.

—¿Le parezco borracha?

—Me pareces una loca, pero, ya que estás aquí, compruebo si estás sobria.

Me bajé y cerré el coche de un portazo.

—¿Hasta dónde?

—Hasta que te diga que pares.

Me concentré en pisar la línea, pero cada vez que miraba hacia abajo se me desenfocaba la vista. Todavía notaba los efectos de la droga. Cuanto más me esforzaba en mantener los pies sobre la línea, más me desviaba de ella.

—¿No podría simplemente darme la multa, una palmadita y mandarme a casa? —Se lo pregunté con impertinencia, pero por dentro estaba muerta de miedo. Si no podía andar por encima de la línea, el inspector Basso me metería en el calabozo. Estaba muy alterada, y no creía que pudiera soportar una noche entre rejas. ¿Y si el hombre de la biblioteca venía por mí otra vez?

—Un montón de polis de pueblo te dejarían ir, seguro. Algunos incluso se dejarían sobornar. Yo no soy de ésos.

—¿Da igual que me hayan drogado?

Soltó una carcajada.

—¿Drogado?

—Mi ex novio me ha mandado una tarjeta perfumada hace un rato. He abierto la tarjeta y acto seguido me he desmayado. —Como Basso no me interrumpía, continué—. He dormido más de dos horas. Cuando me he despertado la biblioteca estaba cerrada y yo encerrada en la sala de ordenadores. Alguien había atrancado... —Se me fue apagando la voz y cerré la boca.

Él me hizo un gesto para que siguiera hablando.

—Vamos, sigue. Estoy en ascuas.

Me di cuenta un poco demasiado tarde de que no hacía otra cosa que incriminarme. Había estado en la biblioteca aquella noche, en la sala de ordenadores. Lo primero que harían a la mañana siguiente cuando abrieran sería denunciar a la policía que alguien había roto la ventana. Y no me cabía ninguna duda de que el inspector Basso sería el primero en acudir.

—Estabas en la sala de ordenadores —me insistió—. ¿Qué pasó luego?

Era demasiado tarde para callar. Tenía que decirlo todo y esperar lo mejor. Tal vez algo de lo que dijera convencería al inspector de que no había sido culpa mía, de que todo lo que había hecho estaba justificado.

—Alguien había atrancado la puerta de la sala de ordenadores. He arrojado un ordenador por la ventana para salir.

Se miró los pies y rio.

—Hay una palabra para definir a las chicas como tú, Nora Grey. Chaladas. Eres como una mosca que nadie puede ahuyentar. —Caminó hacia el coche patrulla y sacó la radio por la puerta abierta del conductor. Abrió la comunicación y dijo—: Necesito que alguien se pase por la biblioteca y vaya a la sala de ordenadores. Decidme lo que encontréis. —Se apoyó en el coche y miró la hora—. ¿Cuánto tiempo crees que tardarán en responderme? Tengo tu confesión, Nora. Puedo empapelarte por allanamiento y vandalismo.

—El cargo por allanamiento implicaría que me han encerrado en la biblioteca contra mi voluntad. —Se me notaba que estaba nerviosa.

—Si alguien te drogó y te encerró allí, ¿qué estás haciendo aquí, conduciendo por Hickory a noventa por hora?

—Me estoy escapando. He salido de la habitación cuando él subía en ascensor para pillarme.

—¿Él? ¿Era un hombre? ¿Lo has visto? Descríbemelo.

—No lo he visto, pero era un hombre. Sus pasos eran pesados cuando ha bajado persiguiéndome por la escalera. Demasiado pesados para ser de chica.

—Estás tartamudeando. Eso significa que mientes.

—No miento. Estaba encerrada en la sala de ordenadores y alguien subía en el ascensor para pillarme.

—Vale.

—¿Quién podía haber en el edificio tan tarde? —le espeté.

—¿Un conserje? —me respondió sin dudarlo.

—No llevaba uniforme de conserje. Cuando miré hacia arriba en las escaleras, vi unos pantalones oscuros y unas zapatillas de tenis también oscuras.

—Así que cuando te lleve al juzgado vas a decirle al juez que eres una experta en trajes de conserje.

—El tipo me ha seguido, se ha subido a su coche y me ha perseguido. Un conserje no hace eso.

Un ruido crepitó en la radio y Basso se inclinó hacia el interior del coche para responder.

—Ya hemos registrado toda la biblioteca —dijo una voz de hombre—. Nada.

El inspector Basso me echó una mirada fría y desconfiada.

—¿Nada? ¿Estáis seguros?

—Repito: nada.

¿Nada? A pesar del alivio, sentí pánico. Yo había roto la ventana de la sala. Lo había hecho realmente. No me lo había imaginado. Aquello no era...

«¡Cálmate!», me ordené. Aquello ya me había pasado antes. No era ninguna novedad. En el pasado siempre había habido un engaño mental. Alguien manipulaba las escenas intentando manipularme a mí. ¿Volvía a suceder? Pero... ¿por qué? Tenía que reflexionar sobre eso. Sacudí la cabeza, como intentando dar con la respuesta.

El inspector arrancó la página superior de su bloc de multas y me la entregó.

Repasé la cifra al pie.

—¿Doscientos veintinueve dólares?

—Ibas treinta kilómetros por encima del límite permitido, al volante de un coche que no es el tuyo. Paga la multa o nos veremos en los tribunales.

—Yo... yo no tengo tanto dinero.

—Busca un trabajo. A lo mejor así no te meterás en más líos.

—Por favor, no me haga esto —rogué con toda el alma.

El inspector Basso me estudió.

—Hace dos meses, un niño sin carné de identidad, sin familia y sin pasado acabó muerto en el gimnasio del instituto.

—Se dictaminó que la muerte de Jules fue un suicidio —dije inmediatamente, pero me sudaba la nuca. ¿Qué tenía aquello que ver con la multa?

—La noche que murió, la psicóloga del instituto prendió fuego a vuestra casa y luego también desapareció. Esos dos sucesos tienen algo en común. —Clavó en mí sus ojos castaños—. Tú.

—¿Qué está diciendo?

—Cuéntame lo que pasó de verdad esa noche y me olvidaré de la multa.

—No sé lo que pasó —mentí, porque no me quedaba más remedio. Si decía la verdad estaría en peor situación que teniendo que pagar la multa. No podía hablarle al inspector Basso de ángeles caídos ni de Nefilim. Nunca creería mi historia si le confesaba que Dabria era un ángel femenino de la muerte o que Jules era descendiente de un ángel caído.

—Llámame —dijo el inspector Basso, ofreciéndome su tarjeta antes de subirse otra vez al coche—. Si cambias de idea, sabes cómo encontrarme.

Eché un vistazo a la tarjeta mientras se alejaba: «Inspector Ecanus Basso. 207-555-3333.»

La multa me pesaba en la mano. Me pesaba y me quemaba. ¿Cómo iba a conseguir doscientos dólares? No podía pedirle prestado el dinero a mi madre, que apenas tenía para la compra. Patch tenía el dinero, pero yo le había dicho que podía valerme por mí misma. Le había dicho que saliera de mi vida. ¿Qué opinaría de mí si acudía corriendo a él al primer contratiempo? Eso habría sido lo mismo que admitir que él estaba en lo cierto.

Habría sido admitir que lo necesitaba.

CAPÍTULO

12

El martes, después de clase, iba a encontrarme con Vee, que había faltado al instituto para salir con Rixon pero me había prometido regresar a mediodía para llevarme en coche a casa, cuando sonó mi móvil. Abrí el mensaje justo cuando Vee me llamaba desde la calle.

—¡Eh, oye! ¡Aquí!

Caminé hacia donde había estacionado, en paralelo a la acera y apoyé los brazos en el marco de la ventanilla.

—¿Y bien? ¿Ha valido la pena?

—¿Hacer novillos? Caray, sí. Rixon y yo nos hemos pasado toda la mañana jugando a la Xbox en su casa. A Halo 2. —Estiró el brazo para abrir la puerta de mi lado.

—¡Qué romántico! —dije, subiendo al coche.

—No lo descartes hasta haberlo probado. A los chicos la violencia los pone a cien.

—¿A cien? ¿Tienes algo que contarme?

Vee sonrió de oreja a oreja.

—Nos hemos besado. Oh, Dios. Ha sido genial. Hemos empezado despacio, con dulzura y luego Rixon ha empezado a...

—¡Vale ya! —la corté con un grito. ¿Había sido yo tan plasta cuando salía con Patch y Vee no tenía novio? Ojalá que no—. ¿Adónde vamos?

Se incorporó al tráfico.

—Estoy cansada de estudiar. Necesito un poco de emoción y no la tendré con la nariz metida en los libros —dijo.

—¿En qué habías pensado?

—En ir a la playa de Old Orchard. Me apetece un poco de sol y de arena. Además, mi bronceado necesita un repaso.

La playa de Old Orchard era ideal. Tenía un embarcadero largo que se adentraba en el mar y un parque de atracciones, y por la noche había fuegos artificiales y baile. Por desgracia, la playa tendría que esperar.

Leí el mensaje del móvil.

—Ya tenemos planes para esta noche.

Vee se inclinó hacia mí para leer el mensaje de texto e hizo una mueca.

—¿Es un recordatorio para asistir a la fiesta de Marcie? ¿En serio? No creo que vosotras dos seáis las mejores amigas del mundo.

—Me dijo que perderme su fiesta era el mejor modo de sabotear mi vida social.

—Menuda zorra. Perderme su fiesta es el modo más seguro que tengo de ser feliz.

—A lo mejor quieres replanteártelo, porque yo iré... y tú me acompañarás.

Vee apoyó la espalda en el asiento, con los brazos tiesos y las manos en el volante.

—¿De qué va, a ver? ¿Por qué te ha invitado?

—Somos compañeras en química.

—Me parece que le has perdonado que te pusiera el ojo morado con una rapidez increíble.

—Al menos tengo que dejarme caer por allí una hora. Se lo debo como compañera suya que soy de química —añadí.

—Así que me dices que la razón por la que vamos a ir a la fiesta de Marcie es que te sientas todas las mañanas a su lado en química. —La mirada que me echó significaba que me conocía bien.

Yo sabía que era una mala excusa, pero la verdad era aún peor. Necesitaba asegurarme por completo de que Patch había elegido a Marcie.

Al tocar sus cicatrices, dos noches antes, me había visto transportada al interior de sus recuerdos, y parecía reservado con Marcie. Hasta que se habían besado, incluso había estado seco con ella. No sabía exactamente lo que sentía por Marcie, pero si había tomado una decisión, entonces para mí sería más fácil hacer otro tanto. Si confirmaba la relación entre Patch y Marcie me resultaría más fácil odiarlo. Y quería odiarlo, por el bien de ambos.

—Me huelo una mentira. Estás que trinas —me dijo Vee—. Esto no tiene nada que ver con tu relación con Marcie. Esto tiene que ver con la relación entre Marcie y Patch. Quieres saber lo que hay entre ellos.

Sacudí las manos.

—¡Vale! ¿Tan terrible es eso?

—Chica —me dijo, sacudiendo la cabeza—, realmente te encanta castigarte.

—A lo mejor podemos echar un vistazo a su habitación y ver si encontramos algo que pruebe que salen juntos.

—¿Algo como unos condones usados?

De repente el desayuno se me subió a la boca. No

había pensado en aquello. ¿Se acostaban juntos? No. No podía creerlo. Patch no podía hacerme aquello. No con Marcie.

—¡Ya sé! —exclamó Vee—. ¡Le robaremos el diario!

—¿El que lleva a todas partes desde primero?

—El que ella jura que hace que el *National Enquirer* sea una ñoñez —me contestó, con extraño regocijo—. Si algo hay entre ella y Patch, estará en el diario.

—No sé.

—¡Oh, vamos! Se lo devolveremos en cuanto lo hayamos leído. No va a enterarse, y ojos que no ven corazón que no siente.

—¿Cómo? ¿Se lo dejaremos en el porche y saldremos corriendo? Nos matará si se entera de que se lo hemos cogido.

—Seguro. Se lo lanzaremos al porche... o lo cogeremos durante la fiesta, lo leeremos en algún lugar y se lo devolveremos antes de marcharnos.

—No me parece bien.

—No le diremos a nadie lo que leamos. Será nuestro secreto. Dará igual, porque nadie saldrá perjudicado.

No estaba entusiasmada con la idea de robar el diario de Marcie, pero dijera lo que dijera, Vee no cambiaría de opinión.

Lo más importante era conseguir que me acompañara a la fiesta. No estaba segura de tener valor para ir sola. Sobre todo porque en aquella fiesta no habría ninguno de mis amigos. Así que le dije:

—Entonces, ¿me recoges esta noche?

—Cuenta con ello. Eh... ¿le prendemos fuego a su habitación antes de irnos?

—No. No tiene que saber que hemos estado husmeando.

—Ya, pero la sutileza no es lo mío.

Miré a ambos lados, enarcando las cejas.

—¿De veras?

Acababan de dar las nueve cuando Vee y yo subimos la colina hacia el barrio de Marcie. El mapa socioeconómico de Coldwater puede establecerse con una sencilla prueba. Arroja un guijarro en cualquier calle: si rueda colina abajo, estás en un barrio de la clase alta. Si el guijarro se queda quieto, estás en un barrio de clase media. Y si extravías el guijarro en la niebla antes de poder ver si rueda hacia alguna parte... bueno, pues estás en mi barrio. El culo del mundo.

Vee condujo el Neon colina arriba. El barrio de Marcie era antiguo, con viejos árboles cuyas copas se cernían por encima de la calzada, bloqueando la luz de la luna. Las casas tenían pulcros jardines y senderos en semicírculo de arquitectura colonial georgiana. Todos los edificios eran blancos. Vee había bajado las ventanillas y a lo lejos se oía el ritmo constante del hip-hop.

—¿Cuál es la dirección? —me preguntó, esforzándose por ver a través del parabrisas—. Estas casas están demasiado alejadas de la calle y no veo la numeración en los garajes.

—Es el 1220 de la calle Brenchley.

Llegamos a un cruce y Vee tomó hacia Brenchley. La música se oía más fuerte cuando pasamos la manzana y supuse que eso significaba que no errábamos el camino. Había coches estacionados a ambos lados de la calle. Pasamos por delante de una cochera reformada con elegancia y el volumen de la música fue en aumento. El coche retumbaba. Algunos grupitos cruzaban el césped hacia la casa. La casa de Marcie. Le eché un vistazo y me pregunté por qué robaba en las tiendas. ¿Por la emoción? ¿Para escapar de la imagen cuidadosamente estudiada y perfecta que sus padres querían para ella?

No profundicé demasiado en el asunto. Noté un doloroso retortijón en el estómago. En el camino de entrada estaba estacionado el Jeep Commander negro de Patch. Evidentemente había sido uno de los primeros en llegar. Sin duda ya estaba dentro, a solas con Marcie, horas antes de que empezara la fiesta. Haciendo no se sabía qué. Tomé aire y me dije que podía afrontar aquello. ¿No era esa clase de pruebas lo que andaba buscando?

—¿Qué piensas? —me preguntó Vee sin dejar de mirar el Commander mientras pasábamos de largo.

—Quiero vomitar.

—En el recibidor de Marcie estaría bien. Pero, en serio, ¿estarás bien con Patch rondando cerca?

Apreté los dientes y alcé la barbilla.

—Marcie me invitó a venir esta noche. Tengo tanto derecho a estar aquí como Patch. No voy a permitir que dicte dónde voy o qué hago. —Qué bien, porque eso era precisamente lo que estaba haciendo.

La puerta principal de la casa de Marcie estaba abierta. Daba a una entrada de mármol oscuro abarrotada de cuerpos que bailaban al ritmo de Jay-Z. La entrada desembocaba en un gran salón de techos altos y mobiliario oscuro de estilo victoriano. Había gente sentada en todos los muebles, incluso en la mesita de café. Vee se quedó dudando en la puerta.

—Dame un momento para mentalizarme —me gritó por encima de la música—. Esto debe estar infestado de retratos de Marcie, muebles de Marcie, olores de Marcie. Hablando de retratos, a ver si encontramos algunas viejas fotos de familia. Me gustaría ver qué aspecto tenía el padre de Marcie hace diez años. Cuando sus anuncios salen en televisión no sé muy bien si parece tan joven gracias a la cirugía plástica o por el dedo de maquillaje que lleva.

La cogí por el codo.

—Ahora no vas a dejarme plantada.

Vee miró dentro, frunciendo el ceño.

—Está bien, pero te lo advierto: como vea unas bragas me largo de aquí. Lo mismo te digo de los condones usados.

Abrí la boca, luego la cerré de golpe. Había bastantes posibilidades de que viéramos ambas cosas, e iría en mi propio beneficio no acatar oficialmente sus exigencias.

Me libré de añadir nada porque Marcie salió de la oscuridad con un cuenco de ponche. Nos miró críticamente a ambas.

—A ti te invité —me dijo—. Pero a ella no.

—Yo también estoy encantada de verte —dijo Vee.

Marcie le dio un lento repaso de la cabeza a los pies.

—¿No seguías esa estúpida dieta de los colores? Me parece que la has dejado antes de empezar. —Me prestó atención a mí—. Y tú, qué ojo morado más bonito.

—¿Has oído algo, Nora? —me preguntó Vee—. Me ha parecido oír algo.

—Desde luego que has oído algo —convine.

—¿Podría haber sido... un pedo de perro? —me preguntó Vee.

Asentí.

—Eso me ha parecido.

Los ojos de Marcie eran dos rendijas.

—Ja, ja.

—Otra vez —dijo Vee—. Por lo visto este perro tiene muchos gases. A lo mejor tendría que tomar un antiácido.

Marcie nos tendió bruscamente el cuenco.

—Un donativo. Nadie entra sin hacer uno.

—¿Qué? —dijimos Vee y yo al unísono.

—Un do-na-ti-vo. ¿No creeréis que os he invitado a venir sin motivo alguno, verdad? Necesito vuestro dinero, simple y llanamente.

Vee y yo miramos el cuenco lleno de billetes.

—¿Para qué es el dinero? —pregunté.

—Para los uniformes nuevos de las animadoras. El grupo quiere unos con la barriga al aire, pero el instituto es demasiado roñoso para conseguir unos nuevos, así que estoy recaudando fondos.

—Puede ser interesante —dijo Vee—. El «grupo de animadoras» adquirirá todo un nuevo significado.*

—¡Esto es el colmo! —dijo Marcie, roja como un tomate—. ¿Queréis entrar? Pues serán veinte dólares. Si hacéis otro comentario, aumentaré el precio de la entrada a cuarenta.

Vee me dio un codazo.

—Yo no me apunto. Paga tú.

—¿Diez cada una? —le ofrecí.

—Ni hablar. Os lo habéis buscado. Os toca pagar los platos rotos.

Miré a la cara a Marcie y le sonreí.

—Veinte dólares es mucho —argumenté.

—Sí, pero piensa en lo encantadora que estaré con ese uniforme —me dijo—. Tengo que hacer quinientas flexiones cada noche para bajar de cintura antes de que empiece el curso. No puedo tener ni un gramo de grasa si voy a llevar la barriga al aire.

---

* Juego de palabras intraducible. La expresión inglesa *Slut Squad*, «grupo de animadoras», puede usarse en sentido peyorativo, como un insulto, porque el término *slut* se aplica también a una «chica promiscua». (N. de la T.)

No osaba contaminar mi mente imaginándome a Marcie con un promiscuo uniforme de animadora, así que le dije:

—¿Qué te parecen quince?

Marcie se puso una mano en la cadera. Parecía dispuesta a darnos portazo.

—Vale, tranquila, pagaremos —dijo Vee, metiendo la mano en el bolsillo trasero. Metió un fajo de billetes en el cuenco, pero estaba oscuro y no vi cuántos.

—Me debes una —me dijo.

—Antes tenías que dejarme contar el dinero —dijo Marcie, metiendo la mano en el cuenco para intentar recuperar el donativo de Vee.

—Es que me ha parecido que contar hasta veinte era demasiado para ti —le soltó Vee—. Perdona.

Marcie nos miró con odio, luego giró sobre sus talones y se llevó el cuenco hacia el interior.

—¿Cuánto le has dado? —le pregunté a Vee.

—No le he dado nada. Le he metido un condón en el cuenco.

Arqueé las cejas.

—¿Desde cuándo llevas encima condones?

—He recogido uno del césped de camino hacia aquí. ¿Quién sabe? A lo mejor Marcie lo usará y habré contribuido a mantener sus genes fuera del banco genético.

Vee y yo entramos y nos apoyamos en la pared. En una silla de terciopelo del salón varias parejas estaban arracimadas como un montón de clips para papel. El centro de la habitación estaba lleno de gente que bailaba. Un arco llevaba del salón a la cocina, donde más gente bebía y reía. Nadie nos prestaba atención a nosotras e intenté hacer acopio de valor. Por lo visto, colarnos en la habitación de Marcie sin que nadie lo notara no sería tan difícil como había creído. El problema era que estaba empezando a darme cuenta de que no estaba allí esa noche para fisgar en el cuarto de Marcie y encontrar pruebas de que salía con Patch. De hecho, empezaba a pensar que había ido porque sabía que Patch estaría... y quería verlo.

Por lo que parecía, iba a tener oportunidad de hacerlo. Patch apareció en la entrada de la cocina de Marcie, vestido con un polo negro y tejanos también negros. Yo solía mirarlo de lejos con detenimiento. Tenía los ojos del color de la noche y el pelo se le rizaba detrás de las orejas como si llevara seis semanas de retraso en ir al barbero. Atraía instantáneamente al sexo opuesto por su físico, pero con su actitud indicaba que no estaba dispuesto a entablar conversación. Seguía sin llevar la gorra, lo que seguramente significaba que aún estaba en poder de Marcie. No tenía demasiada importancia, me dije. Ya no era asunto mío. Patch podía darle su gorra a quien quisiera. No iba a sentirme herida sólo por el hecho de que nunca me la hubiera prestado a mí.

Jenn Martin, una chica con la que había congeniado en primero, estaba hablando con Patch, pero él parecía distraído. Recorría el salón con la mirada, vigilante, como si no confiara en una sola alma. Tenía una postura relajada pero atenta, casi como esperando que sucediera algo en cualquier momento.

Antes de que clavara sus ojos en mí desvié la mirada. Era mejor que no me pillara mirándolo con arrepentimiento y añoranza.

Anthony Amowitz sonrió y se abrió paso hacia mí. Le devolví mecánicamente la sonrisa. Habíamos ido juntos a clase aquel curso y, aunque apenas había cruzado con él diez palabras, era agradable que alguien se alegrara de vernos a Vee y a mí.

—¿Por qué Anthony Amowitz te dedica su sonrisa de chulito? —me preguntó Vee.

Puse los ojos en blanco.

—Sólo le llamas chulito porque está aquí, en la fiesta de Marcie.

—Sí, ¿y?

—Está siendo amable. —La miré de reojo—. Sonríe.

—¿Amable? Es un salido.

Anthony levantó su vaso de plástico rojo en un brindis y me gritó algo, pero no lo oí con el estruendo de la música.

—¿Qué? —le pregunté.

—¡Estás estupenda! —Tenía en la cara una sonrisa bobalicona.

—Dios —comentó Vee—. No sólo es un chulito, es un chulito borracho.

—Vale, a lo mejor ha bebido un poco.

—Ha bebido y quiere arrinconarte cuando estéis a solas en uno de los dormitorios de arriba.

Uf.

Cinco minutos después seguíamos en el mismo sitio, justo al otro lado de la puerta de entrada. Me habían tirado por accidente media lata de cerveza en los zapatos, pero por suerte no me los habían vomitado. Iba a sugerirle a Vee que nos apartáramos de la puerta abierta, hacia donde todos corrían momentos antes de vaciar el contenido de su estómago, cuando Brenna Dubois se me acercó y me tendió un vaso de plástico rojo.

—Esto es para ti, de parte del chico que hay al otro lado.

—Te lo había dicho —me susurró Vee.

Le eché una breve ojeada a Anthony, quien me guiñó un ojo.

—Ah, gracias, pero no lo quiero —le dije a Brenna.

No era ninguna experta en fiestas, pero no aceptaba bebidas de origen incierto. En mi opinión llevaba GHB—.*
Dile a Anthony que no tomo nada que no provenga de una lata cerrada.

Caray. Parecía incluso más tonta de lo que me sentía.

—¿Anthony? —Se volvió confusa.

—Sí, Anthony *el Chulito* —dijo Vee—. El tipo que te está usando de chica de los recados.

—¿Crees que Anthony me ha dado el vaso? —Brenna meneó la cabeza. —Mira al tipo del otro lado de la habitación. —Se volvió hacia donde había estado Patch hacía unos minutos—. Bueno, estaba ahí. Supongo que se ha ido. Estaba como un tren y llevaba una camiseta negra, si eso os sirve de algo.

—La madre... —dijo Vee, esta vez sin aliento.

—Gracias —le dije a Brenna, viendo que no tenía más remedio que aceptar la bebida. Se perdió entre la gente y yo dejé el vaso de algo que parecía refresco de cereza en la mesa de la entrada, detrás de mí.

¿Intentaba Patch mandarme un mensaje? ¿Estaba recordándome mi amago de pelea en La Bolsa del Diablo, cuando Marcie me había echado encima el refresco de cereza?

Vee me metió algo en la mano.

—¿Qué es esto? —le pregunté.

—Un walkie-talkie. Se lo he cogido prestado a mi hermano. Yo me sentaré en la escalera y vigilaré. Si alguien sube, te lo diré por radio.

—¿Quieres que me cuele ahora en la habitación de Marcie?

—Quiero que le robes el diario.

* El gamahidroxibutirato es una «droga de fiesta» o «droga para la violación». *(N. de la T.)*

—Sí, sobre eso... creo que he cambiado de idea.

—¿Te burlas de mí? Ahora no puedes acobardarte. Imagina lo que habrá en ese diario. Es tu única oportunidad para saber qué hay entre Marcie y Patch. No puedes desaprovecharla.

—Pero está mal.

—No lo estará si lo robas tan rápido que no te dé tiempo a sentirte culpable.

Le eché una mirada mordaz.

—Repetírselo a una misma también ayuda —añadió Vee—. Tienes que decirte que no está mal las suficientes veces y empezarás a creértelo.

—No me llevaré el diario. Sólo quiero... echarle una ojeada. Y robarle la gorra de Patch.

—Te pagaré la cuota anual entera de la revista electrónica del instituto si me entregas el diario durante la próxima media hora —me dijo Vee. Empezaba a parecer desesperada.

—¿Para eso quieres el diario? ¿Para publicarlo en la revista electrónica?

—Piénsalo. Sería un gran empuje para mi carrera.

—No —me negué categóricamente.

Me miró avergonzada.

—Bueno, tenía que intentarlo.

Miré el walkie-talkie que sostenía.

—¿Por qué no podemos simplemente mandarnos mensajes de texto?

—Las espías no se mandan mensajes de texto.

—¿Cómo sabes que no?

—¿Cómo sabes que sí?

Pensé que no valía la pena discutir y me puse el walkie-talkie en la cinturilla de los tejanos.

—¿Estás segura de que la habitación de Marcie está en el segundo piso?

—Uno de sus ex novios se sienta a mi lado en español. Me ha dicho que todas las noches, a las diez, la astuta Marcie se desviste con la luz encendida. A veces, cuando él y sus amigos se aburren, vienen hasta aquí a ver el espectáculo. Dice que Marcie nunca se da prisa y que, cuando por fin acaba, él tiene tortícolis de tanto mirar hacia arriba. También dice que una vez...

Me tapé las orejas.

—¡Basta!

—Eh, si puedo contaminarme la cabeza con esa clase de detalles, tú también, supongo. La única razón por la que te doy esta información vomitiva es que intento ayudarte.

Miré hacia las escaleras. El estómago me pesaba el doble que hacía tres minutos. Todavía no había hecho nada y ya estaba enferma de remordimientos. ¿Cómo había caído tan bajo para colarme en la habitación de Marcie? ¿Cómo había dejado que Patch me cambiara y me liara de aquella manera?

—Voy a subir —dije, con escaso convencimiento—. ¿Me guardas las espaldas?

—«Aquí Roger.»

Subí las escaleras. Había un baño con suelo embaldosado y molduras de yeso en el techo. Recorrí el pasillo pegada a la izquierda y pasé por delante de lo que parecía ser un dormitorio de invitados y un gimnasio equipado con una cinta de correr y una máquina elíptica. Retrocedí, esta vez pegada a la derecha. La primera puerta estaba entornada y eché un vistazo a la habitación. Todo en ella era rosa: las paredes, las cortinas, la colcha y las almohadas. Había ropa esparcida por el suelo, en la cama y encima de los muebles, y varias fotografías ampliadas tamaño póster en la pared, todas ellas de Marcie en posturas seductoras, con el uniforme de las animadoras de los Razorbills. Me dieron náuseas cuando vi la gorra de Patch sobre el tocador. Entré en la habitación, enrollé la gorra y me la metí en el bolsillo de los pantalones. Debajo de la gorra, sobre el tocador, había una llave de coche. Era una copia, pero llevaba la marca Jeep. Patch le había dado a Marcie una copia de la llave de su Jeep.

Cogí la llave y me la metí en el otro bolsillo de atrás. Mientras lo hacía, pensaba si encontraría alguna otra cosa de Patch por allí.

Abrí y cerré unos cuantos cajones. Miré debajo de la cama, en el arcón y en el estante superior del armario de Marcie. Al final metí la mano entre el colchón y el somier. Saqué el diario. El pequeño diario azul de Marcie, del que se rumoreaba que contenía más escándalos que un periódico sensacionalista. Lo tenía en las manos y sentí la tentación de abrirlo. ¿Qué diría de Patch? ¿Qué oscuros secretos guardaban aquellas páginas?

Mi walkie-talkie crepitó.

—¡Oh, mierda! —dijo la voz de Vee.

Lo cogí precipitadamente y apreté el botón.

—¿Qué pasa?

—Un perro. Un perro enorme. Acaba de entrar en el salón o como quieras llamar a este descomunal espacio. Me está mirando fijamente. A mí, me mira a mí fijamente.

—¿Qué clase de perro es?

—No estoy muy puesta en razas de perro, pero diría que es un doberman, con las orejas y el rabo recortados. Tiene un morro puntiagudo y feroz. Se parece mucho a Marcie, si eso te ayuda en algo. Oh, oh. Se me está acercando. Creo que es uno de esos perros psíquicos. Sabe que no estoy sentada aquí pensando en mis cosas.

—Mantén la calma...

—Fuera, perro... ¡He dicho que fuera!

El inconfundible gruñido de un perro me llegó por el walkie-talkie.

—¿Nora? Tenemos un problema —me dijo Vee a continuación.

—¿El perro no se marcha?

—Peor. Sube corriendo las escaleras.

En aquel preciso momento oí unos ladridos en la puerta. Los ladridos continuaron, cada vez más furiosos y estridentes.

—¡Vee! —susurré por el walkie-talkie—. ¡Deshazte del perro!

Me respondió algo, pero no la oí porque los ladridos me lo impidieron. Me acerqué el walkie-talkie al oído.

—¿Qué?

—¡Marcie sube! ¡Sal de ahí!

Iba a meter otra vez el diario debajo del colchón, pero se me escapó de las manos y un puñado de notas y fotos cayeron al suelo. Presa del pánico, lo recogí todo de cualquier manera y volví a meterlo en el diario. Luego, como era bastante pequeño teniendo en cuenta todos los secretos que se decía que contenía, me metí el diario y el walkie-talkie en la cinturilla y apagué la luz. Ya vería más tarde cómo devolverlo. En ese momento tenía que largarme.

Me acerqué a la ventana. Esperaba tener que quitar la mosquitera, pero ya la habían quitado. Seguramente lo había hecho Marcie para evitar impedimentos cuando salía a escondidas. Aquello me dio ciertas esperanzas. Si Marcie había bajado por allí, yo también podría hacerlo. No me caería ni me rompería la crisma. Claro que Marcie era animadora y mucho más flexible y con mejor coordinación que yo.

Saqué la cabeza por la ventana y miré hacia abajo. La puerta principal estaba justo al pie, protegida por un pórtico con cuatro columnas. Saqué una pierna y la afiancé en los tablones. Cuando estuve segura de que no iba a resbalarme del pórtico, saqué la otra pierna. Recuperé el equilibrio y bajé la ventana. Acababa de cerrarla cuando el cristal se iluminó. El perro lo arañó con las patas y ladró furiosamente. Encogí la tripa y me pegué todo lo que pude a la casa, rogando para que Marcie no abriera la ventana y mirara.

—¿Qué? —La voz apagada de Marcie me llegó a través de la ventana—. ¿Qué pasa, *Boomer*?

Un hilillo de sudor me bajó por la espalda. Marcie miraría hacia abajo y me vería. Cerré los ojos e intenté olvidar que la casa estaba llena de gente con la que tendría que seguir yendo al instituto dos años más. ¿Cómo iba a explicar haberme colado en la habitación de Marcie? ¿Cómo iba a explicar el hecho de tener su diario? La idea era demasiado humillante.

—¡Cállate, *Boomer*! —gritó Marcie—. ¿Puede alguien sujetar al perro mientras abro la ventana? Si no lo sujetáis, es lo suficientemente estúpido como para saltar hacia fuera. Tú... el del pasillo. Sí, tú. Agarra a mi perro por el collar y sujétalo. Hazlo ya.

Con la esperanza de que los ladridos disimularan cualquier ruido que yo hiciera, me di la vuelta y apoyé la espalda en los tablones. Me tragué el nudo de miedo que tenía en la garganta. Tenía fobia a las alturas y la idea de que hubiera tanta distancia entre el suelo y yo me hacía sudar.

Clavé los tacones en el saliente para impulsarme lo más lejos posible. Volví a empuñar el walkie-talkie y susurré:

—¿Vee?

—¿Dónde estás? —me respondió imponiéndose al estruendo de la música de fondo.

—¿Crees que podrás deshacerte del perro algún día?

—¿Cómo?

—Sé creativa.

—¿Envenenándolo?

Me sequé el sudor de la frente con el dorso de la mano.

—Estaba pensando más bien en encerrarlo en un armario.

—¿Te refieres a tocarlo?

—¡Vee!

—Vale, vale. Ya se me ocurrirá algo.

Treinta segundos más tarde oí la voz de Vee por la ventana del dormitorio de Marcie.

—Eh, Marcie —la llamó por encima de los ladridos—. No quiero molestar, pero tienes a la policía en la puerta. Dicen que están aquí en respuesta a una queja por el ruido. ¿Quieres que los haga pasar?

—¿Qué? —chilló Marcie directamente encima de mí—. No veo ningún coche patrulla.

—Sin duda han aparcado a unas manzanas de aquí. De todos modos, como te iba diciendo, he visto que unos cuantos invitados tienen en su poder sustancias ilegales.

—¿Y qué? —bufó Marcie—. Esto es una fiesta.

—Es ilegal tomar bebidas alcohólicas hasta los veintiuno.

—¡Estupendo! —exclamó Marcie—. ¿Qué voy a hacer? —Tras una pausa, volvió a oírse su voz—. ¡Seguro que los has llamado tú!

—¿Quién, yo? —dijo Vee—. ¿Y perderme la comida gratis? ¡Qué va!

Un momento después los ladridos frenéticos de *Boomer* se perdieron en la casa y la luz del dormitorio se apagó.

Permanecí completamente quieta un momento, escuchando. Cuando estuve segura de que la habitación de Marcie estaba vacía me aupé hasta la ventana. El perro se había ido, Marcie se había ido y si conseguía...

Intenté forzar la ventana, pero no se movió. Hice fuerza con las manos. Nada.

«Vale —me dije—. Marcie debe de haberla cerrado por dentro. No es tan terrible. Lo único que tengo que hacer es quedarme aquí fuera cinco horas hasta que se acabe la fiesta y luego que Vee vuelva con una escalera.»

Oí pasos en el camino, por debajo de mí, y estiré el cuello para ver si por alguna extraña suerte Vee había acudido a rescatarme. Para mi horror, Patch me daba la espalda, caminando hacia el Jeep. Marcó un número en el móvil y se lo llevó a la oreja. Al cabo de dos segundos, el mío se puso a sonar en mi bolsillo. Antes de que pudiera lanzarlo a los arbustos del límite de la finca, Patch se detuvo. Miró por encima del hombro y luego hacia arriba. Me vio y me pareció que habría sido mejor que *Boomer* me hubiera destrozado viva.

—Y yo que pensaba que los llamaban mirones...

No necesitaba verlo para saber que sonreía.

—No te rías —le dije, con las mejillas coloradas por la humillación—. Bájame.

—Salta.

—¿Qué?

—Te cogeré.

—¿Estás loco? Entra y abre la ventana. O acércame una escalera.

—No me hace falta una escalera. Salta. No dejaré que te caigas.

—¡Sí, claro! ¡Y yo voy a creérmelo!

—¿Quieres que te ayude o no?

—¿Llamas ayuda a esto? —siseé, furiosa—. ¡Esto no es ayudarme!

Hizo girar las llaves con un dedo y se puso otra vez a caminar.

—¡Serás imbécil! ¡Vuelve aquí!

—¿Imbécil? —repitió—. Eres tú la que espía por las ventanas.

—No estaba espiando. Estaba... estaba... —«¡Piensa algo!»

Patch miró la ventana bajo la cual yo estaba y noté en su cara que caía en la cuenta. Echó atrás la cabeza con una carcajada.

—Estabas registrando la habitación de Marcie.

—No. —Puse los ojos en blanco, como si fuera la sugerencia más estúpida del mundo.

—¿Qué andabas buscando?

—Nada. —Me saqué su gorra del bolsillo y se la lancé—. De paso, ¡aquí tienes tu gorra!

—¿Has entrado a buscar mi gorra?

—¡Evidentemente ha sido una pérdida de tiempo!

Se la encasquetó.

—¿Vas a saltar?

Miré insegura por el borde del pórtico y me dio la sensación de que el suelo se alejaba unos metros más. Para rehuir la respuesta, le pregunté:

—¿Para qué me has llamado?

—Te he perdido de vista ahí dentro. Quería asegurarme de que estabas bien.

Parecía sincero, pero era un mentiroso de primera.

—¿Y el refresco de cereza?

—¿El refresco? Era una ofrenda de paz. ¿Vas a saltar o qué?

Como no veía otra alternativa, miré cautelosamente por el borde del pórtico. Tenía el estómago revuelto.

—Si me dejas caer... —le advertí.

Patch había tendido los brazos. Cerré con fuerza los ojos y me dejé caer. Noté el aire alrededor del cuerpo y, acto seguido, me encontré en los brazos de Patch, pegada a él. Me quedé allí un momento, con el corazón acelerado por la adrenalina y por estar tan cerca de Patch. Su contacto era cálido y familiar. Lo notaba sólido y seguro. Quería agarrarme a su camiseta, enterrar la cara en la cálida curva de su cuello y no soltarlo jamás.

Me puso un mechón detrás de la oreja.

—¿Quieres volver a la fiesta? —susurró.

Negué con la cabeza.

—Te llevaré a casa.

Señaló con la barbilla hacia el Jeep, porque seguía sin soltarme.

—He venido con Vee —le dije—. Puedo volver con ella.

—Vee no va a comprar comida china de camino a casa.

Comida china. Eso significaba que Patch entraría en la granja para comerla. Mi madre no estaba en casa, por lo que estaríamos solos...

Bajé un poco la guardia. Probablemente estábamos a salvo. Probablemente los arcángeles no andaban cerca. Patch no parecía preocupado, así que yo tampoco tenía por qué estarlo. Y no era más que una cena. Había sido un día largo y poco satisfactorio en el instituto y me había machacado una hora en el gimnasio. Comprar comida para llevar con Patch sonaba perfecto. ¿Qué mal podía haber en que cenáramos juntos? Mucha gente cena junta a menudo y no va más allá.

—Sólo cenar —le dije, más para convencerme yo que para convencerlo a él.

Me hizo el saludo de los boy scouts, pero su sonrisa

no era la de alguien bueno: era una sonrisa de niño malo. La sonrisa traviesa y encantadora de un chico que había besado a Marcie hacía apenas dos noches... y que me estaba ofreciendo cenar conmigo, con la esperanza de que una cosa nos llevara a la otra. Él pensaba que una sonrisa que derretía el corazón era todo lo que hacía falta para que ya no me sintiera dolida. Para que olvidara que había besado a Marcie.

Mi confusión se esfumó cuando regresé bruscamente al presente. Dejé de especular y en vez de eso tuve una fuerte sensación de malestar que nada tenía que ver con Patch ni con la noche del domingo. Se me puso la carne de gallina. Estudié la oscuridad que rodeaba el césped.

Patch notó mi inquietud y estrechó su abrazo protector.

Y entonces volví a notarlo. Un cambio en el aire. Una niebla invisible, extrañamente cálida, que se cernía a baja altura y presionaba alrededor, zigzagueando en las proximidades como un centenar de serpientes sigilosas en el aire. La sensación era tan perturbadora que me costaba creer que Patch no hubiera notado al menos que algo había, aunque no lo percibiera directamente.

—¿Qué pasa, Ángel? —me preguntó en voz baja.

—¿Estamos a salvo?

—¿Acaso importa?

Recorrí el jardín con la mirada. No estaba segura de por qué, pero me quedé pensando: «Los arcángeles. Están aquí.»

—Quiero decir... los arcángeles... —dije, tan bajito que apenas oí mi propia voz—. ¿Están vigilándonos?

—Sí.

Intenté apartarme de Patch, pero él se negó a dejarme.

—No me importa lo que vean. Estoy cansado de esta

charada. —Dejó de acariciarme el cuello y vi cierto desafío atormentado en sus ojos.

Me revolví para apartarme.

—Déjame.

—¿No me deseas? —Sonreía como un zorro.

—No se trata de eso. No quiero ser responsable de nada de lo que te pueda pasar. —¿Cómo podía darle tan poca importancia a aquello? Ellos buscaban cualquier excusa para deshacerse de él. No podían verlo abrazándome.

Me acarició los brazos, pero cuando intenté aprovechar la ocasión para escabullirme me agarró las manos. Su voz resonó en mi cabeza: «Puedo convertirme en un renegado. Puedo marcharme ahora mismo y dejaremos de seguir las reglas de los arcángeles.» Lo dijo tan decidido, con tanta facilidad, que comprendí que no era la primera vez que pensaba eso. Era un plan que había acariciado secretamente muchas, muchas veces.

Sentía el corazón desbocado. ¿Irnos? ¿Dejar de seguir las reglas de los arcángeles?

—¿A qué te refieres?

«Puedo vivir yendo de acá para allá, ocultándome constantemente con la esperanza de que los arcángeles no me encuentren.»

—¿Y si lo hacen?

—Me juzgarán. Me declararán culpable. Pero mientras deliberan, tendremos unas cuantas semanas para nosotros.

Estaba afectada y sabía que se me notaba en la cara.

—¿Y después?

«Me mandarán al infierno. —Hizo una pausa y luego añadió con tranquila convicción—. No me da miedo el infierno. Me lo merezco. He mentido, engañado, estafado. He hecho daño a gente inocente. He cometido más errores de los que puedo recordar. De un modo u otro, he estado pagando por ello la mayor parte de mi existencia. El infierno no será muy diferente. —Esbozó una ligera sonrisa irónica—. Pero estoy seguro de que los arcángeles tienen más de una carta en la manga. —Dejó de sonreír y me miró con abierta franqueza—. No considero que estar contigo haya sido un error. Es la única cosa que he hecho bien. No me importan los arcángeles. Dime lo que quieres que haga. Dilo. Haré todo cuanto quieras. Podemos marcharnos ahora mismo.»

Tardé un momento en asimilar lo que me había dicho. Miré el Jeep. La pared de hielo entre nosotros se había derrumbado. Aquel muro sólo había estado allí a causa de los arcángeles. Sin ellos, todo aquello por lo que Patch y yo habíamos discutido no significaba nada. El problema eran ellos. Quería dejarlos atrás, y a todo lo demás, y marcharme con Patch. Quería ser temeraria, pensar únicamente en el aquí y el ahora. Cada uno podía hacer que el otro se olvidara de las consecuencias. Podíamos reírnos de las normas, de los límites y de todo. Seríamos sólo Patch y yo, y nada más importaría.

Nada excepto la certeza de lo que pasaría cuando aquellas semanas hubieran transcurrido.

Tenía dos opciones, pero la respuesta estaba clara. El único modo de no perder a Patch era dejarlo ir. No tener nada que ver con él.

No me di cuenta de que lloraba hasta que Patch me limpió las lágrimas con los pulgares.

—Tranquila —murmuró—. Todo irá bien. Te quiero. No puedo seguir haciendo lo que hago, viviendo a medias.

—Pero te mandarán al infierno —tartamudeé, incapaz de controlar el temblor de mis labios.

—Tengo mucho tiempo para llegar a un acuerdo.

Estaba decidida a que no se me notara lo difícil que aquello era para mí, pero me atraganté con las lágrimas. Tenía los ojos hinchados y húmedos, y el pecho me dolía. Todo era por mi culpa. De no ser por mí, no hubiera sido ángel custodio. De no ser por mí, los arcángeles no hubieran estado empeñados en destruirlo. Yo era responsable de haberlo llevado a esa situación.

—Necesito un favor —dije por fin, con un hilo de voz que no parecía la mía—. Dile a Vee que me he ido caminando a casa. Necesito estar sola.

—¿Ángel? —Patch estiró el brazo para agarrarme de la mano, pero me zafé. Me alejé andando, dando un paso tras otro que me llevaba más y más lejos de Patch, como si la mente se me hubiera paralizado y mi cuerpo se moviera al margen de mi voluntad.

A la tarde siguiente, Vee me recogió a las puertas de Enzo's. Yo llevaba un vestido de verano amarillo, entre profesional y coqueto, mucho más alegre de lo que me sentía. Paré delante de la cristalera para sacudirme el pelo, que se me había ondulado mientras dormía, pero el gesto fue inútil. Tras haber pasado la noche llorando, no se me podía pedir más.

Después de irme caminando de casa de Marcie, la noche anterior, me había acurrucado en la cama pero sin dormir. Me había pasado toda la noche atormentada por ideas autodestructivas. Cuanto más rato llevaba despierta, más se alejaban mis pensamientos de la realidad. Quería demostrar algo y estaba lo bastante disgustada como para que no me importara ser drástica. Tuve una ocurrencia, se me pasó por la cabeza una cosa que nunca en la vida me había planteado hasta entonces: si me quitaba la vida, los arcángeles lo verían. Quería que sintieran remordimientos. Quería que dudaran de sus leyes arcaicas. Quería que se consideraran responsables de haber acabado con mi vida.

Di vueltas incansablemente a ideas parecidas toda la

noche. Mis emociones iban de la negación a la rabia y a una sensación de pérdida que me rompía el corazón. Hubo un momento en que lamenté no haberme escapado con Patch. Cualquier alegría, por breve que fuera, me parecía mejor que la larga tortura de despertarme día tras día sabiendo que nunca podría tenerlo.

Sin embargo, cuando el sol asomó por la mañana, tomé una decisión. Tenía que moverme. O eso o caería en una depresión que me paralizaría. Me obligué a ducharme, me vestí y fui a clase con la firme determinación de que nadie me notara lo que se cocía por dentro. Sentía como si me aguijonearan todo el cuerpo, pero no quería mostrar ningún signo de autocompasión. No dejaría que los arcángeles ganaran. Me levantaría, conseguiría un trabajo, pagaría la multa, acabaría la escuela de verano con buena nota y me mantendría tan ocupada que sólo por la noche, cuando estuviera a solas con mis pensamientos y nada me lo impidiera, pensaría en Patch.

En Enzo's, dos galerías semicirculares se extendían a derecha e izquierda. Unas amplias escaleras llevaban hacia el piso de abajo, donde estaban el comedor principal y la barra. Las galerías me recordaron pasarelas curvas sobre un foso. Sus mesas estaban llenas, pero abajo sólo había unos cuantos parroquianos que tomaban café y leían el periódico de la mañana.

Inspiré profundamente para darme valor y bajé las escaleras.

—Perdone, pero he oído que buscan a alguien para atender la barra —le dije a la mujer que llevaba el libro de registro. Me pareció que lo decía sin demasiado entusiasmo, pero no tenía fuerzas para remediarlo. La mujer, una pelirroja de mediana edad con una placa que decía «Roberta», me miró—. Me gustaría rellenar una solicitud.

—Intenté sonreír, pero temí no haber sido convincente.

Roberta se secó las manos pecosas con un trapo y salió de detrás de la barra.

—¿En la barra? Ya no.

La miré, conteniendo el aliento, desinflándome. Todo dependía de mi plan. No había tenido en cuenta lo que haría si me fallaba algún paso. Necesitaba ese plan. Necesitaba aquel trabajo. Me hacía falta una vida metódicamente controlada, en la que cada minuto estuviera ocupado y cada emoción compartimentada.

—Pero todavía busco a alguien de confianza que se ocupe de servir mesas, sólo en el turno de noche, de seis a diez —añadió Roberta.

Parpadeé sorprendida y me tembló un poco el labio inferior.

—Oh —dije—. Eso es... estupendo.

—Por la noche atenuamos la iluminación, ponemos un poco de jazz y buscamos un ambiente más sofisticado. Esto solía estar muerto a partir de las cinco, pero esperamos que se llene. Por el bien de nuestra economía —me explicó—. Tú te ocuparás de recibir a los clientes, tomar nota de sus pedidos y pasarlos a la cocina. Cuando la comida esté lista, servirás las mesas.

Me esforcé por asentir enérgicamente, decidida a demostrarle lo mucho que deseaba aquel trabajo, notando cómo se me abrían las pequeñas grietas de los labios al sonreír.

—Me parece... perfecto —logré articular con voz ronca.

—¿Tienes experiencia?

No la tenía, pero Vee y yo íbamos a Enzo's al menos tres veces a la semana.

—Me sé el menú de memoria —dije, con un poco más de aplomo. Un trabajo. Todo dependía de eso. Iba a construirme una nueva vida.

—Me alegro de oírlo —me dijo Roberta—. ¿Cuándo puedes empezar?

—¿Esta noche? —Apenas podía creer que estuviera ofreciéndome el trabajo. Allí estaba yo, incapaz de esbozar siquiera una sonrisa sincera y ella no me lo tenía en cuenta. Estaba dándome una oportunidad. Le tendí la mano para estrechar la suya y entonces me di cuenta, demasiado tarde, de que me temblaba.

Ella ignoró el temblor y me miró con la cabeza ladeada, de un modo que hizo que me sintiera todavía más en evidencia.

—¿Va todo bien?

Inspiré en silencio y retuve el aire.

—Sí... estoy bien.

Asintió brevemente.

—Ven a las seis menos cuarto y te daré un uniforme antes de que empiece el turno.

—Muchísimas gracias... —empecé a decirle, todavía sin voz. Pero ya se había vuelto a meter detrás de la barra.

Mientras salía al sol cegador, hice cálculos mentalmente. Suponiendo que me pagaran el sueldo mínimo, si trabajaba todas las noches durante las próximas dos semanas, podría pagar la multa. Y si trabajaba todas las noches durante dos meses, entonces serían sesenta noches las que estaría ocupada sin pensar en Patch. Sesenta noches más cerca del final de las vacaciones de verano, cuando podría poner otra vez toda mi energía en el instituto. Ya había decidido completar mi horario con materias difíciles. Podría con cualquier clase de deberes, pero el desengaño amoroso era una cosa completamente distinta.

—¿Y bien? —me preguntó Vee, inclinándose hacia mí dentro del Neon—. ¿Cómo te ha ido?

Me senté junto a ella.

—He conseguido el trabajo.

—Estupendo. Cuando has entrado parecías muy nerviosa, casi tanto como para que no te lo dieran. Pero ahora ya no hay de qué preocuparse. Eres oficialmente un miembro trabajador de la sociedad. Estoy orgullosa de ti, nena. ¿Cuándo empiezas?

Miré el reloj del salpicadero.

—Dentro de cuatro horas.

—Esta noche vendré y pediré mesa en tu zona.

—Mejor será que me dejes propina —le dije. Pero el intento de bromear me llevó al borde de las lágrimas.

—Soy tu chófer. Eso es preferible a una propina.

Seis horas y media más tarde, Enzo's estaba hasta los topes. Mi uniforme consistía en una camisa blanca, pantalones grises, chaqueta a juego y una gorra. La gorra no servía de mucho para sujetarme el pelo, que se negaba a mantenerse fuera de la vista. En aquel momento notaba unos rizos pegados a ambos lados de la cara por el sudor. A pesar de que estaba por completo desbordada, me sentía curiosamente aliviada. No tenía tiempo para hacer cábalas, ni siquiera de pasada, sobre Patch.

—¡La nueva! —me llamó uno de los cocineros, Fernando. Estaba detrás del muro bajo que separaba los hornos del resto de la cocina, con una espátula en la mano—. ¡Aquí está tu pedido!

Recogí los tres platos, que me coloqué alineados sobre el brazo, y salí por la puerta basculante. Mientras iba hacia el comedor, me vio una de las relaciones públicas. Levantó la barbilla hacia una mesa de la galería que acababa de llenarse. Le respondí con un rápido gesto de asentimiento. «Estaré ahí enseguida.»

—Un bocadillo de filete, uno de salami y uno de pavo asado —dije, dejando los platos delante de tres hombres de negocios trajeados—. Buen provecho.

Corrí escaleras arriba, sacándome la libreta de pedidos del bolsillo trasero. A mitad de la galería me detuve de golpe. Marcie Millar estaba justo delante de mí, sentada en la mesa que acababa de llenarse. Reconocí también a Addyson Hales, Oakley Williams y Ethan Tyler, porque iban al instituto. Pensaba en dar media vuelta y decirle a la jefa que mandara a otra, a quien fuera, a esa mesa, cuando Marcie levantó la vista y comprendí que no tenía escapatoria.

La sonrisa que me dedicó fue agria.

Me quedé sin respiración. ¿Se habría enterado de que me había llevado su diario?

Hasta que no hube llegado a casa andando y me hube acurrucado en la cama, no recordé que todavía lo tenía en mi poder. Hubiese podido devolverlo inmediatamente, pero era en lo último en lo que pensaba. El diario me había parecido insignificante en comparación con la tremenda confusión que me corroía. No lo había tocado siquiera. Seguía todavía en el suelo de mi dormitorio, al lado de la ropa que me había quitado.

—¿No es una monada ese conjunto que llevas? —dijo Marcie, gritando por encima de la música de jazz—. Ethan, ¿no llevabas una chaqueta igualita a ésta en el baile del año pasado? Me parece que Nora te ha vaciado el armario.

Mientras reían, yo seguía con el bolígrafo apoyado en la libreta de los pedidos.

—¿Os sirvo algo de beber? Hoy el especial es nuestra bebida de coco y lima. —¿Notaba alguien la culpabilidad en mi voz? Tragué saliva, esperando que cuando volviera a hablar no se me notara el nerviosismo.

—La última vez que estuve aquí fue el día del cumpleaños de mi madre —dijo Marcie—. Nuestra camarera le cantó *Cumpleaños feliz*.

Tardé tres segundos en pillarlo.

—Oh, no. Quiero decir que... No soy camarera. Sólo soy ayudante.

—Me da igual lo que seas. Quiero que me cantes el *Cumpleaños feliz*.

Me quedé de piedra. Busqué frenéticamente una salida a aquella situación. No podía creer que Marcie me estuviera humillando de aquel modo. Un momento. Claro que me estaba pidiendo que me humillara. Durante once años yo había llevado la cuenta, pero ahora estaba segura de que ella llevaba la suya. Vivía para derrotarme. Peor, sabía que me doblaba en puntuación pero seguía ganando puntos. Lo que la convertía no sólo en una persona agresiva, sino en alguien que no sabía lo que era la deportividad.

Le tendí la mano.

—Déjame ver tu carné de identidad.

Marcie encogió un hombro despreocupadamente.

—Me lo he dejado.

Ambas sabíamos que no se había dejado el permiso de conducir, y ambas sabíamos que no era su cumpleaños.

—Esta noche tenemos un montón de trabajo —dije, fingiendo disculparme—. La gerente no querrá que escatime tiempo a los demás clientes.

—Lo que tu gerente quiere es que los clientes estén contentos. Ahora, canta.

—Y mientras tanto —terció Ethan—, sírvenos una de esas tartas de chocolate gratis.

—Podemos servir una porción, no la tarta entera —dije.

—«Podemos servir una porción, no la tarta entera» —me imitó Addyson, y toda la mesa estalló en carcajadas.

Marcie sacó de su bolso una cámara con visor desplegable. El piloto rojo del encendido parpadeó y me enfocó con el objetivo.

—No veo la hora de pasar este vídeo a todo el instituto. Es una suerte que tenga la dirección de correo electrónico de todo el mundo. ¡Quién hubiese dicho que ayudar en dirección iba a ser tan útil!

Sabía lo del diario. Tenía que saberlo. Y aquélla era su venganza. Cincuenta puntos para mí por robarle el diario. El doble para ella por mandar un vídeo mío cantando *Cumpleaños feliz* a todo el instituto.

Señalé hacia la cocina por encima del hombro y retrocedí lentamente.

—Escuchad... se me están amontonando los pedidos...

—Ethan, ve a decirle a esa relaciones públicas tan encantadora de ahí que queremos hablar con la gerente. Dile que la camarera que nos ha tocado nos está incomodando —dijo Marcie.

No podía creerlo. Aún no llevaba tres horas en aquel trabajo y Marcie iba a hacer que me despidieran. ¿Cómo iba a pagar la multa? Y adiós Volkswagen Cabriolet. Lo que era más importante aún: necesitaba el trabajo para distraerme de la inútil lucha por afrontar la devastadora verdad: Patch ya no formaba parte de mi vida. Para bien de ambos.

—Se acabó el tiempo —dijo Marcie—. Ethan, pide que venga la gerente.

—Espera —le dije—. Lo haré.

Marcie chilló y aplaudió.

—Suerte que he cargado la batería.

Inconscientemente, me calé la gorra para ocultar la cara. Abrí la boca: «Cumpleaños feliz...»

—¡Más fuerte! —gritaron todos.

—«Cumpleaños feliz... —canté más fuerte, demasiado avergonzada para darme cuenta de si mi tono era monótono—. Te deseamos, querida Marcie, cumpleaños feliz.»

Nadie dijo nada. Marcie volvió a guardar su cámara.

—Bueno, ha sido un aburrimiento.

—Ha sido... normal —dijo Ethan.

Parte del rubor se esfumó de mis mejillas. Esbocé una breve sonrisa triunfante. Quinientos puntos. Mi solo al menos había valido eso. Suficiente para que Marcie no me hiciera pedazos. Había tomado el mando oficialmente.

—¿Alguien va a tomar algo? —pregunté, en un tono sorprendentemente alegre.

Después de anotar lo que me pedían, ya volvía hacia la cocina cuando Marcie me llamó:

—Oh, Nora...

Me detuve. Inspiré profundamente preguntándome qué obstáculo querría hacerme saltar esta vez. Oh, no... A menos que... fuera a matarme. Allí mismo. Delante de toda aquella gente. Diría a todo el mundo que le había robado el diario, para que vieran lo rastrera y despreciable que era en realidad.

—¿Puedes darte prisa? —terminó Marcie—. Tenemos que ir a una fiesta.

—¿Que me dé prisa? —repetí tontamente. ¿Significaba aquello que no sabía nada de lo del diario?

—Patch nos está esperando en Delphic Beach, y no quiero llegar tarde. —Marcie se cubrió la boca un instante con la mano—. Lo siento mucho. Lo he dicho sin pensar. No tendría que haber mencionado a Patch. Tiene que ser duro verlo con otra.

La sonrisa se me borró de la cara. Noté el rubor trepándome por el cuello. El corazón me latía tan rápido que se me puso la cara como un tomate. La habitación se inclinó hacia dentro y la sonrisa torcida de Marcie estaba en el centro, burlándose de mí. Así que todo había vuelto a la normalidad. Patch había vuelto con Marcie. Tras regresar yo a casa la noche anterior, se había resignado al destino que nos había tocado. Si no podía tenerme, se conformaría con Marcie. ¿Por qué se les permitía a ellos dos tener una relación? ¿Dónde estaban los arcángeles cuando se trataba de vigilar a Patch y Marcie? ¿Qué sucedía con su beso? ¿Iban a pasarlo por alto los arcángeles porque sabían que no significaba nada para ninguno de los dos? Hubiese querido gritar por lo injusto que era aquello. Marcie podía estar con Patch porque no lo quería, pero yo no podía estar con él porque lo quería y los arcángeles lo sabían. ¿Qué tenía de malo que nos amáramos? ¿Eran los humanos y los ángeles tan distintos?

—Bien, vale, voy enseguida —dije, infundiendo un matiz educado a mis palabras.

—Qué bien —dijo Marcie, mordisqueando seductoramente su cañita. No me creía en absoluto y se le notaba.

De vuelta en la cocina, pasé el pedido. Dejé el espacio para las «instrucciones especiales de cocinado» en blanco. ¿Marcie tenía prisa para ver a Patch en Delphic Beach? ¡Peor para él!

Pinché la nota y saqué la bandeja de la cocina. Para mi sorpresa, vi a Scott de pie cerca de la entrada, hablando con las encargadas. Llevaba unos Levi's holgados y cómodos y una camiseta ceñida y, por el lenguaje corporal de las dos encargadas, estaban flirteando con él. Me vio y me hizo un gesto. Yo tomé la nota de la mesa cincuenta y subí las escaleras.

—Hola —saludé a Scott, quitándome la gorra para abanicarme la cara.

—Vee me ha dicho que te encontraría aquí.

—¿Has llamado a Vee?

—Sí, porque tú no me devuelves ningún mensaje.

Me pasé el brazo por la frente y me arreglé las greñas.

—Tengo el móvil en el bolso. No he tenido ocasión de mirar si tenía mensajes desde que he empezado el turno. ¿Qué quieres?

—¿A qué hora sales?

—A las diez. ¿Por qué?

—Hay una fiesta en Delphic Beach. Estoy buscando a una pobre tonta para llevarla.

—Cada vez que salimos pasa algo desagradable.

Él seguía con los ojos brillantes.

—La pelea en el Z —le recordé—. En La Bolsa del Diablo... Las dos veces tuve que apañármelas para que alguien me llevara en coche a casa.

—A la tercera va la vencida. —Sonrió, y por primera vez me di cuenta de que tenía una sonrisa muy bonita. Incluso de chiquillo. Suavizaba su carácter y me pregunté si no tendría una faceta distinta, una que yo todavía desconocía.

Casualmente, era la misma fiesta a la que iría Marcie. La misma en la que se suponía que estaría Patch. En la misma playa en la que había estado con él hacía una semana y media, cuando me había precipitado al decirle que mi vida era perfecta. Nunca hubiese dicho lo rápido que caería en picado.

Hice un breve inventario de mis sentimientos, pero necesitaba algo más que unos cuantos segundos para saber lo que sentía. Quería ver a Patch, siempre había querido verlo, pero ésa no era la cuestión. Necesitaba determinar si estaba preparada para verlo. ¿Soportaría verlo con Marcie? Sobre todo después de lo que me él me había dicho la noche anterior.

—Me lo pensaré —le dije a Scott, porque me di cuenta de que tardaba demasiado en responderle.

—¿Me paso a las diez a recogerte?

—No. Si voy, Vee me llevará en su coche. —Señalé hacia las puertas de la cocina—. Mira, ahora tengo que volver al trabajo.

—Espero verte luego —me dijo, lanzándome una última sonrisa antes de marcharse.

Tras la hora de cierre, me reuní con Vee, que me esperaba en el aparcamiento.

—Gracias por recogerme —le dije, derrumbándome en el asiento. Me dolían las piernas de estar tanto tiempo de pie y los oídos me zumbaban debido a las conversaciones en voz alta y las risas del restaurante atestado... por no mencionar todas las veces que cocineros y camareras me habían corregido a gritos. Había servido por lo menos en dos mesas el pedido que no era, y más de una vez había entrado en la cocina por la puerta equivocada y había estado a punto de derribar a una camarera cargada de platos. La buena noticia era que llevaba treinta dólares de propinas en el bolsillo. En cuanto pagara la multa, todas las propinas serían para el Cabriolet. Estaba deseando que llegara el día en que no dependiera de Vee para moverme.

Aunque más deseaba que llegara el día en que olvidara a Patch.

Vee sonrió.

—El servicio no es gratis. Todos estos viajes en realidad son favores que me debes y que tendrás que devolverme.

—Lo digo en serio, Vee. Eres la mejor amiga del mundo. La mejor de las mejores.

—Uy. A lo mejor deberíamos celebrar este momento y pasarnos por Skippy's a tomar un helado. Puedo tomar un poco de helado. De hecho, puedo tomar un poco de glutamato monosódico. Nada me hace tan feliz como una gran cantidad de comida rápida frita llena de glutamato monosódico.

—¿Lo dejamos para otro día? —le sugerí—. Me han invitado a ir a Delphic Beach esta noche. Estás más que invitada a venir —añadí rápidamente. No estaba del todo segura de que fuera la mejor decisión ir a esa fiesta. ¿Por qué someterme a la tortura de volver a ver a Patch? Sabía que era porque quería tenerlo cerca, aunque no fuese muy cerca. Una persona valiente y fuerte cortaría todos los lazos y seguiría su camino. Una persona fuerte no daría puñetazos en la puerta del destino. Patch ya no formaba parte de mi vida, y era para bien. Tenía que aceptarlo, lo sabía, pero había una gran diferencia entre saberlo y hacerlo.

—¿Quién más va? —me preguntó Vee.

—Scott y unos cuantos del instituto. —No necesitaba mencionar a Marcie y obtener una negativa instantánea. Tenía el presentimiento de que podría necesitar el apoyo de Vee aquella noche.

—Me parece que iré con Rixon a ver una película. Puedo preguntarle si tiene algún otro amigo que pueda venir. Será una doble cita. Comeremos palomitas, contaremos chistes, nos liaremos.

—Paso. —No quería a ningún otro. Yo quería a Patch.

Cuando Vee llegó al aparcamiento de Delphic Beach, el cielo estaba negro como el alquitrán. Unos potentes focos que me recordaron los del campo de fútbol del instituto iluminaban las estructuras de madera pintada de blanco de los caballitos, la galería comercial y el mini golf, formando un halo que envolvía el lugar. En la playa no había luz, ni en los alrededores, lo que lo convertía en el único punto brillante de la costa a lo largo de kilómetros. A esa hora de la noche no esperaba encontrar a nadie comprando hamburguesas ni jugando al tejo, y le indiqué a Vee que se detuviera junto al sendero de traviesas que llevaba hasta el agua.

Me apeé del coche y le dije adiós. Vee se despidió con la mano, con la oreja pegada al móvil por el que Rixon le daba los detalles de dónde se encontrarían.

Flotaban en el aire el calor residual del sol de la tarde y los sonidos de la música lejana que llegaba del parque de atracciones situado en la cima de los acantilados y de las olas que batían la playa. Separé las matas de hierba que corría paralela a la costa como una valla, corrí cuesta abajo y caminé por la estrecha franja de arena seca que quedaba fuera del alcance de la pleamar.

Pasé junto a grupitos de gente que todavía jugaba en el agua, saltando las olas y lanzando pedazos de madera a la deriva a la oscuridad del océano, a pesar de que los socorristas se habían ido hacía mucho. Buscaba a Patch, a Scott, a Marcie o a cualquier conocido. Más adelante, las llamas anaranjadas de una hoguera bailaban y chisporroteaban en la oscuridad. Marqué el número de Scott en el móvil.

—Sí.

—He venido —le dije—. ¿Dónde estás?

—Al sur de la fogata. ¿Y tú?

—Al norte.

—Voy a buscarte.

Al cabo de dos minutos Scott estaba en la arena, a mi lado.

—¿Vas a quedarte toda la noche aquí sola? —me preguntó. El aliento le olía a alcohol.

—No soy precisamente una gran admiradora del noventa por ciento de la gente que hay en esta fiesta.

Asintió, comprensivo, y sacó un termo de acero inoxidable.

—No tiene gérmenes, palabra de scout. Toma todo lo que quieras.

Me incliné hacia delante lo suficiente para oler el contenido del termo. Me aparté enseguida, notando los vapores en la garganta.

—¿Qué es? —le pregunté, atragantándome—. ¿Aceite de motor?

—Mi receta secreta. Si te lo digo, tendré que matarte.

—No te hará falta. Estoy segura de que si lo tomo el resultado será el mismo.

Scott se recostó, clavando los codos en la arena. Se había puesto una camiseta de Metallica con las mangas arremangadas, unos pantalones cortos color caqui y chanclas. Yo llevaba el uniforme de trabajo, pero me había quitado la gorra y la chaqueta. Por suerte, había cogido una camisa antes de ir al trabajo, pero no tenía nada para cambiarme los pantalones.

—Así que dime, Grey. ¿Qué estás haciendo aquí? Voy a decírtelo yo. Creo que vas a hacerme los deberes de la semana que viene.

Me recosté en la arena a su lado y lo miré de reojo.

—Eso de comportarte como un gilipollas empieza a estar muy visto. Así que soy una tonta. ¿Y qué?

Sonrió.

—Me gusta la tonta. La tonta va a ayudarme a pasar de curso. Sobre todo en inglés.

Dios mío.

—Si eso era una pregunta, la respuesta es «no». No voy a hacerte los deberes de inglés.

—Eso es lo que tú crees. Ya he empezado a usar mi encanto.

Ahogué una carcajada y él sonrió abiertamente. Me dijo:

—¿Qué? ¿No me crees?

—No creo que la palabra «encanto» pueda aparecer en una frase referida a ti.

—Ninguna chica puede resistirse a mi encanto. Como te digo, las vuelve locas. Consiste básicamente en lo siguiente: estoy borracho las veinticuatro horas todos los días de la semana, pierdo todos los trabajos, no soy capaz de aprobar las matemáticas más básicas y me paso los días jugando a videojuegos y vagueando.

Dejé caer la cabeza hacia atrás, sacudiendo los hombros de la risa. Empezaba a pensar que Scott me gustaba más borracho que sobrio. ¿Quién le hubiera imaginado despreciándose a sí mismo?

—Deja de babear —me dijo, dándome golpecitos en la barbilla—. Se me va a subir a la cabeza.

Le sonreí, relajada.

—Conduces un Mustang. Sólo por eso ya te has ganado diez puntos.

—Impresionante. Diez puntos. Ya no me hacen falta más que otros doscientos para salir de la zona de peligro.

—¿Por que no dejas de beber? —le sugerí.

—¿Dejarlo? ¿Estás de broma? Mi vida es una mierda si soy sólo a medias consciente de ella. Si dejara de beber y viera cómo es en realidad, probablemente me tiraría de un puente.

Nos quedamos un momento en silencio.

—Cuando estoy atontado, casi logro olvidarme de quién soy —añadió, y su sonrisa se desvaneció ligeramente—. Sé que sigo aquí, pero apenas. Es una posición agradable. —Guardó el termo, con los ojos fijos en el oscuro mar.

—Sí, bueno, mi vida tampoco es ninguna maravilla.

—¿Tu padre? —aventuró, limpiándose el labio superior con el dorso de la mano—. No fue culpa tuya.

—Lo que hace que sea incluso peor.

—¿Y eso?

—Si hubiera sido culpa mía, eso significaría que la habría cagado. Me habría sentido culpable mucho tiempo, pero a lo mejor al final habría seguido adelante. Pero ahora estoy paralizada, preguntándome siempre lo mismo: ¿por qué mi padre?

—Tienes razón —replicó Scott.

Se puso a llover. Caía un chaparrón de verano, de grandes gotas cálidas.

—¿Qué demonios...? —oí exclamar a Marcie. Estaba playa abajo, cerca de la hoguera. Estudié las siluetas que se pusieron de pie. Patch no estaba entre ellas.

—¡A mi apartamento todo el mundo! —gritó Scott, levantándose con un gesto teatral. Se tambaleaba, apenas capaz de mantener el equilibrio—. Es el número setenta y dos de la calle Deacon, apartamento treinta y dos. La puerta no está cerrada con llave. Hay un montón de cerveza en la nevera. Ah... y ¿os había dicho que mi madre no estará en toda la noche?

Se oyó un griterío de aprobación y todos recogieron los zapatos y las ropas que se habían quitado y subieron por la arena hacia el aparcamiento.

Scott me dio un golpecito en el muslo con el pie.

—¿Necesitas transporte? Vamos, te dejaré conducir.

—Gracias por la oferta, pero me parece que ya tengo bastante. —Patch no estaba. Él era la única razón por la que había ido a la playa, y de repente la noche me parecía no sólo decepcionante sino una pérdida de tiempo. Tendría que haber sentido alivio de no haber visto juntos a Patch y Marcie, pero me sentía sola y arrepentida. Y exhausta. No pensaba en otra cosa que en meterme en la cama y que aquel día terminara lo antes posible.

—No está bien dejar que un amigo conduzca borracho —me coaccionó Scott.

—¿Intentas apelar a mi conciencia?

Agitó las llaves frente a mi cara.

—¿Cómo puedes rechazar la oportunidad única en la vida de conducir el Mustang?

Me puse en pie y me sacudí la arena de los pantalones.

—¿Qué te parece si me vendes el Mustang por treinta dólares? Incluso puedo pagarte en efectivo.

Se rio, pasándome un brazo por los hombros.

—Estoy borracho, pero no tanto, Grey.

CAPÍTULO
14

De vuelta en las inmediaciones de Coldwater, conduje el Mustang por la ciudad y tomé por Beech hacia Deacon. Seguía cayendo una lúgubre llovizna. La calle era estrecha y sinuosa, con árboles de hoja perenne que se cernían desde el borde de la calzada. Tras una curva, Scott señaló hacia unos apartamentos estilo Cabo Cod, de tablillas grises con terrazas estrechas. Había una pista de tenis abandonada en el jardín delantero. Todo parecía necesitar una mano de pintura.

Aparqué el Mustang.

—Gracias por traerme —dijo Scott, pasando el brazo por el respaldo de mi asiento. Le brillaban los ojos y tenía una sonrisa indolente.

—¿Podrás entrar? —le pregunté.

—No quiero entrar —contestó, arrastrando las palabras—. La moqueta huele a pis de perro y el techo del baño tiene moho. Quiero quedarme aquí, contigo.

«Porque estás borracho.»

—Tengo que volver a casa. Es tarde y aún no he llamado a mi madre. Se va a poner histérica si no la llamo enseguida. —Me incliné por delante de él y abrí la puerta de su lado. Mientras lo hacía, se enrolló en el dedo un rizo de mi pelo.

—¡Qué bonito!

Lo recuperé.

—No va a pasar nada. Estás borracho.

Sonrió.

—Sólo un poco.

—Mañana no te acordarás de esto.

—Me parece que hemos pasado un buen rato conociéndonos en la playa.

—Sí. Y eso es todo lo que vamos a conocernos. Lo digo en serio. Te estoy echando. Entra en casa.

—¿Y mi coche, qué?

—Esta noche me lo llevo a mi casa. Te lo devolveré mañana por la tarde.

Scott suspiró satisfecho y se arrellanó más en el asiento.

—Quiero entrar y relajarme con un solo de Jimi Hendrix. ¿Quieres decirles a todos que se acabó la fiesta?

Puse los ojos en blanco.

—Acabas de invitar a sesenta personas. No voy a entrar a decirles que se marchen.

Scott se inclinó fuera de la puerta y vomitó.

Uf.

Lo agarré por detrás, por la camiseta, y lo devolví al interior del coche. Moví el Mustang un poco hacia delante. Luego puse el freno de mano y salí. Di la vuelta al vehículo y tiré de los brazos de Scott para sacarlo, poniendo cuidado en no pisar la vomitona. Me pasó un brazo por los hombros; era todo lo que yo podía hacer para evitar que se cayera al suelo.

—¿Qué apartamento es? —le pregunté.

—El treinta y dos. Arriba del todo.

En el último piso. Claro. ¿Acaso esperaba un respiro?

Arrastré a Scott escaleras arriba, sin aliento, y entré tambaleándome por la puerta abierta de su apartamento, que bullía de gente. Allí dentro había un caos de personas que se agitaban y saltaban al ritmo de un rap que sonaba tan alto que me pareció que el cerebro se me haría trizas.

—El dormitorio está al fondo —me susurró Scott al oído.

Lo llevé hacia allí a través de la gente, abrí la puerta del fondo del pasillo y dejé a Scott en el colchón inferior de la litera. En el rincón opuesto había un pequeño escritorio, un armario plegable, un pie para la guitarra y unas cuantas pesas sueltas. Las paredes eran de un blanco que había visto mejores tiempos, decoradas apenas con un cartel de *El Padrino III* y un banderín de los Patriots de Nueva Inglaterra.

—Mi habitación —dijo Scott, que me pilló echando un vistazo al cuarto. Dio unas palmaditas en el colchón, a su lado—. Ponte cómoda.

—Buenas noches, Scott.

Ya estaba abriendo la puerta cuando me dijo:

—¿Puedes traerme algo de beber? Agua, tengo que quitarme este mal sabor de boca.

Estaba deseando largarme de allí, pero no puede evitar sentir cierta simpatía por Scott. Si me iba, probablemente se despertaría a la mañana siguiente en un charco de vómito. Bien podía lavarlo y darle un ibuprofeno.

La pequeña cocina del apartamento, en «U», se abría al salón convertido en pista de baile, y después de pasar a duras penas entre los cuerpos apretujados que bloqueaban la entrada, abrí y cerré alacenas buscando un vaso. Encontré una pila de tazas de plástico blanco encima del fregadero, abrí el grifo y puse una taza debajo del chorro. Cuando iba a llevarle el agua a Scott, el corazón me dio un vuelco. Patch estaba a unos pasos de mí, apoyado en los armarios que había frente a la nevera. Se había aislado del mogollón y llevaba la gorra calada, lo que quería decir que no estaba interesado en entablar conversación. Parecía impaciente. Miró el reloj.

Como no vi manera de evitarlo, a no ser saltando por encima de la barra que daba al salón, y como me parecía que tenía que ser educada con él porque se lo merecía y, además, ¿no éramos lo bastante adultos para llevar aquello con dignidad?, me humedecí los labios, porque de repente me los notaba secos, y avancé.

—¿Te lo estás pasando bien? —le pregunté.

Las duras líneas de su cara se suavizaron en una sonrisa.

—Se me ocurre por lo menos una cosa que preferiría estar haciendo.

Si aquello era una insinuación, la ignoraría. Me aupé para sentarme en el mármol de la cocina, con las piernas colgando.

—¿Te vas a quedar toda la noche?

—Si tengo que quedarme toda la noche, dispárame ahora.

Le enseñé las palmas.

—Lo siento, no llevo pistola.

Sonreía como un chico malo.

—¿Eso es lo único que te impide matarme?

—Si te disparara no te mataría —puntualicé—. Es uno de los inconvenientes de ser inmortal.

Asintió, sonriendo de oreja a oreja bajo la sombra de la visera.

—Pero ¿lo harías si pudieras?

Dudé antes de responderle.

—No te odio, Patch. No todavía.

—¿No me odias lo bastante? —conjeturó—. ¿Sientes algo más profundo?

Sonreí apenas.

Los dos percibíamos que nada bueno saldría de aquella conversación, sobre todo allí, y Patch nos rescató a ambos haciendo un gesto con la cabeza hacia la masa de gente que teníamos detrás.

—¿Y tú? ¿Vas a quedarte mucho rato?

Me bajé de mi asiento.

—No. Le llevaré el agua a Scott y haré que se refresque la boca, si puedo, y luego me iré.

Me agarró del codo.

—No me disparas, pero vas a aliviarle la resaca a Scott.

—Scott no me ha roto el corazón.

Transcurrieron dos segundos en silencio y luego Patch me propuso en voz baja:

—Vamos.

Por el modo en que lo dijo supe exactamente a qué se refería. Quería que me escapara con él. Que desafiara a los arcángeles. Que ignorara que al final darían con él.

Yo no podía pensar en lo que le harían sin temblar de miedo, paralizada por el horror. Patch nunca me había dicho cómo era el infierno. Pero él lo sabía. Y precisamente porque no me lo decía yo me hacía una idea tan clara de ello.

Seguí con los ojos fijos en el salón.

—Le he prometido a Scott un vaso de agua.

—Estás dedicándole un montón de tiempo a un chico al que considero siniestro, y para que yo diga que alguien es siniestro tiene que serlo mucho.

—¿Hay que ser un príncipe de la oscuridad para reconocer a alguien así?

—Celebro que tengas sentido del humor, pero lo digo en serio. Ten cuidado.

Asentí.

—Te agradezco que te preocupes por mí, pero sé lo que hago. —Sorteé a Patch y pasé entre la gente que se contoneaba en el salón. Tenía que irme. Era demasiado duro para mí estar cerca de él, notando aquel muro de hielo espeso e impenetrable. Sabía que los dos queríamos algo que no podíamos tener, aunque estuviera al alcance de nuestra mano.

Había atravesado la mitad de la masa humana cuando alguien me agarró por la espalda, por el tirante de la camiseta. Me di la vuelta esperando encontrarme a Patch dispuesto a seguir dándome su opinión o, peor que eso, a liarse la manta a la cabeza y besarme. Pero era Scott, que me miraba con su sonrisa indolente. Me apartó el pelo de la cara y se inclinó para besarme en la boca. Sabía a enjuague bucal de menta y acababa de lavarse los dientes. Iba a apartarme pero me dije: «¿Y qué importa si Patch lo ve?» No estaba haciendo nada que él no hubiera hecho antes. Tenía el mismo derecho. Él usaba a Marcie para llenar el vacío de su corazón y ahora me tocaba a mí, con Scott.

Le pasé las manos por el pecho a Scott y las entrelacé detrás de su cuello. Él siguió mi ejemplo y me abrazó más fuerte, pasándome las manos por la espalda. Así que eso se sentía al besarlo. Mientras que Patch era lento y experimentado y se tomaba su tiempo, Scott era entusiasta y un poco torpón. Era completamente diferente. Algo nuevo y no del todo desagradable.

—Mi dormitorio —me susurró al oído, uniendo sus dedos a los míos y tirando de mí hacia el pasillo.

Miré brevemente hacia donde había visto por última vez a Patch. Nuestros ojos se encontraron. Tenía una mano rígida en la nuca, como si estuviera perdido en sus pensamientos, helado por haberme visto besar a Scott.

Le envié un mensaje mental: «Así es como se siente uno.»

Pero después de mandárselo no me sentí mejor. Me sentí triste y rastrera, e insatisfecha. Yo no era la clase de persona que se anda con jueguecitos o que recurre a trucos viles para consolarse y recuperar la autoestima. Sin embargo, seguía corroyéndome el dolor, y por eso dejé que Scott me llevara por el pasillo.

Scott abrió la puerta del dormitorio con el pie. Apagó la luz y nos quedamos a oscuras. Miré los dos colchones de la litera del fondo y luego hacia la ventana, que tenía el cristal agrietado. En un momento de pánico, me imaginé colándome por la grieta y desapareciendo en la noche. Seguramente era un signo de que lo que estaba a punto de hacer era un completo error. ¿Iba a hacerlo simplemente para apuntarme un tanto? ¿Así quería demostrarle a Patch la magnitud de mi rabia y lo herida que estaba? ¿Qué decía eso de mí?

Scott me cogió de los hombros y me besó con pasión. Barajé mentalmente mis opciones. Podía decirle que me encontraba mal. Podía decirle que había cambiado de idea. Podía decirle simplemente que no...

Scott se quitó la camiseta y la tiró al suelo.

—Bueno... —empecé. Miré alrededor una vez más buscando el modo de escapar y me di cuenta de que la puerta de la habitación estaba abierta, porque una sombra bloqueó la luz que llegaba del pasillo, se detuvo en el cuarto y la cerró. Me quedé de una pieza.

Patch le tiró la camiseta a la cara a Scott.

—¿Qué...? —empezó a preguntar Scott, pasándosela por la cabeza y cubriéndose.

—Se te va a salir el pajarito —le dijo Patch.

Scott se subió precipitadamente la cremallera.

—¿Qué haces? No puedes entrar aquí. Estoy ocupado. ¡Ésta es mi habitación!

—¿Estás mal de la cabeza? —le pregunté a Patch, colorada como un tomate.

Patch me miró.

—Tú no quieres estar aquí. No con él.

—¡A ti nadie te ha dado vela en este entierro! —Scott se me puso delante—. Deja que me ocupe de él.

Avanzó dos pasos antes de que Patch le hundiera el puño en la mandíbula. Se oyó un crujido terrible.

—¿Qué demonios haces? —le grité a Patch—. ¿Quieres romperle la mandíbula?

—¡Ay! —se quejó Scott, sosteniéndosela.

—No le he roto la mandíbula, pero si te pone la mano encima será sólo la primera cosa que le romperé —dijo Patch.

—¡Fuera! —le ordené a Patch, señalando hacia la puerta con un dedo.

—Voy a matarte —bramó Scott, abriendo y cerrando la mandíbula para asegurarse de que le funcionaba.

Pero en vez de darse la vuelta y marcharse, Patch se acercó a Scott en tres zancadas y lo puso de cara a la pared. El otro intentaba volverse, pero Patch lo empujó de nuevo contra la pared.

—Tócala y te arrepentirás toda la vida —le dijo al oído, en un susurro amenazador.

Antes de irse se volvió a mirarme.

—Él no lo vale. —Hizo una pausa—. Ni yo tampoco.

Abrí la boca pero me quedé sin palabras. No estaba allí porque quisiera estar. Estaba allí para restregárselo por la cara a Patch. Yo lo sabía y él también.

Scott se dio la vuelta y se apoyó en la pared.

—Hubiera podido darle si no estuviera tan cansado —me dijo, masajeándose la barbilla—. ¿Quién demonios se ha creído que es? Ni siquiera lo conozco. ¿Tú lo conoces?

Evidentemente, Scott no había reconocido a Patch, porque aquella noche en el Z había un montón de gente. No podía esperar que Scott se acordara de todas las caras.

—Siento mucho lo ocurrido —le dije, haciendo un gesto hacia la puerta por la que Patch acababa de salir—. ¿Estás bien?

Esbozó una sonrisa.

—Nunca he estado mejor —respondió. Se le estaba hinchando la cara.

—Estaba desquiciado.

—Es el mejor modo de estar —dijo, arrastrando las palabras y limpiándose con el dorso de la mano el reguero de sangre que le salía del corte del labio.

—Debo irme —dije—. Te devolveré el Mustang mañana, después de clase. —Me preguntaba cómo iba a salir de allí y pasar por delante de Patch manteniendo cierta dignidad. Bien hubiese podido acercarme a él tranquilamente y admitir que tenía razón: sólo había seguido a Scott para hacerle daño a él.

Scott metió un dedo por debajo de mi camiseta y me retuvo.

—No te vayas, Nora. Todavía no.

Me libré de su dedo.

—Scott...

—Dime si me paso —me dijo, sacándose otra vez la camiseta. Su piel pálida brillaba en la oscuridad. Había estado un montón de tiempo en la sala de pesas, y se le marcaba la musculatura de los brazos.

—Te estás pasando —le respondí.

—No eres demasiado convincente. —Me apartó el pelo del cuello y hundió la cara en él.

—No me interesas en este aspecto. —Interpuse las manos entre ambos. Estaba cansada y me dolía la cabeza. Estaba avergonzada de mí misma y quería irme a casa y dormir y dormir hasta olvidar aquella noche.

—¿Cómo lo sabes? Nunca me has probado.

Pulsé el interruptor de la luz y la habitación se iluminó. Scott se tapó los ojos con una mano y retrocedió un paso.

—Me voy... —No terminé la frase porque vi una marca en relieve en el pecho de Scott, a medio camino entre la clavícula y el pezón. La piel estaba abombada y brillante. Caí en la cuenta de que tenía que ser la marca que le habían hecho a Scott cuando había jurado lealtad a la hermandad de sangre Nefilim, pero éste fue un pensamiento secundario, sin importancia en comparación con lo que de verdad atrajo mi atención. La marca tenía la forma de un puño cerrado. Era idéntica a la del sello del anillo que había sacado del sobre.

Sin dejar de protegerse los ojos con la mano, Scott se quejó y se agarró a un barrote de la litera para no caerse.

—¿Qué es esa marca que tienes en la piel? —le pregunté, con la boca seca.

Scott se quedó un momento desconcertado. Luego bajó la mano para cubrirse la marca.

—Estuve haciendo el burro con unos amigos una noche. No es nada serio. No es más que una cicatriz.

¿Tenía el valor de mentir sobre eso?

—Fuiste tú quien me mandó el sobre. —Como no respondía, añadí, furiosa—: En el paseo marítimo. En la pastelería. El sobre con el anillo de hierro.

La habitación me parecía un lugar aislado, apartado

del barullo del salón. De repente ya no me sentía segura atrapada allí dentro con Scott, que entornó los párpados y me miró bizqueando. Por lo visto el resplandor todavía le molestaba.

—¿De qué demonios hablas? —Su tono fue cauteloso, hostil, confuso.

—¿Lo encuentras divertido? Sé que tú me enviaste el anillo.

—¿El... anillo?

—¡El anillo que te dejó esa marca en el pecho!

Sacudió la cabeza como para aclararse las ideas y salir de su estupor.

Luego me agarró de un brazo y me puso contra la pared.

—¿Qué sabes del anillo?

—Me haces daño —le escupí, venenosa, pero temblaba de miedo. Me daba cuenta de que Scott no fingía. A menos que fuera mejor actor de lo que yo creía, no sabía nada del sobre. Pero sabía cosas del anillo.

—¿Qué aspecto tiene? —Me tenía agarrada por la camiseta y me sacudía—. El chico que te dio el anillo... ¿qué aspecto tiene?

—¡Quítame las manos de encima! —le ordené, intentando apartarme. Pero Scott pesaba mucho más que yo y se mantenía con los pies firmes, sin dejar de empujarme contra la pared.

—No lo vi. Hizo que me lo entregara otra persona.

—¿Sabe que estoy aquí? ¿Sabe que estoy en Coldwater?

—¿Quién es? ¿Qué está pasando?

—¿Por qué te ha dado el anillo?

—¡No lo sé! ¡No sé nada de él! ¿Por qué no me lo cuentas tú?

Se sacudió el pánico que lo atenazaba.

—¿Qué sabes de esto?

No separé los ojos de él pero tenía un nudo en la garganta tan grande que me dolía respirar.

—El anillo estaba en un sobre con una nota. Ponía que la Mano Negra había matado a mi padre. Y que el anillo le pertenecía. —Me pasé la lengua por los labios—. ¿Eres tú la Mano Negra?

La expresión de Scott seguía siendo de profunda desconfianza. No sabía si creerme o no.

—Si sabes lo que te conviene, olvida que hemos tenido esta conversación.

Intenté soltarme, pero me mantuvo sujeta.

—Márchate —dijo—. Y mantente alejada de mí. —Esta vez me soltó y me hizo un gesto en dirección a la puerta.

Me paré en el umbral y me sequé el sudor de las palmas en los pantalones.

—No me iré hasta que me cuentes lo de la Mano Negra.

Supuse que Scott estallaría todavía con más violencia, pero se limitó a mirarme fijamente como para echarme de su territorio. Recogió la camiseta e hizo amago de ponérsela de nuevo, pero esbozó una sonrisa retadora. Arrojó la camiseta sobre la cama. Se desabrochó el cinturón, se bajó la cremallera y se quitó los pantalones. Se quedó allí de pie. No llevaba más que unos boxers de algodón. Quería sorprenderme y era evidente que intentaba intimidarme para que me fuera. Estaba haciendo un buen trabajo para convencerme de que lo hiciera, pero yo no iba a dejar que se deshiciera de mí tan fácilmente.

—Tienes la marca de la Mano Negra en la piel. No esperarás que me crea que no sabes nada acerca de ella, ni siquiera cómo fue a parar ahí —le dije.

No me respondió.

—En cuanto salga de aquí llamaré a la policía. Si no quieres hablar conmigo, a lo mejor quieres hablar con ellos. Quizá ya hayan visto otras veces la marca. Me basta mirarla para saber que no es nada bueno. —Lo dije con calma, pero me sudaban las axilas. Qué estupidez y qué peligroso era decir aquello. ¿Y si Scott no dejaba que me fuera? Era evidente que yo sabía lo suficiente sobre la Mano Negra como para alterarlo. ¿Pensaba que sabía demasiado? ¿Y si me asesinaba y luego arrojaba mi cadáver a un contenedor? Mi madre no sabría nunca mi paradero. Todos los que me habían visto entrar en el apartamento de Scott estaban colgados, ¿alguno recordaría haberme visto al día siguiente?

Tenía tanto pánico que no me di cuenta de que Scott se había sentado en la cama. Sollozaba en silencio, con la cara apoyada en las manos y la espalda temblorosa. Al principio creí que fingía, que era alguna trampa, pero los sonidos entrecortados que le brotaban del pecho eran auténticos. Estaba borracho, emocionalmente hundido y yo no sabía hasta qué punto era inestable. Me quedé quieta, temerosa de que el más leve movimiento lo hiciera estallar.

—Acumulé un montón de deudas de juego en Portland —me dijo, con la voz rota por la desesperación y el cansancio—. El gerente de la sala de billar no me dejaba en paz, no paraba de reclamarme el dinero y tenía que ir mirando hacia atrás siempre que salía de casa. Vivía atemorizado, sabiendo que algún día me encontraría y tendría suerte si me libraba de ésa sólo con las rodillas partidas.

»Una noche, de camino a casa desde el trabajo, alguien se me echó encima por la espalda, me llevó a la fuerza a un almacén y me ató a una mesa. Estaba demasiado oscuro para ver al tipo, pero supuse que lo enviaba el gerente. Le dije que le pagaría lo que quisiera si me dejaba ir, pero se rio y me respondió que no le interesaba el dinero... que de hecho ya había saldado mis deudas. Antes de que pudiera enterarme de si era una broma, me dijo que era la Mano Negra y que lo último que necesitaba era más dinero.

»Tenía un Zippo y sostuvo su llama en contacto con el anillo de su mano izquierda para calentarlo. Yo sudaba a mares. Le dije que haría lo que quisiera si me desataba de la mesa. Él me desabrochó la camisa y me puso el anillo en el pecho. Me quemó la piel y grité con toda la fuerza de mis pulmones. Me rompió un dedo y me advirtió que si no me callaba seguiría hasta romperme las dos manos. Me dijo que me había dejado su marca. —La voz de Scott era apenas audible—. Me mojé los pantalones. Allí, sobre la mesa. Me dio un susto de muerte. Haré lo que haga falta para no volver a verlo. Por eso me mudé a Coldwater. Dejé de ir al instituto y me pasaba todo el día en el gimnasio, haciendo músculos por si volvía a buscarme. Si me encuentra, esta vez estaré preparado. —Se calló y se secó la nariz con el dorso de la mano.

No sabía si podía confiar en él. Patch me había dejado claro que no, pero Scott estaba temblando. Tenía la piel pálida y sudorosa, y se pasó las manos por el pelo, dejando escapar un largo suspiro tembloroso. ¿Podía haber inventado una historia como aquélla? Todos los detalles encajaban con lo que ya sabía acerca de Scott. Era adicto al juego. Trabajaba de noche en Portland, en un comercio de comida preparada. Se había mudado a Coldwater para huir de su pasado. Tenía la marca en el pecho, prueba de que alguien se la había hecho. ¿Podía sentarse a dos pasos de mí y mentirme sobre lo que le había sucedido?

—¿Qué aspecto tenía? —le pregunté—. La Mano Negra.

Sacudió la cabeza.

—Era siniestro. Y era alto. Es todo lo que recuerdo.

Intenté relacionar de algún modo a Scott con mi padre: ambos tenían algo que ver con la Mano Negra. Había dado con Scott después de que éste acumulara deudas. A cambio de pagar sus deudas lo había marcado. ¿Le había sucedido lo mismo a mi padre? ¿Había sido su asesinato menos fortuito de lo que creía la policía? ¿Había pagado la Mano Negra una deuda de mi padre y lo había matado cuando se había negado a que lo marcara? No. Imposible. Mi padre no era jugador y no contraía deudas. Era contable. Sabía lo que valía el dinero. Nada lo relacionaba con Scott. Tenía que ser otra cosa.

—¿Te dijo algo más la Mano Negra? —le pregunté.

—Intento no recordar nada de esa noche. —Metió la mano debajo del colchón y sacó un cenicero y un paquete de cigarrillos. Encendió uno, exhaló el humo despacio y cerró los ojos.

Yo no dejaba de hacerme las mismas tres preguntas una y otra vez. ¿De verdad había sido la Mano Negra quien había matado a mi padre? ¿De quién se trataba? ¿Dónde podría encontrarlo?

Y luego otra pregunta más: ¿era la Mano Negra el jefe de la hermandad de sangre Nefilim? Si era quien marcaba a los Nefilim, tenía sentido. Sólo un líder, o alguien con muchísima autoridad, podría ocuparse de reclutar activamente miembros para luchar contra los ángeles caídos.

—¿Te dijo por qué te grababa su marca? —le pregunté. Resultaba evidente que era para marcar a los miembros de la hermandad de sangre, pero quizá significaba algo más. Algo que sólo los Nefilim sabían.

Scott sacudió la cabeza y dio otra calada.

—¿No te explicó ninguna razón?

—No —me respondió precipitadamente.

—¿Has vuelto a verlo desde esa noche?

—No. —Por el modo en que miraba, como un animal acorralado, supe que estaba asustado de que pudiera llegar a ser cierto.

Volví a pensar en el Z. En el Nefilim de la camiseta roja. ¿Tenía la misma marca que Scott? Estaba casi segura de que sí. Tenía sentido que todos los miembros tuvieran la misma marca. Lo que significaba que había otros como Scott y el Nefilim del Z. Había miembros por todas partes, reclutados a la fuerza pero desconocedores del verdadero poder o de cualquier propósito de la sociedad porque los mantenían desinformados. ¿A qué estaba esperando la Mano Negra? ¿Por qué mantenía a los miembros separados? ¿Para que los ángeles caídos no se enteraran de lo que se estaba tramando?

¿Por eso mi padre había sido asesinado? ¿Por algo que tenía que ver con la hermandad de sangre?

—¿Le has visto la marca de la Mano Negra a algún otro? —le pregunté. Corría el peligro de presionarlo demasiado, pero necesitaba saber hasta qué punto Scott estaba al corriente de todo aquel asunto.

No me respondió. Se había ovillado en la cama y se había quedado dormido. Tenía la boca abierta y el aliento le olía mucho a alcohol y tabaco.

Lo sacudí con suavidad.

—¿Scott? ¿Qué puedes contarme de la hermandad? —Le palmeé las mejillas—. Scott, despierta. ¿Te dijo la Mano Negra que eres un Nefilim? ¿Te dijo lo que eso significa?

Pero se había sumido en un sueño profundo de borracho.

Apagué su cigarrillo, lo tapé hasta los hombros con la sábana y me fui.

CAPÍTULO

15

Estaba profundamente dormida cuando sonó el teléfono. Saqué un brazo y tanteé en la mesilla de noche para localizar el móvil.

—¿Diga? —farfullé.

—¿Has visto la información del Canal Meteorológico? —me preguntó Vee.

—¿Qué? —murmuré. Intentaba mantener los ojos abiertos pero se me cerraban de sueño—. ¿Qué hora es?

—Cielos despejados, nada de viento, temperaturas sofocantes. Así que iremos a la playa, a Old Orchard, después de clase. Ahora mismo estoy guardando las tablas de *boogieboard* en el Neon. —Se puso a cantar a todo volumen *Summer Nights*, de *Grease*. Me encogí y me aparté el teléfono de la oreja.

Me froté los ojos para despejarme y miré la hora. No era posible que fueran las seis de la mañana... ¿lo era?

—¿Me pongo un bañador rosa fuerte o un bikini dorado metalizado? Lo malo del bikini es que necesito estar bronceada para ponérmelo. El dorado me hace parecer todavía más blanca. Será mejor que me ponga el bañador rosa para broncearme un poco, y...

—¿Por qué marca las seis y veinticinco mi reloj? —le pregunté, intentando despejarme lo suficiente para hablar con energía.

—¿Es una pregunta capciosa?

—¡Vee!

—Siiiií. ¿Estás muy enfadada?

Colgué de golpe y me tapé con las sábanas. El fijo de la cocina empezó a sonar en la planta baja. Me tapé la cabeza con la almohada. Saltó el contestador, pero Vee no se daba por vencida tan fácilmente. Volvió a marcar. Una y otra vez. Marqué su número de móvil.

—¿Qué?

—¿Dorado o rosa? No te lo preguntaría si no fuera importante. Es que... Rixon irá y es la primera vez que me verá en traje de baño.

—Espera. ¿El plan es que vayamos los tres juntos? ¡No pienso ir hasta Old Orchard para hacer de carabina!

—Y yo no voy a dejar que te quedes toda la tarde sentada en casa con cara de amargada.

—Yo no tengo cara de amargada.

—Sí que la tienes. Ahora mismo la estás poniendo.

—Estoy poniendo cara de enfadada. ¡Me has despertado a las seis de la mañana!

El cielo estaba completamente azul. Las ventanillas del Neon estaban bajadas y un viento caliente nos alborotaba el pelo a las dos. El aire olía a agua salada. Vee dejó la autopista y tomó por Old Orchard, buscando aparcamiento. La calle estaba llena de coches que avanzaban en ambos sentidos con lentitud, muy por debajo del límite de velocidad, con la esperanza de detectar un espacio para aparcar antes de habérselo pasado.

—Esto está hasta los topes —se quejó Vee—. ¿Dónde demonios voy a aparcar? —Entró en un callejón y se paró en la parte trasera de una librería—. No está mal. Aquí detrás hay un montón de sitio.

—El letrero dice que es un estacionamiento para los empleados exclusivamente.

—¿Y cómo van a saber que no somos empleadas? El Neon no destaca. Todos estos coches son de pobretones.

—El letrero dice que quienes infrinjan la prohibición serán multados.

—Sólo lo pone para que la gente como tú y como yo se asuste. Es una amenaza sin fundamento. No hay que preocuparse.

Metió el Neon en un hueco y puso el freno de mano. Sacamos del maletero una sombrilla y una bolsa grande con agua, bocadillos, crema solar y toallas, y luego bajamos por Old Orchard hasta la playa. La arena estaba moteada de sombrillas de colores y las olas espumosas pasaban por debajo del muelle, entre los pilotes. Delante reconocí a un grupo de chicos a punto de empezar el último curso.

—Lo normal sería que nos acercáramos a echarles un vistazo a esos chicos —me dijo Vee—. Pero Rixon está tan bueno que ni siquiera me siento tentada.

—¿Cuándo se supone que llegará Rixon, por cierto?

—¡Eh, oye! Estás un poco cínica, ¿no?

Me protegí los ojos con la mano y escruté la orilla buscando un lugar para clavar la sombrilla.

—Ya te lo he dicho: detesto hacer de carabina. —Lo último que necesitaba era sentarme al ardiente sol toda la tarde, mirando a Vee y a Rixon enrollarse.

—Por si no lo sabes, Rixon tiene unos cuantos recados que hacer, pero ha prometido que estaría aquí a las tres.

—¿Qué clase de recados?

—Quién sabe. Seguramente Patch le habrá pillado para que le haga un favor. Siempre hay algo de lo que necesita que Rixon se ocupe. Podría hacerlo él. O al menos pagarle a Rixon y no aprovecharse de él. ¿Te parece que debo ponerme filtro solar? Me dará mucha rabia haberme tomado tantas molestias y no ponerme morena.

—Rixon no parece la clase de chico que permite que los demás se aprovechen de él.

—¿Los demás? No. ¿Patch? Sí. Por lo visto Rixon lo adora. ¡Qué fastidio! Me revuelve las tripas. No quiero que mi novio aspire a ser como él.

—Hace mucho que se conocen.

—Ya lo he oído, sí. Bla, bla, bla. Seguramente Patch es traficante. No. Seguramente es un traficante de armas y tiene a Rixon de mula, haciendo tráfico ilegal gratis y arriesgando el cuello.

Puse los ojos en blanco bajo las Ray-Ban de imitación.

—¿Tiene Rixon algún problema con Patch?

—No —me respondió ella malhumorada.

—Entonces, déjalo ya.

Pero Vee no estaba dispuesta a dejarlo.

—Si Patch no comercia con armas, ¿de dónde saca el dinero?

—Sabes de dónde lo saca.

—Dime —insistió, cruzándose de brazos—. Dime claramente de dónde saca el dinero.

—Del mismo lugar de donde lo saca Rixon.

—Ah... Lo que yo decía. Te da vergüenza decírmelo.

La taladré con los ojos.

—Por favor. Esto es la tontería más grande del mundo.

—¿Ah, sí? —Vee se acercó a una mujer que había allí cerca, haciendo un castillo de arena con dos niños pequeños—. Perdone, señora. Disculpe que interrumpa su agradable rato en la playa con los pequeños, pero mi amiga quiere decirle a qué se dedica su ex novio para ganarse la vida.

Agarré a Vee por un brazo y la arrastré conmigo.

—¿Lo ves? —dijo Vee—. Te avergüenzas. No puedes decirlo en voz alta sin sentirte mal.

—Del póquer. Del billar. De todo eso. Lo he dicho y no me ha dado un patatús ni me he muerto. ¿Satisfecha? No sé de dónde más, pero Rixon se gana la vida exactamente de la misma manera.

Vee sacudió la cabeza.

—No tienes ni idea, chica. No se compra uno la clase de ropa que lleva Patch ganando apuestas en el Salón de Bo.

—¿De qué hablas? Patch lleva tejanos y camisetas.

Se puso en jarras.

—¿Sabes lo que cuestan los tejanos que lleva?

—No —reconocí, confusa.

—Pues deja que te diga que no puedes comprarte tejanos de ésos en Coldwater. Seguramente se los traen de Nueva York. Cuatrocientos dólares el par.

—Mentira.

—Que me muera si miento. La semana pasada llevaba una camiseta del concierto de los Rolling Stones con el autógrafo de Mick Jagger. Rixon me dijo que era auténtica. Patch no salda la cuenta de la MasterCard con fichas de póquer. Antes de que tú y Patch fuerais a Springvale, ¿te preguntaste alguna vez de dónde sacaba el dinero o cómo tenía esa monada de Jeep tan reluciente?

—Patch ganó el Jeep en una partida de póquer —argüí—. Si ganó el Jeep, estoy segura de que pudo ganar lo bastante para comprarse unos pantalones de cuatrocientos dólares.

—Patch te contó que había ganado el Jeep. Rixon tiene su propia versión de la historia.

Me quité el pelo de los hombros, intentando parecer que no me importaba el derrotero que estaba tomando nuestra conversación porque ya no me incumbía.

—¿Ah, sí? ¿Qué versión?

—No lo sé. Rixon no quiere dármela. Todo lo que me dijo fue que a Patch le gustaría que te creyeras que ganó el Jeep. Pero que para conseguirlo se ensució las manos.

—A lo mejor lo entendiste mal.

—Sí, a lo mejor —repitió Vee con escepticismo—. O a lo mejor Patch es un maldito lunático que se dedica a los negocios ilegales.

Le tendí el bote de crema solar con cierta brusquedad.

—Úntame la espalda y esparce bien la crema.

—Me parece que me pondré aceite directamente —me dijo Vee—. En realidad, es mejor quemarse un poco que pasar todo el día en la playa y marcharse igual de blanca.

Estiré el cuello para mirar por encima del hombro, pero no conseguí enterarme de si Vee estaba haciendo un buen trabajo.

—Asegúrate de untarme debajo de los tirantes.

—¿Te parece que me arrestarán si me quito la parte de arriba? Es que odio que me quede raya.

Extendí la toalla debajo de la sombrilla y me senté a la sombra con las piernas encogidas, asegurándome de que los pies no me quedaran al sol.

Vee desplegó la toalla a un metro de distancia y se untó aceite para niños en las piernas. Recordé las fotos de cáncer de piel que había visto en la consulta del médico.

—Hablando de Patch —dijo Vee—. ¿Qué hay de nuevo? ¿Sigue colgado de Marcie?

—Es lo último que he oído —contesté fríamente. Me parecía que había sacado el tema sólo para pincharme.

—Bueno, ya sabes lo que opino.

Lo sabía, pero me lo diría otra vez, quisiera yo o no.

—Son tal para cual —añadió Vee, echándose Sun-In en el pelo y perfumando el aire con aroma de limón—. Desde luego, no creo que dure. Patch se hartará y la dejará. Igual que hizo con...

—¿Podemos hablar de otra cosa? —la corté, cerrando con fuerza los ojos y masajeándome los músculos de la nuca.

—¿Seguro que no quieres hablar de él? Da la impresión de que tienes mucho que decir.

Me di la vuelta. Era inútil ocultarlo. Fuese o no detestable, Vee era mi mejor amiga y se merecía que le dijera la verdad si estaba en mi mano.

—Me besó la otra noche. Después de La Bolsa del Diablo.

—¿Que hizo qué?

Me apreté los ojos con las manos.

—En mi habitación. —No sabía si iba a poder explicarle a Vee que me había besado en sueños. La cuestión era que lo había hecho, era irrelevante dónde. Eso, y además no quería ni pensar en lo que implicaba que ahora fuera capaz de inmiscuirse en mis sueños.

—¿Lo dejaste entrar?

—No exactamente, pero entró de todos modos.

—Vale —dijo Vee. Parecía estar estrujándose los sesos para dar con una respuesta adecuada a mi estupidez—. Haremos lo siguiente. Vamos a hacer un juramento de sangre. No me mires así. Lo digo en serio. Si hacemos un juramento de sangre, no podrás romperlo a no ser que te veas en una situación realmente apurada, como que las ratas te vayan a roer los pies mientras duermes y cuando te despiertes no te queden más que unos muñones ensangrentados. ¿Tienes una navaja? Buscaremos una navaja y luego nos haremos un corte en la palma de la mano y juntaremos las palmas. Tú vas a jurar que no te quedarás a solas con Patch nunca más. Así, si te entra la tentación, tendrás algo a lo que agarrarte.

Me pregunté si debía decirle que estar a solas con Patch no siempre era un asunto de mi elección. Era escurridizo como el vapor. Si quería estar a solas conmigo, lo conseguiría. Y aunque odiara admitirlo, no me importaba.

—Necesito algo más efectivo que un juramento de sangre —le dije.

—Chica, dame alguna pista. Esto es una cosa seria. Espero que seas creyente, porque yo lo soy. Voy a buscar un cuchillo —anunció, empezando a levantarse.

Tiré de ella para que no lo hiciera.

—Tengo el diario de Marcie.

—¿Qu.. qué? —exclamó.

—Lo cogí, pero todavía no lo he leído.

—¿Por qué no me he enterado hasta ahora? ¿Y por qué tardas tanto en abrirlo? Olvídate de Rixon. ¡Ahora mismo nos vamos a tu casa a leerlo! Sabes que Marcie habla de Patch en él.

—Lo sé.

—Entonces, ¿por qué no lo has leído todavía? ¿Tienes miedo de lo que vaya a revelarte? Porque puedo leerlo yo primero, filtrar lo indeseable y darte únicamente respuestas directas.

—Si lo leo, no podré volver a hablar con Patch.

—¡Estupendo!

Miré de reojo a Vee.

—No sé si es eso lo que quiero.

—Oh, vamos. No te hagas esto a ti misma. Me estás matando. Lee ese estúpido diario y pasa página. Hay otros chicos por ahí. Sólo tienes que conocerlos. Nunca habrá escasez de chicos.

—Ya lo sé —respondí, pero me sentía como una sucia mentirosa. Nunca había habido un chico antes de Patch. ¿Cómo podía plantearme que hubiera uno después?—. No voy a leer el diario. Voy a devolverlo. Marcie y yo llevamos años enfrentadas estúpidamente y la cosa ya hiede. Sólo tengo que dar el primer paso.

Vee se quedó con la boca abierta y luego añadió quejosa:

—¿No puedes esperar a devolverlo hasta haber leído el diario? Al menos déjame echarle un vistazo. Cinco minutos, no te pido más.

—Voy a hacer lo correcto.

Vee suspiró.

—No vas a cambiar de opinión, ¿verdad?

—No.

Una sombra cayó sobre nuestras toallas.

—¿Les importa si me uno a ustedes, encantadoras señoritas?

Levantamos la cabeza y vimos a Rixon de pie junto a nosotras, en bañador y con una camiseta sin mangas, con la toalla al hombro. De aspecto desgarbado, resultaba sorprendentemente fuerte y elástico, con la nariz aguileña y una mata de pelo oscuro que le caía sobre la frente. Llevaba un par de alas de ángel negras tatuadas en el hombro izquierdo. Eso, combinado con la sombra densa que proyectaba a las cinco de la tarde, le hacía parecer un sicario de la mafia.

—¡Has venido! —exclamó Vee. Una gran sonrisa le iluminó la cara.

Rixon se dejó caer en la arena delante de nosotras, se apoyó en un codo y dejó la cabeza reposando en el puño.

—¿Cómo iba a olvidarlo?

—Vee quiere que haga un juramento de sangre —le dije.

Él arqueó una ceja.

—Parece algo serio.

—Opina que así mantendré a Patch alejado de mi vida.

Rixon echó atrás la cabeza y soltó una carcajada.

—¡Buena suerte!

—Eh —dijo Vee—. Los juramentos de sangre no son cosa de risa.

Rixon le puso una mano en el muslo y le sonrió con afecto. El pecho me dolió de envidia. Hacía unas cuantas semanas Patch me había tocado de la misma forma. Lo irónico era que, hacía unas cuantas semanas, Vee seguramente se habría sentido igual que yo si se hubiera visto obligada a salir con Patch y conmigo. Saberlo tendría que haberme hecho más soportables los celos, pero seguía doliéndome. En respuesta, Vee se inclinó hacia delante y besó a Rixon en la boca. Aparté la mirada, pero no por eso se diluyó la envidia que me pesaba como una roca en la garganta.

Rixon se aclaró la voz.

—¿Queréis que os traiga unas Coca-Colas? —preguntó. Había tenido la delicadeza de darse cuenta de que me estaban haciendo sentir incómoda.

—Iré yo —dijo Vee, poniéndose de pie y sacudiéndose la arena del trasero—. Me parece que Nora quiere hablar contigo, Rixon. —Mientras pronunciaba la palabra «hablar» la entrecomilló con los dedos de ambas manos—. Me quedaría, pero no soy una gran aficionada al tema.

—Bueno... —empecé a decir, incómoda, sin saber muy bien qué pretendía Vee, pero segurísima de que no iba a gustarme.

Rixon sonrió, expectante.

—Se trata de Patch —añadió Vee, aclarando las cosas y consiguiendo que el ambiente se hiciera diez veces más tenso; dicho lo cual, se marchó.

Rixon se frotó la barbilla.

—¿Quieres hablar de Patch?

—De hecho, no. Pero ya conoces a Vee. Siempre consigue que una situación incómoda se vuelva diez veces peor —murmuré por lo bajo.

Rixon se echó a reír.

—Por suerte no resulta fácil humillarme.

—Ahora mismo, ojalá pudiera yo decir lo mismo.

—¿Cómo van las cosas? —me preguntó para romper el hielo.

—¿Con Patch o en general?

—Las dos cosas.

—Me han ido mejor. —Me di cuenta de que aquélla era una buena ocasión para que Rixon le transmitiera a Patch lo que yo dijera y añadí rápidamente—: Voy mejorando. Pero ¿puedo hacerte una pregunta personal? Es sobre Patch, pero si no te apetece contestarme no pasa nada.

—Dispara.

—¿Sigue siendo mi ángel custodio? Hace poco, tras una discusión, le dije que no quería que siguiera siéndolo. Pero no estoy segura de en qué quedamos. ¿Ya no es mi custodio simplemente porque le dije que no quería que lo fuera?

—Sigue asignado a ti.

—Entonces, ¿por qué ya no está nunca por aquí cerca?

—Rompiste con él, ¿te acuerdas? —me dijo Rixon con chispitas en los ojos—. Esto es difícil para él. A la mayoría de chicos no les atrae la idea de estar cerca de una ex más tiempo de lo imprescindible. Además, sé que dice que los arcángeles no le sacan el ojo de encima. Prefiere mantener las cosas dentro de lo estrictamente profesional.

—¿Todavía me protege, entonces?

—Claro. Pero no se deja ver.

—¿Quién me lo asignó?

Rixon se encogió de hombros.

—Los arcángeles.

—¿Hay algún modo de hacerles saber que me gustaría que me reasignaran? Esto no va demasiado bien. No desde que rompimos. —¿No iba demasiado bien? Aquello me estaba destrozando. Todas aquellas idas y venidas, viéndolo pero sin poder tenerlo... Era devastador.

Se pasó el pulgar por los labios.

—Puedo decirte lo que sé, pero hay bastantes probabilidades de que la información esté desfasada. Hace bastante que no estoy al tanto. Lo irónico, ¿estás preparada?, es que tienes que hacer un juramento de sangre.

—¿Es una broma?

—Te cortas la palma de la mano y dejas caer unas gotas de sangre en la tierra. No en una moqueta o en el cemento... En la tierra. Luego haces el juramento, reconociendo ante el cielo que no tienes miedo de derramar tu propia sangre. Polvo eres y en polvo te convertirás.

Al pronunciar el juramento, renuncias al derecho de tener un ángel custodio y anuncias que aceptas tu destino... sin la ayuda del cielo. Recuerda, no te lo recomiendo. Te asignaron un custodio y por una buena razón. Alguien de arriba cree que estás en peligro. Alguien que me cae como una patada en el hígado, pero me parece que la suya no es una corazonada paranoica.

Noté algo que no era precisamente una novedad, algo oscuro que oprimía mi mundo, amenazando con eclipsarlo. En particular la sombra que iba detrás del fantasma reaparecido de mi padre. De pronto me asaltó una idea.

—¿Y si la persona que va por mí es asimismo mi ángel custodio? —pregunté despacio.

Rixon ahogó una carcajada.

—¿Patch? —No parecía creer que existiera la más mínima posibilidad. Rixon había pasado por todo con Patch. Incluso en el caso de que fuese culpable, Rixon seguiría de su parte. Una lealtad sin fisuras por encima de todo.

—Si intentara hacerme daño, ¿alguien lo sabría? —pregunté—. ¿Lo sabrían los arcángeles? ¿Los ángeles de la muerte? Dabria sabía si alguien estaba a punto de morir. ¿Puede algún otro ángel de la muerte detener a Patch antes de que sea demasiado tarde?

—Si dudas de Patch, te equivocas de tío. —Lo dijo en un tono helado—. Lo conozco mejor que tú. Se toma su trabajo de custodio seriamente.

Si Patch quería matarme, podía cometer el asesinato perfecto, ¿verdad? Era mi ángel custodio. Era el encargado de mantenerme a salvo. Nadie iba a sospechar de él...

Pero ya había tenido ocasión de matarme. Y no la había aprovechado. Había sacrificado la única cosa que más deseaba, un cuerpo humano, para salvarme la vida. No habría hecho eso de haberme querido muerta.

¿Lo habría hecho?

Descarté mis sospechas. Rixon tenía razón. Sospechar de Patch a aquellas alturas era una ridiculez.

—¿Es feliz con Marcie? —Cerré la boca. Para empezar, no había tenido intención de hacerle aquella pregunta. Se me había escapado. Me puse colorada.

Rixon me miró, meditando la respuesta.

—Patch es lo más parecido que tengo a una familia y lo quiero como a un hermano, pero no es para ti. Yo lo sé, él lo sabe y, en el fondo, creo que tú también. Es posible que no quieras oír esto, pero él y Marcie son parecidos. Están cortados por el mismo patrón. Patch puede permitirse divertirse un poco. Y puede... Marcie no lo quiere. Lo que siente por él no va a poner sobre aviso a los arcángeles.

Nos quedamos sentados en silencio, y me esforcé por ocultar mis emociones. Era yo quien había alertado a los arcángeles, en definitiva. Lo que sentía por Patch nos ponía en peligro. No era nada de lo que Patch hubiese dicho o hecho. Todo se debía a mí. Por lo que Rixon decía, Patch nunca me había querido. Nunca me había correspondido. Yo no quería aceptarlo. Quería importarle como él me importaba. No quería creer que hubiera sido un simple entretenimiento, un modo de pasar el rato.

Había otra cosa que me moría por preguntarle a Rixon. De haber seguido en buenos términos con Patch se lo hubiera preguntado directamente, pero ahora era una cuestión polémica. Sin embargo, Rixon tenía tanto mundo como Patch. Sabía cosas que no sabían los demás... sobre todo en lo referente a los ángeles caídos y los Nefilim. Y si no lo sabía, podría enterarse. En aquel momento, Rixon era mi mayor esperanza de encontrar a la Mano Negra.

Me humedecí los labios y decidí plantear la pregunta.

—¿Has oído hablar de la Mano Negra?

Rixon se estremeció. Me estudió en silencio un momento antes de lanzar una carcajada.

—¿Es una broma? No había oído ese nombre desde hace mucho. Creo que a Patch no le gusta que lo llamen así. ¿Te habló de eso, entonces?

Se me heló el corazón. Había estado a punto de contarle a Rixon lo del sobre con el anillo y la nota que decía que la Mano Negra había asesinado a mi padre, así que tuve que improvisar otra respuesta.

—¿La Mano Negra es el apodo de Patch?

—No lo es desde hace años. No desde que empecé a llamarlo Patch. Nunca le gustó eso de la Mano Negra. —Se rascó la mejilla—. Eso era en los tiempos en que trabajábamos como mercenarios para el rey de Francia. En operaciones clandestinas, durante el siglo XVIII. Una época entretenida. Se ganaba mucho dinero.

Sentí como si me hubieran dado una bofetada. Mi mundo estaba patas arriba. Las palabras de Rixon me resultaban confusas, como si hablara en un idioma desconocido y me costara entenderle. Inmediatamente me asaltaron las dudas.

Patch no. Él no había matado a mi padre. Había sido otro, no él.

Poco a poco las dudas fueron reemplazadas por otros pensamientos. Me puse a repasar los hechos, a analizarlos en busca de pruebas. Recordé la noche que le había entregado el anillo a Patch. Cuando le había dicho que me lo había dado mi padre, él había insistido en que no podía aceptarlo, lo había rechazado casi de plano. Y el nombre de la Mano Negra. Encajaba, encajaba incluso demasiado bien. Me esforcé por prestar atención un poco más, ocultando cuidadosamente lo que sentía, y elegí con cuidado las palabras antes de hablar.

—¿Sabes lo que más lamento? —dije, con tanto desenfado como pude—. Es una estupidez y seguramente te reirás. —Para que mi historia fuera convincente, saqué una risa despreocupada de un lugar de mi interior que no sabía ni que existiera—. Me dejé mi sudadera favorita en su casa. Es de Oxford... la universidad de mis sueños —le expliqué—. Mi padre me la trajo de Inglaterra, así que para mí significa mucho.

—¿Estuviste en casa de Patch? —Parecía realmente sorprendido.

—Sólo una vez. Mi madre estaba en casa, así que fuimos a la suya a ver una película. Me dejé la sudadera en el sofá. —Sabía que estaba cruzando una línea peligrosa. Cuantos más detalles revelara sobre la casa de Patch, más probabilidades tendría de equivocarme en algo y que me pillara en falta. Pero, si era demasiado vaga, temía que Rixon se diera cuenta de que mentía.

—Estoy impresionado. No le gusta que se sepa dónde vive.

Me pregunté por qué motivo. ¿Qué ocultaba? ¿Por qué Rixon era el único al que Patch dejaba entrar en su sanctasanctórum? ¿Qué era lo que podía compartir con Rixon y con nadie más? ¿Nunca me había permitido ir a su casa porque sabía que allí iba a ver algo que me revelaría la verdad? ¿Que me revelaría que él era el responsable del asesinato de mi padre?

—Recuperar la sudadera significaría mucho para mí —dije. Me sentía desapegada, como si me estuviera viendo a mí misma hablando con Rixon desde unos metros de distancia. Algo más fuerte, más inteligente y contenido estaba dictándome las palabras que pronunciaba. No era yo. Yo era la chica que se sentía hecha polvo, rota en pedazos tan diminutos como los granos de arena que tenía bajo los pies.

—Ve por la mañana. Que sea lo primero que hagas. Patch se marcha temprano, pero si vas a eso de las seis y media lo pillarás.

—No quiero tener que pedírselo cara a cara.

—¿Quieres que coja la sudadera la próxima vez que vaya por allí? Estoy seguro de que me pasaré por su casa mañana por la noche. Este fin de semana a más tardar.

—Me gustaría recuperarla lo antes posible. Mi madre no deja de preguntarme por ella. Patch me dio una llave y, a menos que haya cambiado la cerradura, todavía puedo entrar. El problema es que había oscurecido cuando nos fuimos y no me acuerdo de cómo llegar. No me fijé, porque no planeaba tener que volver a recoger mi sudadera después de romper.

—Está en Swathmore. Cerca del barrio industrial.

Anoté mentalmente aquella información.

Si su casa estaba cerca del barrio industrial, suponía que viviría en uno de los edificios de apartamentos de ladrillo de las afueras del casco antiguo de Coldwater. No había mucho más dónde escoger, a menos que se hubiera instalado en una fábrica abandonada o en uno de los nidos de vagabundos que había junto al río, lo que era poco probable.

Sonreí, esperando parecer relajada.

—Sabía que estaba en algún lugar cerca del río. Es el último piso, ¿verdad? —dije, dando palos de ciego. Me parecía que Patch no querría escuchar a sus vecinos trajinando por la casa encima de su cabeza.

—Sí —me dijo Rixon—. El número treinta y cuatro.

—¿Crees que Patch estará en casa esta noche? No

quiero encontrármelo. Sobre todo con Marcie. Sólo quiero coger la sudadera y marcharme.

Rixon tosió en el puño.

—Bueno, no, quédate tranquila. —Se rascó la mejilla y me lanzó una mirada nerviosa, casi piadosa—. Vee y yo hemos quedado con Patch y Marcie para ir a ver una película esta noche.

Me puse rígida. El aire me ardía en los pulmones... y, luego, cuando se hubo esfumado toda apariencia de control de mis emociones, volví a hablar sin tapujos.

—¿Lo sabe Vee?

—Todavía intento encontrar el modo de darle la noticia.

—¿Qué noticia?

Rixon y yo nos dimos la vuelta mientras Vee se dejaba caer en la arena con una bandeja de cartón en la que llevaba las Coca-Colas.

—Es... una sorpresa —dijo Rixon—. Tengo un plan para esta noche.

Vee sonrió.

—Dame una pista. ¡Una pista, por favoooor!

Rixon y yo intercambiamos una mirada, pero yo aparté la vista. No quería tener nada que ver con aquello. Estaba repasando sistemáticamente la nueva información. Esa noche. Patch y Marcie. Una cita. En el apartamento de Patch no habría nadie.

Tenía que entrar.

CAPÍTULO
16

Tres horas más tarde, Vee tenía los muslos rojos, ampollas en los empeines y la cara hinchada. Hacía una hora que Rixon se había ido y juntas acarreamos la sombrilla y la bolsa de playa por el callejón de Old Orchard.

—Me siento mal —dijo Vee—, como si fuera a desmayarme. A lo mejor tendría que haber esperado para usar el aceite para bebés.

Yo también tenía la cabeza caliente y estaba acalorada, pero aquello no tenía nada que ver con el sol. El dolor de cabeza me estaba partiendo el cerebro en dos. Quería sacarme el mal sabor de boca, pero cuanto más tragaba más se me revolvía el estómago. La «Mano Negra». Aquel nombre me acosaba como si me provocara para que le prestara toda mi atención, clavándome las uñas en el dolor de cabeza cada vez que lo ignoraba. No podía pensar en eso ahora, delante de Vee, porque me echaría a temblar en cuanto lo hiciera. Tendría que hacer malabarismos con el dolor un poco más, lanzándolo al aire cada vez que amenazara con golpear. Me aferré a la seguridad del entumecimiento, apartándome de lo inevitable tanto como pude. Patch. La Mano Negra. No podía ser.

Vee se detuvo.

—¿Qué es eso?

Estábamos en el aparcamiento de la parte trasera de la librería, a unos pasos del Neon, mirando una pieza de metal adosada a la rueda izquierda trasera.

—Me parece que es un cepo —le dije.

—Ya lo veo. ¿Qué hace en mi coche?

—Supongo que cuando dicen que van a multar a los que infrinjan la prohibición de aparcar aquí, eso hacen.

—No te hagas la lista conmigo. ¿Qué vamos a hacer ahora?

—¿Llamar a Rixon? —le sugerí.

—No se alegrará mucho de tener que venir otra vez hasta aquí. ¿Qué me dices de tu madre? ¿Ya ha vuelto?

—Todavía no. ¿Qué me dices de tus padres?

Vee se sentó en el capó y enterró la cara entre las manos.

—Seguramente cuesta una fortuna que quiten el cepo. Esto será la gota que colme el vaso. Mi madre me mandará a un convento.

Me senté a su lado y ambas valoramos las opciones que teníamos.

—¿No tenemos algún otro amigo? —preguntó Vee—. ¿Alguien a quien podamos llamar para que nos lleve sin que tengamos que sentirnos demasiado culpables? No me sentiría culpable de hacer venir a Marcie hasta aquí, pero estoy bastante segura de que no vendría. A buscarnos a nosotras no. Seguro que no. Tú y Scott sois amigos. ¿Crees que vendría a recogernos? Espera un minuto... ¿no es ése el Jeep de Patch?

Seguí su mirada hasta el extremo opuesto del callejón. Daba a la calle Imperial, y no cabía duda de que había un reluciente Jeep Commander negro aparcado al otro lado. El sol se reflejaba en los cristales tintados.

El corazón se me aceleró. No podía correr hacia Patch. No allí. No todavía. No cuando lo único que impedía que me echara a llorar era un dique cuidadosamente levantado y cuyos cimientos se desmoronaban a cada segundo que pasaba.

—Tiene que estar por aquí —dijo Vee—. Mándale un mensaje de texto y dile que nos hemos quedado colgadas. Puede que no me guste, pero me sirve si se trata de que me lleve en coche a casa.

—Le mandaría un mensaje a Marcie antes que a Patch. —Esperaba que Vee no notara el extraño matiz de angustia y aversión en mi voz. La Mano Negra... la Mano Negra... no Patch... por favor, Patch no... una confusión, una explicación... El dolor de cabeza me quemaba, como si mi propio cuerpo me estuviera advirtiendo de que dejara de pensar en aquello por mi propia seguridad.

—¿A quién más podemos llamar? —dijo Vee.

Las dos sabíamos a quién. Absolutamente a nadie. Éramos aburridas, no teníamos amigos. Nadie nos debía ningún favor. La única persona que lo habría dejado todo para rescatarme estaba sentada a mi lado. Y viceversa.

Volví a fijarme en el Jeep. Sin tener ningún motivo para hacerlo, me levanté.

—Me llevaré el Jeep a casa. —No estaba segura de qué clase de mensaje intentaba mandarle a Patch. ¿Ojo por ojo? ¿Me hiciste daño y yo te lo hago? O a lo mejor: «Si has tenido algo que ver con la muerte de mi padre, esto es sólo el principio...»

—¿No va a ponerse como un energúmeno Patch cuando se entere de que le has robado el Jeep? —dijo Vee.

—No me importa. No voy a quedarme aquí sentada toda la tarde.

—Esto me da mala espina —dijo Vee—. No me gusta Patch en un día normal, ya no digamos cuando está enojado.

—¿Qué ha sido de tu espíritu aventurero? —Me dominaba un deseo feroz y lo único que quería era coger el Jeep y mandarle a Patch un mensaje.

Me imaginé empotrando el Jeep contra un árbol. No con la suficiente fuerza para que se abrieran los airbags, sólo lo bastante para abollarlo. Un pequeño recuerdo mío. Una advertencia.

—Mi espíritu aventurero no alcanza para embarcarme en una misión suicida —dijo Vee—. No será agradable cuando se entere de que has sido tú.

La voz de la lógica tendría que haberme dicho que lo dejara, pero me había abandonado toda lógica. Si había hecho daño a mi familia, si la había destrozado, si me había mentido...

—¿Sabes hacer un puente? —me preguntó Vee.

—Patch me enseñó.

No parecía convencida.

—Dirás que viste a Patch robar un coche y que ahora crees que tú puedes hacer un intento.

Bajé decidida por el callejón hacia la calle Imperial. Vee me seguía corriendo. Miré si venían coches y luego crucé hasta el Jeep. Accioné la manecilla de la puerta. Estaba cerrada.

—No hay nadie dentro —dijo Vee, haciendo campana con las manos para escrutar el interior—. Me parece que podemos irnos. Vamos, Nora. Alejémonos del Jeep.

—Necesitamos un vehículo. Estamos aquí tiradas.

—Todavía tenemos dos piernas, la derecha y la izquierda. Las mías están deseando hacer ejercicio. Les apetece un largo y agradable paseo... ¿Estás loca? —me gritó.

Yo estaba apuntando con la sombrilla hacia la ventanilla del lado del conductor.

—¿Qué? —exclamé—. Tenemos que entrar.

—¡Baja la sombrilla! Vamos a llamar mucho la atención si rompes la ventanilla. Una atención indeseada. ¿Qué demonios te pasa? —me preguntó, mirándome con unos ojos como platos.

Una visión cruzó por mi mente. Vi a Patch de pie sobre mi padre, pistola en mano. El sonido de un disparo rasgó el silencio.

Apoyé las manos en las rodillas, inclinándome. Las lágrimas me escocían. El suelo se arremolinó en un torbellino mareante. La cara me chorreaba de sudor. Me asfixiaba, como si todo el oxígeno del aire se hubiera consumido. Cuanto más intentaba respirar, más paralizados estaban mis pulmones. Vee me estaba gritando algo, pero la oía muy lejana, como si su voz estuviera bajo el agua.

De repente el suelo se detuvo. Respiré tres veces profundamente. Vee me estaba ordenando que me sentara, gritándome algo sobre la extenuación. Me zafé de su presa.

—Estoy bien —le dije, levantando una mano cuando intentó agarrarme de nuevo—. Estoy bien.

Para demostrarle que lo estaba, me incliné a recoger la bolsa, que había dejado caer, y entonces vi la copia de la llave del Jeep en el fondo. La que le había robado a Marcie de la habitación la noche de su fiesta.

—Tengo una llave del Jeep —dije. Aquellas palabras me sorprendieron incluso a mí.

A Vee se le marcó una profunda arruga en la frente.

—¿Patch nunca te ha pedido que se la devuelvas?

—No me la dio nunca. La encontré en la habitación de Marcie el martes por la noche.

—Oh.

Metí la llave en la cerradura, me subí al coche y me puse al volante. Luego adelanté el asiento, arranqué el motor y agarré el volante con ambas manos. A pesar del calor las tenía frías y me temblaban de los nervios.

—No se te habrá ocurrido hacer algo más que conducir este coche hasta casa, ¿verdad? —me preguntó Vee ocupando el asiento de al lado—. Porque te late la vena de la sien, y la última vez que vi que te latía fue justo antes de que le dieras a Marcie un puñetazo en la mandíbula en La Bolsa del Diablo.

Me humedecí los labios. Me los notaba como papel de lija y al mismo tiempo gomosos.

—Le dio a Marcie una copia de la llave del Jeep... Podría aparcar este trasto en el océano a seis metros de profundidad.

—A lo mejor tenía una razón de peso —dijo Vee, nerviosa.

Solté una carcajada aguda.

—No quiero hacerle nada hasta que no te haya dejado a ti en tu casa. —Giré el volante hacia la izquierda y me incorporé a la calzada.

—Tendrás que añadir este descargo de responsabilidad cuando intentes explicarle a Patch por qué le robaste el Jeep.

—No se lo estoy robando. Nos habíamos quedado tiradas. Esto es un préstamo.

—Esto es que estás como una cabra.

Notaba lo mucho que mi odio desconcertaba a Vee. Podía ver lo irracional de mi conducta por el modo en que me miraba. Quizá me estaba pasando. A lo mejor estaba sacando las cosas de quicio. «Puede haber dos personas con el mismo apodo», me dije, intentando convencerme de ello. Podía ser. Podía ser, podía ser, podía ser. Tenía la esperanza de que, cuanto más lo repitiera, más me lo creería, pero el lugar reservado en mi corazón para la confianza estaba vacío.

—Vámonos de aquí —dijo Vee, con una voz cauta y asustada que nunca usaba conmigo—. Vamos a mi casa a tomar una limonada. Luego podemos ver la televisión. A lo mejor echarnos una siestecita. ¿Tienes que trabajar esta noche?

Estaba a punto de decirle que Roberta no me había convocado para esa noche cuando di un toque al freno.

—¿Qué es eso?

Vee siguió mi mirada. Se inclinó hacia delante y sacó una pieza de tela rosa del salpicadero. Hizo oscilar el sujetador del bikini entre las dos.

Intercambiamos una mirada. Ambas pensábamos lo mismo.

«Marcie.»

No cabía duda de que estaba allí, con Patch. En aquel mismo instante. En la playa. Tumbada en la arena o haciendo quién sabía qué.

Me sacudió una violenta oleada de odio. Odiaba a Patch. Y me odiaba por haber añadido mi nombre a la lista de chicas a las que había conquistado y luego traicionado.

Me invadió un deseo furioso de rectificar el error que había cometido por ignorancia. No quería ser sólo otra más. No podía hacerme desaparecer. Si era la Mano Negra, me enteraría. Y, si tenía algo que ver con la muerte de mi padre, se lo haría pagar.

—Ya encontrará el modo de volver a casa —dije. Me temblaba la barbilla. Pisé a fondo el acelerador dejando marcas de goma en la calle.

Unas horas más tarde estaba delante de la nevera, con la puerta abierta, buscando algo que me sirviera de cena. Como no encontré nada, miré en la alacena. Allí había una caja de lacitos de pasta y un bote de salsa de carne para espagueti.

Cuando el reloj de la cocina pitó, colé la pasta, me serví un cuenco y metí la salsa en el microondas. No teníamos parmesano, así que rallé cheddar y me di por satisfecha. El microondas sonó y me serví una capa de salsa y una de queso por encima. Cuando me volví para llevar la pasta a la mesa, me encontré a Patch apoyado en ella. El cuenco se me escurrió de las manos.

—¿Cómo has entrado? —pregunté.

—Deberías tener la puerta cerrada con llave. Sobre todo cuando estás sola en casa.

Su postura era relajada, pero no sus ojos. Del color del mármol negro, me taladraban. No tuve ninguna duda de que sabía que le había robado el Jeep. No era difícil saberlo, porque estaba aparcado en el camino de acceso. No había muchos lugares donde esconder un Jeep en una casa rodeada de campo abierto por un lado y por el otro de un bosque impenetrable. No tenía intención de ocultarlo cuando lo había metido en el camino. Estaba consumida por la conmoción y sentía un odio nauseabundo. Ya estaba todo bien claro: sus palabras suaves, sus ojos negros brillantes, su experiencia mintiendo, seduciendo a las mujeres. Me había enamorado de un demonio.

—Te has llevado el Jeep —dijo con calma pero sin alegría.

—Vee ha aparcado en una zona prohibida y le han puesto un cepo al coche. Teníamos que volver a casa, y entonces hemos visto el Jeep al otro lado de la calle.

—Me sudaban las palmas de las manos, pero no me atrevía a secármelas. No delante de Patch. Aquella noche parecía diferente. Más severo, más duro. El pálido resplandor de las luces de la cocina le marcaba los pómulos y su pelo negro, alborotado después de un día de playa, le caía sobre la frente hasta casi tocarle las obscenamente largas pestañas. Torcía con escepticismo la boca, una boca que yo siempre había encontrado sensual. La suya no era una sonrisa cálida.

—¿No podías llamar para avisarme? —me preguntó.

—No llevaba el teléfono.

—¿Y Vee?

—No tiene tu número en el móvil. Y yo no he podido acordarme de tu nuevo número de ningún modo. No teníamos manera de ponernos en contacto contigo.

—No tienes llave del Jeep. ¿Cómo lo habéis abierto?

Era todo lo que podía hacer para no parecerle una traidora.

—Con tu copia. —Le vi intentando entender qué pretendía yo con aquello. Los dos sabíamos que nunca me había dado un duplicado de la llave. Lo miré más atentamente buscando algún síntoma de que sabía que me refería a la llave de Marcie, pero la luz de la comprensión no iluminó sus ojos. Todo en él era controlado, impenetrable, ilegible.

—¿Qué copia? —me preguntó.

Aquello me puso todavía más furiosa, porque esperaba que supiera exactamente a qué llave me refería. ¿Cuántos duplicados tenía? ¿Cuántas chicas más tenían la llave del Jeep en el bolso?

—La de tu novia —le dije—. ¿Te basta con esa aclaración?

—Vamos a ver si lo entiendo. ¿Me has robado el Jeep para devolverme la jugada, por haberle dado una copia a Marcie?

—Te he robado el Jeep porque Vee y yo lo necesitábamos —le dije fríamente—. Hubo un tiempo en que siempre estabas ahí cuando te necesitaba. Creía que eso seguía siendo cierto, pero por lo visto me equivocaba.

Patch no apartó sus ojos de los míos.

—¿Quieres decirme de qué va realmente todo esto?

Como no le respondí, apartó una silla de la mesa de la cocina. Se sentó, con los brazos cruzados y las piernas estiradas con indolencia.

—Tengo tiempo.

De la Mano Negra. De eso se trataba en realidad. Pero tenía miedo de enfrentarme a él. Temía aquello de lo que podía enterarme, y temía su reacción. Estaba segura de que no tenía ni idea de cuánto sabía yo. Si lo acusaba de ser la Mano Negra no habría vuelta atrás. Tendría que afrontar una verdad capaz de destruirme por completo.

Patch arqueó las cejas.

—¿Una cura de silencio?

—Se trata de decir la verdad —le respondí—. Algo que tú nunca has hecho. —Si había matado a mi padre, ¿cómo había podido mirarme a los ojos tantas veces, diciéndome lo mucho que lo lamentaba, y guardándose la verdad? ¿Cómo había podido besarme, acariciarme, abrazarme y vivir consigo mismo?

—¿Algo que yo nunca he hecho? Desde el día que nos conocimos, nunca te he mentido. No siempre te ha gustado lo que tenía que decirte, pero siempre he sido directo.

—Me dejaste creer que me amabas. ¡Una mentira!

—Lo siento si te pareció una mentira. —No lo sentía. Tenía una mirada de rabia glacial. Odiaba que yo le gritara. Quería que fuera como todas las demás, que desapareciera en su pasado sin decir ni pío.

—Si sentías algo por mí, no te hubieras ido con Marcie en un tiempo récord.

—¿No te has ido tú con Scott en un tiempo récord? ¿Prefieres a un medio hombre a mí?

—¿Un medio hombre? Scott es una persona.

—Es un Nefilim. —Hizo un gesto hacia la puerta de entrada—. El Jeep tiene más valor.

—A lo mejor él opina lo mismo de los ángeles.

Se encogió de hombros con arrogancia.

—Lo dudo. De no ser por nosotros, su raza no existiría.

—El monstruo de Frankenstein no quería a su creador.

—¿Y? La raza Nefilim busca vengarse de los ángeles. Tal vez esto sea sólo el principio.

Patch se quitó la gorra y se pasó una mano por el pelo. Por la cara que ponía, tuve la impresión de que la situación era bastante más peligrosa de lo que había creído en un principio. ¿Hasta qué punto estaba cerca la raza Nefilim de dominar a los ángeles caídos? Seguramente no lo conseguiría aquel mismo Jeshván. Patch no podía estar insinuando que dentro de menos de cinco meses hordas de ángeles caídos poseerían y acabarían matando a miles de humanos. Pero algo en el modo en que se contenía y en su mirada me dijo que eso precisamente era lo que estaba en juego.

—¿Qué harás al respecto? —le pregunté, horrorizada.

Cogió de la mesa el vaso de agua que me había servido y tomó un sorbo.

—Hemos hablado de mantenernos al margen.

—¿Con los arcángeles?

—Los Nefilim son una raza maligna. Nunca tendrían que haber habitado la tierra. Existen por la arrogancia de los ángeles caídos. Los arcángeles no quieren tener nada que ver con ellos. No van a tomar cartas en el asunto si concierne a los Nefilim.

—¿Y todos los humanos que van a morir?

—Los arcángeles tienen su propio plan. A veces tienen que ocurrir cosas terribles para que puedan suceder luego cosas buenas.

—¿Un plan? ¿Qué plan? ¿Mirar cómo muere gente inocente?

—Los Nefilim se están metiendo en la trampa que ellos mismos han tendido. Si tiene que morir gente para que la raza de los Nefilim sea aniquilada, los arcángeles se avendrán a ello.

Se me pusieron los pelos de punta.

—¿Y tú estás de acuerdo con ellos?

—Ahora soy un ángel custodio. Debo lealtad a los arcángeles. —Una llamarada de odio asesino se encendió en sus ojos, y por un breve instante creí que iba dirigida a mí. Como si me culpara de aquello en lo que se había convertido. Para defenderme, yo sentí una oleada de rabia. ¿Había olvidado todo lo sucedido aquella noche? Había sacrificado mi vida por él, y él la había rechazado. Si quería culpar a alguien de sus circunstancias, no era a mí.

—¿Son muy fuertes los Nefilim? —le pregunté.

—Lo bastante —dijo, en un tono alarmantemente despreocupado.

—Pueden resistirse a los ángeles caídos este mismo Jeshván, ¿verdad?

Asintió con la cabeza.

Me abracé para contener un profundo y repentino escalofrío, pero era más psicológico que físico.

—Tienes que hacer algo.

Cerró los ojos.

—Si los ángeles caídos no pueden poseer a los Nefilim, entonces se apoderarán de los humanos —dije, intentando acabar con su actitud pasiva y despertar su conciencia—. Tú lo dijiste. De decenas de miles de humanos. Quizá de Vee. De mi madre. Quizá de mí.

Seguía sin decir nada.

—¿Ni siquiera te importa?

Echó una ojeada al reloj y se levantó.

—Detesto marcharme sin acabar la conversación pero se me hace tarde.

La copia de la llave del Jeep estaba en una fuente del aparador y se la metió en el bolsillo.

—Gracias por la llave. Añadiré que te he prestado el Jeep a tu cuenta.

Me interpuse entre él y la puerta.

—¿A mi cuenta?

—Te acompañé a casa desde el Z, te recogí del tejado de Marcie, y ahora te he dejado mi Jeep. No hago favores gratis.

Estaba casi segura de que no bromeaba. De hecho, estaba casi segura de que hablaba mortalmente en serio.

—Podrías pagarme por cada favor independientemente, pero supuse que sumarlos sería más fácil. —Sonreía con burla. Era un estúpido engreído de primera.

Fruncí el ceño.

—Disfrutas con esto, ¿verdad?

—Un día de éstos voy a cobrarme los favores, y entonces sí que disfrutaré.

—No me has prestado el Jeep —argüí—. Te lo he robado. Y no ha sido un favor... te lo he requisado.

Echó otro vistazo al reloj.

—Tendremos que acabar esta conversación más tarde. Tengo que irme.

—Es verdad —le espeté—. A ver una película con

Marcie. Tú ve y diviértete mientras todo mi mundo peligra.

Me dije que quería que se fuera. Se merecía a Marcie. Me daba igual. Estuve tentada de gritarle algo. Pensé en cerrar de un portazo en cuanto saliera. Pero no iba a dejar que se fuera sin hacerle la pregunta que me tenía en vilo. Me mordí la mejilla para tener la voz clara.

—¿Sabes quién mató a mi padre? —Lo dije en un tono frío y controlado que no era el mío. Era la voz acusadora de alguien que rezumaba odio y devastación.

Patch se paró de espaldas a mí.

—¿Qué pasó esa noche? —Ni siquiera me tomé la molestia de disimular mi desesperación.

Al cabo de un momento de silencio, me dijo:

—Me lo estás preguntando como si creyeras que yo lo sé.

—Sé que la Mano Negra eres tú. —Cerré un instante los ojos y sentí una oleada de náusea que me recorrió de pies a cabeza.

Me miró por encima del hombro.

—¿Quién te ha dicho eso?

—Entonces, ¿es verdad? —Me di cuenta de que había cerrado los puños y temblaba violentamente—. Eres la Mano Negra. —Lo miré a la cara, rogando para que lo negara de algún modo.

El reloj de pie del pasillo dio la hora, con un sonido pesado y vibrante.

—Vete —le ordené. No quería ponerme a llorar delante de él. Me negaba. No quería darle esa satisfacción.

Se quedó donde estaba, con la cara ensombrecida, ligeramente satánica.

El reloj dio las campanadas en el silencio. Una, dos, tres.

—Te lo haré pagar —le dije, todavía con una voz extrañamente ajena.

Cuatro, cinco.

—Encontraré el modo. Mereces ir al infierno

Cruzó sus ojos un destello de fuego negro.

—Mereces lo que va a pasarte —añadí—. Cada vez que me besabas y me abrazabas, sabiendo lo que le habías hecho a mi padre... —Me atraganté y me di la vuelta, apartándome mientras podía permitírmelo.

Seis.

—Vete —repetí, con voz tranquila pero no firme.

Lo fulminé con la mirada, intentando que Patch se fuera con la intensidad de mi odio y mi aversión, pero estaba sola en la entrada. Miré alrededor. Seguramente estaba fuera de mi vista. Pero no estaba. Un extraño silencio se impuso en la oscuridad y me di cuenta de que el reloj había dejado de sonar.

Las manecillas se habían quedado paradas marcando las seis y doce, congelando el momento. Patch se había ido.

CAPÍTULO

17

Cuando Patch se marchó, me cambié la ropa playera por unos tejanos negros y una camiseta, y me enfundé una cazadora negra Razorbills que había ganado en la fiesta de Navidad de la revista digital del instituto. Aunque sólo de pensarlo se me revolvía el estómago, tenía que echar un vistazo al apartamento de Patch, y tenía que hacerlo esa noche, antes de que fuera demasiado tarde. Había cometido la estupidez de decirle que sabía que él era la Mano Negra. Se me había escapado en un arranque de imprudente hostilidad. Había perdido la ventaja de la sorpresa. Dudaba de que me considerara una verdadera amenaza. Sin duda encontraba mi promesa de mandarlo al infierno siniestramente divertida, pero era evidente que él quería mantener oculta cierta información. Según todo lo que sabía sobre los arcángeles, siempre vigilantes y omniscientes, tenía que ser difícil ocultarles su participación en el asesinato de mi padre. Yo no podía mandarlo al infierno, pero ellos sí. Si conseguía encontrar el modo de ponerme en contacto con los arcángeles, su secreto cuidadosamente guardado saldría a la luz. Los arcángeles estaban buscando cualquier excusa para mandarlo de cabeza al infierno. Bien, yo tenía un buen motivo.

Se me llenaron los ojos de lágrimas y parpadeé para deshacerme de ellas. Había habido una época de mi vida en la que jamás hubiese creído a Patch capaz de matar a mi padre. Habría considerado la idea ridícula, absurda... ofensiva. Pero eso no hacía más que demostrar cuánto y con qué habilidad me había engañado. Algo me decía que el apartamento de Swathmore era donde ocultaba sus secretos. Era su único punto débil. Aparte de Rixon, no dejaba que nadie entrara en él. Antes, aquella misma tarde, cuando le había mencionado a Rixon que había estado allí, me había respondido con sincera sorpresa. A él no le gustaba que nadie supiera su dirección, me había dicho. ¿Había conseguido Patch que los arcángeles ignoraran donde vivía? Parecía dudoso, prácticamente imposible, pero él había demostrado ser muy bueno encontrando el modo de sortear cualquier obstáculo en su camino. Si alguien tenía los recursos o la inteligencia suficientes para quitar de en medio a los arcángeles, ése era Patch. Me estremecí de pronto al preguntarme qué ocultaría en su apartamento. Un mal presagio me asaltó y un cosquilleo en la espalda me advirtió que no fuera. Pero le debía a mi padre el entregar a su asesino a la justicia.

Localicé una linterna debajo de la cama y me la puse en un bolsillo de la cazadora. Estaba incorporándome cuando vi el diario de Marcie encima de unos libros de mi estantería. Me debatí un momento contra mi conciencia. Con un suspiro, me metí el diario en el mismo bolsillo que la linterna y me levanté.

Fui caminando un kilómetro y medio hasta Beech y tomé un autobús hasta la calle Herring. Recorrí tres manzanas hasta Keate y me subí a otro autobús para bajarme en Clementine. Luego continué a pie por la sinuosa y pintoresca colina del barrio de Marcie, el más lujoso de Coldwater. El aroma del césped recién cortado y las hortensias perfumaban el aire de la tarde, y el tráfico era inexistente. Los coches estaban bien guardados en los garajes, y las calles, libres de ellos, estaban limpias. Las ventanas de las casas coloniales blancas reflejaban el sol poniente. Imaginé a las familias reunidas para cenar detrás de los postigos. Me mordí el labio, sacudida por una repentina oleada de inconsolable pesar. Mi familia nunca más volvería a reunirse para comer. Tres noches por semana yo cenaba sola o en casa de Vee. Las cuatro noches restantes, cuando mi madre estaba en casa, solíamos comer de una bandeja, sentadas frente al televisor.

Por culpa de Patch.

Tomé por Brenchley. No veía la hora de llegar a casa de Marcie.

Su Toyota 4-Runner estaba aparcado en el camino de acceso, pero yo sabía que no estaba en casa. Patch la habría llevado en el Jeep a ver la película. Caminaba por el césped, con la idea de dejar el diario en el porche, cuando se abrió la puerta.

Marcie llevaba el bolso al hombro y tenía las llaves en la mano. Era evidente que se marchaba. Se quedó paralizada en el umbral cuando me vio.

—¿Qué estás haciendo aquí? —me preguntó.

Me quedé con la boca abierta tres segundos antes de lograr articular las palabras.

—Yo.... Creía que no estabas en casa.

Frunció el ceño.

—Bueno, pues estoy.

—Creía que tú... y Patch... —Estaba hablando de un modo incoherente. Llevaba el diario encima, a plena vista. Marcie lo vería de un momento a otro.

—Ha cancelado la cita —me espetó, como si no fuera asunto mío.

Apenas oía lo que me decía. Enseguida vería el diario. Deseé más que nunca retroceder en el tiempo. Tendría que haber pensado en aquella posibilidad antes de ir a su casa. Debería haber tenido en cuenta que era posible que estuviera en casa. Miré nerviosamente hacia atrás, hacia la calle, como si alguien pudiera acudir a rescatarme.

Marcie jadeó y siseó:

—¿Que haces tú con mi diario?

Me di la vuelta. Me ardían las mejillas.

Bajó del porche. Me arrancó el diario de las manos y lo abrazó fuerte.

—Tú... ¿tú te lo llevaste?

Dejé caer los brazos.

—Lo cogí la noche de tu fiesta. —Sacudí la cabeza—. Fue una estupidez. Lo siento tanto...

—¿Lo has leído? —me preguntó.

—No.

—Mentirosa —me acusó, con desprecio—. Lo has leído, ¿verdad? ¿Quién no lo hubiese hecho? ¡Te odio! ¿Tan aburrida es tu vida que tienes que fisgar en la mía? ¿Lo has leído todo o sólo los trozos sobre ti?

Estaba a punto de negar categóricamente que lo hubiera abierto cuando las palabras de Marcie calaron en mí.

—¿Sobre mí? ¿Qué has escrito sobre mí?

Echó el diario en el suelo del porche, a su espalda, y luego se puso derecha y cuadró los hombros.

—¿Qué me importa? —Se cruzó de brazos y me miró fijamente—. Ahora sabes la verdad. ¿Qué se siente al saber que tu madre anda por ahí con el marido de otra?

Solté una carcajada de incredulidad que era más bien de rabia.

—¿Perdona?

—¿De verdad te crees que tu madre está fuera de la ciudad todas esas noches? ¡Ja!

Imité la postura de Marcie.

—Pues, de hecho, sí. —¿Qué pretendía insinuar?

—Entonces, ¿cómo te explicas que su coche esté aparcado al final de esta calle una noche por semana?

—Te equivocas de persona —le dije, hirviendo de rabia.

Estaba segura de saber exactamente lo que pretendía Marcie. ¿Cómo se atrevía a acusar a mi madre de tener un lío? Y con su padre, nada menos. Mi madre no se hubiera dejado atrapar por él aunque hubiera sido el último hombre sobre el planeta. Yo odiaba a Marcie y mi madre lo sabía. No se acostaba con su padre. Nunca me hubiese hecho algo así. Nunca le hubiese hecho algo así a mi padre. Nunca.

—Un Taurus beige, matrícula X4124. —La voz de Marcie era gélida.

—Sabes su número de matrícula —le dije al cabo de un momento—. Eso no demuestra nada.

—Despierta, Nora. Nuestros padres se conocieron en el instituto. Tu madre y mi padre salieron juntos.

Sacudí la cabeza, negándolo.

—Eso es mentira. Mi madre nunca me ha hablado de tu padre.

—Porque no quiere que lo sepas —me dijo, con los ojos llameantes—. Porque sigue con él. Es su sucio secreto.

Sacudí la cabeza con más energía. Me sentía como una muñeca de trapo.

—Es posible que mi madre conociera a tu padre en el instituto, pero de eso hace mucho, fue antes de conocer a mi padre. Te equivocas de persona. Viste el coche de otra persona aparcado al final de la calle. Cuando no está en casa, mi madre está fuera de la ciudad, trabajando.

—Los he visto juntos, Nora. Era tu madre, así que no intentes encontrarle una excusa. Ese día llegué al instituto y pinté en tu taquilla un mensaje para tu madre. ¿No te diste cuenta? —Su voz se había convertido en un bufido de asco—. Se acuestan juntos. Lo han estado haciendo todos estos años. Lo que significa que puede que mi padre sea tu padre. Y que es posible que tú seas mi... hermana.

Las palabras de Marcie cayeron como una espada entre nosotras.

Me crucé de brazos y me di la vuelta. Me sentía enferma. Las lágrimas me subieron a la garganta y me quemaban. Sin decir ni una palabra, caminé con rigidez por el camino de la casa. Pensé que me gritaría algo peor por la espalda, pero no había nada peor que pudiera decirme.

No iría a casa de Patch.

Caminé de regreso hasta Clementine y seguramente me pasé la parada del autobús y seguí más allá del parque y de la piscina municipal, porque lo siguiente que recuerdo es que estaba sentada en un banco de la zona ajardinada que había frente a la biblioteca pública. Me iluminaba la luz de una farola. La noche era cálida, pero yo estaba encogida con las rodillas contra el pecho y temblaba de pies a cabeza. Mi cerebro era un revoltijo de inquietantes teorías.

Escruté la oscuridad que me rodeaba. Unos faros bajaron por la calle, se acercaron y pasaron de largo. Esporádicamente se oían por la ventana del otro lado de la calle las risas de una comedia. Los soplos de aire frío me ponían la carne de gallina. Me ahogaba el aroma embriagador de hierba, almizclado y húmedo, de principios de verano.

Me tendí en el banco y cerré los ojos para no ver las estrellas. Entrelacé las manos sobre el vientre. Me notaba los dedos como ramitas heladas. Me preguntaba por qué la vida era tan dura a veces; por qué la gente a la que amaba era la que más podía defraudarme; a quién odiaba más... a Marcie, a su padre o a mi madre.

Muy en el fondo, me aferraba a la esperanza de que Marcie estuviera equivocada. Esperaba poder echárselo en cara. Pero la sensación de malestar me indicaba que sólo me estaba engañando a mí misma.

No lo recordaba con precisión, pero había sido durante el año anterior más o menos. Quizá poco antes de que mi padre muriera... No, después. Era un día cálido de primavera. Pasado el funeral y acabados los días de duelo que me habían dado en el instituto, volví a clase. Vee me convenció para que hiciéramos novillos, y por aquella época yo no ofrecía demasiada resistencia a nada. Me dejaba llevar. Como creíamos que mi madre estaría trabajando, fuimos caminando hasta mi casa. Tardamos seguramente casi una hora en llegar.

En cuanto avistamos la granja, Vee tiró de mí para sacarme de la carretera.

—Hay un coche en el camino de acceso —me dijo.

—¿De quién será? Parece un Land Cruiser.

—Tu madre no conduce un Land Cruiser.

—¿Crees que será un detective?

No era lo más común que un inspector condujera un coche de sesenta mil dólares, pero estaba tan acostumbrada a ver detectives por casa que fue lo primero que se me ocurrió.

—Vamos a acercarnos.

Ya llegábamos casi al camino cuando la puerta se abrió y oímos voces. La de mi madre y una más profunda. Una voz de hombre.

Vee me empujó hacia un lado de la casa, fuera de la vista.

Vimos a Hank Millar subirse al Land Cruiser y marcharse.

—¡La madre...! —dijo Vee—. Suelo sospechar de todo el mundo, pero tu madre es de lo más conservador. Apuesto a que intentaba venderle un coche.

—¿Ha venido hasta aquí para eso?

—Pues sí, nena. Los vendedores de coches son capaces de cualquier cosa.

—Mi madre ya tiene coche.

—Un Ford. El peor enemigo del Toyota. El padre de Marcie no estará contento hasta que toda la ciudad conduzca un Toyota...

Pero ¿y si no estaba allí para venderle un coche? ¿Y si tenían una aventura? Tragué saliva.

¿Adónde debía ir ahora? ¿A casa? La granja ya no me parecía mi casa. Allí ya no me sentiría a salvo y segura. Esa casa era como una caja de mentiras. Mis padres me habían vendido una historia de amor, fraternidad y familia. Pero si Marcie me estaba diciendo la verdad, y mi mayor miedo era que me la estuviera diciendo, mi familia era una farsa. Una gran mentira que me había pillado del todo desprevenida. ¿Había habido alguna señal de advertencia? ¿Era posible que yo hubiera sospechado todo aquel tiempo pero hubiera escogido negar la verdad para evitar el dolor? Aquello era un castigo por confiar en los demás. Aquello era un castigo por buscar lo bueno de la gente. Por mucho que odiara a Patch en aquel momento, le envidiaba su frío distanciamiento de los demás. Sospechaba lo peor de todos; daba igual lo bajo que cayeran: siempre los veía venir. Se había endurecido y era un hombre de mundo, y la gente lo respetaba por ello.

Lo respetaban a él y a mí me mentían.

Me incorporé en el banco y marqué el número de mi madre en el móvil. No sabía qué le diría cuando me respondiera; dejé que la rabia y el sentimiento de haber sido traicionada me guiaran. Mientras su teléfono sonaba, lágrimas calientes me recorrían las mejillas. Me las limpié de un manotazo. Me temblaba la barbilla y tenía en tensión todos los músculos del cuerpo. Se me ocurrían palabras de rabia, palabras rencorosas. Me veía gritándoselas, cortándola cada vez que intentara defenderse con más mentiras. Y si se ponía a llorar... no me daría pena. Se merecía sentir todo el dolor del mundo por las decisiones que había tomado. Saltó su buzón de voz. Tuve que hacer un esfuerzo para no lanzar el teléfono hacia la oscuridad.

A continuación, marqué el número de Vee.

—Hola, guapa. ¿Es importante? Estoy con Rixon...

—Me voy de casa —le dije, sin importarme que se me notara en la voz que había llorado—. ¿Puedo quedarme en la tuya un tiempo? Hasta que sepa adónde ir.

Oí que Vee respiraba.

—¿Qué dices?

—Mi madre volverá a casa el sábado. Para entonces quiero haberme ido. ¿Puedo quedarme contigo el resto de la semana?

—Puedo preguntar...

—No.

—Vale, claro —dijo Vee, intentando disimular su desconcierto—. Puedes quedarte aquí, no hay ningún problema. Ninguno en absoluto. Ya me dirás lo que pasa cuando estés preparada.

Me cayeron lágrimas de alivio. En aquellos momentos, Vee era la única persona con la que podía contar. Podía ser odiosa, pesada y perezosa, pero nunca me había mentido.

Llegué a la granja a eso de las nueve y me puse un pijama de algodón. No era una noche fría, pero había humedad en el aire y me atravesaba la piel helándome hasta los huesos. Me preparé una taza de leche caliente y me eché en la cama. Era demasiado pronto para dormir, y no hubiera podido hacerlo de haber querido; mis pensamientos seguían completamente deslavazados. Miré fijamente el techo, esforzándome por borrar las últimas dieciséis horas y empezar de nuevo. Por mucho que lo intentara, no me imaginaba a Hank Millar como mi padre.

Me levanté y fui por el pasillo hasta la habitación de mi madre. Abrí su arcón de boda para buscar su anuario del instituto. Ni siquiera sabía si tenía uno, pero, si lo tenía, el arcón de boda era el único sitio donde se me ocurría mirar. Si ella y Hank Millar habían ido juntos al instituto, habría fotos. Si habían estado enamorados, habrían firmado el anuario de un modo especial para darlo a entender. Al cabo de cinco minutos ya había registrado el arcón y seguía con las manos vacías.

Fui a la cocina y busqué en los armarios algo de comer. Pero se me había quitado el apetito. No podía comer pensando en la gran mentira que había resultado ser mi familia. Los ojos se me fueron hacia la puerta principal, pero ¿adónde podía ir? Me sentía perdida en la casa, deseosa de marcharme, pero sin un lugar al que acudir. Me pasé varios minutos de pie en el pasillo y luego volví a subir a mi habitación.

Tendida en la cama, cubierta con las sábanas hasta la

barbilla, cerré los ojos y contemplé la sucesión de imágenes que me pasaban por la cabeza. Imágenes de Marcie; de Hank Millar, a quien apenas conocía y cuya cara sólo podía representar con dificultad; de mis padres. Las imágenes se acumularon, más y más rápido, hasta formar un extraño collage de locura. Fue como si de pronto retrocedieran en el tiempo: el color fue desapareciendo de ellas hasta que quedaron en blanco y negro. Entonces supe que me había deslizado hacia el otro mundo.

Estaba soñando.

Me encontraba en el jardín delantero. Un molesto viento arremolinaba las hojas secas en el camino de acceso y alrededor de mis tobillos. Una rara nube en forma de embudo giraba en el cielo sin llegar al suelo, como si se contentara con esperar el momento oportuno para descargar. Patch estaba sentado en la barandilla del porche, con la cabeza gacha y las manos juntas entre las rodillas.

—Sal de mi sueño —le grité por encima del viento.

Sacudió la cabeza.

—No hasta que te haya dicho lo que pasa.

Me cerré más la chaqueta del pijama.

—No quiero oír lo que vas a decirme.

—Aquí los arcángeles no pueden oírnos.

Solté una carcajada acusadora.

—No te basta con manipularme en la vida real... ahora también tienes que hacerlo aquí.

Levantó la cabeza.

—¿Manipularte? Estoy intentando decirte qué pasa.

—Te has metido a la fuerza en mi sueño —lo desafié—. Lo hiciste cuando salimos de La Bolsa del Diablo, y lo estás haciendo otra vez.

Una repentina ráfaga de viento sopló entre nosotros

y me hizo retroceder un paso. Las ramas de los árboles crujían y gemían. Me aparté el pelo de la cara.

—Cuando nos fuimos del Z, en el Jeep, me dijiste que habías tenido un sueño acerca del padre de Marcie —me dijo Patch—. La noche que tuviste ese sueño yo estaba pensando en él. Estaba recordando exactamente lo mismo que soñaste tú, deseando que hubiera un modo de poder decirte la verdad. No sabía que me estaba comunicando contigo.

—¿Fuiste tú quien me hizo tener ese sueño?

—No era un sueño. Era un recuerdo.

Intenté asimilar aquello. Si el sueño era real, Hank Millar había vivido en Inglaterra hacía siglos. Rememoré el sueño. «Dile al tabernero que mande ayuda», había dicho Hank. «Dile que no es un hombre. Dile que es uno de los ángeles diabólicos, que ha venido a poseer mi cuerpo y deshacerse de mi alma.»

¿Hank Millar era un... Nefilim?

—No sé cómo me superpuse a tu sueño —dijo Patch—, pero he estado intentando comunicarme contigo del mismo modo desde entonces. Fui de noche a besarte, después de La Bolsa del Diablo, pero ahora me encuentro con un muro. Estoy contento de haber entrado ahora. Me parece que eres tú la que no me deja entrar.

—¡Porque no te quiero dentro de mi cabeza!

Se bajó de la barandilla para reunirse conmigo en el jardín.

—Necesito que me dejes entrar.

Me aparté.

—He sido reasignado a Marcie —me dijo.

A los cinco segundos todo encajó. El mareo y el calor que me habían asaltado el estómago desde que había dejado a Marcie se me extendieron por las piernas.

—¿Eres el ángel custodio de Marcie?

—No está siendo un crucero de placer.

—¿Han hecho eso los arcángeles?

—Cuando me asignaron a ti para ser tu ángel custodio, me dejaron claro que debía tener siempre en cuenta lo que más te conviniera. Que esté liado contigo no es lo que más te conviene. Yo lo sabía, pero no me hacía gracia que los arcángeles me dijeran lo que tenía que hacer con mi vida íntima. Nos estaban vigilando la noche que me diste tu anillo.

En el Jeep. La noche antes de que rompiéramos. Lo recordaba.

—En cuanto me di cuenta de que nos estaban vigilando me marché. Pero el daño ya estaba hecho. Me dijeron que me apartarían en cuanto encontraran un sustituto. Luego me asignaron a Marcie. Fui a su casa esa noche para obligarme a afrontar lo que había hecho.

—¿Por qué a Marcie? —le pregunté amargamente—. ¿Para castigarme?

Se pasó una mano por la boca.

—El padre de Marcie es un Nefilim de primera generación, un pura sangre. Ahora que Marcie ha cumplido los dieciséis años corre el peligro de que la sacrifiquen. Hace dos meses, cuando yo intenté sacrificarte a ti para tener un cuerpo humano pero acabé salvándote la vida, no había muchos ángeles caídos que creyeran que podían cambiar su naturaleza. Ahora soy un custodio. Todos ellos lo saben, y si lo saben es porque te salvé de la muerte. De pronto son muchos más los que creen que también ellos pueden burlar el destino, ya sea salvando a un humano y recuperando sus alas o matando a su vasallo Nefilim y dejando de ser ángeles caídos para convertirse en humanos.

Repasé mentalmente todo lo que sabía acerca de los ángeles caídos y los Nefilim. El *Libro de Enoch* habla de un ángel caído que se convierte en humano después de matar a su vasallo Nefilim... sacrificando a una descendiente de dicho vasallo. Hacía dos meses, Patch lo había probado con la intención de usarme para matar a Chauncey. Ahora, si el ángel caído que había obligado a Hank Millar a jurar lealtad quería volverse humano, bueno, tendría que... sacrificar a Marcie.

—Consideras que es tu trabajo asegurarte de que el ángel caído que obligó a Hank Millar a jurar fidelidad no sacrifique a Marcie para tener un cuerpo humano —dije.

Como si pensara que me conocía lo suficientemente bien para deducir mi siguiente pregunta, me dijo:

—Marcie no lo sabe. No tiene ni la más mínima idea.

No quería hablar de aquello. No quería que Patch estuviera allí. Había matado a mi padre. Me había arrebatado para siempre a alguien a quien amaba. Patch era un monstruo. Nada de lo que dijera me haría cambiar de opinión.

—Chauncey fundó la hermandad de sangre Nefilim —dijo Patch.

Volví a prestarle atención.

—¿Qué? ¿Cómo lo sabes?

Parecía reacio a contestarme.

—He accedido a unos cuantos recuerdos. A recuerdos de otras personas.

—¿Recuerdos de otras personas? —Estaba sorprendida cuando, en realidad, no tendría que estarlo. ¿Cómo podía justificar todas las cosas espantosas que había hecho? ¿Cómo podía presentarse y decirme que había examinado subrepticiamente los pensamientos más privados, más íntimos, de otra gente, y esperar que yo lo admirara por ello? ¿Cómo podía esperar siquiera que lo escuchara?

—Otro ocupó su lugar cuando Chauncey desapareció. Todavía no he sido capaz de enterarme de su nombre, pero se rumorea que no se alegró de la muerte de Chauncey, lo que no tiene sentido. Ahora él está al mando... con esto sólo ya basta para borrar cualquier remordimiento que pudiera sentir por la muerte de Chauncey. Lo que hace que me pregunte si el sucesor era un amigo íntimo o un familiar de Chauncey.

Negué con la cabeza.

—No quiero escuchar esto.

—El sucesor ha contratado a un asesino para que acabe con el responsable de la muerte de Chauncey.

Si iba a poner alguna objeción me la guardé. Patch y yo nos miramos.

—Quiere que su asesino lo pague.

—Lo que dices es que quiere que yo lo pague —dije, con un hilo de voz.

—Nadie sabe que fuiste tú quien mató a Chauncey. Él no sabía que tú eras su descendiente hasta momentos antes de morir, así que hay pocas probabilidades de que alguien más lo sepa. El sucesor de Chauncey puede intentar rastrear a los descendientes de éste, pero le deseo suerte. Tardé mucho en encontrarte. —Dio un paso hacia mí, pero retrocedí—. Cuando te despiertes, necesitaré que digas que me quieres de ángel custodio otra vez. Dilo como si lo pensaras, para que los arcángeles lo oigan, y esperemos que accedan a tu petición. Estoy haciendo todo lo posible para mantenerte a salvo, pero tengo límites. Necesito completo acceso a la gente que te rodea, a sus emociones, a todos los que forman parte de tu mundo.

¿Qué demonios estaba diciendo? ¿Los arcángeles habían encontrado por fin un ángel custodio sustituto para mí? ¿Por eso se había colado en mi sueño aquella noche, porque le habían cortado la línea y ya no tenía acceso a mí como él quería? Noté sus manos en las caderas y me atrajo hacia sí con un gesto protector.

—No voy a permitir que te ocurra nada.

Resoplé y me zafé. Tenía en la cabeza un torbellino de ideas. «Él quiere que el asesino lo pague.» No podía sacármelo de la cabeza. La idea de que alguien anduviera por ahí intentando matarme me paralizaba. No quería estar allí. No quería saber aquellas cosas. Quería sentirme nuevamente a salvo.

Como me daba cuenta de que Patch no tenía intención alguna de salir de mi sueño, moví ficha. Me lancé contra las invisibles barreras del sueño en un esfuerzo por despertar. «Abre los ojos —me dije—. Ábrelos.»

Patch me agarró del codo.

—¿Qué haces?

Noté cómo iba recuperando la lucidez. Noté la calidez de las sábanas, el almohadón mullido en contacto con la mejilla. Los olores familiares de mi habitación me consolaron.

—No te despiertes, Ángel. —Patch me pasó las manos por el pelo y me sujetó la cara, de manera que no podía evitar mirarlo a los ojos—. Hay otras cosas que necesitas saber. Hay una razón muy importante por la que necesitas ver esos recuerdos. Estoy intentando decirte algo que no puedo decirte de ningún otro modo. Necesito que entiendas lo que intento comunicarte. Necesito que dejes de bloquearme.

Aparté la cara. Los pies se me levantaron de la hierba yendo hacia la nube en embudo. Patch me agarró, soltando un juramento, pero su contacto era ligero como una pluma, imaginario.

«Despierta —me ordené—. Despierta.»

Dejé que la nube me tragara.

CAPÍTULO

18

Me desperté con una profunda inspiración. La habitación estaba a oscuras y la luna brillaba como una bola de cristal al otro lado de la ventana. Tenía las piernas enredadas en las sábanas calientes y húmedas. El reloj marcaba las nueve y media. Me levanté de la cama y fui al baño. Llené un vaso de agua fría. Me lo bebí de un trago y luego me apoyé en la pared. No podía volver a dormirme. Hiciera lo que hiciera, no podía dejar que Patch volviera a entrar en mis sueños. Caminé por el pasillo del piso de arriba, intentando frenéticamente mantenerme despierta, aunque estaba tan desvelada que dudaba que hubiese podido dormirme en caso de haber querido.

Al cabo de unos cuantos minutos el pulso me bajó, pero calmar las ideas no era tan fácil. La Mano Negra. Aquellas tres palabras me rondaban elusivas, amenazadoras, provocadoras. No podía permitirme afrontarlas directamente sin sentir que mi ya endeble mundo empezaba a tambalearse. Sabía que no quería que los arcángeles supieran que Patch era la Mano Negra y el asesino de mi padre para protegerme de la vergonzosa verdad: me había enamorado de un asesino. Había dejado que me besara, que me mintiera, que me traicionara. Cuando me había tocado en sueños, toda mi fuerza se había desmoronado y me había visto atrapada en su red de nuevo. Todavía tenía mi corazón en sus manos y aquélla era la mayor traición de todas. ¿Qué clase de persona era yo si no podía entregar al asesino de mi propio padre a la justicia?

Patch había dicho que podía comunicarles a los arcángeles que quería tenerlo otra vez como ángel custodio simplemente diciéndolo en voz alta. Lo lógico era entonces que fuera suficiente que gritara: «¡Patch mató a mi padre!» La justicia estaría servida. Patch sería enviado al infierno y yo podría empezar poco a poco a rehacer mi vida. Pero no conseguía pronunciar esas palabras, como si las tuviera encadenadas en algún lugar muy profundo de mi ser.

Había demasiadas cosas que no tenían sentido. ¿Por qué estaba Patch, un ángel, mezclado con la hermandad de sangre de los Nefilim? Si era la Mano Negra, ¿por qué estaba marcando a los reclutas Nefilim? ¿Por qué los reclutaba, para empezar? Aquello no sólo era raro... no tenía lógica. Los Nefilim odiaban a los ángeles, y viceversa. Y si la Mano Negra era el sucesor de Chauncey y el nuevo cabecilla de la sociedad... ¿cómo era posible que fuese Patch?

Me pellizqué la nariz. Me sentía como si la cabeza me fuera a estallar de tanto hacerme las mismas preguntas una y otra vez. ¿Por qué todo lo que rodeaba a la Mano Negra parecía ser un interminable laberinto?

De momento, Scott era el único vínculo de confianza que me quedaba con la Mano Negra. Sabía más de lo que admitía, estaba segura de ello, pero estaba demasiado asustado para hablar. Su voz era de pánico cuando me había hablado de la Mano Negra. Necesitaba que me dijera todo cuanto sabía, pero él estaba huyendo de su pasado y nada de lo que yo le dijera iba a hacer que lo afrontara. Me apreté la frente con las manos, intentando pensar con claridad.

Llamé por teléfono a Vee.

—Tengo buenas noticias —me soltó antes de que pudiera decir ni mu—. He convencido a mi padre para que me lleve de vuelta a la playa y pague la multa para que le quiten el cepo al coche. Estoy otra vez en marcha.

—Estupendo, porque necesito que me ayudes.

—Me apellido Ayuda.

Estaba bastante segura de que ya me había dicho alguna vez que se apellidaba Mala, pero me guardé mi opinión.

—Necesito que alguien me ayude a echarle un vistazo al dormitorio de Scott. —Lo más probable era que no guardara ninguna prueba a la vista de su pertenencia a la hermandad de sangre Nefilim, pero ¿qué alternativa tenía? Hasta entonces había hecho un magnífico trabajo evitando darme respuestas directas y, desde nuestro último encuentro, yo sabía que estaba siendo cauteloso conmigo. Si quería enterarme de lo que él sabía, tendría que hacer un trabajo preliminar.

—Por lo visto Patch ha cancelado nuestra cita doble, así que no tengo nada previsto —me dijo Vee, con un cierto exceso de entusiasmo. Lo que yo esperaba era que me preguntara qué buscaríamos en la habitación de Scott.

—Entrar en el dormitorio de Scott no va a ser peligroso ni emocionante —le dije, sólo para asegurarme de que las dos íbamos a lo mismo—. Todo lo que tienes que hacer es quedarte sentada en el Neon, en la calle, delante de su apartamento, y avisarme si vuelve. La única que entrará seré yo.

—Que no sea yo la que va a espiar no le quita emoción. Será como ver una película. Sólo que en las películas casi nunca pillan al bueno. Pero esto es la vida real y hay bastantes probabilidades de que te pillen. ¿Sabes lo que pienso? Que va a ser más que emocionante.

Personalmente yo opinaba que Vee estaba un poco demasiado ansiosa por ver cómo me pillaban.

—Me vas a cubrir si Scott vuelve a casa, ¿verdad? —le pregunté.

—Pues claro, nena. Estarás cubierta.

La siguiente llamada que hice fue a casa de Scott. La señora Parnell contestó al teléfono.

—¡Nora, qué alegría oírte! Scott me ha contado que las cosas se están animando entre vosotros dos —añadió en voz conspirativa.

—Bueno, eh...

—Siempre he pensado que sería estupendo que Scott se casara con una chica de aquí. No me atrae demasiado que se una a una familia de desconocidos. ¿Y si sus parientes son unos chiflados? Tu madre y yo somos muy buenas amigas. ¿Te imaginas lo que nos divertiríamos planeando juntas una boda? ¡Pero no adelantemos los acontecimientos! Todo a su tiempo, como suele decirse.

«Dios mío.»

—¿Está Scott, señora Parnell? Tengo algunas noticias que creo que le interesarán.

Oí cómo cubría el auricular con una mano y gritaba:

—¡Scott! ¡Coge el teléfono! ¡Es Nora!

Al cabo de un momento se puso Scott.

—Ya puedes colgar, mamá. —En su voz había una cierta cautela.

—Sólo me aseguraba de que te hubieras puesto al aparato.

—Lo he hecho.

—Nora tiene noticias interesantes —insistió.

—Entonces cuelga para que pueda dármelas.

Se escuchó un suspiro de desilusión y un *clic*.

—¿No te había dicho que no te acercaras a mí? —me dijo Scott.

—¿Ya has encontrado grupo? —le pregunté yo, con intención de dirigir la conversación y despertar su interés antes de que me colgara.

—No —me dijo con el mismo escepticismo cauto.

—Le mencioné a un amigo que tocas la guitarra...

—Toco el bajo.

—... y él ha corrido la voz y ha encontrado un grupo que quiere hacerte una prueba. Esta noche.

—¿Cómo se llama el grupo?

No había previsto que me preguntara aquello.

—Ah... los Pigmen.

—Suena a grupo de los años sesenta.

—¿Quieres ir a la prueba o no?

—¿A qué hora es?

—A las diez. En La Bolsa del Diablo. —Si hubiera sabido de un almacén más alejado, se lo hubiera mencionado. Tal como estaban las cosas, tendría que arreglármelas con los veinte minutos que le llevaría hacer el viaje de ida y vuelta.

—Necesito un nombre y un número de contacto.

Aquello sí que no esperaba que me lo pidiera.

—Le he dicho a mi amigo que te daría el recado, pero no se me ha ocurrido pedirle los nombres y los teléfonos de los miembros del grupo.

—No voy a perder la noche yendo a una audición sin antes tener una mínima idea de cómo son esos tipos, qué estilo de música tocan y dónde han actuado. ¿Son un grupo de punk, de indie-pop, de heavy metal?

—¿Tú que tocas?

—Punk.

—Conseguiré los teléfonos y volveré a llamarte.

Le colgué a Scott y llamé enseguida a Vee.

—Le he dicho a Scott que le había conseguido una prueba con un grupo esta noche, pero quiere saber qué clase de música tocan y dónde han actuado. Si le doy tu número, ¿puedes fingir que eres la novia de alguno de los músicos? Simplemente, dile que tú contestas al teléfono de tu novio cuando está ensayando. No inventes nada más. Atente a los hechos: es un grupo de punk, está a punto de tener éxito y sería un estúpido si no acudiera a la prueba.

—Empieza a gustarme todo esto de espiar —dijo Vee—. Cuando mi vida normal sea aburrida, sólo tendré que acercarme a ti.

Estaba sentada en el porche delantero, con la barbilla apoyada en las rodillas, cuando Vee llegó.

—Me parece que deberíamos parar en Skippy's para comer un perrito caliente antes de hacer esto —me dijo cuando subí al coche—. No sé lo que tienen los perritos calientes, pero son como una descarga instantánea de valor. Me siento capaz de cualquier cosa después de comerme un perrito.

—Eso es porque tienes una subida de todas las toxinas que embuten en esas cosas.

—Como te decía, creo que deberíamos hacer una parada en Skippy's.

—Ya he comido pasta para cenar.

—La pasta no llena mucho.

—La pasta llena mucho.

—Sí, pero no como la mostaza y los perritos —arguyó Vee.

Al cabo de cinco minutos nos alejábamos de Skippy's con dos perritos calientes a la plancha, un envase grande de patatas fritas y dos batidos de fresa.

—Odio esta clase de comida —dije, notando cómo la grasa empapaba el papel encerado que envolvía el perrito que tenía en la mano—. No es sana.

—Tampoco lo es una relación con Patch y eso no te detuvo.

No respondí.

A cuatrocientos metros del edificio de Scott, Vee paró junto a la acera. El problema mayor al que me enfrentaba era nuestra posición. La calle Deacon no tenía salida y terminaba justo pasado el edificio. Vee y yo estábamos a plena vista y, en cuanto Scott pasara por allí y viera a Vee sentada en el Neon, sabría que algo pasaba. No me había preocupado que reconociera su voz por teléfono, pero que recordara su cara sí que me preocupaba. Nos había visto juntas en más de una ocasión, incluso nos había visto una vez siguiéndole en el Neon. Vee era culpable por complicidad.

—Tendrás que salirte de la calle y aparcar detrás de esos matorrales —le dije.

Vee se inclinó hacia el parabrisas y escrutó la oscuridad.

—¿No hay una zanja entre aquí y los matorrales?

—No es muy honda. Créeme, no nos encallaremos.

—Mírame bien. Estamos hablando de un Neon, no de un Hummer.

—El Neon no pesa mucho. Si nos quedamos atascadas, saldré y lo empujaré.

Vee puso el coche en marcha y se metió en el arcén. La hierba alta arañaba los bajos de la carrocería.

—¡Acelera! —le dije. Me entrechocaron los dientes cuando fuimos dando tumbos por el pedregoso terraplén. El coche se inclinó hacia delante y se metió en la zanja. Las ruedas delanteras se pararon en cuanto golpearon el fondo.

—No sé cómo vamos a sacarlo de aquí —dijo Vee, pisando el acelerador. Las ruedas giraban pero no tenían agarre—. Tengo que salir en ángulo. —Giró todo el volante a la izquierda y volvió a acelerar—. Así está mejor —dijo, mientras el Neon bajaba y daba un tumbo hacia delante.

—Cuidado con la roca... —empecé a decir, demasiado tarde.

Vee condujo el Neon directamente hacia una gran roca que sobresalía de la tierra. Pisó el freno y paró el motor. Salimos y miramos la rueda delantera izquierda.

—Esto tiene mala pinta —dijo Vee—. ¿La rueda tiene el aspecto normal?

Me golpeé la frente contra el tronco del árbol más cercano.

—Hemos tenido un pinchazo —dijo Vee—. ¿Ahora qué?

—Nos ceñiremos al plan. Registraré la habitación de Scott y tú estarás atenta. Cuando vuelva, llamarás a Rixon.

—¿Y que le digo?

—Que nos hemos cruzado con un ciervo y has dado un volantazo para esquivarlo. Por eso has metido el Neon en la zanja y has tocado la roca.

—Me encanta esta historia —dijo Vee—. Me hace parecer una amante de los animales. A Rixon le va a gustar.

—¿Alguna pregunta?

—Ninguna. Lo tengo todo claro. Llamarte en cuanto Scott salga de casa. Llamarte otra vez si vuelve y avisarte de que te largues pitando. —Vee me miró los zapatos—. ¿Vas a escalar por la fachada y colarte por una ventana? Porque para eso tendrías que haberte puesto zapatillas de tenis. Tus manoletillas son una monada, pero de prácticas nada.

—Voy a entrar por la puerta.

—¿Qué le dirás a la madre de Scott?

—Eso da igual. Le gusto. Me dejará entrar. —Le tendí el perrito caliente, que se me había enfriado—. ¿Lo quieres?

—No. Vas a necesitarlo. Si algo va mal, toma un bocado. Al cabo de diez segundos notarás calidez y felicidad interior.

Recorrí el resto de la calle Deacon corriendo y me aparté hacia la sombra de los árboles en cuanto distinguí una silueta que se movía detrás de las ventanas iluminadas del apartamento de Scott. Por lo que parecía, la señora Parnell estaba en la cocina, yendo y viniendo entre el fregadero y la nevera, seguramente preparando un postre o un tentempié. La luz de la habitación de Scott estaba encendida, pero tenía los estores bajados. La luz se apagó y, al cabo de un momento, Scott entró en la cocina y le dio un beso en la mejilla a su madre.

Me quedé aplastando mosquitos durante cinco minutos, hasta que Scott salió del portal con algo que parecía una funda de guitarra. Metió la funda en el maletero del Mustang y dejó la plaza de aparcamiento.

Un minuto después sonó el tono de Vee en mi bolsillo.

—El pájaro ha dejado el nido —me dijo.

—Lo sé —le dije—. Quédate donde estás. Voy a entrar.

Subí hasta la puerta y llamé al timbre. La señora Parnell me abrió en cuanto me vio y me sonrió de oreja a oreja.

—¡Nora! —me dijo, cogiéndome con afabilidad por los hombros—. Scott acaba de irse. Ha ido a la prueba del grupo. No sabes lo que significa para él que te hayas tomado la molestia de concertársela. Va a dejarlos impresionados. Espera y verás. —Me dio un pellizco afectuoso en la mejilla.

—De hecho, Scott acaba de llamarme. Se ha dejado unas partituras aquí y me ha pedido que se las llevara. Habría vuelto él a buscarlas pero no quería llegar tarde a la prueba y que se llevaran de él una mala impresión.

—¡Oh! ¡Sí, claro! Entra. ¿Te ha dicho qué música quería?

—Me ha dictado un par de títulos.

Abrió la puerta de par en par.

—Te acompaño a su habitación. Scott se llevará una gran decepción si la prueba no le sale como quiere. Suele ser muy particular con lo de llevar la música más apropiada, pero ha sido todo muy precipitado. Estoy segura de que se le ha ido de la cabeza, pobrecillo.

—Parecía verdaderamente alterado —convine—. Me daré tanta prisa como pueda.

La señora Parnell me llevó por el pasillo. Cuando crucé el umbral del dormitorio de Scott, me di cuenta del completo cambio de decoración. Lo primero que noté fue la pintura negra de las paredes. Eran blancas la última vez que había estado allí. Habían arrancado el cartel de *El padrino* y el banderín de los Patriots de Nueva Inglaterra. El aire olía mucho a pintura y a absorbeolor.

—Perdona lo de las paredes —me dijo la señora Parnell—. Scott está pasando por un pequeño bajón. Un traslado puede resultar duro. Necesita salir más. —Me miró de modo significativo. Yo fingí no haber captado la insinuación.

—¿Son eso las partituras? —pregunté, indicando con un gesto un montón de papeles que había en el suelo.

La señora Parnell se secó las manos en el delantal.

—¿Quieres que te ayude a buscar los títulos?

—Da igual. No quiero entretenerla. Tardaré un segundo.

En cuanto se fue cerré la puerta. Dejé el móvil y el perrito caliente de Skippy's en la mesa, frente a la cama y me acerqué al armario.

Un par de camisas blancas sobresalían de un montón de tejanos y camisetas que había en el suelo. Sólo había tres camisas de leñador colgadas de perchas. Me pregunté si se las habría comprado la señora Parnell, porque no me imaginaba a Scott vestido de franela.

Debajo de la cama encontré un bate de aluminio, un guante de béisbol y una planta en una maceta. Llamé a Vee.

—¿Qué aspecto tiene la marihuana?

—Las hojas tienen cinco lóbulos —me contestó Vee.

—Scott cultiva marihuana debajo de la cama.

—¿Te sorprende?

No me sorprendía, pero aquello no explicaba el absorbeolor. No me imaginaba a Scott fumando hierba, pero no me hubiera extrañado que la vendiera. Necesitaba dinero desesperadamente.

—Volveré a llamarte si encuentro algo más. —Dejé el móvil sobre la cama de Scott y di una vuelta por la habitación. No había muchos escondites. El escritorio no tenía nada debajo. No había nada encima del radiador. En la manta no vi nada. Estaba a punto de darme por vencida cuando algo en la parte superior del armario atrajo mi atención. Había una marca en la pared.

Arrastré la silla del escritorio y me subí a ella. Habían abierto un agujero cuadrado de tamaño medio en la pared, pero habían vuelto a taparlo con una capa de yeso para disimularlo. Usé una percha de alambre para llegar lo más arriba posible y golpeé el cuadrado de yeso. Me pareció que había una caja de zapatos Nike de color naranja embutida en el espacio. Intenté extraerla con la percha, pero se fue más hacia el fondo.

Un suave zumbido me desconcentró y me di cuenta de que mi móvil vibraba y que la manta de la cama de Scott atenuaba el sonido.

Bajé de un salto.

—¿Vee? —respondí.

—¡Sal de ahí! —me siseó en voz apenas audible, muerta de miedo—. Scott me ha llamado otra vez y me ha preguntado la dirección del almacén, pero no sé que almacén le dijiste. Andándome con rodeos le he dicho que yo sólo soy la novia de un músico y que no sabía dónde hacía las pruebas el grupo. Me ha preguntado en qué almacén ensayaban y le he dicho que tampoco lo sabía. La buena noticia es que ha colgado, así que no he tenido que mentir hasta descubrirme. La mala noticia es que va para casa. Justo en este instante.

—¿Cuánto tiempo me queda?

—Acaba de pasar volando por aquí a mil por hora, así que un minuto, supongo. O menos.

—¡Vee!

—No me eches a mí la culpa... eres tú la que no contestaba al teléfono.

—Síguelo y entretenlo. Necesito dos minutos más.

—¿Seguirlo? El Neon tiene un pinchazo.

—¡A pata!

—¿Quieres que haga ejercicio?

Doblando el cuello para sujetar el teléfono bajo la

barbilla, busqué un trozo de papel en el bolso y revisé el escritorio de Scott para encontrar un bolígrafo.

—Son menos de cuatrocientos metros. Eso es una vuelta a la pista. ¡Ve!

—¿Qué le digo cuándo lo alcance?

—Esto es lo que hacen las espías... improvisan. Ya se te ocurrirá algo. Tengo que dejarte. —Corté la comunicación.

¿Dónde estaban los bolígrafos? ¿Cómo podía tener Scott un escritorio sin bolígrafos y sin lápices? Por fin encontré uno en mi bolso y escribí una breve nota en el trocito de papel. Deslicé la nota debajo del perrito caliente.

Oí el ronroneo del Mustang en el aparcamiento del edificio.

Me acerqué al armario y me encaramé a la silla otra vez. Me puse de puntillas, pinchando la caja con la percha.

La puerta de entrada se cerró.

—¿Scott? —oí que decía la señora Parnell desde la cocina—. ¿Por qué has vuelto tan temprano?

Metí el gancho de la percha bajo la solapa de la tapa y la saqué del compartimento. Cuando la hube sacado hasta la mitad la gravedad hizo el resto. La caja cayó en mis manos. Simplemente, me la metí en el bolso y con un brazo devolví la silla a su lugar en el escritorio. Entonces la puerta del dormitorio se abrió.

Scott me vio enseguida.

—¿Qué estás haciendo? —me preguntó.

—No esperaba que volvieras tan rápido —le dije.

—Lo de la prueba era una trola, ¿verdad?

—Yo...

—Me querías fuera del apartamento. —Se me acercó en dos zancadas, me agarró del brazo y me sacudió—. Has cometido un grave error viniendo aquí.

La señora Parnell apareció en la puerta.

—¿Qué pasa Scott? ¡Por Dios bendito, suéltala! Ha venido a recoger las partituras que olvidaste.

—Miente. No he olvidado ninguna partitura.

La señora Parnell me miró.

—¿Es cierto eso?

—Mentí —confesé insegura. Tragué saliva, intentando insuflar cierta calma a mis palabras—. La verdad es que quería pedirle a Scott que me acompañara a la fiesta del solsticio de verano que se celebrará en el Delphic, pero no me atrevía a hacerlo cara a cara. Esto es muy embarazoso. —Caminé hasta el escritorio y le ofrecí la salchicha con el papelito en el que había garabateado la nota.

—«No seas cobarde —leyó Scott—. Ven a la fiesta del solsticio de verano conmigo.»*

—¿Y bien? ¿Qué me dices? —Intenté sonreír—. ¿Te atreves o no?

Scott miró la nota, el perrito caliente y luego a mí.

—¿Qué?

—Bueno, ¿no es la cosa más encantadora que se haya visto? —terció la señora Parnell—. No querrás ser un cobarde, ¿verdad Scott?

—Déjanos solos un momento, mamá.

—¿Es una fiesta de etiqueta? —preguntó la señora Parnell—. Como un baile... Puedo reservar un frac en Todd's...

—Mamá.

—Oh. Vale. Estaré en la cocina. Nora, tengo que admitirlo. No tenía ni idea de que estuvieras aquí dejando una invitación para la fiesta. Realmente me he creído que venías a recoger las partituras. Muy hábil. —Me hizo un guiño, salió y cerró la puerta.

---

* Juego de palabras intraducible. En inglés *wiener* significa tanto «salchicha» como «hombre cobarde». (*N. de la T.*)

Me quedé a solas con Scott y mi alivio se esfumó.

—¿Qué haces aquí en realidad? —insistió Scott, bastante más siniestro.

—Te lo he dicho...

—No me lo trago. —Dejó de mirarme y repasó la habitación con la vista—. ¿Has tocado algo?

—Me he pasado por aquí a traerte el perrito. Te lo juro. He buscado un bolígrafo en el escritorio para escribir la nota, pero eso es todo.

Scott se abalanzó hacia el escritorio y abrió un cajón tras otro, repasando su contenido.

—Sé que mientes.

Retrocedí hacia la puerta.

—¿Sabes qué? Quédate con el perrito caliente, pero olvídate de la fiesta del solsticio de verano. Sólo intentaba ser amable contigo. Intentaba compensarte por lo de la otra noche, porque me sentía responsable de que te hubieran partido la cara. Olvida todo lo que he dicho.

Me evaluó en silencio. No tenía idea de si se lo había tragado, pero me daba igual. En lo único que pensaba era en marcharme de allí.

—No te quitaré ojo de encima —me dijo por fin, en un tono que me pareció amenazador. Nunca había visto a Scott tan fríamente hostil—. Piensa una cosa. Siempre que creas que estás sola, replantéatelo. Estaré vigilándote. Si vuelvo a pillarte otra vez en mi habitación, date por muerta. ¿Está bien claro?

Tragué saliva.

—Claro como el agua.

Cuando me marchaba pasé junto a la señora Parnell, que estaba de pie junto a la chimenea, con un vaso de té helado. Tomó un trago, dejó el vaso en la repisa de la chimenea y me detuvo.

—Scott es un chico estupendo, ¿verdad? —me dijo.

—Por decirlo de algún modo.

—Apuesto a que le has pedido que vaya a la fiesta porque sabías cuántas chicas habría haciendo cola si no te adelantabas.

La fiesta del solsticio de verano era a la noche siguiente y todos los que iban a ir ya tenían con quién hacerlo. Incapaz de decirle aquello a la señora Parnell, opté por sonreír. Que lo interpretara como quisiera.

—¿Tengo que hacer que vista frac? —me preguntó.

—En realidad no es una fiesta de etiqueta. Con unos tejanos y una camiseta irá bien. —Dejé que Scott le diera la noticia de que ya no íbamos a ir juntos a la fiesta.

La sonrisa se le agrió un poco.

—Bueno, en todo caso es una celebración de bienvenida. Supongo que no estarás planeando pedirle que vaya contigo a la fiesta de los estudiantes.

—En realidad todavía no había pensado en eso. Y, en cualquier caso, es posible que Scott no quiera ir conmigo.

—¡No seas tonta! Tú y Scott sois amigos desde hace mucho. Está loco por ti.

O loco y punto.

—Tengo que irme, señora Parnell. Me he alegrado mucho de volver a verla.

—¡Conduce con cuidado! —Me hizo una advertencia con el dedo.

Me reuní con Vee en el aparcamiento. Estaba encogida, con los puños entre las rodillas, intentando recuperar el aliento. Una mancha de sudor le humedecía la espalda de la camiseta.

—Has hecho un buen trabajo reteniéndolo —le dije.

Levantó la cabeza para mirarme. Tenía la cara roja como un tomate.

—¿Alguna vez has intentado perseguir un coche? —jadeó.

—Te he superado. Le he dado mi perrito caliente a Scott y le he preguntado si quería ir a la fiesta del solsticio de verano conmigo.

—¿Qué tiene que ver el perrito caliente con todo esto?

—Le he dicho que sería un cobarde si no venía conmigo.

Vee resolló, riéndose.

—Habría corrido más rápido de haber sabido que iba a verte llamarlo cobarde.

Al cabo de tres cuartos de hora, el padre de Vee había llamado a la AAA* y el Neon volvía a estar en la carretera. Me dejaron delante de la granja. No tardé ni un segundo en apartar las cosas de la mesa y sacar la caja de zapatos de Scott del bolso. Habían dado a la caja varias vueltas de cinta adhesiva, formando una capa de medio centímetro de espesor. Fuera lo que fuese que Scott ocultaba, no quería que nadie lo encontrara.

Corté la cinta adhesiva con un cuchillo de trinchar. Solté la tapa, la aparté y miré en la caja. Un simple calcetín blanco sin talón descansaba inocentemente en el fondo.

Miré detenidamente el calcetín. Se me había caído el alma a los pies. Luego fruncí el ceño. Abrí el calcetín lo suficiente para mirar en su interior. Se me doblaron las rodillas.

Dentro había un anillo. Uno de los anillos de la Mano Negra.

* Siglas en inglés de la Asociación Automovilística Estadounidense. (N. de la T.)

CAPÍTULO

19

Miré fijamente el anillo, atónita. Apenas podía controlar mis pensamientos. ¿Dos anillos? ¿Qué significaba aquello? Era evidente que la Mano Negra tenía más de un anillo. Pero ¿por qué estaba uno en posesión de Scott? ¿Y por qué se había tomado la molestia de esconderlo en un compartimento secreto de la pared de su habitación? ¿Y por qué, si estaba tan avergonzado de la marca que tenía en el pecho, guardaba el anillo que presuntamente se la había hecho? En mi cuarto, saqué mi chelo del armario y metí el anillo de Scott en la bolsa con cremallera para las partituras. Con su gemelo, el anillo que me habían mandado dentro del sobre la semana anterior. No le encontraba sentido a todo aquello. Había ido a casa de Scott buscando respuestas y me había marchado de allí todavía más confusa. Tendría que haber profundizado sobre los anillos más tiempo, tal vez juntado unas cuantas teorías, pero estaba completamente perdida.

Cuando el reloj de pie dio las doce, volví a comprobar dos veces el cerrojo de la puerta y me metí en la cama. Amontoné los almohadones, me senté con la espalda erguida y me pinté las uñas de azul medianoche. Después de las uñas de las manos pasé a las de los pies. Encendí mi iPod. Leí unos cuantos capítulos del libro de química. Sabía que no podía pasarme toda la vida sin dormir, pero estaba decidida a posponerlo todo lo posible. Me aterrorizaba que Patch estuviera esperándome al otro lado si me dormía.

No me di cuenta de que me había quedado dormida hasta que me despertó un extraño sonido de arañazos. Me quedé tendida en la cama, helada, esperando a oír el sonido otra vez para situarlo. Con las cortinas corridas, la habitación estaba a oscuras. Me levanté de la cama y miré entre las cortinas. El patio trasero estaba en calma, tranquilo, aparentemente pacífico.

Se oyó un crujido sordo en la planta baja. Agarré el móvil de la mesilla y abrí la puerta de la habitación lo suficiente para mirar afuera. En el pasillo no había nadie y salí. El corazón me latía tan fuerte que creí que me estallaría el pecho. Había llegado a las escaleras cuando un *clic* muy leve me alertó de que el pomo de la puerta estaba girando.

La puerta se abrió y una silueta entró con cautela en el recibidor a oscuras. Scott estaba en mi casa. Lo tenía a cuatro metros, al pie de las escaleras. Agarré el móvil con más fuerza, porque estaba resbaladizo de sudor.

—¿Qué haces aquí? —grité.

Alzó la cabeza, sobresaltado. Levantó las manos a la altura de los hombros para que yo viera que era inofensivo.

—Tenemos que hablar.

—La puerta estaba cerrada con pestillo. ¿Cómo has entrado? —pregunté con voz aguda y temblorosa.

No me respondió, pero no hacía falta que lo hiciera. Scott era Nefilim... alguien monstruosamente fuerte.

Estaba casi segura de que, si bajaba para comprobar el cerrojo de seguridad, vería que lo había roto con la fuerza de las manos simplemente.

—Entrar a la fuerza es ilegal —dije.

—También lo es robar. Te has llevado una cosa que me pertenece.

Me humedecí los labios.

—Tienes un anillo de la Mano Negra.

—No es mío. Lo... lo robé. —Su leve vacilación me indicó que estaba mintiendo—. Devuélveme el anillo, Nora.

—No hasta que me lo cuentes todo.

—Podemos hacer esto a las malas, si quieres. —Subió el primer escalón.

—¡No te muevas! —Me dispuse a marcar el 911 en el móvil—. Si das otro paso, llamo a la policía.

—La policía tardará veinte minutos en llegar.

—No es verdad. —Pero los dos sabíamos que lo era.

Subió el segundo escalón.

—Para —le ordené—. Haré la llamada, te juro que la haré.

—Dime por qué irrumpiste en mi habitación. ¿Para robar joyas valiosas?

—Tu madre me dejó entrar —contesté, nerviosa.

—No lo hubiera hecho de haber sabido que ibas a robarme. —Avanzó otro paso y las escaleras crujieron bajo su peso.

Me estrujé el cerebro buscando cómo impedirle que subiera más. Al mismo tiempo, quería pincharlo para que me dijera la verdad de una vez por todas.

—Me mentiste acerca de la Mano Negra. Esa noche, en tu habitación. Uf, menuda actuación. Las lágrimas fueron bastante convincentes.

Noté cómo se esforzaba para determinar lo que yo sabía.

—Mentí —me dijo por fin—. Intentaba mantenerte al margen de esto. No querrás verte mezclada con la Mano Negra.

—Es demasiado tarde. Mató a mi padre.

—Tu padre no es el único al que la Mano Negra quiere muerto. Me quiere muerto a mí, Nora. Necesito el anillo. —De repente ya estaba en el quinto escalón.

¿Muerto? La Mano Negra no podía matar a Scott. Era inmortal. ¿Pensaba que yo no lo sabía? ¿Y por qué estaba tan ansioso por recuperar el anillo? Yo creía que aborrecía su marca. Un nuevo retazo de información subió a la superficie de mi mente.

—La Mano Negra no te obligó a hacerte la marca, ¿verdad? —le dije—. Tú la querías. Tú querías unirte a la hermandad. Querías jurarle lealtad. Por eso guardas el anillo. Es un objeto sagrado, ¿no? ¿Te lo dio la Mano Negra después de marcarte?

Apretó la barandilla con la mano.

—No. Me obligaron.

—No te creo.

Frunció el entrecejo.

—¿Crees que permití a un psicópata que me apoyara en el pecho un anillo al rojo vivo? Si estoy tan orgulloso de la marca, ¿por qué siempre la llevo tapada?

—Porque es de una sociedad secreta. Estoy segura de que una marca te parece un precio bajo a cambio de los beneficios que te aporta formar parte de una poderosa hermandad.

—¿Beneficios? ¿Crees que la Mano Negra ha hecho una sola cosa por mí? —me preguntó furibundo—. Él es la muerte personificada. No puedo huir de él y, créeme, lo he intentado. En más ocasiones de las que puedo contar.

Me di cuenta de que Scott estaba mintiendo.

—Volvió —le dije, pensando en voz alta—. Después de marcarte, él volvió. Mentiste al decirme que no habías vuelto a verlo nunca.

—¡Claro que volvió! —me espetó Scott—. Puede llamar por la noche, tarde, o acercarse sigilosamente a mí cuando vuelvo a casa del trabajo, con un pasamontañas. Siempre está ahí.

—¿Qué quiere?

Me evaluó con la mirada.

—Si te lo cuento, ¿me devolverás el anillo?

—Depende de si creo o no que me estás diciendo la verdad.

Scott se restregó la cabeza con los nudillos, frenético.

—La primera vez que lo vi fue cuando cumplí catorce años. Me dijo que yo no era humano, que era un Nefilim, como él. Me dijo que tenía que unirme a su grupo. Me dijo que todos los Nefilim tenían que hacer piña. Añadió que no había otro modo de librarnos de los ángeles caídos. —Scott miró escaleras arriba. Me miró retador, pero en sus ojos había una cierta cautela, como si pensara que yo lo tomaría por loco—. Pensé que estaba ido. Pensé que alucinaba. Quise eludirlo pero siguió volviendo. Empezó a amenazarme. Dijo que los ángeles caídos me tendrían en cuanto cumpliera los dieciséis. Me seguía a todas partes, después de clase y del trabajo. Decía que me cubría las espaldas y que debía estarle agradecido. Luego se enteró de lo de mis deudas. Las saldó, pensando que lo consideraría un favor y querría unirme a su grupo. No lo consiguió... yo ansiaba que se fuera. Cuando le dije que iba a hacer que mi padre obtuviera una orden de alejamiento contra él, me llevó a rastras al almacén, me ató y me marcó. Dijo que era la única manera que tenía de mantenerme a salvo. Dijo que algún día lo entendería y se lo agradecería. —Por el modo en que lo dijo, supe que ese día nunca llegaría.

—Da la impresión de que está obsesionado contigo.

Scott asintió con un gesto.

—Cree que lo he traicionado. Mi madre y yo nos mudamos aquí para alejarnos de él. Ella no sabe nada de los Nefilim, ni de la marca. Cree simplemente que es un acosador. Nos mudamos, pero él no quiere que me escape y, sobre todo, no quiere arriesgarse a que abra la boca y estropee la tapadera de su culto secreto.

—¿Sabe que estás en Coldwater?

—No lo sé. Por eso necesito el anillo. Después de haberme marcado me lo dio. Dijo que tenía que guardarlo y reclutar a otros miembros. Me dijo que no lo perdiera, que me pasaría alguna desgracia si lo perdía. —A Scott le temblaba un poco la voz—. Está loco, Nora. Puede hacerme cualquier cosa.

—Tienes que ayudarme a encontrarlo.

Avanzó dos escalones más.

—Olvídalo. No iré a buscarlo. —Me tendió la mano abierta—. Ahora, dame el anillo. Déjate de evasivas. Sé que lo tienes aquí.

Simplemente por instinto, me di la vuelta y eché a correr. Me encerré en el baño y corrí el pestillo.

—Ya basta —me dijo Scott desde el otro lado de la puerta—. Abre. —Esperó—. ¿Crees que esta puerta va a detenerme?

No lo creía, pero no sabía qué otra cosa hacer. Estaba pegada a la pared del fondo del baño cuando vi el mondador en el mármol. Lo guardaba en el baño para abrir las cajitas de maquillaje y quitar más fácilmente las etiquetas de las prendas. Lo empuñé con la hoja hacia fuera.

Scott descargó su peso contra la puerta, que se abrió con estrépito y se estrelló contra la pared.

Nos quedamos de pie, frente a frente, y yo levanté el cuchillo hacia él.

Scott se me acercó, me lo arrebató y me apuntó con él.

—¿Quién manda ahora? —siseó.

El pasillo, detrás de Scott, estaba oscuro. La luz del baño iluminaba el papel pintado de flores. La sombra se movió tan despacio por delante del papel pintado que casi la perdí. Rixon apareció detrás de Scott con el pie de la lámpara que mi madre tenía en la mesa de la entrada y descargó sobre su cráneo un golpe tremendo.

—¡Ahhh! —farfulló Scott, voviéndose para ver qué lo había golpeado. En lo que pareció un movimiento reflejo, levantó el cuchillo y arremetió con él a ciegas.

Erró el blanco, y Rixon le golpeó el brazo con la lámpara, haciendo que soltara el arma al mismo tiempo que se derrumbaba contra la pared. Luego mandó de una patada el cuchillo al pasillo, fuera del alcance de Scott, y le dio un puñetazo en la cara. La sangre salpicó la pared. Rixon descargó otro puñetazo y Scott se desplomó, con la espalda pegada a la pared resbalando hasta el suelo, donde quedó sentado. Agarrándolo por el cuello de la camisa, Rixon lo levantó para darle un tercer puñetazo. Scott puso los ojos en blanco.

—¡Rixon! —oí que gritaba histérica Vee. Subía los escalones de dos en dos, impulsándose con la barandilla—. ¡Rixon, para! ¡Vas a matarlo!

Rixon soltó el cuello de Scott y se apartó.

—Patch me habría matado a mí si no le hubiera pegado. —Me prestó atención—. ¿Estás bien?

Scott tenía la cara llena de sangre y se me revolvió el estómago.

—Estoy bien —dije, entumecida.

—¿Seguro? ¿Quieres beber algo? ¿Una manta? ¿Quieres acostarte?

Miré a Rixon y luego a Vee.

—¿Qué hacemos ahora?

—Voy a llamar a Patch —dijo Rixon, abriendo el móvil y llevándoselo a la oreja—. Querrá estar aquí para esto.

Yo estaba demasiado conmocionada para oponerme.

—Deberíamos llamar a la policía —dijo Vee. Le echó un vistazo al maltrecho e inconsciente Scott—. ¿No tendríamos que atarlo? ¿Y si se despierta e intenta huir?

—Lo dejaré atado en la trasera de la camioneta en cuanto termine esta llamada —dijo Rixon.

—Vamos, nena —me dijo Vee, abrazándome. Me acompañó bajando las escaleras, con un brazo sobre mis hombros—. ¿Estás bien?

—Sí —le respondí automáticamente, todavía confusa—. ¿Cómo es que estáis aquí?

—Rixon ha ido a mi casa, y estábamos en mi dormitorio cuando he tenido el espeluznante presentimiento de que teníamos que ver si estabas bien. Cuando hemos llegado, el Mustang de Scott estaba aparcado en el camino de acceso.

»He supuesto que si estaba aquí no podía ser para nada bueno, sobre todo después de haber fisgado en su habitación. Le he dicho a Rixon que algo me olía mal y me ha dicho que esperara en el coche mientras él entraba. Me alegro de que hayamos llegado antes de que pasara algo peor. Menuda movida. ¿Cómo demonios ha podido amenazarte con un cuchillo?

Antes de que pudiera explicarle que yo había empuñado el arma primero, Rixon bajó trotando las escaleras y se reunió con nosotras en el recibidor.

—Le he dejado un mensaje a Patch —dijo—. Estará aquí enseguida. También he llamado a la policía.

Al cabo de veinte minutos el inspector Basso frenaba al final del camino. Llevaba una luz de emergencia policial que parpadeaba en el techo del coche. Scott iba recuperando la conciencia, gruñendo y rebulléndose en la camioneta de Rixon. Tenía la cara hinchada, ensangrentada, y las manos atadas a la espalda. Basso lo sacó fuera y cambió la cuerda por unas esposas.

—Yo no he hecho nada —protestó Scott. Tenía el labio superior partido y lleno de sangre.

—¿Forzar la puerta y entrar en una casa ajena es no hacer nada? Tiene gracia, pero la ley dice otra cosa —le espetó el inspector.

—Ella me ha robado una cosa. —Scott me señaló con la barbilla—. Pregúnteselo. Estaba en mi habitación esta noche, hace un rato.

—¿Qué te ha robado?

—Yo... no puedo decirlo.

Basso me miró buscando una confirmación.

—Ha estado con nosotros toda la noche —terció enseguida Vee—. ¿Verdad, Rixon?

—Pues claro —añadió Rixon.

Scott me miró como si fuera una traidora.

—No te hagas la santurrona.

Basso lo ignoró.

—Hablemos de ese cuchillo que llevabas.

—¡Ella lo sacó primero!

—Entraste a la fuerza en mi casa —le dije—. Fue para defenderme.

—Quiero un abogado —pidió Scott.

El inspector sonrió, pero se le había acabado la paciencia.

—¿Un abogado? Eso te hace parecer culpable, Scott. ¿Por qué querías acuchillarla?

—No intentaba acuchillarla. Le he quitado el cuchillo de la mano. Era ella la que quería acuchillarme a mí.

—Miente bien, tengo que reconocerlo —terció Rixon.

—Scott Parnell, quedas arrestado —anunció Basso, bajándole la cabeza con la mano mientras lo obligaba a sentarse en el asiento trasero del coche patrulla—. Tienes derecho a guardar silencio. Todo lo que digas podrá ser usado en tu contra.

Scott continuó con su expresión hostil, pero por debajo de los cortes y los golpes estaba pálido.

—Cometéis un grave error —dijo, aunque me miraba sólo a mí—. Si voy a la cárcel, seré como una rata enjaulada. Me encontrará y me matará. La Mano Negra lo hará.

Parecía verdaderamente aterrorizado, y yo no sabía si felicitarlo por una buena actuación... o pensar que realmente no tenía ni idea de lo que era capaz de hacer siendo un Nefilim. Pero ¿cómo podía pertenecer a una hermandad de sangre Nefilim y no saberse inmortal? ¿Cómo era posible que la sociedad no se lo hubiese dicho?

Scott seguía con los ojos clavados en mí. En tono suplicante, me dijo:

—Así es, Nora. Si me voy de aquí, estoy muerto.

—Sí, sí —dijo el inspector Basso, cerrando de un portazo el coche. Se volvió hacia mí—. ¿Te parece que serás capaz de no meterte en ningún lío en lo que queda de noche?

20

Abrí la ventana de la habitación y me senté en el alféizar, pensativa. Una brisa refrescante y un coro nocturno de insectos me hacían compañía. En el extremo más alejado del campo parpadeaba la luz de una casa. Me hacía sentir curiosamente segura saber que yo no era la única que seguía despierta a aquellas horas. Después de que el inspector se llevara a Scott, Vee y Rixon habían examinado la cerradura de la entrada.

—Caray —había dicho Vee al ver la puerta destrozada—. ¿Cómo ha podido Scott doblar así el pestillo de seguridad? ¿Con un soplete?

Rixon y yo nos habíamos limitado a mirarnos.

—Me pasaré por aquí mañana y te cambiaré la cerradura —había agregado él.

De eso hacía dos horas. Rixon y Vee se habían marchado hacía rato, dejándome a solas con mis pensamientos. No quería pensar en Scott, pero no podía evitarlo. ¿Estaba fingiendo o iba a encontrarme al día siguiente con que misteriosamente le habían dado una paliza mientras estaba bajo la custodia de la policía? En cualquier caso, no podía morir. Llevarse unos cuantos golpes, tal vez, pero no morir. No quería pensar que la Mano Negra fuera más allá... eso si la Mano Negra era siquiera una amenaza. Scott no estaba seguro de que estuviera siquiera en Coldwater.

Me dije que no había nada que yo pudiera hacer al respecto. Scott había irrumpido en mi casa y me había amenazado con un cuchillo. Estaba entre rejas por culpa suya. Él estaba encerrado y yo a salvo. Lo irónico era que deseaba estar yo en la cárcel aquella noche. Si la Mano Negra acosaba a Scott, quería estar ahí para hacerle frente de una vez por todas.

No podía concentrarme bien debido a la falta de sueño, pero hice cuanto pude para examinar la información de la que disponía. A Scott lo había marcado la Mano Negra, un Nefilim. Según Rixon, Patch era la Mano Negra, un ángel. Parecía casi como si estuviera buscando a dos individuos que compartían un mismo nombre...

Pasaba bastante de medianoche, pero no quería dormir. No mientras eso implicara abrirme a Patch, sentir su red cerrándose alrededor de mí, seduciéndome con sus palabras y sus manos suaves, confundiéndome más de lo que ya estaba. Antes que dormir, quería respuestas. Todavía no había ido al apartamento de Patch y, más que nunca, tenía la certeza de que allí estaban las respuestas.

Me enfundé unos tejanos lavados muy ajustados y una camiseta negra ceñida. Como estaba previsto que lloviera, opté por unas zapatillas de tenis y mi chubasquero Windbreaker.

Tomé un taxi hasta el extremo más oriental de Coldwater. El río brillaba como una serpiente negra. Las siluetas de las chimeneas de fábrica, al otro lado del río, eran engañosas, y, si las miraba con el rabillo del ojo, me recordaban a pesados monstruos. Cuando hube recorrido varias manzanas del barrio industrial, encontré dos edificios de apartamentos, los dos de tres pisos. Me metí en la entrada del primero. Todo estaba en silencio y supuse que los inquilinos dormían en sus camas. Repasé los buzones del fondo, pero no había ningún rótulo que pusiera «Cipriano». Bueno, si realmente hacía lo posible para mantener en secreto su dirección, era lógico que Patch hubiera tenido la precaución de no poner el nombre en el buzón. Subí las escaleras hasta el último piso. Los apartamentos eran el 3A, 3B y 3C. No había ningún apartamento 34. Bajé corriendo las escaleras, caminé hasta media manzana y probé en el segundo edificio.

Detrás de la puerta principal había una entrada estrecha con las baldosas agrietadas y una capa de pintura que apenas disimulaba las pintadas rojas y negras. Igual que en el otro edificio, los buzones estaban al fondo. Cerca de la puerta, el aire acondicionado vibraba y zumbaba mientras la puerta de un viejo ascensor permanecía abierta como unas fauces enrejadas que esperaran para atraparme. Preferí subir por las escaleras. El edificio tenía un aire solitario de abandono. Era una finca cuyos vecinos se ocupaban sólo de sus propios asuntos, en la que nadie conocía a nadie y era fácil guardar un secreto.

La calma en el tercer piso era mortal. Pasé por delante de los apartamentos 31, 32 y 33. Al final del pasillo di con el apartamento 34. De repente me pregunté qué haría si Patch estaba en casa. Ya sólo podía esperar que no estuviera. Llamé a la puerta, pero no obtuve respuesta. Comprobé el pomo. Para mi asombro, se abrió.

Escruté la oscuridad, inmóvil, escuchando por si oía algún movimiento.

Pulsé el interruptor de la luz que había junto a la puerta, pero, una de dos, o las bombillas estaban fundidas o habían cortado la electricidad. Saqué la linterna del bolsillo, entré y cerré la puerta.

Un olor rancio de comida podrida me asaltó. Dirigí el haz de la linterna hacia la cocina. En el mármol había una sartén con unos huevos revueltos de hacía días y un envase medio vacío de leche, tan cortada que se había hinchado. No era el sitio que yo suponía que Patch llamaría hogar, pero aquello sólo probaba que había muchas cosas acerca de él que yo desconocía.

Dejé las llaves y el bolso en el mármol y me tapé la nariz con el cuello de la camiseta para no oler el hedor. Las paredes estaban desnudas y el mobiliario era escaso. Había una anticuada televisión con dos antenas desplegables, seguramente en blanco y negro, y un sofá raído en el salón. La ventana estaba tapada con papel de estraza.

Iluminando el suelo con la linterna, fui por el pasillo hasta el baño. Era austero, sin nada más que una cortina de ducha beige, que en sus buenos tiempos probablemente había sido blanca, y una sucia toalla de hotel en el toallero. No había jabón, ni máquina de afeitar, ni espuma. El suelo de linóleo estaba despegado en las esquinas y el armarito del lavabo vacío.

Continué por el pasillo hasta el dormitorio. Giré el pomo y abrí la puerta hacia dentro. En el aire flotaba un olor rancio a sudor y ropa de cama sucia. Como la luz estaba apagada, supuse que era seguro levantar los estores y abrí la ventana para que la habitación se aireara. El resplandor de las farolas entró, creando una atmósfera vagamente gris en la habitación.

Había platos con comida seca en la mesilla de noche y, aunque había sábanas en la cama, no tenían el aspecto tieso de la ropa blanca recién lavada. De hecho, a juzgar por el olor, no habían visto el jabón desde hacía meses. Un pequeño escritorio con un monitor de ordenador ocupaba un rincón del fondo. El ordenador no estaba, y pensé que Patch se había tomado muchas molestias para no dejar el menor rastro.

Me puse en cuclillas delante del escritorio, abriendo y cerrando cajones. No vi nada que me llamara la atención aparte de lo de siempre: lápices y unas Páginas Amarillas. Estaba a punto de dejarlo cuando un alhajero pegado debajo del tablero del escritorio atrajo mi atención. Metí la mano debajo del escritorio y tanteé para despegar la cinta adhesiva que lo mantenía sujeto. Quité la tapa. Se me pusieron los pelos de punta.

La cajita contenía seis anillos de la Mano Negra.

En el otro extremo del pasillo la puerta principal se abrió con un chirrido.

Me puse en pie de un salto. ¿Había vuelto Patch? No podía dejar que me encontrara. No ahora, no cuando acababa de descubrir los anillos de la Mano Negra en su apartamento.

Miré alrededor buscando un lugar para esconderme. La cama me separaba del armario. Si intentaba rodearla me arriesgaría a que me vieran desde la puerta. Si me subía a ella, el peligro era que los muelles chirriaran.

La puerta principal se cerró con un suave chasquido. Unos pasos pesados cruzaron el linóleo de la cocina. Como vi que no me quedaba más remedio, corrí hacia el alféizar de la ventana, saqué las piernas y me dejé caer tan silenciosamente como pude en la escalera de incendios. Luego intenté cerrar la ventana, pero las guías se atascaron y no se movió. Me agaché al otro lado de la ventana, sin dejar de mirar hacia el interior del apartamento.

Apareció una sombra en la pared del pasillo que se acercaba. Me agaché para que no me viera.

Tenía miedo de que fuera a pillarme... iba a hacerlo... cuando los pasos se alejaron. No había pasado un minuto cuando la puerta principal se abrió y volvió a cerrarse. Un silencio fantasmagórico se apoderó nuevamente del apartamento.

Me levanté despacio. Me quedé de pie allí, otro minuto entero, hasta que estuve segura de que en el apartamento no había nadie. Entonces trepé a la ventana y entré. De repente me sentía al descubierto y vulnerable. Corrí por el pasillo. Necesitaba ir a algún lugar tranquilo, donde pudiera ordenar las ideas. ¿Qué se me escapaba? Era evidente que Patch era la Mano Negra, pero ¿qué papel tenía en la hermandad de sangre Nefilim? ¿Cuál era su misión? ¿Qué demonios estaba pasando? Recogí el bolso y me dirigí hacia la salida.

Tenía la mano en el pomo de la puerta cuando un extraño ruido me sacó de mi ensimismamiento. Un reloj. Era el tictac rítmico de un reloj. Fruncí el ceño y volví a la cocina. El sonido no se oía cuando había entrado... al menos, yo creía que no. Escuchando con atención, seguí el tictac por la habitación. Me agaché delante del armario del fregadero.

Con alarma creciente, abrí el armario. A pesar del pánico y la confusión, me di cuenta de lo que era el artilugio que tenía a unos centímetros de las rodillas: cartuchos de dinamita, cinta adhesiva, cables blancos, azules y amarillos.

Me puse de pie de un salto y corrí hacia la entrada. Mis pies repiqueteaban escaleras abajo, tan deprisa que tenía que agarrarme a la barandilla para no caerme. Cuando llegué a la entrada, salí a la calle y continué corriendo. Volví un instante la cabeza y vi un fogonazo. Inmediatamente una bola de fuego salió por las ventanas del tercer piso del edificio. El humo se elevó hacia el cielo nocturno. Llovieron sobre la calle trozos de ladrillo y astillas de madera al rojo vivo.

El sonido lejano de sirenas resonó en los edificios. Yo iba corriendo a ratos y a ratos caminando deprisa, temerosa de llamar la atención, pero demasiado consternada para no huir de allí. Cuando di la vuelta a la esquina me puse a correr como una loca. No sabía adónde iba. Tenía el pulso desbocado y un torbellino de ideas en la cabeza. Si me hubiera quedado en el apartamento unos minutos más, habría muerto.

Se me escapó un sollozo. Moqueaba y tenía el estómago encogido. Me sequé los ojos con el dorso de la mano e intenté ver las formas que salían a mi encuentro de la oscuridad: señales de tráfico, coches estacionados, el bordillo... el resplandor engañoso de una lámpara en las ventanas. En cuestión de segundos el mundo se había convertido en un confuso laberinto; la verdad era elusiva, se me escapaba, se desvanecía cuando trataba de mirarla directamente.

¿Alguien había intentado borrar las pruebas que habían quedado en el apartamento? ¿Pruebas como los anillos de la Mano Negra? ¿Era Patch el responsable?

Más adelante vi una gasolinera. Fui tambaleándome hasta el baño del exterior y me encerré dentro. Tenía las piernas flojas y los dedos me temblaban tanto que tuve que hacer un tremendo esfuerzo para abrir el grifo. Me eché agua fría en la cara para recuperar el aplomo. Apoyé los brazos en el lavabo y luché por recobrar el aliento.

CAPÍTULO

21

Llevaba treinta y seis horas sin dormir excepto un ratito el martes por la noche, cuando Patch se había metido en mi sueño.

Permanecer despierta toda la noche no había sido demasiado difícil; cada vez que se me cerraban los ojos la explosión ardía en mi mente y me despertaba sobresaltada. Incapaz de dormir, había pasado la noche pensando en Patch. Cuando Rixon me había dicho que Patch era la Mano Negra, había sembrado la semilla de la duda en mí, que había germinado y florecido en la peor clase de traición, pero no me había desengañado del todo. No todavía. En parte seguía queriendo llorar y sacudir la cabeza, oponiéndome a la idea de que Patch hubiese podido matar a mi padre. Me mordí con fuerza el labio, concentrándome en ese dolor para no recordar todas las veces que me había acariciado la boca con el dedo o me había besado el lóbulo de la oreja. No podía pensar en aquellas cosas.

A las siete me arrastré fuera de la cama para ir a clase. Dejé varios mensajes telefónicos para el inspector Basso a lo largo de la mañana, por la tarde y por la noche. Lo llamé cada hora, y no me devolvió ninguna llamada. Me dije que llamaba para saber de Scott, pero en el fondo tenía la sospecha de que sólo quería saber que la policía estaba cerca. Por poco que me gustara el inspector Basso, me sentía un poquito más segura creyendo que estaba a una llamada de distancia. Porque una pequeña parte de mí empezaba a creer que lo de la noche anterior no había sido para destruir pruebas.

¿Y si alguien había intentado matarme?

Durante la noche no había dejado de pensar y de dar vueltas a los retazos de información que tenía, intentando que encajaran. Lo único que había conseguido tener claro era lo de la hermandad de sangre Nefilim. Patch había dicho que el sucesor de Chauncey quería vengar su muerte. Patch juraba que nadie podía relacionar la muerte de Chauncey conmigo, pero yo empezaba a temer que no era así. Si el sucesor conocía mi existencia, era posible que la noche anterior hubiera intentado por primera vez vengarse.

Parecía inverosímil que alguien me hubiera seguido hasta el apartamento de Patch tan tarde por la noche, pero si una cosa sabía de los Nefilim era que solían ser muy buenos haciendo lo inverosímil.

El móvil se puso a sonar en mi bolsillo y contesté antes de que hubiera terminado el primer timbrazo.

—¿Diga?

—Vamos a la fiesta del solsticio de verano —dijo Vee—. Comeremos un poco de algodón de azúcar, nos montaremos en unas cuantas atracciones, a lo mejor nos hipnotizarán y haremos todo eso que hace que las chicas alocadas parezcan mansas.

Había tenido el corazón en la boca y volvió a su lugar. Nada de Basso, pues.

—¡Oye! ¿Qué me dices? ¿Te apetece hacer algo? ¿Te apetece ir al Delphic?

Honestamente, no me apetecía. Había planeado volver a llamar a Basso cada sesenta minutos hasta que respondiera a una de mis llamadas.

—Planeta Tierra llamando a Nora.

—No me encuentro bien —contesté.

—¿No te encuentras bien? ¿Qué te duele? ¿El estómago? ¿La cabeza? ¿Te has intoxicado con algo que has comido? El Delphic es la cura para todo eso.

—Voy a pasar. Gracias de todos modos.

—¿Es por Scott? Porque está en la cárcel y no puede hacerte nada. Vamos a divertirnos. Rixon y yo no nos besaremos delante de ti, si eso te molesta.

—Voy a ponerme el pijama y ver una película.

—¿Me estás diciendo que una película te divierte más que yo?

—Esta noche sí.

—Pues menuda película. Sabes que no pararé de insistir hasta que vengas.

—Lo sé.

—Entonces pónmelo fácil y di que sí.

Suspiré. Podía quedarme sentada en casa toda la noche, esperando a que el inspector Basso respondiera a mis llamadas, o tomarme un respiro y empezar de nuevo cuando regresara. Además, él tenía el número de mi móvil y podía ponerse en contacto conmigo estuviera donde estuviera.

—Está bien —le dije a Vee—. Dame diez minutos.

En mi habitación me puse unos tejanos, una camiseta estampada y una chaqueta. Completé mi atuendo con unos mocasines de gamuza. Me recogí el pelo en una cola de caballo baja y me la pasé por encima del hombro derecho. Como llevaba más de un día sin dormir, tenía unas ojeras oscuras. Me puse rímel, sombra de ojos plateada y brillo de labios. Esperaba parecer más entera de lo que me sentía. Dejé una nota bastante anodina en el mármol de la cocina para mi madre, diciéndole que había ido al Delphic, a la fiesta del solsticio de verano.

No estaría de regreso hasta la mañana siguiente, pero ella me sorprendía a menudo volviendo antes de lo esperado. Si volvía esa noche, probablemente desearía haber prolongado el viaje. Yo había estado ensayando lo que le diría. Hiciera lo que hiciese, no dejaría de mirarla a los ojos mientras le anunciara que sabía lo de su aventura con Hank. Y no iba a dejar que pronunciara ni una palabra antes de haberle dicho que me iba de casa. Tal como lo había ensayado, una vez dicho aquello me marcharía. Quería que captara el mensaje: era demasiado tarde para hablar; si quería contarme la verdad, había tenido dieciséis años para hacerlo. Ahora ya era demasiado tarde.

Cerré la puerta y corrí por el sendero al encuentro de Vee.

Una hora más tarde, Vee metía el Neon en el aparcamiento, entre dos enormes camiones que invadían nuestra plaza por ambos lados. Bajamos las ventanillas y nos colamos hacia fuera por ellas para evitar rayar la pintura al abrir las puertas.

Cruzamos el aparcamiento y entramos en el parque, que estaba más atiborrado de lo habitual debido a la fiesta del solsticio de verano: el día más largo del año. Reconocí unas cuantas caras del instituto, pero por lo demás me sentía rodeada por un mar de extraños. Muchos llevaban antifaces brillantes que les cubrían la mitad del rostro. Alguno debía de venderlos a precio de saldo.

—¿Por dónde empezamos? —me preguntó Vee—. ¿Por el salón de juegos? ¿La Casa del Miedo? ¿Por los puestos de comida? Personalmente, creo que podríamos empezar por la comida. Así comeremos menos.

—¿Qué lógica tiene eso?

—Si nos paramos en los puestos de comida al final, tendremos más hambre. Siempre como más cuando se me ha despertado el apetito.

A mí me daba igual por dónde empezáramos. Sólo estaba allí para distraerme un par de horas. Comprobé el móvil, pero no tenía llamadas perdidas. ¿Cuánto tiempo necesitaba Basso para devolver una llamada? ¿Le habría pasado algo? Tenía un negro presentimiento que me hacía sentir incómoda, y aquello no me gustaba.

—Estás pálida —me dijo Vee.

—Ya te he dicho que no me encuentro bien.

—Esto es porque no has comido bastante. Siéntate. Voy a buscar un poco de algodón de azúcar y unos perritos. Piensa en toda esa mostaza. No sé tú, pero yo casi puedo sentir cómo se me despeja la cabeza y el pulso se me desacelera.

—No tengo hambre, Vee.

—Claro que tienes hambre. Todo el mundo tiene hambre. Por eso hay tantos puestos. —Antes de que pudiera detenerla se perdió entre la gente.

Caminaba de un lado para otro por el paseo, esperando a Vee, cuando sonó mi móvil. El nombre del inspector Basso apareció en la pantalla.

—Por fin. —Inspiré y abrí el móvil.

—Nora, ¿dónde estás? —me preguntó en cuanto descolgué. Hablaba deprisa y me pareció que estaba nervioso—. Scott se ha escapado. Se ha ido. Lo buscamos con todos los efectivos disponibles, pero quiero que te mantengas apartada de él. Iré a recogerte hasta que esto pase.

Se me hizo un nudo en la garganta tan apretado que tuve dificultades para responderle.

—¿Qué? ¿Cómo ha podido salir?

El inspector dudó antes de responderme.

—Dobló las barras de la celda.

Podía hacerlo, claro. Era un Nefilim. Dos meses antes había visto cómo Chauncey estrujaba mi móvil con la mano. No me costaba imaginar a Scott usando su fuerza de Nefilim para abrir la celda.

—No estoy en casa —le comuniqué—. Estoy en el parque de atracciones Delphic.

Sin querer, recorrí la multitud con la mirada buscando a Scott. Pero él no tenía modo de saber que yo estaba allí. Después de salir de la celda, probablemente había ido directamente a mi casa, esperando encontrarme. Me sentía terriblemente agradecida con Vee por haberme llevado fuera. En aquel preciso instante, seguramente Scott estaba en mi casa. El móvil se me resbaló. La nota. En el mármol. La nota que le había dejado a mi madre diciéndole que había ido al Delphic.

—Me parece que sabe dónde estoy —le dije a Basso, notando las primeras punzadas de pánico—. ¿Cuánto tardará usted en llegar?

—¿Al Delphic? Media hora. Ponte a salvo. Vayas adonde vayas, lleva el teléfono encima. Si ves a Scott, llámame inmediatamente.

—No hay guardias de seguridad en el Delphic —añadí. Me notaba la boca seca. Todo el mundo sabía que el parque no tenía contratado un servicio de seguridad, lo cual era una de las razones por las que a mi madre no le gustaba que fuera allí.

—Entonces márchate —me espetó—. Vuelve a Coldwater y reúnete conmigo en la comisaría. ¿Puedes hacer eso?

Sí. Podía hacerlo. Vee me llevaría. Ya caminaba hacia donde se había marchado ella, buscándola entre la gente.

Basso suspiró.

—No va a pasarte nada. Pero... lárgate de ahí enseguida. Mandaré al resto de los efectivos al Delphic a buscar a Scott. Lo encontraremos. —La ansiedad se le notaba, y eso no me consoló.

Estaba preocupada. Scott andaba suelto. La policía iba tras él. Todo terminaría bien... siempre y cuando me mantuviera fuera de su alcance. Elaboré un plan rápidamente. Primero tenía que encontrar a Vee. También tenía que ponerme a cubierto. Si Scott llegaba caminando por el sendero me vería.

Iba corriendo hacia los puestos de comida cuando me dieron un codazo en las costillas por detrás. Por la fuerza del codazo supe que no había sido un accidente. Empecé a volverme, y antes de que pudiera darme la vuelta del todo, reconocí una cara familiar. Lo primero que capté fue la breve imagen de su pendiente. Lo segundo que capté fue lo magullada que tenía la cara. Tenía la nariz rota y enrojecida. El cardenal se extendía por debajo de los dos ojos, de un morado oscuro.

Lo siguiente que supe fue que Scott me tenía cogida por el codo y me arrastraba hacia el paseo.

—¡Quítame las manos de encima! —le dije, luchando por librarme. Pero Scott era mucho más fuerte y no me soltó.

—Claro, Nora, en cuanto me digas dónde está.

—Dónde está qué —le respondí, en tono agresivo. Se rio sin ganas.

Me mantuve tan impertérrita como pude, pero mi cabeza era un hervidero. Si le decía que el anillo estaba en casa, se iría del parque. Seguramente me llevaría consigo. Cuando llegara la policía, se encontraría con que ambos nos habíamos ido. No podía llamar a Basso y decirle que íbamos hacia casa. No con Scott a mi lado. Tenía que retenerle allí, en el parque de atracciones.

—¿Se lo diste al novio de Vee? ¿Crees que él podrá esconderlo de mí? Sé que ese tipo no es... normal. —En los ojos de Scott se notaba una aterradora incertidumbre—. Sé que es capaz de hacer cosas que los demás no pueden hacer.

—¿Como tú?

Scott me miró.

—No es como yo. No es lo mismo. Todo lo que puedo decirte es que no voy a hacerte daño, Nora. Lo único que necesito es el anillo. Dámelo y no volverás a verme jamás.

Mentía. Quería hacerme daño. Estaba tan desesperado como para haber escapado de la celda. Nada le parecía excesivo llegados a ese punto. Recuperaría el anillo costara lo que costase. La adrenalina me recorría las piernas y no podía pensar con claridad. Pero mi instinto de supervivencia me decía que tenía que controlar la situación. Necesitaba encontrar un modo de alejarme de Scott. Siguiendo ciegamente mi instinto, dije:

—Tengo el anillo.

—Ya sé que lo tienes —repuso, impaciente—. ¿Dónde?

—Aquí. Lo he traído.

Me estudió un momento y luego me quitó el bolso y lo abrió para buscarlo.

Negué con la cabeza.

—Lo he tirado.

Me lanzó el bolso. Lo atrapé y me lo apreté contra el pecho.

—¿Dónde? —me preguntó.

—En una papelera que hay cerca de la entrada —le contesté sin pensar—. Está en los lavabos de mujeres.

—Enséñamela.

Mientras íbamos por el paseo traté de calmarme para poder decidir mi siguiente paso. ¿Podía correr? No, Scott me pillaría. ¿Podía esconderme en el lavabo de señoras? No indefinidamente, no. Scott no era tímido, y no tendría inconveniente alguno en seguirme si eso significaba obtener lo que quería. Pero yo seguía teniendo el móvil. En el baño de señoras podría llamar al inspector Basso.

—Es en éste —le dije, señalando hacia uno de los barracones de hormigón. La entrada del lavabo de señoras estaba justo enfrente, al final de una rampa de cemento, y el de caballeros se encontraba en la parte posterior.

Scott me agarró por los hombros y me sacudió.

—No me mientas. Me matarán si lo pierdo. Si me mientes, te... —Se calló, pero yo sabía lo que había estado a punto de decir: «Si me mientes, te mataré.»

—Está en el baño. —Asentí, más para convencerme de que podía hacerlo que para tranquilizarlo a él—. Voy a entrar. Y luego me dejarás sola, ¿verdad?

En lugar de responderme, Scott me tendió la mano abierta.

—Dame el móvil.

El corazón me dio un vuelco. No tuve más remedio que darle el móvil. La mano me temblaba un poco, pero me controlé, porque no quería que supiera que tenía un plan y acababa de arruinármelo.

—Tienes un minuto. No hagas ninguna estupidez.

En el baño hice un rápido inventario. Cinco lavabos en una pared con cinco cabinas en el lado opuesto. Había dos chicas en los lavabos, con las manos llenas de espuma. En la pared del fondo había una ventana pequeña y estaba entreabierta. Sin perder tiempo, me subí al último lavabo. La ventana me quedaba a la altura de los codos. No había ninguna rejilla que me lo impidiera, así me vendría justo colarme por ella. Notaba los ojos de las chicas fijos en mí, pero hice caso omiso y me aupé hasta el alféizar, apenas consciente de las telarañas y los excrementos de pájaro.

Empujé el cristal, que se soltó y cayó al suelo por fuera con estrépito. Contuve el aliento, pensando que Scott lo habría oído, pero la gente que había en los senderos había ahogado el ruido. Apoyé el vientre en el antepecho, levanté la pierna izquierda y la doblé contra el cuerpo hasta que pude pasarla por la ventana. Me escurrí fuera y lo último que saqué fue la pierna derecha. Quedé colgada del antepecho sosteniéndome sólo con los dedos. Desde ahí me dejé caer hasta el camino exterior. Me mantuve agachada un momento, temiendo que Scott rodeara el edificio.

Luego corrí hacia el camino principal del parque de atracciones y me uní al torrente de gente.

El cielo se sumía en la oscuridad que iba eclipsando los pálidos rayos de luz del horizonte. Caminé a toda prisa hacia la salida del parque. Ya se veían las puertas. Casi había llegado. Me abría paso entre la gente cuando me detuve de golpe. A menos de cinco metros Scott iba y venía por delante de las puertas, con los ojos fijos en la masa de personas que entraban y salían. Se habría imaginado que me había escapado del baño y quería bloquear la única salida del parque. Una verja de tela metálica coronada de alambre de espino rodeaba el recinto, así que el único modo que tenía de salir era por aquellas puertas. Yo lo sabía y Scott también.

Me di la vuelta precipitadamente y me mezclé con la gente, mirando hacia atrás a cada momento para asegurarme de que Scott no me había seguido.

Me adentré más en el parque porque, dado que el último lugar en el que había visto a Scott era junto a las puertas, me convenía alejarme todo lo posible. Podía ocultarme en la oscuridad de la Casa del Miedo hasta que llegara la policía, o tomar el teleférico, desde el cual podría localizar a Scott abajo y no quitarle ojo. Mientras él no mirara hacia arriba, estaría bien. Por supuesto, si me veía no me cabía duda de que me estaría esperando al final del viaje. Decidí mantenerme en movimiento, en medio de la gente, y esperar.

El sendero se bifurcaba en la Rueda de la Fortuna: una rama iba hacia el descenso en barca y la otra hacia el Arcángel, la montaña rusa. Acababa de tomar hacia allí cuando vi a Scott. Él también me vio. Estábamos en senderos paralelos, con el telesilla en medio. Un chico y una chica se montaron en un asiento cuando daba la vuelta en la cinta transportadora, interrumpiendo momentáneamente nuestro contacto visual. Aproveché para echar a correr.

Me abrí paso entre la multitud, pero los senderos estaban abarrotados y me costaba avanzar rápido. Tenía que parar y arrancar. Y lo que era peor todavía, en aquella zona del parque los senderos discurrían entre setos altos, lo que encajonaba a la gente en un laberinto de recodos y vueltas. No osaba mirar hacia atrás, pero sabía que Scott no podía andar muy lejos. No intentaría hacerme nada delante de tanta gente, ¿verdad? Descarté aquella idea con un movimiento de cabeza y pensé hacia dónde ir. Sólo había estado en el Delphic tres o cuatro veces, siempre de noche, y no conocía bien el lugar. Me hubiera dado de bofetadas por no haber cogido un mapa en la entrada. Encontraba absurdo haber escapado corriendo hacía apenas treinta segundos de la entrada; ahora no pensaba en otra cosa que en llegar a ella.

—¡Eh, cuidado!

—Perdone —me disculpé, sin aliento—. ¿Dónde está la salida?

—¿Qué prisa tienes?

Fui abriéndome paso entre la gente.

—Perdón, tengo que pasar... perdón.

Por encima del seto, las luces de las atracciones centelleaban contra el cielo nocturno. Me detuve en un cruce, intentando orientarme. ¿A la derecha o a la izquierda? ¿Por dónde llegaría antes a la salida?

—Aquí estás. —El aliento de Scott me rozó la oreja. Me puso una mano en el cuello, y un escalofrío me llegó hasta los huesos.

—¡Socorro! —grité instintivamente—. ¡Que alguien me ayude!

—Mi novia —explicó Scott a unas cuantas personas que se detuvieron—. Es un juego al que jugamos.

—¡No soy su novia! —exclamé llevada por el pánico—. ¡Quítame las manos de encima!

—Vamos, cariño. —Scott me abrazó y me atrajo hacia sí con fuerza—. Te había advertido que no me mintieras —me susurró al oído—. Necesito el anillo. No quiero hacerte daño, Nora, pero te lo haré si me obligas.

—¡Apártenlo de mí! —le grité a todo aquel que quiso escucharme.

Scott me dobló el brazo en la espalda. Hablé entre dientes, intentando dominar el dolor.

—¿Estás loco? —le dije—. No tengo el anillo. Se lo entregué a la policía anoche. Ve a pedírselo a ellos.

—¡Deja de mentir! —rugió.

—Llámalos tú mismo. Es la verdad. Se lo di a ellos. No lo tengo. —Cerré los ojos, rogando que me creyera y me soltara el brazo.

—Entonces vas a ayudarme a recuperarlo.

—No me lo van a dar. Es una prueba. Les dije que era tu anillo.

—Me lo devolverán —dijo despacio, como si estuviera elaborando un plan mientras lo decía—. Si te entrego a ti a cambio.

Todo encajó.

—¿Vas a retenerme como rehén? ¿A entregarme a cambio del anillo? ¡Socorro! —grité—. ¡Que alguien lo aparte de mí!

Uno de los que estaban cerca se rio.

—¡Esto no es un juego! —aullé. Notaba que la sangre me subía al cuello y el terror y la desesperación se apoderaban de mí—. ¡Apártenlo...!

Scott me tapó la boca con una mano, pero le di una patada en la espinilla. Soltó un grito y dobló un poco las rodillas.

Aflojó algo los brazos, sorprendido por el ataque, y me escabullí. Retrocedí un paso, mirando cómo se le retorcía la cara de dolor. Luego me di la vuelta y corrí con todas mis fuerzas. Veía fugazmente las atracciones por los huecos entre la gente. La policía tenía que estar cerca. Cuando llegara estaría a salvo. A salvo. Me repetía aquello frenéticamente para animarme a mantener la cabeza fría y no sucumbir al pánico. Había una pálida luz a la izquierda, en el cielo, al oeste, y la usé para orientarme hacia el norte. Si continuaba hacia el norte, el camino me llevaría por fin hasta las puertas.

Una explosión me dejó sorda. Me sobresalté tanto que tropecé y caí de rodillas. O a lo mejor actué instintivamente, porque hubo otros que también se echaron al suelo. Tras un instante de espeluznante silencio, todo el mundo se puso a gritar y a correr hacia todas partes.

—¡Tiene un arma! —Oía las palabras de un modo confuso, como si procedieran de muy lejos.

Aunque no quería hacerlo por nada del mundo, me di la vuelta. Scott se sujetaba el costado y un líquido rojo intenso le empapaba la camiseta. Tenía la boca abierta y los ojos desorbitados.

Cayó sobre una rodilla y vi a alguien de pie, a algunos

metros detrás de él, empuñando una pistola. Rixon. Vee estaba a su lado, cubriéndose la boca con las manos y la cara blanca como el papel.

Se desencadenó una caótica estampida de pies y piernas y gritos de pánico. Me escabullí hacia el borde del camino para evitar que me pisotearan.

—¡Se escapa! —oí que gritaba Vee—. ¡Que alguien lo detenga!

Rixon disparó varias veces, pero esta vez nadie cayó. De hecho, las carreras se intensificaron. Me puse de pie y miré hacia atrás, hacia donde había visto por última vez a Rixon y a Vee. El eco de los disparos todavía resonaba en mis oídos, pero leí los labios de Rixon para saber lo que decía. «Por aquí.» Agitaba el brazo libre en el aire. Como en cámara lenta, salí del torrente de gente y corrí hacia él.

—¡Maldita sea! —gritaba Vee—. ¿Por qué le has disparado, Rixon?

—Ha sido un arresto ciudadano —respondió él—. Bueno, eso, y que Patch me dijo que lo hiciera.

—¡Disparas a la gente sólo porque Patch te lo dice! —exlamó Vee, con los ojos desorbitados—. Te van a arrestar. ¿Qué haremos ahora? —gimió.

—La policía está en camino —les dije—. Saben lo de Scott.

—¡Tenemos que largarnos! —exclamó Vee, todavía histérica, agitando los brazos y dando unos cuantos pasos para luego desandarlos y volver al punto de partida—. Llevaré a Nora a la comisaría. Rixon, ve a buscar a Scott, pero no vuelvas a dispararle... ¡átalo como la última vez!

—Nora no puede salir por las puertas —dijo Rixon—. Eso es lo que él espera que haga. Conozco otro modo de salir. Vee, coge el Neon y reúnete con nosotros

en el extremo sur del aparcamiento, junto a los contene-
dores.

—¿Cómo haréis para salir? —quiso saber Vee.

—Por los túneles subterráneos.

—¿Hay túneles por debajo del Delphic? —preguntó
Vee.

Rixon le besó la frente.

—Corre, cariño.

La multitud se había dispersado y el camino había
quedado vacío. Todavía se oían gritos y chillidos de pánico que reverberaban camino abajo, pero parecían a un
mundo de distancia.

Vee dudó un momento y luego asintió, decidida.

—Date prisa, ¿vale?

—Hay una sala de máquinas en el sótano de la Casa
del Miedo —me explicó Rixon mientras caminábamos
deprisa por el camino del otro lado—. Tiene una puerta
que da a los túneles que hay por debajo del Delphic.
Puede que Scott haya oído hablar de los túneles, pero, si
deduce adónde hemos ido y nos sigue, no hay modo de
que nos encuentre. Eso de ahí abajo es un laberinto, y
tiene kilómetros de longitud. —Me sonrió inquieto—.
No te preocupes, quienes construyeron el Delphic eran
ángeles caídos. Yo no, pero un grupo de los míos contri-
buyó a su construcción. Me conozco las rutas de memoria. Bueno... casi todas.

CAPÍTULO

Cuando nos acercamos a la sonriente cabeza del payaso que constituía la entrada de la Casa del Miedo, los gritos lejanos fueron sustituidos por la espantosa música enlatada carnavalesca que salía a todo volumen de las entrañas de la Casa del Miedo. Me metí en la boca y el suelo se inclinó. Abrí los brazos para recuperar el equilibrio, pero las paredes giraron cuando las toqué. Mientras los ojos se me acostumbraban a la poca luz que se filtraba a mi espalda por la boca del payaso, vi que estaba dentro de un tubo giratorio que parecía extenderse sin fin. El tubo estaba pintado de rayas rojas y blancas que se confundían en un rosa mareante.

—Por aquí —me dijo Rixon, guiándome por el tubo.

Puse un pie delante del otro y avancé resbalando y tambaleándome. Al final pisé suelo firme y un chorro de aire helado se elevó. El frío me lamió la piel y salté hacia un lado sobresaltada, jadeando.

—No es de verdad —me aseguró Rixon—. Tenemos que seguir. Si Scott decide registrar los túneles, tenemos que adelantarnos a él.

El aire era húmedo y rancio, y olía a herrumbre. La cabeza de payaso era sólo un recuerdo vago. La única luz procedía de las bombillas rojas del cavernoso techo, que se encendían el tiempo suficiente para dejar ver por un momento un esqueleto que se balanceaba, un zombi destripado o un vampiro que se levantaba de un ataúd.

—¿Falta mucho? —le pregunté a Rixon elevando la voz por encima de la cacofonía de carcajadas, gritos y gemidos que resonaban por todas partes.

—La sala de máquinas está justo allí delante. Cuando la crucemos estaremos en los túneles. Scott sangra bastante. Patch ya te ha hablado de los Nefilim, ¿verdad?: no va a morirse, pero puede desmayarse por la hemorragia. Lo más probable es que no encuentre la entrada de los túneles. Volveremos a estar en la superficie antes de que te des cuenta. —Lo decía con una confianza un tanto excesiva, estaba siendo demasiado optimista.

Seguimos adelante, y tuve la sensación espantosa de que nos seguían. Me di la vuelta, pero la oscuridad era completa. Si había alguien detrás, no pude verlo.

—¿Crees que Scott puede habernos seguido? —le pregunté a Rixon con un hilo de voz.

Éste se detuvo y se giró, escuchando.

—Aquí no hay nadie —dijo al cabo de un momento, completamente convencido.

Continuamos deprisa hacia la sala de máquinas y, una vez más, noté una presencia a mi espalda. Se me pusieron los pelos de punta y eché un vistazo rápido por encima del hombro. Esta vez, la silueta de un rostro se materializó en la oscuridad. Estuve a punto de gritar, pero entonces la silueta tomó la forma de una cara conocida.

La de mi padre.

Su pelo rubio contrastaba contra el fondo oscuro y sus ojos brillaban, aunque tristes.

«Te quiero.»

—¿Papá? —murmuré. Pero tuve la precaución de retroceder un paso. Recordé lo de la última vez. Había sido un truco. Una mentira.

«Lo siento, tuve que dejaros a ti y a mamá.»

Quería que desapareciera. No era real. Era una amenaza. Quería hacerme daño. Recordé cómo me había agarrado del brazo por la ventana de la casa y había querido cortarme. Recordé cómo me había perseguido por la biblioteca.

Pero su voz era la misma voz persuasiva que había usado la primera vez en la casa abandonada, no aquella voz cortante que la había sustituido. Era su voz.

«Te quiero, Nora. Pase lo que pase, prométeme que no lo olvidarás. No me importa cómo o por qué entraste en mi vida, recuérdalo. No me acuerdo de los errores que he cometido. Recuerdo los aciertos.

»Te recuerdo a ti. Tú le dabas sentido a mi vida, hacías que fuera especial.»

Sacudí la cabeza, intentando ahuyentar su voz, preguntándome por qué Rixon no hacía nada. ¿Acaso no veía a mi padre? ¿No podía hacer nada para obligarlo a irse? Aunque lo cierto era que yo no quería que su voz dejara de hablar. No quería que se marchara. Deseaba que fuera real. Necesitaba que me abrazara y me dijera que todo iría bien. Sobre todo, deseaba que volviera a casa.

«Prométeme que lo recordarás.»

Tenía las mejillas arrasadas de lágrimas.

«Te lo prometo», le respondí mentalmente, aunque sabía que no podía oírme.

«Un ángel de la muerte me ha ayudado a venir a verte. Nos está dando tiempo, Nora. Está ayudándome a hablarte mentalmente. Hay una cosa importante que necesito decirte, pero no tengo mucho tiempo. Enseguida tendré que marcharme, y necesito que me escuches con atención.»

—No —dije con voz ahogada—. Me iré contigo. No me dejes aquí. ¡Me iré contigo! ¡No puedes dejarme otra vez!

«No puedo quedarme, cariño. Ahora mi lugar es otro.»

—Por favor, no te vayas —sollocé, dándome puñetazos en el pecho, como si pudiera conseguir que mi corazón dejara de latir. El pánico y la desesperación se apoderaron de mí cuando me lo imaginé yéndose de nuevo. La sensación de abandono era más fuerte que todo lo demás. Me dejaría allí. En la Casa del Miedo. A oscuras, sin nadie que me ayudara, aparte de Rixon—. ¿Por qué vas a dejarme otra vez? ¡Te necesito!

«Tócale las cicatrices a Rixon. Allí encontrarás la verdad.»

El rostro de mi padre retrocedió hacia la oscuridad. Alargué un brazo para detenerlo, pero su imagen se convirtió en niebla cuando la toqué. Los jirones plateados se disolvieron.

—¿Nora?

La voz de Rixon me sobresaltó.

—Tenemos que darnos prisa —me dijo, como si no hubiera transcurrido ni un segundo—. No nos conviene encontrarnos con Scott en el anillo de túneles exterior donde desembocan todas las puertas.

Mi padre se había marchado. Por razones que no podía explicarme, sabía que ya no volvería a verlo nunca más. El dolor y el sentimiento de pérdida eran insoportables. Cuando más lo necesitaba, cuando estaba en los túneles, asustada y perdida, me había dejado para que me enfrentara a aquello sola.

—No veo por dónde voy —jadeé, secándome los ojos, en un esfuerzo por centrarme en un objetivo concreto: atravesar los túneles y encontrarme con Vee en el otro extremo—. Tengo que agarrarme a algo.

Impaciente, Rixon tiró de su camiseta y me la ofreció.

—Agárrate a mí y sígueme. Vamos. No tenemos mucho tiempo.

Cogí la tela de algodón. El corazón me latía con más fuerza. A unos centímetros estaba la piel de su espalda. Mi padre me había dicho que le tocara las cicatrices; en aquel momento lo tenía fácil. Bastaba con que metiera la mano...

Sucumbir a la oscura succión que me tragaría...

Recordé las veces que había tocado las cicatrices de Patch y cómo me había visto transportada al interior de sus recuerdos. No me cabía la más mínima duda de que si tocaba las cicatrices de Rixon sería lo mismo.

No quería ir a ese lugar. Quería mantenerme con los pies firmes en el suelo, cruzar los túneles y marcharme del Delphic.

Pero mi padre había vuelto para decirme dónde hallar la verdad.

Fuera lo que fuese lo que vería en el pasado de Rixon, tenía que ser importante. Por mucho que me doliera que mi padre me hubiera dejado allí, tenía que confiar en él. Tenía que confiar porque lo había arriesgado todo para decírmelo.

Deslicé una mano por debajo de la camiseta de Rixon. Noté la piel suave... luego un relieve de tejido cicatricial. Cubrí la cicatriz con la mano, esperando ser arrastrada a un mundo extraño y desconocido.

La calle se hallaba en silencio y a oscuras. Las destartaladas casas, a ambos lados, estaban abandonadas y en ruinas. Los jardines eran pequeños y vallados. Las ventanas habían sido cegadas con tablones o tapiadas. Un frío terrible me mordía la piel.

Dos fuertes explosiones rompieron el silencio. Me volví para mirar la casa del otro lado de la calle. «¿Disparos?», pensé, muerta de miedo. Inmediatamente busqué en los bolsillos el móvil, con la idea de llamar al 911, pero entonces recordé que estaba atrapada en los recuerdos de Rixon. Todo lo que veía había sucedido en el pasado. Ya no podía cambiar nada.

Oí el sonido de unos pies a la carrera y vi conmocionada que mi padre cruzaba la puerta de la casa y desaparecía en el patio trasero. Sin esperar, fui tras él.

—¡Papá! —grité, incapaz de evitarlo—. ¡No vuelvas ahí!

Llevaba la misma ropa que al irse la noche que lo mataron. Crucé la puerta y me reuní con él al fondo de la casa. Sollozando, lo abracé.

—Tenemos que irnos. Tenemos que salir de aquí. Va a suceder algo terrible —le dije.

Mi padre atravesó mis brazos y se acercó a un pequeño muro de piedra que rodeaba la propiedad. Se puso en cuclillas, con los ojos fijos en la puerta trasera de la casa. Yo me quedé pegada a la fachada, me cubrí la cabeza con los brazos y grité. No quería ver aquello. ¿Por qué me había dicho mi padre que tocara las cicatrices de Rixon? Yo no quería. ¿No sabía lo mucho que había sufrido ya?

—Es tu última oportunidad. —La voz provenía del interior de la casa y salía por la puerta trasera, que estaba abierta.

—Vete al infierno.

Otro estallido y caí de rodillas. Me pegué a la fachada, intentando ahuyentar el recuerdo.

—¿Dónde está ella? —Lo preguntó con tanta calma, en voz tan baja, que mi grito silencioso casi me impidió oírlo.

Con el rabillo del ojo vi que mi padre se movía. Se escurrió por el patio hacia la puerta. Empuñaba una pistola y la levantó, apuntando. Corrí hacia él para agarrarle las manos e intentar arrebatarle la pistola y empujarlo otra vez hacia la oscuridad. Pero era como intentar mover un fantasma; mis manos lo atravesaban.

Mi padre apretó el gatillo. El disparo hendió la noche y cortó el silencio. Disparó una y otra vez. Aunque no quería, miré hacia la casa y vi la delgada figura del joven al que mi padre disparaba por la espalda. Más allá, había otro individuo desplomado en el suelo, con la espalda apoyada en el sofá. Sangraba y su expresión era de agónico dolor y de miedo.

Me quedé confusa de repente porque me di cuenta de que se trataba de Hank Millar.

—¡Corre! —le gritó Hank a mi padre—. ¡Déjame! ¡Corre y sálvate!

Mi padre no corrió. Siguió empuñando la pistola, disparando una y otra vez, haciendo volar las balas hacia la puerta abierta, donde el joven con la gorra azul parecía inmune a ellas. Y entonces, muy despacio, se volvió hacia mi padre.

CAPÍTULO

24

Rixon me agarró de la muñeca y me la retorció.

—Ten cuidado en dónde metes las narices. —Tenía la mandíbula apretada y las aletas de la nariz dilatadas—. A lo mejor haces esto con Patch, pero a mí nadie me toca las cicatrices. —Arqueó las cejas de modo significativo.

Se me había hecho un nudo en el estómago, tan apretado que casi me doblé.

—He visto morir a mi padre —le solté, asolada por el horror.

—¿Has visto al asesino? —me preguntó Rixon, sacudiéndome por la muñeca para devolverme al presente.

—He visto a Patch por la espalda —jadeé—. Llevaba su gorra.

Asintió, como si aceptara que lo que yo había visto ya no tenía remedio.

—Él no quería ocultarte la verdad, pero sabía que si te lo contaba te perdería. Sucedió antes de que os conocierais.

—Me da igual cuándo pasara —dije. Me temblaba la voz—. Hay que entregarlo a la justicia.

—No puedes entregarlo. Es Patch. Si lo denuncias, ¿de verdad crees que va a dejar que la policía lo arreste?

No, no lo creía. La policía no era nada para Patch. Sólo podían detenerlo los arcángeles.

—Hay una cosa que no entiendo. Sólo había tres personas en el recuerdo. Mi padre, Patch y Hank Millar. Los tres que presenciaron lo sucedido. Entonces, ¿por qué lo veo en tus recuerdos?

Rixon no dijo nada, pero se le marcaron las arrugas en torno a la boca.

Me asaltó una idea terrible. Cualquier certeza acerca del asesino de mi padre se esfumó. Había visto al asesino de espaldas y había dado por supuesto que se trataba de Patch por la gorra. Pero cuanto más repasaba mi recuerdo, más segura estaba de que el asesino era demasiado desgarbado para ser Patch, de que tenía los hombros demasiado huesudos.

De hecho, el asesino se parecía a...

—Tú mataste a mi padre —susurré—. Fuiste tú. Eras tú el que llevaba la gorra de Patch. —La conmoción del momento se convirtió rápidamente en repugnancia y en un miedo helado—. Tú asesinaste a mi padre.

De los ojos de Rixon desapareció cualquier rastro de amabilidad o de simpatía.

—Bueno, esto es muy violento.

—Llevabas la gorra de Patch esa noche. La tomaste prestada, ¿verdad? No podías matar a mi padre sin adoptar otra identidad. No podías hacerlo a menos que te distanciaras de la situación —dije, echando mano de todo lo que recordaba de la lección de psicología de la clase de salud de primer curso—. No. Espera un momento. No era eso. Fingías ser Patch porque deseabas ser él. Estás celoso de él. Es eso, ¿verdad? Te gustaría ser él...

Rixon me apretó las mejillas, obligándome a callar.

—¡Cállate!

Retrocedí. Me dolía la cara donde me la había estrujado. Quería arrojarme sobre él, golpearlo con todo lo que tuviera a mano, pero sabía que debía mantener la calma. Necesitaba enterarme de todo lo que pudiera. Empezaba a pensar que Rixon no me había llevado a los túneles para ayudarme a escapar. Peor todavía, empezaba a pensar que nunca había tenido intención de sacarme de allí.

—¿Celoso de él? —dijo con crueldad—. Claro que estoy celoso. Él no es el único que iba de cabeza al infierno. Estábamos juntos en esto, y ahora ha recuperado las alas. —Me barrió con una mirada de asco—. Por tu culpa.

Sacudí la cabeza. No me lo creía.

—Mataste a mi padre antes de saber quién era yo.

Rio sin ganas.

—Sabía que tú estabas por ahí, en algún lugar, y te estaba buscando.

—¿Por qué?

Rixon se sacó la pistola de debajo de la camiseta y la usó para indicarme que nos adentráramos más en la Casa del Miedo.

—Sigue andando.

—¿Adónde vamos?

No me respondió.

—La policía viene de camino.

—A la porra la policía —dijo Rixon—. Habré acabado antes de que llegue.

—¿Acabado? —«Tranquila», me dije. «Entretenlo»—. ¿Vas a matarme ahora que sé la verdad? ¿Ahora que sé que mataste a mi padre?

—Harrison Grey no era tu padre.

Abrí la boca, pero no pude decir nada. La única imagen que me venía a la mente era la de Marcie en su jardín, diciéndome que Hank Millar podía ser mi padre. El estómago me dio un vuelco. ¿Significaba eso que Marcie me había dicho la verdad? ¿Durante dieciséis años había ignorado la verdad acerca de mi familia? Me preguntaba si mi padre lo había sabido... mi verdadero padre. Harrison Grey. El hombre que me había criado y me había querido. No mi padre biológico, que me había abandonado. No Hank Millar, que por mí podía irse al infierno.

—Tu padre es un Nefilim llamado Barnabas —dijo Rixon—. Últimamente se hace llamar Hank Millar.

«No.»

Me tambaleé, mareada por la verdad. El sueño. El sueño de Patch. Era un recuerdo real. No me había mentido. Barnabas... Hank Millar... era un Nefilim.

Y era mi padre.

El mundo amenazaba con desmoronarse alrededor, pero me obligué a aguantar un poco más. Hurgué en lo más profundo de mi memoria, intentando frenéticamente recordar dónde había oído el nombre de Barnabas. No conseguía situarlo, pero sabía que no era la primera vez que lo oía. Era demasiado poco común para olvidarlo. Barnabas, Barnabas, Barnabas...

Traté de atar cabos. ¿Por qué me decía Rixon aquello? ¿Qué sabía acerca de mi padre biológico? ¿Qué le importaba? Y entonces recordé. Una vez, cuando había tocado las cicatrices de Patch y me había introducido en sus recuerdos, le había oído hablar de su vasallo Nefilim, Chauncey Langeais. También había hablado del vasallo de Rixon, Barnabas...

—No —se me escapó en un susurro.

—Sí.

Deseaba correr con toda el alma, pero tenía las piernas rígidas como postes de madera.

—Cuando Hank dejó embarazada a tu madre, había oído suficientes rumores acerca del *Libro de Enoc* para temer que yo buscara a la criatura, sobre todo si era una niña. Así que hizo lo único que podía: la ocultó. Te ocultó. Cuando Hank le dijo a su amigo Harrison Grey que tu madre estaba en un lío, éste se avino a casarse con ella y a fingir que eras su hija.

«No, no, no.»

—Pero yo soy una descendiente de Chauncey por parte de padre. Por parte de Harrison Grey. Tengo una marca en la muñeca que lo demuestra.

—Sí, lo eres. Hace varios siglos, Chauncey dejó embarazada a una ingenua granjera. Ésta tuvo un hijo. Nadie sospechó nada del chico, ni de sus hijos, ni de los hijos de éstos, y así a lo largo de los años, hasta que uno de ellos se acostó con una mujer fuera del matrimonio. Transmitió la noble sangre Nefilim de su antepasado, el duque de Langeais, a otra estirpe. La estirpe de la que desciende Barnabas, o Hank, como prefiere que le llamen últimamente. —Rixon gesticuló impaciente para que yo sumara dos y dos. Ya lo había hecho.

—Estás diciéndome que tanto Harrison como Hank tienen sangre Nefilim de Chauncey —le dije.

Y Hank, un pura sangre Nefilim de primera generación, era inmortal, mientras que la sangre Nefilim de mi propio padre, diluida a lo largo de los siglos como la mía, no era inmortal. Hank, un hombre al que apenas conocía y al que respetaba todavía menos, podía vivir eternamente.

Mientras que mi padre se había ido para siempre.

—Soy yo, amor.

—No me llames amor.

—¿Prefieres que te llame ángel?

Se estaba riendo de mí. Jugaba conmigo porque me tenía exactamente donde quería. Ya había pasado por aquello una vez, con Patch, y sabía lo que sucedería a continuación. Hank Millar era mi padre biológico y el vasallo Nefilim de Rixon. Rixon iba a sacrificarme para matar a Hank Millar y tener un cuerpo humano.

—¿Puedes darme algunas respuestas? —le pregunté retadora, a pesar del miedo que tenía.

Se encogió de hombros.

—¿Por qué no?

—Creía que sólo la primera generación de pura sangre Nefilim podía jurar fidelidad. Para que Hank fuera de primera generación, tendría que haber tenido a un humano y a un ángel caído como padres. Pero su padre no era un ángel caído. Era uno de los descendientes de Chauncey.

—Pasas por alto el hecho de que los hombres pueden tener aventuras con ángeles caídos femeninos.

Sacudí la cabeza.

—Los ángeles caídos no tienen cuerpo humano. Las hembras no pueden dar a luz. Patch me lo dijo.

—Pero un ángel caído hembra que posea un cuerpo humano de mujer durante el Jeshván puede tener un bebé. La humana dará a luz al bebé mucho después del Jeshván, pero la criatura está contaminada. Ha sido concebida por un ángel caído.

—Es repugnante.

Sonrió débilmente.

—Estoy de acuerdo.

—Por curiosidad morbosa: cuando me sacrifiques, ¿tu cuerpo se volverá humano o tendrás que poseer el cuerpo de otro humano para siempre?

—Me volveré humano. —Su boca se curvó ligeramente—. Así que, si regresas de la tumba para vengarte de mí, ten claro que tendrás que buscar a alguien con mi mismo careto.

—Patch puede aparecer en cualquier momento y detenerte —le dije, intentando ser fuerte pero incapaz de dejar de temblar de la cabeza a los pies.

Me miró con una sonrisa.

—Mi trabajo ha terminado, pero confío en haber metido una cuña entre vosotros dos tan profundamente como se podía. Tú empezaste al romper con él... yo no lo hubiese planeado mejor. Después fueron las constantes peleas, tus celos de Marcie y la tarjeta de Patch... en la que puse droga para sembrar otra semilla de discordia. Cuando le robé el anillo a Barnabas y te lo entregué a ti en la pastelería, no tuve duda alguna de que Patch sería la última persona a la que acudirías. ¿Tragarte el orgullo y pedirle ayuda? ¿Tú, que le creías colado por Marcie? Ni de coña.

»Te pusiste en mis manos cuando me preguntaste si Patch era la Mano Negra. Puse las pruebas abrumadoramente en su contra cuando te respondí que sí, que lo era. Luego me aproveché del giro que tomó nuestra conversación dándote la dirección de una de las casas francas Nefilim de Barnabas como la de Patch. Sabía perfectamente que irías a fisgar por allí y que probablemente encontrarías las pertenencias de la Mano Negra. Yo cancelé el plan de anoche para ir al cine, no fue Patch. No quería estar atrapado en un cine mientras tú estabas sola en el apartamento. Tenía que seguirte. Puse la dinamita cuando ya estabas dentro, con la esperanza de matarte, pero escapaste.

—Estoy impresionada, Rixon. Una bomba. Qué plan más sofisticado. ¿Por qué no simplificaste las cosas y te colaste en mi dormitorio una noche para meterme una bala entre las cejas?

—Éste es un gran momento para mí, Nora. ¿Vas a culparme por hacer unos cuantos gestos teatrales? Intenté hacerme pasar por el fantasma de Harrison para atraerte. Me pareció fantástica la idea de mandarte a la tumba creyendo que tu propio padre era quien te había matado. Pero no confiaste en mí. Te fuiste corriendo. —Frunció un poco el ceño.

—Eres un psicópata.

—Prefiero considerarme un creativo.

—¿Qué más era mentira? En la playa, me dijiste que Patch seguía siendo mi ángel custodio...

—Para que tuvieras una falsa sensación de seguridad, sí.

—¿Y el juramento de sangre?

—Una mentira improvisada. Sólo para que las cosas siguieran siendo interesantes.

—Así que, básicamente, estás diciéndome que nada de lo que me has dicho era cierto.

—Nada menos lo de sacrificarte. Eso lo decía mortalmente en serio. Pero basta de charla. Prosigamos. —Me empujó con la pistola hacia el fondo de la Casa del Miedo. Con el empujón perdí el equilibrio y me balanceé para recuperarlo, con lo que aterricé en un trozo del suelo que empezó a ondearse arriba y abajo. Noté que Rixon me agarraba de la muñeca para sujetarme, pero le salió mal. Su mano se escurrió de la mía. Oí el ruido sordo de su cuerpo al caer. El sonido parecía proceder directamente de debajo. Una idea me asaltó: que se había caído por una de las trampillas que se rumoreaba que estaban repartidas por la Casa del Miedo. Pero no me quedé allí para comprobar si mi suposición era acertada.

Volví por donde habíamos venido, buscando la cabeza del payaso. Una silueta saltó delante de mí, con una luz parpadeante en el techo para iluminar un hacha ensangrentada en la cabeza de un pirata barbudo. Me miró con malicia un momento antes de poner los ojos en blanco. La luz se apagó.

Inspiré profundamente varias veces, diciéndome que era un truco, pero incapaz de mantener el equilibrio mientras el suelo se sacudía y ondeaba bajo mis pies. Me puse de rodillas y avancé a gatas por la mugre y la arenilla que se me clavaba en las palmas, intentando serenarme, porque la cabeza me daba tantas vueltas como el suelo. Avancé así varios metros, porque no quería pararme. Temía que Rixon encontrara el modo de salir por la trampilla.

—¡Nora! —Oí el grito furioso de Rixon a mi espalda. Me levanté apoyándome en las paredes para no caerme, pero estaban cubiertas de limo y me resbalé. En algún punto, por encima de mi cabeza, retumbó una carcajada, que se apagó hasta convertirse en una risa socarrona. Me sacudí frenética las manos para librarme del limo. Luego me adentré en la oscuridad. Estaba perdida. Perdida, perdida, perdida.

Avancé corriendo unos cuantos pasos, doblé una esquina y miré con los ojos entornados el débil resplandor naranja que había a muchos metros de distancia. No se trataba de la cabeza del payaso, pero me atrajo la promesa de luz como a una polilla. Cuando llegué al farol, la vulgar luz de Halloween iluminaba las palabras: «Túnel de la muerte.» Estaba en un muelle. Había pequeños botes de plástico flotando en hilera, proa contra popa. El agua del canal lamía sus costados.

Escuché pasos en el camino, detrás de mí. No lo pensé dos veces y me subí al bote más cercano. No recuperé el equilibrio hasta que el bote se puso en movimiento y me quedé en el banco de madera que servía de asiento.

Los botes avanzaban en fila india y las vías de debajo chirriaban mientras los conducían hacia el túnel. Unas puertas de salón del Oeste oscilaron, abriéndose, y el túnel se tragó mi bote.

Me situé en la parte delantera del bote y pasé por encima de la barra de seguridad hacia la proa. Me quedé allí un momento, sujetándome con una mano a la embarcación mientras con la otra tanteaba hacia delante, intentando agarrar la barra trasera del bote siguiente. No la alcanzaba por pocos centímetros. Tendría que saltar. Me puse tan al borde de la proa como me atreví, me agaché y salté. Logré aterrizar en la popa del otro bote.

Me permití un momento de alivio y volví al trabajo. Una vez más, avancé hacia la proa con la intención de ir saltando de bote en bote hasta el final de la hilera. Rixon era más alto y más rápido, y tenía una pistola. Mi única esperanza de sobrevivir era seguir adelante y prolongar el tiempo que iba a tardar en atraparme.

Estaba en el bote siguiente, dispuesta a saltar, cuando sonó una sirena y una luz roja se iluminó de repente por encima de mí, cegándome. Un esqueleto cayó del techo del túnel y chocó conmigo. Perdí pie y noté una oleada de vértigo cuando patiné de lado y caí por la borda. El agua gélida me empapó la ropa y se cerró sobre mi cabeza. Inmediatamente puse los pies en el suelo y salí a la superficie. Caminé por el agua, que me llegaba a la altura del pecho, de vuelta al bote.

Con los dientes que me castañeteaban, me agarré a la barra de seguridad de la embarcación y me aupé dentro.

Varios tiros estruendosos rebotaron en el túnel y una de las balas me pasó silbando junto a la oreja. Me agaché en el bote, mientras oía la risa de Rixon unos cuantos botes más atrás.

—Es cuestión de tiempo —me gritó.

Hubo más luces que se encendieron y se apagaron en el techo y, entre parpadeos, vi cómo Rixon se aproximaba por las embarcaciones que tenía detrás.

Escuché un rugido apagado en algún punto, más adelante. El estómago se me subió a la garganta. Aparté la atención de Rixon y la centré en la humedad que flotaba en el aire. El corazón se me paró y luego volvió a latir aceleradamente.

Me agarré con todas mis fuerzas a la barra metálica y me preparé para la caída. La proa de la embarcación cabeceó y luego cayó por la cascada. El bote golpeó el agua y la levantó. Esa agua me hubiera parecido fría de no haber estado ya empapada y temblando. Me sequé los ojos, y entonces vi una pequeña plataforma de mantenimiento excavada en el túnel, a la derecha. Había una puerta señalizada con un cartel de «Peligro, alto voltaje» al fondo.

Miré hacia atrás, hacia la cascada. El bote de Rixon todavía no había caído, y con unos pocos segundos de margen, tomé una decisión arriesgada. Salté por la borda y caminé tan rápido como pude hacia la plataforma, me aupé a ella e intenté abrir la puerta. Se abrió y escaparon los chasquidos y los silbidos de la maquinaria, centenares de engranajes girando y golpeando. Había encontrado el corazón mecánico de la Casa del Miedo, y la entrada a los túneles subterráneos.

Cerré casi del todo la puerta, dejando sólo una estrecha rendija para mirar afuera. Con un ojo pegado a la rendija, miré cómo el siguiente bote caía por la cascada. Rixon iba en él. Se inclinaba por encima de la barra de metal, buscando en el agua. ¿Me había visto saltar? ¿Me buscaba a mí? Su embarcación continuó por las vías y él se bajó, metiendo los pies en el agua. Usando las manos para mantener el pelo mojado apartado de la cara, escrutó la superficie turbia del agua. Entonces fue cuando me di cuenta de que no llevaba nada en las manos. No me buscaba a mí... Se le había caído la pistola durante la caída e intentaba localizarla.

El túnel estaba oscuro y no podía creer que Rixon fuese capaz de ver el fondo del canal. Aquello significaba que tendría que buscar a tientas la pistola. Y eso requería tiempo. Por supuesto, yo no sólo necesitaba tiempo: necesitaba un golpe de suerte imposible. Seguramente la policía ya estaba peinando el parque, pero ¿se le ocurriría mirar en las entrañas de la Casa del Miedo antes de que fuera demasiado tarde?

Cerré la puerta con cuidado, esperando que hubiera un pestillo de seguridad por dentro, pero no lo había. De repente, deseé haber probado suerte e intentado salir del túnel antes que Rixon, en lugar de haberme escondido. Si Rixon entraba en la sala de mantenimiento, estaría atrapada.

Oí una respiración entrecortada a mi izquierda, procedente de detrás de una caja de electricidad.

Miré alrededor, esforzándome por ver en la oscuridad.

—¿Quién está ahí?

—¿Quién crees?

Parpadeé inútilmente.

—¿Scott? —Retrocedí varios pasos, nerviosa.

—Me he perdido en los túneles. He salido por una puerta y he venido a parar aquí.

—¿Todavía estás sangrando?

—Sí. Sorprendentemente todavía no me he desangrado del todo. —Lo dijo casi sin aliento, y me di cuenta de que tenía que hacer un esfuerzo tremendo para hablar.

—Necesitas un médico.

Soltó una carcajada desmayada.

—Necesito el anillo.

En aquel momento, no supe hasta qué punto hablaba en serio de recuperar el anillo. Estaba muerto de dolor y yo hubiese jurado que los dos sabíamos que no me sacaría de allí para usarme de rehén. Estaba débil por el disparo, pero era un Nefilim. Sobreviviría. Si nos aliábamos, tendríamos una oportunidad de escapar. Pero antes tenía que convencerlo de que me ayudara a huir de Rixon. Necesitaba que Scott confiara en mí.

Me acerqué a la caja de electricidad y me arrodillé a su lado. Se sujetaba el costado con una mano, justo por debajo de las costillas, para detener la hemorragia. Tenía la cara como la tiza y su mirada perdida me confirmó lo que ya sabía: que estaba sufriendo mucho.

—No creo que vayas a usar el anillo para reclutar a nuevos miembros —le dije en voz baja—. No vas a obligar a otros a sumarse a la hermandad.

Scott asintió con la cabeza para manifestar su acuerdo.

—Necesito decirte una cosa. ¿Te acuerdas de cuando te dije que trabajaba la noche que dispararon a tu padre?

Recordaba vagamente que me había dicho que estaba en el trabajo cuando se enteró del asesinato de mi padre.

—¿A qué te refieres? —le pregunté, dudosa.

—Yo trabajaba en una tienda de comida rápida que se llama Quickies. Está a sólo unas cuantas manzanas. —Hizo una pausa, como si esperara que yo llegara a alguna conclusión trascendental—. Se suponía que tenía que seguir a tu padre esa noche. La Mano Negra me lo ordenó. Dijo que tu padre iba a una reunión y que tenía que mantenerlo a salvo.

—¿Qué estás diciendo? —le pregunté con suma sequedad.

—No lo seguí. —Scott hundió la cara en las manos—. Quería demostrarle a la Mano Negra que no podía darme órdenes. Quería demostrarle que no formaría parte de su sociedad. Así que me quedé en el trabajo. No me fui. No seguí a tu padre. Y murió. Murió por mi culpa.

Deslicé la espalda por la pared hasta quedarme sentada en el suelo a su lado. Me había quedado sin palabras. No había palabras para aquello.

—Me odias, ¿verdad? —me preguntó.

—Tú no mataste a mi padre —le dije—. No fue culpa tuya.

—Sabía que estaba en un lío. ¿Por qué si no la Mano Negra quería asegurarse de que no corriera peligro en la reunión? Tendría que haber ido. Si hubiera acatado las órdenes de la Mano Negra, tu padre estaría vivo.

—Eso ya es cosa del pasado —murmuré, intentando no achacar la responsabilidad de aquello a Scott. Me hacía falta su ayuda. Juntos, podríamos salir de allí. No podía permitirme odiarlo. Tenía que colaborar con él. Debía confiar en él y conseguir que confiara en mí.

—Que sea cosa del pasado no significa que sea fácil olvidarlo. Menos de una hora después de que supuestamente yo hubiera tenido que seguir a tu padre, el mío llamó para darme la noticia.

Involuntariamente se me escapó un sollozo.

—Luego la Mano Negra vino a la tienda. Llevaba máscara, pero reconocí su voz. —Scott se estremeció—. Nunca olvidaré aquella voz. Me dio una pistola y me dijo que me asegurara de hacerla desaparecer para siempre. Era la pistola de tu padre. Dijo que quería que en el informe de la policía pusiera que tu padre había sido una víctima inocente y desarmada. No quería que tu familia pasara por el dolor y la confusión de enterarse de lo que realmente había sucedido aquella noche. No quería que nadie sospechara que tu padre se relacionaba con criminales como él. Quería que pareciera un asalto fortuito.

»Supuestamente yo tenía que echar la pistola al río, pero me la quedé. Quería salir de la sociedad. La única manera que veía de hacerlo era teniendo algo que pudiera usar para chantajear a la Mano Negra. Así que me quedé la pistola. Cuando me mudé aquí con mi madre, le dejé un mensaje a la Mano Negra. En él le decía que si me buscaba me aseguraría de que la pistola de Harrison Grey cayera en manos de la policía. Me aseguraría de que todo el mundo supiera que tenía algo que ver con la Mano Negra. Le juraba que arrastraría el nombre de tu padre por el fango tanto como hiciera falta si eso significaba recuperar mi vida.

»Sigo teniendo el arma. —Abrió las manos y la pistola cayó entre sus rodillas al cemento, con un repiqueteo—. Todavía la tengo.

Un tremendo dolor sordo me sacudió.

—Era muy duro estar contigo —confesó Scott, con la voz crispada—. Quería que me odiaras. Sabe Dios que yo me odio. Cada vez que te veía, sólo podía pensar en que me había acobardado. Podría haberle salvado la vida a tu padre. Lo siento. —La voz se le quebró.

—Está bien —dije, tanto para él como para mí—. Todo irá bien. —Pero me pareció la peor de las mentiras.

Scott recogió la pistola y la palpó. Antes de que pudiera darme cuenta, vi cómo se la llevaba a la sien.

—No merezco vivir —anunció.

Se me heló el corazón.

—Scott... —empecé a decirle.

—Tu familia merece que haga esto. No puedo mirarte a la cara. No me soporto. —Puso un dedo en el gatillo.

No había tiempo para pensar.

—Tú no mataste a mi padre —le dije—. Lo hizo Rixon... el novio de Vee. Es un ángel caído. Todo eso es cierto. Tú eres un Nefilim, Scott. No puedes matarte. No de esta forma. Eres inmortal. Nunca morirás. Si quieres acabar con los remodimientos que sientes por la muerte de mi padre, ayúdame a salir de aquí. Rixon está al otro lado de la puerta, y se dispone a matarme. Sólo podré sobrevivir si me ayudas.

Scott miró hacia la puerta, sin decir nada. Antes de que pudiera responder, la puerta de la sala de mantenimiento se hizo añicos. Rixon apareció en el umbral. Se apartó el flequillo de la frente y barrió con los ojos la pequeña habitación. El instinto de autoprotección hizo que me arrimara a Scott.

Rixon nos miró a ambos alternativamente.

—Tendrás que pasar por encima de mí para tenerla —dijo Scott, pasándome el brazo izquierdo por delante e inclinando su cuerpo para cubrir el mío. Respiraba agitadamente.

—De acuerdo. —Rixon levantó la pistola y le disparó varias veces a Scott, quien se desplomó sobre mí.

Las lágrimas me corrían por las mejillas.

—Basta —murmuré.

—No llores, amor. No está muerto. No te engañes... sentirá un dolor terrible cuando vuelva en sí, pero es el precio que hay que pagar por tener un cuerpo. Levántate y ven aquí.

—Vete a la mierda. —No sé de dónde saqué el valor, pero si iba a morir no sería sin luchar—. Mataste a mi padre. No voy a hacer nada por ti. Si me quieres, ven y cógeme.

Rixon se pasó el pulgar por los labios.

—No sé por qué te tomas esto tan a pecho. Técnicamente, Harrison no era tu padre.

—Mataste a mi padre —repetí, mirándolo fijamente a los ojos, con una rabia tan intensa y desgarradora que me desbordaba.

—Harrison Grey se mató a sí mismo. Podría haberse mantenido al margen.

—¡Intentaba salvarle la vida a otro hombre!

—¿Otro hombre? —se mofó Rixon, arremangándose las mangas húmedas hasta los codos—. Yo no llamaría hombre a Hank Millar. Es un Nefilim. Un animal, más bien.

—¿Sabes qué? —Me reí, de hecho lo hice, pero la risa pareció estallar como burbujas en mi garganta y me atraganté—. Casi me das pena.

—¡Qué bien! Estaba a punto de decirte lo mismo.

—Ahora vas a matarme, ¿verdad? —Saberlo aumentaría aún más mi miedo, pero ya no me quedaba miedo dentro. Noté una fría calma. El tiempo no se ralentizó ni se aceleró. Se volvió tan frío e indiferente como la pistola con la que Rixon me apuntaba.

—No, no voy a matarte. Voy a sacrificarte. —Torció la boca—. La diferencia es abismal.

Intenté correr, pero un fuego abrasador explotó y me vi lanzada contra la pared. Todo me dolía y abrí la boca para gritar, pero era demasiado tarde. Una manta invisible me asfixiaba. Miré la cara sonriente de Rixon enfocarse y desenfocarse mientras yo arañaba inútilmente la manta. Los pulmones se me dilataron, amenazando con reventar, y cuando creía que no podría soportarlo más, el pecho se me aflojó.

Por encima del hombro de Rixon vi a Patch que entraba por la puerta.

Intenté llamarlo, pero la desesperada necesidad de aire se disolvió.

Se había acabado.

¿Nora?

Intenté abrir los ojos, pero aunque mi cerebro transmitía el mensaje, el cuerpo no lo recibía. Unas voces confusas se acercaban y se alejaban. En algún lugar, muy al fondo de mi mente, sabía que la noche era cálida, pero me notaba bañada de sudor frío. Y de algo más: de sangre.

Mi sangre.

—Estás bien —me dijo el inspector Basso cuando grité con voz ahogada—. Estoy aquí. No me iré a ninguna parte. Quédate conmigo, Nora. Todo irá bien.

Traté de asentir, pero aún me sentía como si existiera en algún lugar fuera del cuerpo.

—Los enfermeros te llevan a Urgencias. Te llevan en una camilla. Ahora mismo estamos saliendo del Delphic.

Unas lágrimas calientes me resbalaron por las mejillas y parpadeé, abriendo los ojos.

—Rixon. —Me notaba la lengua dormida y me costaba pronunciar las palabras—. ¿Dónde está Rixon?

Al inspector se le crispó la boca.

—Chsss. No hables. Has recibido un balazo en el brazo. Una herida en el músculo. Has tenido suerte. Todo irá bien.

—¿Scott? —dije, acordándome de repente. Intenté incorporarme, pero estaba sujeta a la camilla—. ¿Sacó a Scott?

—¿Scott estaba contigo?

—Detrás de la caja de electricidad. Está herido. Rixon también le ha disparado a él.

El inspector Basso llamó a uno de los agentes de uniforme que había fuera de la ambulancia y éste volvió a la vida y se acercó.

—¿Sí, inspector?

—Dice que Scott Parnell estaba en la sala de máquinas.

El agente negó con la cabeza.

—Hemos registrado la sala. Allí no había nadie más.

—Bueno, ¡pues busquen de nuevo! —gritó Basso, señalando con el brazo hacia la entrada del Delphic. Se volvió hacia mí—. ¿Dónde demonios está Rixon?

«Rixon.» Si la policía no había encontrado a nadie más en la sala de máquinas, eso quería decir que había escapado. Estaba por ahí, en alguna parte, seguramente espiando desde lejos, esperando una segunda oportunidad para atraparme. Agarré una mano del inspector y se la apreté.

—No me deje sola.

—Nadie te dejará sola. ¿Qué quieres contarme sobre Rixon?

La camilla dio tumbos por el aparcamiento y los enfermeros me metieron en la ambulancia. El inspector subió también y se sentó a mi lado. Apenas me di cuenta; estaba pensando en otra cosa. Tenía que hablar con Patch. Tenía que contarle lo de Rixon...

—¿Qué aspecto tiene? —La voz de Basso me sacó de mis cavilaciones.

—Anoche estaba en casa. Ató a Scott a la parte trasera de su camioneta.

—¿Ese chico te disparó? —Basso habló por radio—: El sospechoso se llama Rixon. Es alto y flaco. Moreno. Nariz aguileña. De unos veinte años, más o menos.

—¿Cómo me ha encontrado? —le pregunté.

Empezaba a recuperar la memoria y me acordaba de haber visto a Patch entrando en la sala de máquinas. Había sido cuestión de un segundo, pero estaba allí, seguro. ¿Dónde estaba ahora? ¿Y dónde estaba Rixon?

—Por un aviso anónimo. Quien llamó me dijo que te encontraría en la sala de mantenimiento, al fondo del Túnel de la Muerte. Parecía una apuesta arriesgada, pero no podía ignorar esa información. También me dijo que tuvieras cuidado con el chico que te había disparado. Pensé que se refería a Scott, pero tú dices que el responsable ha sido Rixon. ¿Quieres contarme lo que está pasando? Empieza por el nombre de ese chico que te guarda las espaldas y dónde puedo encontrarlo.

Horas más tarde, el inspector se detuvo delante de la granja. Eran más de las dos de la madrugada y en las ventanas se reflejaba un cielo sin estrellas. Me habían dado el alta en Urgencias después de limpiarme la herida y vendarme. El personal del hospital había hablado con mi madre por teléfono, pero yo no. Sabía que iba a tener que hablar con ella tarde o temprano, pero dado el bullicio y ajetreo, el hospital no me había parecido el lugar idóneo para hacerlo, así que le había hecho un gesto negativo con la cabeza a la enfermera que me había tendido el teléfono.

También había declarado ante la policía. Estaba casi segura de que el inspector Basso pensaba que el hecho de haber visto a Scott en la sala de mantenimiento había sido una alucinación. También estaba segura de que pensaba que le estaba ocultando información sobre Rixon. En esto último acertaba, pero aunque se lo hubiera contado todo no habría encontrado a Rixon. Patch sí que lo había hecho... Pero yo no sabía nada más aparte de eso. Tenía el corazón en la boca desde que me había marchado del Delphic. Me preguntaba dónde estaría Patch y qué habría pasado después de haberme desmayado.

Me apeé del coche y el detective me acompañó hasta la puerta.

—Gracias otra vez —le dije—. Por todo.

—Llámame si me necesitas.

Una vez dentro, encendí las luces. En el baño me quité la ropa, con bastante dificultad porque tenía la parte superior del brazo izquierdo vendada. El olor penetrante del pánico estaba fresco en las prendas y las dejé amontonadas en el suelo. Después de cubrirme las vendas con plástico, me metí en el vapor de la ducha. Mientras el agua caliente caía sobre mí, las escenas de aquella noche me pasaban a ráfagas por la cabeza. Me decía que el agua lavaría todo, que arrastraría consigo por el desagüe todo aquello por lo que había pasado. Se había terminado. Todo. Pero había una cosa que el agua no podía llevarse: la Mano Negra.

Si Patch no era la Mano Negra, entonces ¿quién era? ¿Y por qué Rixon, un ángel caído, sabía tanto de él?

Veinte minutos después, me envolví en una toalla y comprobé si había mensajes en el teléfono fijo. Una llamada de Enzo's, diciéndome si podía hacer un turno esa noche. Una airada llamada de Vee para preguntarme dónde estaba. La policía la había sacado del aparcamiento y había cerrado el parque de atracciones, no sin antes asegurarle que yo estaba a salvo y decirle si podía por favor marcharse a casa y quedarse allí. Terminaba su mensaje gritando:

—¡Si me he perdido una movida de las buenas me cabrearé de veras!

El tercer mensaje era de alguien que no constaba en la agenda del teléfono, pero reconocí la voz de Scott en cuanto habló:

—Si le hablas a la policía de este mensaje, ya estaré lejos cuando empiecen a seguirme. Sólo quería pedirte perdón una vez más. —Hizo una pausa y percibí una ínfima alegría en su voz cuando añadió—: Como sé que estás mortalmente preocupada por mí, creo que te haré saber que me estoy curando y que pronto estaré bien del todo. Gracias por avisarme de mi... salud.

Sonreí interiormente y el peso de la duda se me alivió. Después de todo, Scott estaba bien.

—Me ha gustado conocerte, Nora Grey. Quién sabe. A lo mejor no es la última vez que sabes de mí. Tal vez nuestros caminos se crucen en un futuro. —Otra pausa—. Una cosa más. He vendido el Mustang. Es muy llamativo. No te emociones demasiado, pero te he comprado una cosita con el dinero que me sobraba. Oí que tenías puesto el ojo en un Volkswagen. La propietaria te lo entregará mañana. He pagado un depósito lleno de gasolina, así que comprueba que te lo dé cargado.

El mensaje se acabó, pero yo seguí mirando el teléfono. ¿El Volkswagen? ¿Para mí? Estaba loca de alegría, y perpleja. Un coche. Scott me había comprado un coche. Para devolverle el favor, borré el mensaje, eliminando cualquier rastro de su llamada. Si la policía encontraba a Scott, no sería gracias a mí. No creía que fueran a encontrarlo, de todos modos.

Llamé a mi madre. No podía posponer más aquello. Esa noche había tenido la muerte demasiado cerca. Estaba enmendándome, haciendo borrón y cuenta nueva. Lo único que se seguía interponiendo en mi camino era aquella llamada.

—¿Nora? —me respondió con voz asustada—. He recibido el mensaje del inspector. Ahora mismo voy de camino a casa. ¿Estás bien? ¡Dime que estás bien!

Inspiré entrecortadamente.

—Ahora lo estoy.

—¡Oh, cariño, te quiero tanto! Lo sabes, ¿verdad? —sollozó.

—Sé la verdad.

Silencio.

—Sé la verdad acerca de lo que pasó hace dieciséis años —le aclaré.

—¿De qué me estás hablando? Ya casi llego. No he dejado de temblar desde que me ha llamado el detective. Estoy destrozada, completamente destrozada. ¿Tienen idea de quién es ese chico... ese Rixon...? ¿Qué quería de ti? No entiendo cómo te has visto metida en esto.

—¿Por qué no me lo dijiste simplemente? —susurré. Tenía los ojos empañados de lágrimas.

—¿Nena?

—Nora. Ya no soy una niña. Todos estos años me has estado mintiendo. Cada vez que perdía la paciencia con Marcie. Cada vez que nos reíamos de los estúpidos y ricos e inútiles Millar... —Se me atragantaron las palabras.

Había estado llena de rabia otras veces, pero en aquel momento no sabía cómo me sentía. ¿Disgustada? ¿Harta? ¿Perdida y hecha un embrollo? Mis padres habían empezado su relación para hacerle un favor a Hank Millar, pero evidentemente el amor entre ellos había crecido... y también su amor por mí.

Habíamos hecho que las cosas funcionaran. Habíamos sido felices. Mi padre ya no estaba, pero todavía
pensaba en mí. Todavía se preocupaba por mí. Quería que mantuviera unida lo que quedaba de la familia,
no que me alejara de mi madre.

Yo también quería eso.

Tomé aire.

—Cuando llegues a casa, tenemos que hablar. Tenemos que hablar de Hank Millar.

Calenté en el microondas una taza de chocolate y me
la llevé a mi cuarto. Mi primera reacción fue de miedo
porque estaba sola en la granja y sabía que Rixon andaba
suelto. Mi segunda reacción fue de calma. No sabía por
qué, pero en cierto modo me sentía a salvo. Intenté recordar lo sucedido en la sala de máquinas momentos
antes de perder el conocimiento.

Patch había entrado en la sala...

Y luego yo me había desmayado. Lo que era frus-
trante, porque mi memoria había registrado algo más.
Era algo que flotaba justo fuera de mi alcance, pero que
yo sabía que era importante.

Al cabo de un rato renuncié a recuperar el recuerdo
y mis pensamientos tomaron un giro alarmante. Mi padre biológico estaba vivo. Hank Millar me había dado la
vida, luego había renunciado a mí para protegerme. De
momento, no deseaba ponerme en contacto con él. Incluso la idea de acercarme a él era ya demasiado dolorosa.
Eso habría sido admitir que era mi padre, y no quería. Ya
me costaba bastante no olvidar la cara de mi verdadero
padre. No quería reemplazar aquella imagen o borrarla
más rápido de lo que se borraba por sí sola. No. Iba a
mantener a Hank Millar exactamente donde estaba...

a distancia. Me pregunté si algún día cambiaría de idea, y la posibilidad me aterrorizó. No se trataba sólo de que tuviera otra vida oculta, sino de que, en cuanto la sacara a la luz, mi vida normal se vería alterada para siempre.

No tenía ningún deseo de indagar en el asunto de Hank, pero una cosa seguía sin encajar. Hank me había ocultado cuando era un bebé para protegerme de Rixon, porque era una niña. Pero ¿Marcie qué? Mi... hermana era tan de su sangre como yo. Entonces, ¿por qué no la había ocultado a ella? Intenté encontrarle sentido a aquello, pero no lo logré.

Acababa de acurrucarme bajo las sábanas cuando llamaron a la puerta. Dejé la taza de chocolate en la mesilla de noche. No había demasiada gente que pasara por casa tan tarde. Bajé las escaleras y eché un vistazo por la mirilla. Pero no me hizo falta confirmar quién estaba al otro lado de la puerta. Supe que era Patch por el modo en que el corazón se me aceleró.

Abrí.

—Fuiste tú quien le dijo al inspector Basso dónde encontrarme. Tú impediste que Rixon me matara.

Los ojos negros de Patch me evaluaron. Por un instante, vi una serie de emociones sucederse en su interior. Agotamiento, preocupación, alivio. Olía a algodón de azúcar rancio y a agua fría, y supe que estaba cerca cuando Basso me había encontrado en el corazón de la Casa del Miedo. Había estado allí todo el tiempo, asegurándose de que yo estuviera a salvo.

Me rodeó con sus brazos y me apretó fuerte contra sí.

—Pensé que había llegado demasiado tarde. Creía que estabas muerta.

Clavé los dedos en su camiseta y apoyé la cabeza en su pecho. Me daba igual estar llorando. Estaba a salvo y con Patch. No me importaba nada más.

—¿Cómo me has encontrado? —le pregunté.

—Llevaba tiempo sospechando de Rixon —me dijo—. Pero tenía que estar seguro.

Levanté la cara para mirarlo.

—¿Sabías que Rixon quería matarme?

—Fui reuniendo pruebas, pero no podía creer lo que indicaban. Rixon y yo éramos amigos... —Se le quebró la voz—. No quería creer que pudiera traicionarme. Cuando era tu ángel custodio, percibí que alguien pretendía matarte. No sabía quién, porque estaban siendo cuidadosos. No pensaban activamente en matarte, así que no conseguí hacerme una idea general de su propósito. Pero sabía que un humano no puede ocultar sus pensamientos tan cuidadosamente. Los humanos no saben que sus pensamientos pueden dar toda clase de información a los ángeles. De vez en cuando captaba algo brevemente. Detalles que hacían que me fijara en Rixon a mi pesar. Lo emparejé con Vee para poder vigilarlo más de cerca. También porque no quería darle ningún motivo para que pensara que sospechaba de él. Sabía que la única razón por la que quería matarte era para conseguir un cuerpo humano, así que empecé a indagar en el pasado de Barnabas. Entonces comprendí la verdad. Rixon me llevaba ventaja, pero lo que sabía tenía que haberlo averiguado después de que yo te siguiera el rastro y me matriculara en el instituto el año pasado. Quería sacrificarte tanto como yo. Hizo todo cuanto pudo para convencerme de que me olvidara del *Libro de Enoc*, para que no te matara y poder hacerlo él.

—¿Por qué no me dijiste que intentaba matarme?

—No podía. Me rechazaste como ángel custodio. No podía intervenir físicamente en tu vida cuando se trataba de tu seguridad. Los arcángeles me lo impedían cada vez que lo intentaba. Pero encontré el modo de burlarlos.

Me enteré de que podía hacer que vieras mis recuerdos mientras dormías. Intenté darte la información que necesitabas para llegar a la conclusión de que Hank Millar era tu padre biológico y Nefilim vasallo de Rixon. Sé que piensas que te abandoné cuando más me necesitabas, pero nunca dejé de buscar el modo de advertirte contra Rixon. —Torció la boca en una sonrisa, pero fue un gesto de cansancio—. Incluso cuando me bloqueabas.

Me di cuenta de que estaba conteniendo la respiración y solté el aire despacio.

—¿Dónde está Rixon?

—Lo he mandado al infierno. Nunca volverá. —Miraba al frente, con dureza pero sin enfado. Estaba decepcionado, tal vez. Quizá deseaba que el resultado hubiera sido diferente. Pero sospeché que en el fondo estaba sufriendo más de lo que demostraba. Había mandado a su amigo más íntimo, a la única persona que había permanecido a su lado pasara lo que pasara, a enfrentarse a una eternidad oscura.

—Lo siento tanto... —murmuré.

Permanecimos callados un momento, imaginando cada uno cuál sería el destino de Rixon. Yo no lo conocía, pero la imagen que conjuré era lo bastante truculenta como para que un escalofrío me recorriera de pies a cabeza.

Por fin Patch me dijo mentalmente: «He desobedecido sus órdenes, Nora. En cuanto los arcángeles se enteren vendrán a buscarme. Tenías razón. No me importa infringir las normas.»

Sentí el impulso desesperado de sacar fuera a Patch de un empujón. Sus palabras me retumbaban en la cabeza. ¿Los había desobedecido? El primer lugar donde lo buscarían los arcángeles sería en mi casa. ¿Estaba siendo descuidado a propósito?

—¿Estás loco? —le dije.

—Loco por ti.

—¡Patch!

—No te preocupes, tenemos tiempo.

—¿Cómo lo sabes?

Dio un paso atrás, desconcertado, con una mano sobre el corazón.

—Tu falta de fe me duele.

Me limité a mirarlo con más severidad todavía.

—¿Cuándo lo has hecho? ¿Cuándo has desobedecido?

—Hace un rato, esta noche. Me he pasado por aquí para asegurarme de que estuvieras bien. Sabía que Rixon estaba en el Delphic y, cuando he visto la nota en el mármol, en la que le decías a tu madre adónde habías ido, me he dado cuenta de que él iba a actuar. He desobedecido a los arcángeles y he ido a buscarte. Si no los hubiera desobedecido, Ángel, no habría podido intervenir físicamente. Rixon habría vencido.

—Gracias —murmuré. Patch me abrazó más fuerte Yo quería seguir entre sus brazos y olvidarme de todo, menos de la sensación que me producía su cuerpo fuerte y sólido. Pero había preguntas que no podían esperar.

»¿Eso significa que ya no eres el ángel custodio de Marcie?

Noté que Patch sonreía.

—Ahora trabajo por mi cuenta. Escojo a mis clientes, no los escogen por mí.

—¿Por qué me ocultó Hank a mí pero no ocultó a Marcie? —Volví la cara hacia su camiseta para que no me viera los ojos. No me importaba Hank. En absoluto. No significaba nada para mí. Sin embargo, en un lugar secreto de mi corazón, quería que me amara tanto como a Marcie. Yo también era su hija, pero por lo visto había escogido a Marcie en lugar de escogerme a mí. A mí me había alejado y a ella la adoraba.

—No lo sé. —Todo estaba tan silencioso que podía oír su respiración—. Marcie no tiene la marca que tienes tú y tenía Chauncey. No creo que sea una coincidencia, Ángel.

Me miré la cara interior de la muñeca derecha para ver la oscura marca que la gente solía confundir con una cicatriz. Siempre había pensado que mi marca de nacimiento era única hasta que conocí a Chauncey. Y ahora a Hank. Me daba la sensación de que el significado de la marca iba más allá de mi vínculo biológico con la estirpe de Chauncey, y pensar aquello me aterrorizaba.

—Conmigo estás a salvo —murmuró Patch, acariciándome los brazos.

Tras un breve silencio, le pregunté:

—¿Adónde nos lleva esto?

—A estar juntos. —Arqueó las cejas interrogativamente y cruzó los dedos, como si pidiera suerte.

—Nos peleamos mucho —le dije.

—También nos reconciliamos muchas veces. —Patch tomó mi mano, se quitó el anillo de mi padre del dedo, me lo puso en la palma y me cerró los dedos sobre él. Me besó los nudillos.

—Iba a devolvértelo, pero no llegué a hacerlo.

Abrí la mano y levanté el anillo. Tenía el mismo corazón grabado en el interior, pero con dos nombres, uno a cada lado: «Nora y Jev.»

Nora y Jev.

Le miré.

—¿Jev? ¿Así te llamas de verdad?

—Nadie me ha llamado así desde hace muchísimo tiempo. —Me acarició el labio con el dedo, evaluándome con sus suaves ojos negros.

El deseo me invadió, cálido y apremiante.

Patch, que por lo visto se sentía igual, cerró la puerta y puso el pestillo. Apagó la luz y la habitación quedó a oscuras, iluminada únicamente por la luz de la luna que se colaba por las cortinas.

Al mismo tiempo los dos miramos el sofá.

—Mi madre no tardará en llegar —le dije—. Deberíamos ir a tu casa.

Patch se pasó una mano por la barba de tres días.

—Tengo reglas acerca de a quién llevo a casa.

Ya me estaba cansando de aquella respuesta.

—Si me enseñas dónde vives, ¿tendrás que matarme? —aventuré, haciendo un esfuerzo para no enfadarme—. ¿Nunca podré volver a salir si entro?

Patch me estudió un momento. Luego buscó en el bolsillo, sacó una llave de su llavero y me la metió en el bolsillo delantero del pijama.

—Cuando hayas entrado, no podrás dejar de volver.

Al cabo de cuarenta minutos descubrí qué puerta abría la llave. Patch dejó el Jeep en una plaza libre del parque de atracciones Delphic. Cruzamos el aparcamiento de la mano. Una brisa fresca de verano me echaba el pelo sobre la cara. Patch abrió la chirriante puerta y la sostuvo para que pasara.

El Delphic daba una impresión completamente distinta sin el barullo ni las luces chillonas. Era un lugar tranquilo, encantado, mágico. Una lata vacía de gaseosa resonaba en el suelo cuando la brisa la hacía rodar. Desde el sendero no apartaba los ojos de la oscura estructura del Arcángel que se elevaba contra el cielo negro. El aire olía a lluvia. Resonó un trueno en la distancia.

Al norte del Arcángel, Patch me sacó del sendero.

Subimos los escalones de un cobertizo. Abrió la puerta cuando la lluvia empezaba a caer y a rebotar en el pavimento. La puerta se cerró detrás de mí y nos dejó en una oscuridad tormentosa. Aparte del repiqueteo de la lluvia que caía sobre el tejado, el parque estaba inquietantemente silencioso. Noté que Patch se me ponía detrás, con las manos en mi cintura, y oí su voz hablándome suavemente al oído.

—Los ángeles caídos fueron quienes construyeron el Delphic, y es el único lugar al que los arcángeles no se acercan. Esta noche estamos solos tú y yo, Ángel.

Me di la vuelta para absorber el calor de su cuerpo. Patch me cogió de la barbilla y me besó. El beso era cálido y un escalofrío de placer me recorrió. Él tenía el pelo mojado por la lluvia y percibí un leve rastro de olor a jabón. Nuestras bocas se unieron. Teníamos la piel resbaladiza por el agua que se colaba por el techo y nos salpicaba con sus frías gotas. Los brazos de Patch me envolvieron y me sostuvieron con una intensidad que me hizo desear fundirme más profundamente con él.

Me lamió la lluvia del labio superior y noté cómo su boca sonreía sobre la mía. Me apartó el pelo y me besó justo por encima de la clavícula. Me mordisqueó el lóbulo de la oreja, luego el hombro.

Le metí los dedos por debajo de la cinturilla y lo atraje más hacia mí.

Patch enterró la cara en la curva de mi hombro, con las manos en mi espalda. Se le escapó un gemido.

—Te quiero —murmuró en mi pelo—. Ahora mismo soy más feliz de lo que recuerdo haber sido nunca.

—¡Qué conmovedor! —Una voz profunda salió del fondo del cobertizo, la zona más oscura—. Coged al ángel.

Un puñado de jóvenes demasiado altos, sin duda Nefilim, salieron de la oscuridad, rodearon a Patch y le pusieron los brazos a la espalda. Para mi incredulidad, Patch dejó que lo hicieran sin oponer resistencia.

Cuando empecé a luchar, Patch me habló mentalmente y me di cuenta de que no luchaba para poder hablarme, para ayudarme a escapar. «Yo los distraeré. Tú corre. Coge el Jeep. ¿Recuerdas cómo hacer un puente? No vayas a casa. Quédate en el Jeep hasta que yo me reúna contigo...»

El hombre que permanecía al fondo del cobertizo, dándo órdenes a los otros, avanzó hasta situarse en un rayo de luz que se colaba por una de las grietas del cobertizo. Era alto, delgado, guapo, y parecía demasiado joven para su edad. Iba impecablemente vestido, con un polo blanco y pantalones de sarga.

—Señor Millar —susurré. No se me ocurría de qué otro modo llamarle. Hank me parecía demasiado informal; papá me parecía asquerosamente íntimo.

—Deja que me presente como es debido —me dijo—. Soy la Mano Negra. Conocía bien a Harrison, tu padre. Me alegro de que ahora no esté aquí para ver cómo te rebajas con la prole del diablo. —Meneó la cabeza—. No eres como yo creía que serías al crecer, Nora. Confraternizando con el enemigo, ridiculizando tu herencia. Creo que incluso volaste uno de mis pisos francos Nefilim anoche. Pero da lo mismo. Eso puedo perdonártelo. —Hizo una pausa significativa—. Dime, Nora. ¿Fuiste tú la que mató a mi querido amigo Chauncey Langeais?